야차

정혜 장편소설

야차

가하)

야차

지은이 정혜
펴낸이 이형기
펴낸곳 도서출판 가하

초판인쇄 2016년 4월 25일
초판발행 2016년 5월 3일
출판등록 2008년 10월 15일 제 318-2008-00100호

주소 서울 영등포구 양평로 67, 1209 (당산동5가, 한강포스빌)
전화 02-2631-2846   **팩스** 02-2631-1846

www.ixbook.co.kr

ISBN 979-11-300-0636-9 03810

값 10,000원

영궁 . 7

백영 . 50

연戀 . 91

여희 . 118

끌힘 . 149

모慕 . 183

바람 . 211

귀향 . 240

지之 . 268

연가 . 300

도록 . 320

정情 . 361

답가 . 383

작가 후기 . 446

한겨울 바람이 매서웠다. 동춘은 빨개진 코끝을 손으로 문질렀다. 며칠째 제일 추운 새벽녘에 문밖을 지키고 서 있자니 고역이었다.

"에잇, 육시럴. 개미 한 마리도 안 지나가는데 뭔 보초를 서란 거여."

동춘의 옆에 있던 남자가 험악하게 내뱉으며 술병을 집어 던졌다. 벌게진 얼굴에 덥수룩한 수염을 단 남자는 담벼락 밑으로 걸어갔다. 남자의 바지가 내려가더니 이윽고 뜨끈한 김이 벽을 타고 모락모락 피어올랐다.

"참 내, 아무도 안 들여다보는 판국에 오일장이 다 뭐여."

남자가 바지춤을 추켜올리며 침을 뱉었다. 돌아온 남자는 창도 내팽개치고 자리에 털썩 앉았다. 동춘은 그런 행동에 기겁을 하며 주위를 둘러봤지만 남자는 태연하게 술이 담긴 호리병을 하나 더 꺼내들었다. 물을 마시듯 벌컥벌컥 들이켜고는 그제야 동춘이 생각났다는 듯 술통을 들이밀었다.

"마실 텨?"

"돼, 됐습니다."

"안 춥냐? 이거 마심 뱃속이 뜨끈해진다구."

그래도 동춘이 고개를 내젓자 남자는 어깨를 한 번 으쓱이고 나머지 술을 입안에 털어 넣었다. 꺼억, 하고 트림을 거하게 하며 손등으로 입가를 아무렇게나 닦아냈다.

"박복한 년은 죽는 날까지 재수가 없지. 하필 이 엄동설한에 나자빠질 건 또 뭐야. 니미, 추워 죽겠구먼."

남자가 투덜거렸다. 동춘은 흘깃 뒤쪽 문을 바라보았다. 닷새 전, 궁에서 후궁 하나가 죽었다. 성친왕의 후궁전에 든 한 명으로, 들리는 풍문에 따르면 태자가 암행을 나간 그 밤에 하룻밤을 같이 지새우고 그것도 승은이라 하여 얼결에 궁에 들어와 내리 독수공방을 하다가 병으로 죽었다 했다.

성친왕을 떠올린 동춘은 저도 모르게 어깨를 떨었다. 성친왕이 폭군이냐 하면 그것은 아니었다. 오히려 성친왕은 성군에 가까웠다. 신하들이 고하는 간언에 귀를 기울일 줄 알았고 백성을 위해서 몸소 움직일 줄도 알았다.

그럼에도 모두가 성친왕을 어려워했다. 웃는 그 얼굴이 무엇을 품고 있는지 헤아릴 수가 없었기 때문이다.

세상사 괴로움은 없다는 듯이 늘 입가에서 미소를 떠나보내지 않는 성친왕은 그 모습 그대로 형제들의 목을 베었다. 예고도 없이 벌어진 일이었다. 잘려나간 목은 전부 열하나,

모두 성친왕이 직접 베었다 했다.

　동춘은 등허리에 솟아나는 소름을 느끼며 몸을 움칠 움직였다. 성친왕이 사냥을 좋아한다는 것은 궁의 모두가 아는 사실이었다. 철마다 성친왕은 사냥을 나갔다. 그 상대는 짐승이 될 때도 있었으며 옆 나라의 객이 되는 때도 있었다. 손에 피를 묻히는 것에 거리낌이 없는 성친왕은 전장에서도 탁월한 위력을 발휘했지만, 외견과는 다른 그 점이 너무나 음습하여 모두가 강한 태자를 신임하면서도 언제 어느 변덕에 칼날의 방향이 비뀔지 몰라 몸을 사렸다. 순간, 살을 엘 것 같은 바람이 불어와 동춘은 고개를 수그렸다.

　발치에서 땅바닥의 모래가 작은 소용돌이를 일으키는 것이 보였다. 풍문에 따르면, 성친왕의 그 알 수 없는 속내는 여인을 대할 때에도 다름이 없어 후궁전도 바람 잘 날이 없다 했다.

　'그래도 그렇지…… 명색이 황태자를 지아비로 둔 여인인데 너무하는군.'

　아무리 독수공방이라고 해도 5일장을 치르는 내내 성친왕은커녕 같은 후궁전에서도 오는 사람 없이 그 상전 모시던 아랫것들 두셋만 왔다 갔다 하는 이 쓸쓸한 풍경이 동춘을 씁쓸하게 했다.

　'조금만 참으시오. 부처의 품 안으로 가시면 서러운 것도 모다 없어질 것이오.'

약간의 동정심을 담아서 동춘은 문 너머의 여인에게 가만히 말을 건넸다. 어쨌든 오늘이 장례의 마지막 날이었다. 해가 뜨는 대로 여인이 든 관은 대국사에 넘어갈 것이다. 한 많은 생도 이제야 진정으로 매듭을 짓게 되는 것이다.

"음? 이게 뭔 소리여. 시방 뭔 소리 안 들렸는가?"

졸고 있나 싶던 남자가 갑자기 눈을 게슴츠레 뜨고 주위를 훑었다.

"소리요?"

동춘은 옆을 둘러보았다. 남자가 술병을 손에 쥐고 어설피 일어났을 때였다.

콰당! 뭔가가 부서지는 소리가 크게 울렸다. 두 사람의 고개가 한데로 돌아갔다. 순식간에 고요가 엄습한다. 동춘과 남자가 서로를 쳐다보았다.

쿠쿵! 또 한 번 소리가 울렸을 때는 두 사람의 어깨가 펄쩍 뛰었다.

"이게 무슨……."

소리가 들리는 곳은 관이 들어가 있는 문 너머였다. 동춘은 조심스럽게 문 쪽으로 다가갔다. 들고 있던 창으로 문을 쿡 찔러본다.

"뉘, 뉘가 있소?"

말은 문에다 건네놓고 쳐다보기는 남자를 쳐다보았다. 당연하게도 대답은 없었다. 멀거니 자리를 지키던 동춘은 슬그머니 문의 빗장을 끌렀다. 그리고 보았다. 새카만 어둠 속, 길게 서 있는 하얀 치맛자락.

으아아악! 동춘의 뒤에서 비명이 터져 나왔다. 술병이 땅바닥을 나뒹굴며 동춘의 발치까지 굴러왔다.

"……귀, 귀…… 귀신!"

남자가 벌벌 기며 소리쳤다. 문득 안쪽에서부터 잡아당기는 힘에 문고리를 잡고 있던 동춘이 헛발을 내딛으며 앞으로 고꾸라졌다.

흐이익! 뒤쪽에서 남자가 숨과 비명을 섞은 기괴한 소리를 냈다. 동춘은 입을 벌리고 멍하니 위를 올려다보았다. 하얀 저고리에 하얀 치마, 새파랗게 질린 얼굴 사이로 나부끼는 검은 머리카락.

여인이 시커먼 눈으로 동춘을 내려다보았다.

"뭐냐, 이것들은."

별안간 여인이 벌레 씹은 얼굴을 해 보였다.

"저건 난데없이 왜 소변을 지리고 지랄이누. 별 지잡스러운 것들을 다 보겠군."

여인이 동춘의 뒤를 보며 눈살을 찌푸리다 이윽고 잰걸음으로 사라졌다.

"이, 이를 어쩌냐. 영궁마마가 한을 품고 귀신이 되어 찾아왔나 보다. 아이고, 나무아미타불 관세음보살 나무아미타불 관세음보살."

뒤에서 남자가 부산스럽게 소리쳤다. 귀신? 저것이 귀신이라고? 동춘은 화들짝 몸을 움직여 자꾸만 힘이 풀리는 발을 질질 끌고 문 안으로 달려갔다. 방 안 한가운데, 관 뚜껑이 열려 있었다. 동춘은 침을 꿀꺽 삼켰다. 달달 떨면서 그 앞으로 갔다.

순간, 눈앞이 번쩍번쩍 뛰었다. 관 안이 비어 있었다.

동춘은 핼쑥한 얼굴로 여인이 사라진 저 너머를 보았다. 정말로 여인이 한을 품고 악귀가 되어 나타났단 말인가. 멍해지는 정신 사이로 남자의 불경 외는 소리가 둔하게 울렸다.

계집은 곧 죽을 것 같았다. 날이 갈수록 낯빛이 파리한 게 액을 빼 먹어줘도 별다름이 없었다. 허긴 딱 봐도 오래 살 얼굴이 아니다. 모르긴 몰라도 지금이라면 저 계집은 귀명부에 이름이 올라가 있을 것이다. 나뭇가지처럼 마른 손목을 보며 여희는 중얼거렸다.

"이를 어쩐다……."

"혼자 뭘 그렇게 말씀하고 계세요. 어머나, 귀한 손님이 오셨었네."

양양이 반색하며 계집의 앞으로 갔다. 두세 가지 과일과 삼색 떡을 돌무더기 위에 올려놓는 계집은 그 앞을 양양이 부산하게 오고가고 있음에도 알아채지 못했다.

"에구, 갈수록 얼굴이 안 좋아지네."

양양이 안타깝게 계집을 올려다보았다. 고작 앉았다 일어난 것뿐인데도 계집은 대단히 힘에 부쳐했다. 날이 이렇게 찬데도 이마에 구슬땀을 흘려댔다.

"액은 잡수신 거예요?"

"더 먹을 액도 없다."

"근데 어이 이러지."

"어이 이러긴. 곧 죽을 모양이지."

계집이 놓아둔 공물을 품 안에 그러넣던 양양이 멈칫했다.

"그런 말씀 마세요. 여길 찾아주는 고마운 이한테."

"그래서 내 열심히 액을 먹어주고 있지 않니. 헌데도 봐라. 저건 글렀다."

비척대며 산길 아래로 내려가는 계집의 뒷모습을 보며 여희는 눈을 감았다 떴다. 새카만 동공이 붉게 변하고 세로로 가늘게 좁아지는 것이 곧 인간의 얼굴에 짐승의 눈이 새겨졌다. 여희는 숨을 가득 들이마셨다. 계집의 몸에서 죽음의 기운이 진하게 퍼져 나오고 있었다. 여희는 입맛을 다셨다. 그래, 그간의 정이 있지.

"저년 마지막 가는 길은 내가 배웅을 해줘야겠구먼."

손바닥에 호, 하고 입바람을 불자 초록 나비가 하늘거리며 계집의 뒤를 따라갔다.

"인간을 잡아먹는 건 금기입니다. 칠방신께서 노하실 거

13

예요."

"이게 어찌 잡아먹는 거냐? 제 명에 바스라진 걸 주워 먹는 것뿐인데."

"그래도……."

"네년이 오늘따라 말이 많구나?"

흘깃 쳐다보자 양양은 단번에 입을 다물고 부리나케 사당 안으로 달려갔다. 바람에 밀린 이마 끝에 작게 솟은 뿔 두 개가 보였다. 산 중앙에 마른 풀 더미, 찬 기운이 서린 고목나무, 그 사이에 다 허물어진 이 작은 사당은 세월이 지남에 따라 이름도 지워진 교향사였다.

이매인 양양이 교향선녀로 만신 노릇을 하며 살던 것을 여희가 빼앗아 눌러앉은 지도 어언 300년 전의 일이다. 그때만 해도 사당은 제법 번듯하고 사람도 곧잘 드나들어 여러모로 풍족했지만, 그도 모다 옛날 일이 된 지 오래다.

만신이라 떠받들며 공물을 바쳐대던 사람들은 저승차사들이 모다 데려갔고 세월이 거듭될수록 교향사의 위신은 아래로 곤두박질쳤다. 아모도 여기가 사당이란 것을 모른다. 그저 돌무더기에 지나지 않는 이곳에 다시 공양을 드리기 시작한 것이 아까의 계집이었다.

계집은 반년에 한 번 이 사당을 오고갔는데 이도 벌써 5년째의 일로, 사람들 발길이 딱 끊겨 울며불며 찔찔이 짓을 했던 양양으로선 귀한 손님이라 부를 만한 것이다.

'그래도 그간 내가 빼 먹은 액이 얼마냐. 그걸 그대로 달고 살았음 진즉에 경을 쳤을 터. 네 숨의 8할은 내 힘이니라. 그러니 네 명도 온전히 너만의 것은 아니란 말이지.'

계집은 날이 갈수록 새카만 액을 달고 왔다. 초반엔 신수가 훤하더니 지금은 죽상이다. 안 되겠다 싶어 몸에 달린 악운들을 대신 먹어준 것이 3년 전의 일이다. 하지만 암만 봐도 이달을 넘기긴 힘들 것 같다.

여희는 다시 한 번 입맛을 다셨다. 영靈을 먹어본 지도 오래였다. 재수가 좋으면 계집을 통해 정말 오래간만에 먹어볼 수도 있을 일이었다.

계집이 떠난 지 보름째 되는 날, 초록 나비가 나타났다. 여희는 초록 나비를 따라 가볍게 산을 내려갔다. 마을을 지나 중앙에 자리 잡은 큰 대문 앞까지 갔을 때, 여희는 잠시 발을 멈췄다. 실타래 같은 자잘한 빛들이 문과 담벼락에 얼기설기 얽혀 있었다.

"여긴 뭔데 이리 결계가 쳐져 있누."

어지간한 잡귀는 들어가지 못할 듯했다.

"아, 황궁입니다."

쫄래쫄래 뒤따라온 양양이 문가를 보더니 입을 열었다.

"황궁?"

"예. 칠방신이 기거하는 곳처럼 인간의 왕도 따로 기거하는 곳이 있사온데 그것이 황궁입니다. 근데 나비가 어찌 이쪽으로 왔을까요."

"계집이 궁 안에 살았나 보다. 잘됐군. 이 정도로 결계가 쳐져 있음 웬만한 것들은 영을 건드릴 수도 없을 테니 저승차사가 오기 전에만 움직이면 되겠다."

여희는 간단하게 담을 넘었다. 아무리 다 무너져가는 사당에 살고 있어도 여희는 신神이었다. 구천을 떠도는 인간의 혼인 귀鬼와는 차원이 다른, 신들 중에서도 제법 그 계급이 높은 엄연한 저의 그릇을 가지고 태어난 신이었던 것이다. 예전과 같은 명성은 갖고 있지 않아도 본디 타고난 그릇까지 사라지는 것은 아니다.

여희는 나비를 따라 두 번의 담을 넘고 네 번의 문턱을 지나 다박수염의 남자와 코끝이 빨간 청년 사이에 있는 문 안으로 들어갔다. 익숙한 얼굴의 계집은 멍하니 앉아 있었다. 형체가 흐릿한 것이 혼만 남은 상태였다.

여희는 재빨리 주위를 둘러보았다. 아직 저승차사가 오지 않았다.

"그간 잘 지냈냐?"

"……예?"

계집이 느릿하게 여희를 돌아보았다.

"서운하구먼. 그래도 1년에 두 번씩 보던 사이인데. 내 네가 어깨가 아프거나 다리가 쑤실 적에 그것들을 모다 고쳐주었지 않니. 그렇지?"

계집이 고개를 갸웃거리며 그랬던 것 같기도 허고…… 멍청히 따라 하는 것에 여희는 빙긋이 웃었다.

"해서 말인데, 은혜 갚지 않으련?"

"은혜요?"

"지난 3년 동안 네 명을 길러보겠다고 용을 쓴 내게 은혜를 갚아야 하지 않겠니. 안 그러냐? 물론 네가 천지로 돌아가 윤회의 장으로 가겠다 하면 내 말릴 수는 없다만…… 정히 다시 태어나 이 모진 삶들을 반복한다면야 할 말은 없지. 그래, 꾸역꾸역 태어나 죽지 못해 살다가 좀 살겠다 싶으면 황천 가는 그런 생, 또 겪고 싶으냐?"

멍하니 있던 계집이 이내 눈물을 터뜨렸다. 도리질 치면서 나는 되었소, 이 생을 마지막으로 하려오, 고래고래 소리를 질렀다.

여희는 계집의 어깨를 도닥였다.

"그럼 내가 너의 영을 가져도 되겠누?"

부드럽게 묻는 여희의 옆에서 양양이 떫은 감을 먹는 얼굴을 해 보였다.

"아무래도 좋습니다. 전 이제 지쳤어요. 얼른 모다 끝나버렸으면 좋겠습니다."

계집이 지친 낯빛으로 중얼거렸다.

"옳거니, 내가 다 끝장내주마. 너는 아무런 걱정도 말렴.

무로 돌아가니 고통이 다 무엇이냐. 아무것도 없음이다.”

여희는 계집의 이마 한가운데에 손가락을 댔다. 곧 계집의
몸에서 환한 빛이 나오며 형체가 사라지더니 여희의 손바닥
에 둥근 구슬 하나만이 남았다.

여희는 구슬을 삼켰다. 몸이 부르르 떨렸다. 이게 얼마 만
에 맛보는 영의 맛이냐. 기다란 혓바닥이 입술을 따라 덧그
렸다.

“워낙 약한 것이라 입맛에 차진 않는다만 뭐, 나쁘지 않구
나.”

“……혼자 드시니 다디다십니까?”

볼멘소리에 여희는 옆을 돌아보았다. 입을 삐죽대는 양양
이 보였다.

“웃기는 년이로고. 언제는 불쌍하다며 천지로 돌려보내자
그러더니 나 혼자 먹은 게 그리 섭섭하냐.”

“그것이 아니옵고 그냥 잘 자셨는지 여쭈어본 겁니다.”

“덕분에 잘 먹었느니. 이제 가자꾸나.”

볼이 발갛게 달아오른 양양을 두고 여희는 문을 나섰다.
돌아왔던 길을 거슬러 올라가 들어섰던 대문을 막 넘어설 적
에 손끝에서 피어오르는 짜릿함에 여희는 화들짝 놀랐다.

“안 오고 뭐하십니까?”

대문을 나선 양양이 앞에서 외쳤다. 여희는 다시 한 번 대
문에 손을 대었다. 파르륵 불꽃이 튀었다. 여희는 담벼락으

로 걸음을 틀었다. 발을 대자마자 튕겨나갔다. 바닥에 풀썩 떨어지며 여희는 황당함을 감추지 못했다.

자세히 보니 대문과 담벼락에 걸린 결계 사이에 청홍실이 걸려 있었다.

'이런. 천술까지 걸려 있었단 말인가.'

밖에서는 귀술만 걸려 있던지라 하나도 알아차리지 못했다. 어떤 귀술사 놈인지 제법 머리를 굴려놨다. 여희처럼 몸집이 큰 신들을 잡는 천술을 안에다 걸어놨다. 들어는 와도 나갈 수는 없게 만들어놓은 것이다.

"마마님?"

"어찌하냐. 천술이 걸려 있다. 넘어갈 수가 없느니."

양양이 깜짝 놀라며 되돌아왔다. 이까짓 청홍실, 영력만 잘 챙겨 먹었어도 금방 넘어갔을 텐데. 사당이 기울고 시대가 바뀌면서 제대로 섭취한 것이 없어 예전보다 도력이 떨어진 상태다.

방금 계집을 먹은 것처럼 보충할 것이 있다면…….

둘러보는 시야 속에 양양이 밝혔다. 작고 둥근 몸, 이마 위에 솟은 작은 뿔 두 개. 300년을 함께한 도깨비, 이매 양양. 귀보다는 높고 신보다는 낮은 요신인 양양은 인간의 혼보다도 훨씬 나은 먹이임은 틀림없다.

뚫어져라 양양을 보던 여희는 순간 맥을 탁 풀었다.

……아서라, 저런 때꾼한 것을 먹었다간 괜히 탈만 나지.

그럼 이제 어쩐다.

"헉! 마, 마마님."

양양이 옷깃을 잡아당겼다.

"뭐냐."

"저, 저승차사……."

양양이 가리키는 손끝을 따라 여희는 목이 꺾여져라 뒤를 돌아보았다. 달 너머로 말 한 마리가 달려오고 있었다. 바람에 휘날리는 시커먼 도포 자락이 오지게 멋없는 모양새를 보니 저승차사가 맞았다. 이를 어쩌냐. 여희는 일단 뛰었다. 양양도 덩달아 달렸다.

귀와 신은 서로의 일에 관여해서는 안 된다. 칠방신도 칠방신이지만 귀를 다스리는 염라도 귀와 신이 얽히는 일엔 늘 촉각을 곤두세웠다. 어설프게 구슬려 계집의 혼을 먹었다만, 귀명부에 이름이 올랐을 그것은 저승차사 입장에선 다스려야 할 귀를 하나 뺏긴 셈이다. 지금 마주쳤다간 좋은 꼴은 못 본다.

그럼 어찌하나. 담은 못 넘어가고 혼은 이미 잡아먹었다. 여희의 눈앞에 아까 계집이 있던 문이 보였다. 어찌하나, 어찌해……. 입술을 짓씹던 여희는 순간 솟은 생각에 하늘을 한 번 보고 문 안으로 뛰어 들어갔다.

"마마님?"

옆에서 양양이 헉헉댔다. 여희는 관 안을 들여다보며 마음을 굳혔다.

"뒤를 맡기마."

여희는 파리하게 죽어 있는 육체에 혼을 갈무리했다. 굳어 있던 시체의 눈이 번뜩 뜨였다. 메마른 기침을 내뱉으며 으스스 일어난다. 양양의 입이 떡 벌어졌다. 가까운 곳에서 달그락 하며 말발굽 소리가 들렸다. 여희가 눈을 내리뜨자 시체의 눈도 내리감겼다. 곧 시야에 투박한 저승차사의 발이 잡혔다.

"음? 이상하군. 분명 귀명부에 이름이 적혔었는데…… 넌 여기서 뭐하고 있는 게냐."

종이 넘기는 소리가 들리더니 옆에서 발걸음이 딱 멈췄다. 자줏빛이 섞인 까만 도포 자락이 흔들거린다.

"아, 그것이, 저, 저도 냄새가 나서 왔었는데 갑자기 사라져서……."

양양이 더듬거리며 말했다.

"네 녀석이 귀의 냄새를 맡아 무얼 하려고? 설마 그걸 먹겠다고 온 건 아니겠지."

"아, 아닙니다! 그저 냄새에 이끌려 절로 왔을 뿐입니다. 헌데 여기가 아니었던 것 같습니다."

"……이상하군."

차가운 냉기가 여희의 뺨을 간질였다. 얼굴을 바싹 들이민 저승차사와 눈을 마주치지 않으려 노력하며 여희는 저 먼 곳을 응시했다. 한참을 살펴보던 저승차사가 별안간 몸을 돌렸다.

"크흠, 너도 괜히 기웃거리지 말고 빨리 돌아가라."

"예. 드, 들어가십시오."

저승차사가 사라지고 말이 한 번 울었다. 문밖에 귀를 기울이며 여희도 슬그머니 움직였다. 문고리를 잡아당겼다. 열리지가 않았다.

"이제 어쩌실 겁니까?"

"어쩌긴. 일단 여기서 나가야지."

문을 뒤흔들자 조금 후에 밖에서 열렸다. 코끝이 빨간 청년의 어깨 너머로 수염이 덥수룩한 남자가 눈이 마주치자 뒤로 나자빠졌다.

"뭐냐. 이것들은."

요란스러운 비명이 귀청을 찢었다. 여희는 눈살을 찡그리며 문을 잡아당겼다. 청년이 앞으로 고꾸라졌다. 한 발 나서자 어디선가 지린내가 진동을 했다. 비명을 지르던 남자의 가랑이 사이에서 물이 줄줄 흘러내리고 있었다.

"저건 난데없이 왜 소변을 지리고 지랄이누. 별 지잡스러운 것들을 다 보겠군."

여희는 혀를 차며 문턱을 넘었다. 인간의 몸으로 걷자니 길이 한도 끝도 없었다. 여희는 씨근덕거리며 대문까지 다가갔다. 발을 내딛었지만 넘을 수가 없었다.

"거죽이 인간이라 될 줄 알았다만 그도 아닌가 보군."

"어이합니까? 계속 이러고 있을 수도 없잖습니까."

"……정 안 되면 인간이라도 잡아먹어야지."

양양이 정색하며 손을 가로저었다.

"큰일 납니다. 농담이라도 그런 말 마셔요."

"그럼 어쩌냐. 백 날 천 날 이러고 있을까."

"예서 뭐하는고? 뭘 그리 혼잣말을 하고 있느냐."

불현듯 낮고 부드러운 목소리가 날아들었다. 돌아보니 인영人影이 하나 보였다. 여희는 눈을 가늘게 떴다. 인영은 어둠 속에 녹아 그 형체만 간신히 보였다. 옆의 양양을 보았다. 여희는 혼자 말을 하고 있던 게 아니었지만, 인간의 눈에는 양양이 안 보일 테니 여희 혼자 떠드는 것으로 보였을 것이다.

"……신경 끄고 네 갈 길이나 가라."

말을 섞기도 귀찮았다. 안 그래도 아까부터 머리가 어질하던 참이다. 손짓으로 쫓아내니 인영은 가는 대신 한 걸음 더 다가섰다.

"옷을 희한하게도 입었군. 이 야밤에 그런 차림새로 어찌 이러고 있냐. 어느 전의 아이이지?"

"그는 네 알 바가 아니니."

"알 바가 아니다?"

인영의 목소리에 즐거움이 담겼다. 여희는 인영이 있는 쪽을 돌아보았다. 미약하지만 순간 진득한 기가 느껴졌기 때문이다.

인영을 좀 더 자세히 보려 눈을 가늘게 뜰 때, 저 너머에서 투다닥 발걸음이 요란하게 울렸다. 아까 계집의 관 앞에서 본 남자들이었다. 헐레벌떡 뛰어오던 남자들이 앞에 선 인영을 보더니 엎어지듯 무릎을 굽혔다.

"천세, 천세, 천천세. 태자 저하께 인사 올립니다."

"됐다, 일어나라."

인영이 가볍게 손짓했다.

"음? 어디가 안 좋으냐. 왜 이렇게 떨어대냐."

문득 인영이 남자들을 보며 말했다.

"태, 태자 저하께서도 저, 저, 저 여인이 보이십니까?"

달달 흔들리는 창끝에는 여희가 있었다.

"네 눈엔 아니 보이더냐."

재미있다는 듯이 인영이 반문했다.

"저것은 시, 시, 시체……."

"뭐라?"

"귀, 귀신입니다. 태자 저하, 저것은 닷새 전에 돌아가신 영궁마마의 혼, 혼입니다요!"

마지막 말은 비명처럼 내질러졌다. 인영은 그 말에 영궁…… 하고 조용히 읊조렸다. 새카맣던 밤하늘에 푸르스름한 빛이 번졌다.

고요함 속에서 인영이 여희를 똑바로 바라보았다.

"네놈이 술에 취해도 단단히 취했나 보구나. 이리 헛소리를 내뱉는 것을 보니."

병나발을 불던 남자가 손으로 입을 틀어막았다. 인영이 여희에게로 다가섰다. 밝아지기 시작한 하늘은 틈도 없이 빛을 빨아들였다.

여희는 눈을 크게 떴다. 하얀 피부, 단정한 이목구비, 사내치고 미색이 느껴지는 얼굴도 시선을 잡아끌었지만 그보다 더한 것은 남자의 몸 뒤로 피어오르는 기운들이었다. 질척할 정도로 무거운 그 기운들을 여희는 넋을 잃고 바라보았다.

"죽은 여인이라 하기엔 이 입술이 너무 붉지 않은가."

웃는 남자의 손끝이 여희의 입가에 닿았을 때, 고동이 크게 뛰었다. 여희는 벌컥 몸을 굽혔다. 눈앞이 새카매졌다. 탄내와 피비린내, 아귀들의 비명이 귀를 찢어댄다. 고꾸라지는 여희를 남자가 받아들었다. 남자의 발밑으로 피 웅덩이가 울컥울컥 솟아났다. 몸이 사시나무 떨듯 떨렸다. 여희가 떠는 것이 아니었다. 계집의 몸이 워낙 약해 여희가 느끼는 기를 감당할 수가 없어 그 육체가 떨어대는 것이었다.

'이놈······.'

여희는 입술을 즈려 물었다. 뭐 이런 놈이 다 있누. 핑글핑글 도는 시야 속에서 여희는 생각했다. 지독한 업을 지니고 있구나. 귀신보다 더한 놈이로다. 저 멀리 양양의 비명 소리가 아득하게 들렸다.

눈을 떴을 땐 방 안이었다. 작은 방에 탁자 하나, 농 하나, 솜이 죽은 요 하나. 그 위에 여희가 누워 있었다. 자신을 한 상궁이라고 소개한, 눈가에 주름이 자글자글하고 살이 통통한 중년 여인은 여희가 일어난 내내 그 기색을 살피느라 여념이 없었다. 근데 몸을 보살피려 한다는 계집의 손이 어찌나 곰손인지, 미음을 쑤었다던 상을 여희 앞으로 가져오다 두 번이나 엎고, 시선만 마주쳤다 하면 물 밖으로 튕겨 나온 물고기처럼 퍼덕였다.

여희는 바닥을 닦아내고 있는 한 상궁에게 무심히 물었다.

"몸이 안 좋으냐?"

"예?"

한 상궁이 허옇게 질린 낯빛으로 고개를 들었다.

"어째 관 안에 들어갔다 나온 건 내가 아니라 너인가 싶다. 꼬락서니가 뭐 그러누? 아, 뭔 놈의 손을 그렇게 떨어대냐 말이야."

"소, 송구하옵니다. 소인이 마마님을 다시 뵈오니 이것이 꿈인가 생시인가 저, 정신이 없어놔서……."

모다 됐으니 물이나 한 잔 달라 했더니, 여희의 손이 닿자마자 잔을 집어던지듯 몸을 사린 탓에 잔이 아래로 뚝 떨어져 산산조각이 났다. 어이가 없어 보고 있자니 목에 칼이 들어온 것처럼 경련하며 제 치맛자락으로 바닥을 닦다가, 입으로는 제 밑의 것을 부르더니 몸은 이미 문을 열고 나가서는 직접 천을 바리바리 싸들고 들어와 잔재를 닦아내고 있었다.

허긴, 그 작은 간으로 놀랄 만도 하지. 무덤 속에 들어앉았어야 할 계집이 요 위에 앉아 있으니 오죽하랴.

"꿈이고 생시고 이제 정신 좀 챙기렴. 계속 그리 경기를 일으킬 셈이냐."

마지막 자기 한 조각을 쟁반 위에 털던 한 상궁이 손을 멈추고 여희를 뚫어져라 보았다.

"……참말로 첩여마마님이십니까?"

중얼거리듯 나온 질문이었다. 여희는 끝이 약간 처진 한 상궁의 둥근 눈을 들여다보며 웃었다.

"그럼 아닌 것 같으냐?"

"아, 아닙니다. 필시 마마님은 첩여마마님이 맞사옵니다. 하오나……."

한 상궁이 마른침을 꿀떡 삼켰다. 말이 막혀 더는 나오지 못한다는 듯이 입만 꿈틀거린다. 여희는 그런 한 상궁을 빤히 보다 그대로 지나쳐 문 너머를 보았다.

"내 염라를 만나 뵈었더니 너는 아직 때가 아니다 하며 돌려보내주셨지 뭐냐. 염라께서 살려주신다는데 내 별수 있니? 그러니 부산은 이제 그만 떨어라. 다 치웠음 나가보렴."

문이 열리기도 전에 창호지를 뚫고 양양이 유유히 방 안으로 걸어 들어왔다. 서로 스쳐 지나가는데도 알아보는 건 양양밖에 없다. 그것이 우스운지 양양이 나가는 한 상궁을 보며 어린애처럼 키득거렸다.

"어딜 그렇게 쏘다니느냐."

"예만 있자니 족히 심심하여야 말이지요. 그나저나 마마님, 궁 안이 마마님 일로 난리가 났습니다."

양양이 치마를 펄럭이며 속살댔다.

"죽은 사람이 살아났다고 난리도 아닙니다요."

"으음."

"그리고 어제 마마님이 쓰러지실 때 곁에 있던 사내 말입니다. 알고 봤더니 그 사내가 태자 백영이라 하대요. 근데 이 태자가 아주 웃기지 뭡니까. 글쎄, 형제가 열두 명이 있었다는데 제 피붙이 빼고는 다 죽였다지 뭐예요. 그리고 그 죽인 형제의 목을 가지고 제 아비에게로 가 아비마저도 뒤로 넘어가게 만들었다 합니다. 그 아비가 몇 년째 자리보전하고 누워 있다는데 제가 그렇게 자빠뜨려놓고 극진하게 병수발 들러 오고간다지 뭡니까. 아주 웃기지요?"

여희는 남자를 떠올렸다. 생령에게서 그토록 선명한 피비린내를 맡기는 처음이었다. 왜인가 했더니 제 손으로 척을 져서인가 보다. 이 생에 업을 많이 지고 가는 놈이구면. 여희는 무심히 생각하다 이내 그 모든 이야기를 흘려보냈다. 인간은 본디 업을 지니기 위해 태어나는 족속이었다. 새삼스러울 것이 없는 것이다.

"마마님이 드신 혼은, 그 황태자의 후궁이었던 첩여 여 씨 같습니다."

불현듯 말이 끊겼다. 흘긋 양양을 보니 어딘가 우물쭈물한 기색이었다.

"왜 말을 하다 마냐?"

"저, 그게…… 여 씨가 원래 유곽에 있던 새끼 기생인데, 밤 마실 나갔던 태자가 그 기생과 하룻밤 묵는 바람에 궁에 들어왔나 봅니다. 태생도 그렇거니와 궁에 온 이후엔 태자가 찾아주질 않아 아무래도 여기저기서 멸시를 많이 받은 모양이어요."

여희는 코웃음을 쳤다.

"다시 태어나고 싶지 않다 고래고래 소리를 지르더니 이유가 있었구먼."

"그래서인지 죽은지도 모르는 사람도 많더라구요. 죽은 사람이 살아 돌아왔다! 하며 놀라더니 나중엔 영궁이 누구냐고, 그런 사람이 있었냐며 언제 죽었냐 하지 뭐예요."

양양이 침울하게 말을 이었다.

"딱한 사람. 그리 착한 사람을…… 세상에 얼마나 외로웠을지 다들 너무하지 뭡니까."

"그래서 내가 극락왕생 시켜줬지 않니."

"혼을 잡아먹은 게 어떻게 극락왕생입니까."

"모진 생을 끊어내주었는데 이게 어찌 극락이 아니냐. 봐

라. 그 계집이 다음 생에 개로 태어나 뭇매를 맞다가 끓는 물에 들어가거나 인간으로 태어나 또 천대를 받으면 어찌하누? 한 많은 생, 한 번이면 족하지 않니."

찌푸려지는 양양의 미간을 손가락으로 튕기고 여희는 자리에서 일어났다.

"계집은 그만 잊어라. 근원도 없어진 것을 내리 말해 뭐하냐. 그보다는 대문에 다시 한 번 가봐야겠다."

어제는 저승차사가 나타나는 바람에 계집의 거죽을 둘러썼지만 계속해서 이 거죽을 두르고 있을 순 없었다.

여희는 창문을 넘어 가볍게 담을 타며 어제의 대문 앞으로 갔다. 찬찬히 대문과 벽을 둘러봤지만 어디에도 허술한 구멍은 없었다.

나가긴 해야 할 텐데……. 어떻게 이것을 뛰어넘는다지? 문득 조급증이 들었다. 물론 방법은 있다. 널린 게 인간이니 그 인간을 몇 골라다 잡아먹으면 된다. 결계를 뛰어넘을 도력쯤은 그것으로 금방 채워질 것이다. 문제는 그 후였다.

과연 칠방신과 염라의 담금질을 견딜 수 있을까. 좌우지간 염라는 제 귀들을 다스리는 것에는 온 심혈을 기울이고 있다. 데려다가 불기둥에 굴리면서도 절대로 남의 손은 못 타게 하는 것이다. 칠방신은 또 어떠한가. 염라가 옆에 와서 사자후를 내뿜으면 알았다, 알았다 하며 능구렁이처럼 대꾸하고 여희를 그냥 염라의 두 손에 고이 보내줄 것이다. 평소엔

밥그릇을 챙기느라 일절 지옥도와는 타협을 하지 않으면서 귀찮은 일이 생기면 언제 그랬냐는 듯 태도를 싹 바꾸는 것이 칠방신인 것이다.

거, 맛도 별로 없는 혼 하나 먹었다가 이게 무슨 일이냐. 먹기 전에는 그렇게 신이 나더니 먹고 나니까 괜히 먹었다 싶다.

여희는 문을 노려보다가 툭 내뱉었다.

"너 나한테 기력 좀 다오."

"예?"

"네 힘 좀 빌리자 이 말이다. 이리 오렴."

"저를요?"

"이게 왜 이렇게 둔치처럼 굴어. 누가 너를 잡아먹는다냐. 약간만 기운을 빌리자는데."

양양은 떨떠름하게 다가왔다. 어지간히 싫어 보이는 얼굴을 붙잡고 여희는 손끝으로 양양의 몸통에서 기운 뭉치를 약간 뽑아냈다. 호로록 빨아 먹고 문턱을 나섰다. 한 걸음 떼기가 무섭게 코피가 터지며 몸이 꺾였다. 양양이 비명을 질렀다.

철퇴로 온몸을 두들겨 맞은 것 같았다. 내부에서 휘몰아치는 화끈한 통증에 눈을 질끈 감았다 떴다. 주룩주룩 목 뒤로 넘어간 피가 한순간 역류해 쿨럭! 입에서 점점이 튀었다. 양양이 여희를 불러대며 몸을 흔들었다.

골이 흔들리면서 오심이 일었다. 몇 번이나 양양이 어깨를 추어올렸지만 여희의 몸은 힘없이 미끄러져 다시 땅에 떨어졌다.

"……너 뭐하냐. 이 몸뚱이 하나 제대로 못 일으키느냐."

"마마님이 제 기력을 빼앗아 먹어 그렇지 않습니까!"

엎어진 여희를 온몸으로 밀어대며 양양이 불퉁하게 쏘았다.

"어이가 없구먼. 까짓 거, 거 얼마나 먹었다고."

겨우 몸이 뒤집어졌다. 시리도록 파란 하늘이 보였다. 양양도, 여희도 숨을 가쁘게 몰아쉬었다.

"에구머니! 이게 뭔고. 흉측도 하지."

얇은 소리에 눈만 또로록 굴렸다. 곱게 수놓은 치맛자락을 빨갛고 노랗게 휘날리며 여자 세 명이 조르륵 서 있었다. 하나같이 반들반들하게 생긴 것이 미색이 보통이 아니었으나 여희를 살펴보는 표정들은 표독했다. 그중 색기 가득한 빨간 입술 옆으로 그보다 머리통 하나 더 작은 계집 하나가 발끝을 올리며 귓속말을 해댔다. 곧 그 빨간 입술에서 탄성이 터졌다.

"이게 그 영궁이란 말이냐? 근데 왜 저러고 있느냐."

"또 죽은 거 아닙니까? 너 가서 확인 좀 하고 오너라."

눈꼬리에 까만 점을 붙이고 부채로 입을 가린 여자가 말하자 그 뒤에서 투실한 계집이 튀어나왔다. 투벅투벅 와서 여희의 가슴이 오르내리는 걸 보며 살아 있다 대답하자, 뒤에서 이것저것 지시만 내리던 여자 두 명이 여희의 머리맡에 섰다. 탐색하듯 이리저리 눈알들이 굴러다녔다.

"듣던 대로 볼품은 없구려. 몸뚱이는 앞판 뒤판 구분이 안 가는 것이 면상은 개죽 쑨 꼴이고."

"죽었다 살아났다더니 피는 선홍색인 게 혈색만 좋구먼."

빨간 입술이 비죽이 웃었다.

"현비도 참 순진하시오. 아직도 모르겠소? 이 계집이 저하의 관심을 끌려 그 난동을 부린 거 아닙니까. 죽기는 개뿔."

"오호라, 역시 덕비마마님이십니다. 에이그, 그래도 그렇지. 어찌 관에 들어갈 생각을 하누, 채신머리없이."

"오죽하면 그랬겠습니까, 오죽하면."

둘이 눈을 마주치더니 이내 웃음을 깔깔 터트렸다. 그 웃는 얼굴을 보며 여희는 눈살을 찌푸렸다.

"이것들은 다 뭐냐."

여희가 묻자 양양이 고개를 흔들었다.

"저도 모르겠습니다."

"허기사 5년 독수공방은 길지라. 그 기생방에서 궁에 들어올 땐 팔자 좀 피겠거니 했을 텐데, 저하가 거들떠도 보지 않으셨으니. 이럴 바엔 그냥저냥한 양반집 새끼 마님으로 가는 게 더 나았지. 안 그러오? 소의?"

뒤늦게 걸음한 눈망울이 선한 여자가 모호하게 웃었다. 지절대는 여자들 사이로 뭐 마려운 뭐처럼 한참을 안절부절못

하더니 눈치보듯 여자들을 흘긋거리며 여희에게로 다가왔다. 뭘 하나 싶어 가만 보고 있었더니 치마폭에서 면 수건을 꺼내다 여희의 입가에서 피를 닦아주었다.

"뭐하는 게요? 어떤 병이 있을 줄 알고 그걸 만지고 있소!"

"에이그! 그 피 묻은 것을 이리로 갖고 오면 어쩌오? 버리시오, 버려!"

앙칼진 목소리가 째지게 울려 퍼졌다. 어찌나 난리를 피우는지 소의가 수건을 들고 우왕좌왕 어쩔 줄을 몰라 했다. 그때, 뒤에서 야무지게 생긴 계집아이가 소의의 손에서 피 묻은 수건을 낚아채 얼른 뒤로 물러났다.

그 꼴을 모다 보고 있던 여희는 한순간에 역마귀가 된 게 어이가 없어 소리쳤다.

"아주 지랄들을 하는구먼."

횓! 소리가 나도록 고개들이 돌려졌다. 돌아보는 눈들에 여희는 하나하나 시선을 맞췄다.

"눈깔들이 삐었냐. 사람이 나자빠져 있는데 안 일으키고 뭐하냐."

"뭐, 뭐라?"

여희는 소의에게 시선을 고정했다.

"너, 나 좀 일으켜다오. 내가 지금 혼자 설 수가 없느니."

"헛! 들으셨습니까? 들으셨어요?"

"이제 보니 정신이 나간 게로군! 이게 무슨 망발이냐! 감히 어느 안전이라고!"

"소의는 움직이지 마시오. 예서 움직였다간 그대도 경을 칠 것이야!"

"예서 뭣들 하는고?"

바락바락하던 목소리들이 순식간에 잦혔다. 천세, 천세, 천천세, 끝에서부터 돌림노래처럼 반복되는 가락과 함께 머리가 툭툭 내려갔다. 예를 올리는 무릎들 너머로 흑마에 올라탄 남자가 보였다.

어제의 그 남자, 백영이었다.

공기가 순식간에 바뀌었다. 적의를 드러내며 표독하게 굴던 여인들보다도 사람 좋게 웃고 있는 저 남자가 더욱 깊은 살殺을 가지고 있었다. 백영이 다가올 때마다 땅에서부터 차가운 기운이 그림자처럼 번져 여희에게 닿았다.

바로 앞까지 다가와서 멈춘 백영이 부드럽게 미소 지으며 말했다.

"인사 한번 요란하게 하는구나. 몸도 성치 않은 것 같아 내 직접 가겠다 궁에 기별을 넣었거늘 어찌 여기까지 마중을 나왔누."

긴 손가락이 여희의 코밑에 들러붙은 피를 쓸어냈다. 흰 손가락 끝, 붉은 피가 선명하게 빛나는 것을 보던 여희는 천천히 백영에게로 시선을 돌렸다. 입매는 미소를 짓고 있으나 표정이 없고, 목소리에 높낮이는 있었으나 감정은 없었다. 그렇군, 이것은 껍데기다. 여희가 계집의 거죽을 둘러쓴 것처럼, 백영도 제 혼을 잃고 거죽만을 둘러쓰고 있었다. 백영에게 있는 것이라곤 제 주위에서 저를 향해 날아드는 온갖 사념邪念들뿐이다. 오직 그 염念들만이 살아 숨 쉬는 것처럼 백영의 언저리에서 펄떡댄다.

"정성도 갸륵하지. 네 그 정성에 탄복해 모다 짐에게 인사하기 위해 여기에 모여 있는 게로군."

백영이 주위를 둘러보았다. 땅바닥에 붙어 올라올 생각을 않는 머리통들을 보면서 여희는 코웃음을 쳤다. 시체에 불과한 몸뚱이에 예를 올리는 꼴들이 볼 만했다. 어찌 이렇게 보는 눈들이 없단 말인가. 인간이란 역시 겉모습에만 현혹되는 아둔한 족속들이다. 속으로 혀를 차는데 불시에 몸이 끌려 올라가 허공에 떴다.

"영궁은 병상에서 일어난 지 얼마 되지 않았으니 짐이 직접 궁에다 데려다주마."

무슨 변덕인지 백영에게 안기어 걸음이 옮겨졌다. 빤히 올려다봤지만 닿지도 않는다는 듯 백영은 제 걸음 그대로 걷고 있었다. 여희도 곧 힘을 풀고 그냥 백영이 걷는 대로 몸을 맡겼다. 어쨌거나 지금 당장은 혼자 설 수가 없었다. 저 계집들 중엔 도와줄 이가 아모도 없었으니 잘된 일이다.

백영이 타고 왔던 흑마에 다가갔을 때, 그 흑마 뒤로 서너 명의 사내들이 말에 타고 있는 것이 보였다. 백영과 똑같은 두툼한 털조끼에 털모자 차림으로 안장 끄트머리에 화살 통과 검 집을 매달아둔 것이 사냥이라도 나가는 모양새였다. 시야가 한 바퀴 돌았다. 곧 백영에게 기대듯이 앉혀지고 말이 출발했다.

"마마, 좀 괜찮으십니까?"

양양이 말 머리에 걸터앉아 물었다. 여희는 고개를 끄덕였다. 욱신거림은 사라진 지 오래였다. 피도 더 이상 흐르지 않았다. 양양의 기운을 빌리고도 문턱을 못 넘었다. 그것은 힘이 한참 모자라다는 뜻이었다. 영을 섭취해야 한다. 영을…….

손을 늘어뜨렸을 때였다. 불현듯 짐승의 울음소리가 들렸다. 옆을 돌아보자 백호가 한쪽 눈에 화살이 꽂힌 채 울부짖고 있었다. 화살이 하나 더 날아들더니 같은 자리에 박혀서 이미 박힌 화살을 반쪽으로 갈랐다. 화살촉이 백호의 뒤통수를 꿰뚫었다. 더 이상 울음소리는 들리지 않았다. 쓰러진 백호 옆에 백영이 섰다. 무심한 얼굴로 화살을 뽑아든다. 피 묻은 촉이 화살대에 걸려 다른 곳으로 쏘아졌다.

여희는 손 밑을 바라보았다. 안장 아래에 빛바랜 흑 줄무늬를 가진 하얀 터럭이 깔려 있었다. 터럭을 따라 올라가니 백영의 얼굴이 보였다. 무심한 그 얼굴이 방금 본 환영과 똑같다.

"……이놈을 먹어야겠다."

넘실대는 어두운 기운들을 보며 중얼거렸다.

"예? 지금 몸으로 어떻게 드신다는 겁니까. 더욱이 이 태자는…… 힘듭니다. 힘들어요."

양양이 다급히 고개를 저었다.

"누가 육신을 뜯어먹겠다던? 이놈이 가진 기운들로도 충분하다."

"아이고, 그만두세요. 차라리 다른 놈들을 드세요. 괜히 태자를 건드렸다 신인 걸 들켜서 귀술사한테 쫓기면 어쩝니까. 천술을 걸어둘 정도로 힘이 있는 자인데요."

여희는 코웃음을 쳤다.

"신보다 더한 게 있는데 그게 뭔 대수냐. 네 눈엔 아직도 이놈이 사람으로 보이냐."

문득, 백영의 왼발에 걸려 있는 검붉은 연기가 보여 손으로 휘젓자 연기가 흩어졌다 다시 모여들었다.

"이놈은 혼을 잃은 지 오래다."

연기는 가늘게 늘어져 저 뒤 백마에게로 이어져 있었다. 말의 주인을 보았다. 훤칠한 미남이었다. 기백도 당당하고 차려입은 모습을 보니 어느 양반집 자제는 되는 모양이었다. 여희는 다시 백영을 보았다.

"숨을 쉰다고 그것이 살아 있는 것이라곤 할 수 없지."

눈이 마주친 백영이 미소 지었다. 고개를 숙이더니 짐짓 다정하게 속삭였다.

"혼자 무슨 말을 그렇게 하냐. 죽다 살아난 티를 그리 내는구나."

익숙한 궁의 문 앞에서 말이 멈췄다. 여희는 백영의 왼쪽 다리를 움켜쥐었다. 백영이 그쪽으로 시선을 주었다. 여희는 손으로 검붉은 연기를 끌어 모아 삼켰다. 뒤쪽 백마와 연결되어 있던 선이 한순간 끊어졌다, 다시금 아까와는 비교도 안 되게 가늘게 이어졌다. 언뜻 보면 이어졌는지 알 수도 없을 정도로 희미한 신이었다.

"오늘 밤은 네 화살도 너를 지켜주진 못할 게다. 이 화를 피하지 못하면 다리 한쪽이 성치 않게 될 것이니 처신을 잘해야 할 것이야."

여희는 말에서 내려와 흑마의 주둥이를 가만히 쓸었다.

"이것만 불쌍하게 되었군. 모처럼 짐승치고 고귀하게 태어났거늘 주인을 잘못 만나 괜한 숨만 버리게 생겼구나."

백영에게선 별다른 표정이 없었다. 그저 옹알이를 시작한 어린아이를 보듯 약간의 흥미를 담고서, 그러나 깊이 듣지는 않으며 멀거니 있을 뿐이다.

"내 빚은 받아두었으니 너는 그것을 곧 갚아야 할 것이다."

"……살다 살다 이런 참언讖言은 또 처음이구나."

백영이 그 얼굴만큼이나 무심히 말했다. 뒤에서 한 상궁이 헐레벌떡 뛰어왔다. 백영을 발견한 한 상궁이 서둘러 예를

표했으나 백영은 상관도 않고 무리와 함께 달려 나갔다.

멀어지는 흑마를 보면서 여희는 한 상궁의 부축을 받아 궁 안으로 몸을 돌렸다. 언제 나가셨느냐, 어찌 그렇게 말도 없이 나가시냐, 잔소리하는 것을 물리치고 여희는 백마 위에 앉아 있던 남자에 대해서 물었다.

"용군 대장이신 설 장군이십니다. 태자 저하의 최측근이시지요. 기억 안 나십니까?"

여희는 웃음을 터트렸다.

"인생사 새옹지마라고 어째 죽인 놈들보다 살린 놈이 더 화근이 되겠구먼. 허긴 그 업이 어디로 가겠냐. 다 저가 자초한 일이다."

"마마님, 제발 그런 소리 마셔요. 낮말은 새가 듣고 밤말은 쥐가 듣습니다. 창졸간에 용군이 튀어나와 목을 베어 가면 어쩌려고 그러셔요."

한 상궁이 지레 겁먹으며 주위를 둘러보았다. 변두리 끝, 이 궁엔 개미 한 마리도 안 지나가는데 누가 뭘 듣는다고. 게다가 이제 와서 웬 모가지.

"이미 난 죽었는데 더 날아갈 모가지가 어디 있냐."

한 상궁은 입을 다물었다. 여희는 쉬겠다는 말로 한 상궁을 내치고 자리에 앉았다. 피를 한 번 토해냈더니 기력이 빨렸다.

"정말 괜찮을까요?"

양양이 걱정스럽게 말했다.

"안 괜찮을 건 또 무어냐. 그나저나 정말 더럽게 궁상맞은 살림이구면."

제대로 눈 뜨고 훑으니 방 안 구석구석이 초라하기 짝이 없다. 궁의 안사람이라더니 왜 이리 비루해. 하다못해 좀 청결이라도 했으면. 여희는 손을 들어 방구석을 훑었다. 곧 먼지들이 떼굴떼굴 굴러가며 저들끼리 알아서 창틀을 뛰어넘었다.

곧이어 화로에 불이 피어올랐다. 손가락을 튕기니 불이 불을 잡아먹으며 몸집을 키워간다. 여희가 발을 떼자 요가 알아서 펼쳐졌다. 머리를 받치고 옆으로 누웠다. 눈을 감자 열려 있던 창문이 닫힌다. 훈훈한 기운이 금세 방 안 가득 감돌았다.

눈을 뜬 건 어쩐지 궁 안이 소란스러워서였다. 여희가 문을 쳐다보자 사람이 문고리를 잡아당긴 것처럼 활짝 열렸다. 곧 푸른 치마를 펄럭이며 저 멀리서 계집 하나가 기둥 안쪽으로 뛰어 들어가고 얼마 안 있어 한 상궁과 계집이 같이 뛰어나왔다.

여희가 한 상궁의 다리를 보자 아무것도 없는 맨땅바닥에서 한 상궁이 발을 헛디디고 휘청거리다 여희의 방문이 열려 있는 것을 눈치 챘다.

"마마님! 이 엄동설한에 어찌 이리 문을 열어놓고 계십니까. 찬바람에 탈이라도 나면 어쩌시려고……!"

"무슨 일이냐. 뭐가 그리 부산스러워?"

"사냥을 나가셨던 태자 저하께서 돌아오신 모양입니다."

한 상궁이 열린 문짝을 안으로 잡아당기며 대답했다.

"갔으면 돌아오는 것이 당연한 일이거늘, 그것이 왜?"

"그게…… 달리는 말에서 떨어지는 바람에 급히 돌아오신 것 같습니다. 이게 도대체 무슨 일인지…… 말을 수족처럼 부리시는 분인데 어쩐 일인지 모르겠습니다."

"마, 마마님! 마마님!"

문이 벌컥 열리고 계집 한 명이 천지가 개벽한 얼굴로 숨을 헐떡였다.

"아니, 이것이 미쳤나. 예가 어느 안전이라고 그리 방정을……."

눈살을 구기던 한 상궁이 어느 순간 눈을 휘둥그레 뜨며 계집의 너머를 빤히 바라보았다. 그러다 황급히 몸을 돌려 기다시피 문 밖으로 나가서 무릎을 꿇었다. 작은 계집도 몸이 굽혀진 채였다.

여희는 천천히 몸을 일으켰다. 타닥타닥, 이 궁과는 연이 없는 무수한 발걸음 소리들이 울린다 싶더니 어두운 정원에 노란 불빛이 스며들었다.

"태자 저하 납시오!" 하는 높은 소리가 허공에 울려 퍼졌다. 더 밑으로 내려갈 것도 없어 보이던 한 상궁과 계집의 몸이 아래로 더더욱 내려가고 그 사이로 백영이 들어섰다. 여희는 백영의 다리를 보았다. 아까 여희가 붉은 기운을 빼 먹은 다리에 하얀 붕대가 감겨 있었다. 백영을 보며 빙긋이 웃자 백영이 조용히 입을 열었다.

"내 영궁과 긴히 할 얘기가 있으니 모다 나가 있어라."

대답이 들려오기도 전에 문이 닫히고 백영이 앞에 자리 잡았다. 탐색하는 듯한 눈으로 백영이 여희의 얼굴을 훑었다. 여희도 마찬가지로 백영을 소소히 뜯어보았다. 시선을 마주친 이래 가장 생동감 있는 눈이었다. 이제껏 백영과는 몇 번이나 얼굴을 마주했지만, 백영이 여희를 제대로 본 적은 단한 번도 없었다. 그러나 지금 백영은 그 시야에 온전히 여희를 담아내고 있었다.

여희가 웃자, 백영이 천천히 입을 열었다.

"네 아까 나의 말을 보고 주인을 잘못 만나 숨을 거두게 될 것이라 하였지."

"그렇지. 그리 되었냐."

"그래. 무엇에 놀랐는지 좀처럼 진정을 하지 않아 목을 베었다."

여희는 작게 혀를 차고 그 가엾은 넋에게 위로를 건넸다.

"너의 다리는 어떠하냐?"

백영은 대답하지 않았다. 여희는 팔을 뻗어 붕대가 감긴 다리에 손을 대었다. 뜨끈한 열이 손바닥에 느껴지고 동시에 눈앞으로 잔상이 펼쳐졌다. 산비탈 길이었다. 하나, 둘 갈색 말을 탄 장정들이 내려가고 세 번째에 백영이 탄 흑마가 나타났다. 고삐의 방향대로 잘 따르던 말머리가 그 뒤에 선 백마를 본 순간, 갑자기 흐트러지기 시작했다.

흑마가 요란한 소리를 내며 앞발을 치켜들었다. 백영이 이마에 힘줄이 솟도록 고삐를 다잡고 앞서 내려갔던 장정들이 도로 올라와 채찍이며 끈을 던져 흑마의 머리를 고정하려 해도, 집채만 한 흑마가 작정하고 날뛰는 것에는 속수무책이었다.

그렇다면 백마는 무엇을 하고 있느냐. 그 주인은 손을 뻗지만 흑마에게도, 태자에게도 닿지 않고 오로지 말의 몸부림만 주시하고 있는 채다. "저하!" 하고 새된 음성이 터져 나오고 동시에 백영이 말 위에서 떨어졌다.

붕대가 감긴 다리에 안장 끈이 얽혀 땅바닥과 흑마 사이에서 허수아비처럼 흔들거린다. 장정 한 명이 급하게 칼을 뽑아 들고 흑마의 머리를 치려 하니 그 앞에 있던 풍채 좋은 장정이 막아섰다. "하지 마라. 그러다 말에 깔리시면 더 큰일이다. 저하, 몸을 일으키십시오. 끈을 끊어내십시오!" 얼굴이 터질 것같이 새빨개진 백영이 품속에서 단도를 꺼내들고 한 번, 두 번, 말의 뜀박질에 맞춰 호흡을 세다 상체를 일으켰다.

잘릴 듯 잘리지 않던 끈이 끊기고 백영이 땅에 굴렀다. 끈을 잘라내려던 장정이 화살로 흑마의 눈을 맞히고 그대로 달려 나가 칼로 흑마의 목을 찌르는데, 반대 방향에서도 칼날이 파고 들어왔다. 그 칼끝을 따라가니 백마의 미남자다. 미남자는 칼을 말목에 꽂아둔 채로 서둘러 백영에게로 달려가 부축했다.

　여희는 백영을 바라보았다. 너를 죽일 뻔한 것은 흑마이냐, 백마이냐. 아니, 그것은 중요하지 않지. 여희에게 필요한 것은 백영에게 곁든 염. 그리고 백영이 알아야 할 것은 여희가 백영의 다리를 살렸다는 점이다.

　"부러지진 않았군."

　여희는 그대로 눈만 올려 백영과 시선을 맞추었다.

　"내 덕이다. 원래대로라면 너의 다리는 부러져야 했거든."

　백영이 눈을 가늘게 뜨고 여희의 얼굴을 보았다.

　"너는 사람이냐, 귀신이냐?"

　여희는 재미난 것을 들었다는 듯이 웃음을 터트렸다.

　"그 어느 것도 아니다."

　"그럼 너는 무엇이냐?"

　"나는 그저 신일 뿐이다."

　이번엔 백영이 웃음을 터트렸다. 은은하게 퍼지는 웃음소리가 제 얼굴만큼이나 미색이었다. 오래 살아온 여희가 보기에도 드물게 아름다운 얼굴이었으므로 여희는 순수한 감탄으로 백영을 바라보았다.

"천제 앞에서 그런 소리를 하다니. 배짱이 좋은 건지 머리가 나쁜 건지 구분이 안 가는군."

"천무가 버릇을 다 버려놨구먼. 허영만 가득해설랑. 어찌 인간 따위가 신을 운운하는지."

여희는 백영의 다리에서 손을 떼며 허리를 반듯하게 세웠다.

"천무?"

"그래. 네 나라에 불새를 타고 내려왔다던 그 천무 말이다. 그놈은 너희들이 믿는 것처럼 거창한 사명을 지니고 온 것이 아니라 그저 천계에서 노닐다 지루해 이 땅에 발을 한번 디딘 것뿐이다."

"꼭 옆에서 본 것처럼 말을 하는구나."

"그야 직접 보았으니 그렇지. 천무가 그 천계에서 얼마나 주색잡기를 했는지 알면 너흰 까무러칠 것이야. 과연 이것을 건국 신화로 삼을 수 있는지 회의가 들 것이란 말이지. 암, 그놈이 점잖빼고 땅 위를 거닐 땐 배꼽이 빠지는 줄 알았지. 그래도 신이라 하면 천무는 신이 맞지. 하지만 너희들은? 천무의 피는 사라진 지 오래다. 너희는 신도 뭣도 못 되는 게야. 그런 것을 저희들끼리 신이니 뭐니 추앙하는 꼴이란. 웃음도 나오지 않는다."

백영이 묘한 얼굴을 해 보였다.

"그러고 보니 사람들 중엔 신내림이란 걸 받는 자가 있다지. 그들은 죽은 자를 보고 영접할 수 있다는데 너도 그런 게냐? 우리 궁에도 술사라는 자들이 있다. 그들 중에는 신내림을 받았다 하는 자도 있더군. 그 신내림이란 것을 받을 땐 죽다 살아나기도 한다던데…… 그렇군. 그렇다면 이 모든 게 말이 되지."

여희는 단번에 눈살을 찌푸렸다.

"어디 그런 귀들을 가지고 나와 비교하누. 나는 그것들과는 다르다. 그는 너희 인간이 죽어 화히는 것이지. 나와는 상관이 없느니."

"그럼 너는 무엇이냐?"

"신이라고 몇 번을 말하느냐. 말에서 한 번 떨어지더니 정신까지 떨궈놓고 온 게야? 됐으니 빚 얘기나 하자꾸나."

"말이 죽을 것을 어찌 알았냐."

여희는 입을 다물었다. 좀처럼 본론으로 넘어가지 않는 대화가 지겨워지기 시작했다. 그러나 백영은 답을 들을 심산인지 똑같이 입을 다물고서 대답을 기다리고 있었다. 하는 수 없이 풀이해주듯 설명을 했다.

"사념이 보였으니 알지. 나의 눈은 너희 인간들과는 달라서 더 많은 것을 볼 수 있거든. 나는 살 것과 죽을 것, 산 자와 죽은 자, 그 너머의 너머. 또 그 너머까지. 모든 걸 볼 수가 있어."

그러니 백영이 아주 제격이었다. 백영을 둘러싼 저 기들만 먹을 수 있다면 부러 혼을 찾아먹지 않아도 되는 것이다. 지금도 피어오르고 있는 염들을 보고 있자니 조바심이 들었다.

여희는 백영을 유혹하듯 그 시선을 잡아끌었다.

"내가 너의 활보다 나을 것이다. 오늘 너의 다리를 지켰듯이 말이다."

가만히 여희를 보던 백영이 그 유혹에 응하듯 부드럽게 미소 지었다.

"빚을 운운한 걸 보면 공으로 활 노릇을 하겠다는 건 아니겠지. 내게서 무엇을 가져갈 참이냐."

"나는 너의 악臐을 가져갈 것이다."

백영의 눈썹이 휘었다.

"그것은 끝이 없을 터인데?"

"그러니 더없이 좋지 않니. 지금 같아선 매일같이 너의 뼈와 살을 먹어도 모자람이다. 허니 내 기력을 차릴 때까지는 너의 곁에 있어야겠다."

"기력을 차린다?"

여희는 한숨을 쉬었다.

"내 여기에 있고 싶어서 있는 게 아니다. 그저 나갈 때까지는 시일이 걸리는지라 이리 있는 것이지. 네게 드리워진 염들을 먹고 힘을 쌓으면 이 궁을 나갈 것이다."

"궁 안의 여인들은 죽어서야 궁 밖으로 나갈 수 있다는 걸 모르는 게냐."

여희는 비죽이 웃었다.

"아주 잘됐군. 이것은 죽은 지 오래이니 언제든 나갈 수 있겠구나."

어느덧 동이 터 방 안에 빛이 들어오기 시작했다. 잠시 잠깐 그것을 보던 백영이 작게 중얼거렸다.

"그래. 빚은 갚아야지."

하얀 손이 뻗어와 여희의 목을 쓸더니 그대로 손아귀에 틀어쥐었다.

"원하는 건 마음껏 먹어라. 모다 너에게 주마. 지아비가 되어 그것 하나 못 해주겠느냐. 어디 얼마나 활 노릇을 잘하는지 구경 한 번 해보지."

손길과는 다른 다정한 목소리로 백영이 속삭였다.

백
영

    불새를 타고 내려온 천무가 대지에 검을 꽂으니 마르지 않
는 물과 불이 솟아나고, 동서남북에 화살을 쏘니 사방신이
똬리를 틀어 이 땅을 보호할지니. 천하에 다시없을 단국의
수율 황제는 황후 윤 씨를 비롯해 43인의 비빈들을 두었는데
그들의 태를 빌려 태어난 소생들 중 궁에 적을 둘 수 있었던
건 단 열세 명뿐이었다.

    그들 중 황후의 피를 이은 자가 둘, 그가 백영과 일영이다.
백영과 일영은 일곱 살 차이가 난다. 황후 윤 씨는 본디 몸이
약했다. 백영도 우여곡절 끝에 낳았다. 그사이 수율 황제의
비빈들에게선 남녀 가리지 않고 아기씨들이 튀어나왔다.

    수율 황제의 음욕은 사람을 가리지 않았다. 황후 윤 씨는
기를 쓰고 수율 황제를 받아내었다. 약한 밭은 좀처럼 씨를
품어주지 않았다. 싹이 자란다 싶으면 어느새 죽고, 꽃이 피
었다 하면 쥐도 새도 모르게 시들었다. 황후 윤 씨는 포기하
지 않았다. 기어코 제 목숨 줄과 바꿔 일영을 세상 밖으로 내

보냈다.

백영은 하늘이 점지해준 제왕이었다. 열세 명중 그 누구보다도 뛰어났다. 백영에게 없는 것은 단 하나, 제 맘 편히 디딜 언덕이었다. 청렴한 황후 윤 씨의 가문은 황후가 죽을 때 같이 바스라진 지 오래다. 여자 아랫도리에 정신이 팔린 수율 황제는 더 볼 것도 없었다. 해서 백영은 무관 가문으로 이름난 설 가문의 여식을 귀비로 들이고 검을 잡았다. 피바람의 시작이었다.

제 스스로 뒷배를 만들기 시작한 지 아흐레. 마지막으로 열 살 난 황자의 목을 들고 수율 황제를 알현했을 때 황제는 까무룩 뒤로 넘어갔다. 수율 황제가 병상에 누운 지 어언 7년째였다. 그간의 모든 정무는 백영이 보았다. 사실상 단국의 황제는 백영이나 다름없었다. 그러나 백영은 황제의 칭호를 제 스스로도, 누구에게도 달지 못하게 했다. 왜 그런지는 하늘과 백영 자신만이 알 것이다.

한바탕 단국을 뒤흔든 백영의 행태를 뒤따라, 요즘 황궁을 뒤흔드는 것은 남서쪽 끝자락, 단출한 궁의 주인인 영궁마마였다. 결코 한 군데에 긴 걸음을 두지 않는 백영이 벌써 달이 넘어가도록 영궁에 발길을 주고 있었다.

그리고 그보다 더 유명한 것이 끝 간 데 없는 영궁마마의 작태이니. 감히 태자에게 말을 놓는 것은 물론이요, 가끔은 정무가 이루어지는 제도전에도 함께 자리를 해 태자에게 훈수를 두었다.

목이 잘려도 진즉에 잘렸을 영궁이 아직도 목숨을 부지하는 것은 모다 태자 때문이다. 크게 앓고 난 후, 어린아이가 된 탓이라며 "지아비 된 자로서 허물을 감싸주지 못할망정 어찌 지어미를 버리리." 하고 태자가 손수 돌보았기 때문이었다.

태자가 가만히 있으니 궁의 누구도 어찌할 수가 없다. 해서 약이 바싹 오른 비빈들이 영궁의 병을 핑계 삼아 그것으로 야금야금 잡도리질을 해댔다.

"이게 뭐냐."

도자기 그릇에 시커먼 물이 찰랑였다. 냄새도 구린 것이 지독했다.

"덕비마마님께서 사국에서 방문하였다던 의원에게 받아 오신 약재입니다. 몸에 기운을 넣어주고 정신을 맑게 해준다는 효험이 있다 하여 영궁마마님께 드리려 지어 오셨어요. 어서 드셔보십시오. 뜨신 기운이 가시기 전에 마셔야 더 좋다 합니다."

한 상궁 옆에 있던 처음 보는 계집이 속사포처럼 내뱉으며 그릇을 들이밀었다. 한 상궁은 떨떠름한 얼굴로 그릇과 여희를 번갈아 보았다. 몸에 좋다는 약이 얼마나 많던지 그간 쉼없이 영궁으로 떠밀려 왔다. 정작 죽을 때는 거들떠도 안 보던 것들이 희한한 짓을 한다.

그래, 뭘 가져왔나, 살펴봤더니 약은 약이되 한 끗 차이로 독약이로다. 한 상궁은 바지런히 걸러내었다. 겨울에 약한 이파리들은 귀한 것 길이길이 보관하겠다고 찬 서리 내려앉는 독 위에 올려놓아서, 얇게 고아 먹는 것은 약이란 자고로 진하게 우려내야 한다며 푹 고아서.

그랬더니 이번엔 덕비마마의 계집종들이 아예 다 지어진 약을 들고 왔다. 여희는 코를 실룩이며 창 너머를 보았다. 궁녀 한 명이 이 겨울에 땀을 뻘뻘 흘리며 약 우려내는 주전자 앞에서 부채질을 하고 있었다. 주전자 밑에서 불길이 번지다 못해 재가 되어 날린다. 얼마나 열심히 우려내고 있는 것이냐. 직접 사발을 뜨다 못해 아직 첩첩이 이리 많다며 직접 고아내고 앉아 있는 중이었다. 그 옆에서 양양이 약재를 유심히 살펴보았다.

"마마, 열두매 씨앗이 있습니다. 음기를 앗아가는 거라 계집이 먹어선 안 되는 것이어요. 이걸 오래 먹었다간 애를 배는 족족 떨어져나갈 것입니다."

"마마, 어서 드시어요. 덕비마마께서 마마를 잘 보필하시어 잡숫는 걸 꼭 보고 오라 하셨습니다. 마마님과 저의 정성을 보셔서라도 어서 드세요."

계집이 그릇을 코앞까지 들이밀었다. 이것들이 아주 잘들 노는구먼. 여희는 비죽이 입을 벌렸다. 계집이 옳다구나 열심히 그릇을 기울여 약을 목구멍으로 흘려보냈다. 한 상궁의 얼굴이 썩어들어갔다. 그런 얼굴 할 거 무에 있는고. 어차피 이 약이 아니어도 이 몸에는 애가 들어설 일은 없는 것을.

마지막 한 방울까지 탈탈 털어 넣고 물러가는 계집종의 팔목을 잡았다.

"이리 신경을 써주시는데 내 너를 빈손으로 보낼 순 없지. 기다려라, 나도 덕비마마께 드릴 것이 있느니. 온 김에 가져 가렴."

"예? 아니, 저는……."

"한 상궁, 뭐하느냐. 지난번 귀하디귀한 차 하나가 들어오지 않았니. 냉큼 가져오거라."

"네, 금방 다녀오겠습니다!"

방금 전만 해도 죽상이던 한 상궁이 얼굴을 활짝 펴고 재게 발을 놀렸다. 광에 금은보화는 없어도 약재는 한 아름이다. 지난번 연초꽃으로 유명한 찻잎이 들어왔다. 그 고매함도 고매함이지만, 연초꽃 뿌리로 만든 차를 백일 동안 마시고 급사한 명국 순황제의 일화로 유명한 찻잎이었다. 한 상궁이 금 보자기로 포장한 연초꽃 뿌리를 계집에게 안겨주었다. 부채질은 내가 할 테니 너는 이만 가보라며 덕비의 궁녀들을 모다 쫓아냈다.

그 밤, 새빨간 입술을 번들거리며 덕비가 직접 영궁으로 쫓아왔다. 내던진 보자기에서 연초꽃 뿌리가 휘날렸다. 내게 어찌 이런 걸 보내느냐며 은혜를 모르는 년이라 분통을 터트리다 못해 드잡이질을 하려는 찰나에 백영이 들어섰다. 긴 손톱을 갈고리처럼 뻗어대던 덕비가 가녀리게 무너졌다. 눈물이 펑펑 솟아난다.

"저하, 신첩의 말 좀 들어보셔요. 어찌 이럴 수가 있습니까!"

세상이 무너진 듯했다. 저러다 진짜 숨넘어가지 싶을 때 백영이 덕비의 어깨를 감싸 안았다. 심드렁한 여희를 보면서 무슨 일이냐, 말을 해보아라 달랬다. 덕비가 백영의 품에 파고들며 구구절절 말했다. 그 말속에서 얼마나 영궁을 사득할 정도로 생각해주는지 누가 보면 영궁과 덕비가 피붙이인 줄 알 정도였다. 그렇군, 그렇지를 연발하며 말을 들어주던 백영이 손수 덕비의 눈물을 닦아주었다. 덕비의 눈망울이 더욱 그렁그렁해진다.

"이리 옥루를 흘리는 덕비를 보니 마음이 편치 않으나, 한편으론 부인들의 우애를 본 것 같아 흡족함 감출 길이 없구나. 내 소소히 모두를 돌아보려 했으나 어디 사람 마음이 다 같을 수 있으랴. 그대들은 이를 어찌 받아들일까 걱정이었는데 괜한 염려였군."

"예?"

웬 자다 봉창 두들기는 소리란 듯이 덕비가 눈을 댕그랗게 떴다.

"서로가 서로를 이리 생각해주니 얼마나 정이 돈독한가.

오히려 짐이 그대들보다 못한 인사가 되었군. 너희 볼 낯이 없음이다. 허니, 짐도 그 보답을 하마."

"예?"

"그 귀한 약, 어찌 남에게만 주리. 네 입도 입이다. 덕비에 겐 덕비가 보낸 한약을, 첩여에겐 첩여가 보낸 찻잎을 내 하사하리라."

백영이 인자하게 웃었다. 눈물 마른 지 오래인 덕비의 눈가를 부드럽게 엄지로 쓸고 여희를 쳐다보았다.

"짐의 정성이니 둘 다 매일 거르지 말고 조석마다 챙겨 먹으라."

그러곤 때마침 끼니때가 돌아왔다며 그 자리에서 약과 차를 달여 사이좋게 나눠 마셨는데, 세 입에 차를 털어놓은 여희와 다르게 덕비는 한 입에 약을 모두 게워냈다. 몸이 안 좋다 하늘하늘 무너지는 덕비를 약 꾸러미와 함께 궁녀들이 이고지고 나갔다.

"미련하게 그걸 또 다 마셨느냐."

빈 찻잔을 보며 백영은 익숙한 몸짓으로 겉옷을 벗었다.

"몽니 그만 부려라. 이도 따지고 보면 네 탓 아니냐. 차는 뭐하러 들려 보내선."

"말마따나 고 계집의 얼굴에 붙은 게 주둥이도 아닌데 좋은 것 나눠 마셔야지, 나 혼자 그걸 어찌 다 먹누. 나는 그렇게 야박한 인사가 아니니라."

여희는 대수롭지 않게 말하고 백영의 몸에 들러붙은 사사로운 기들을 빨아 먹었다. 손가락으로 훑기만 해도 기가 잔뜩 묻어나왔다. 기가 감겨 있는 손가락을 쪽쪽 빨고 있는데 백영이 두루마리들을 끌어와 여희의 앞으로 던졌다. 어희는 질린 눈으로 두루마리들을 내려다보았다.

"……이놈의 상소는 끝이 없구나."

"먹은 값은 해야 하지 않나. 듣자하니 소주의 사령 하나가 이번에 집 기왓장을 올렸다더군. 누군지 찾아보아라."

여희는 한숨을 삼키며 두루마리를 펼쳤다. 산 것과 죽은 것을 구분하는 것 외에도 잔상을 읽어낼 줄 안다는 것을 알게 된 백영은 때때로 제도전에도 여희를 참석시키기 시작했다.

지난번, 의관 한 명을 지목하여 저것은 너의 이름을 팔고 다닌다 한 일의 이후였다. 그 의관은 비빈들 중 한 명의 삼촌으로 아직 애도 한 번 배지 못한 조카를 태자의 총애자로 삼아 온갖 곳에서 자신의 곳간을 채워 넣었다.

기실 그것은 따지고 보면 새삼스러울 일도 아니었지만, 여희가 지목한 것에 놀란 백영이 손수 그 조카를 후궁전에서 내쫓고 의관을 파면한 후, 그러한 유의 일처리 또한 여희에게로 돌아왔다.

한창 두루마리를 손으로 쓸며 잔상을 훑고 있는데 옆에서 나직이 말 한마디가 건너왔다.

"내일 사냥을 갈 것이다. 너도 갈 테냐?"

"누구 놀리는고. 결계 때문에 궁에서 나갈 수 없다 하지 않았냐."

"달 넘긴 지가 언젠데 아직도 그르느냐. 그놈의 기력은 대체 언제가 되어야 차려진다는 게야."

그것은 여희도 궁금하던 참이었다. 영은 충분하다. 백영은 누구보다도 많고 깊은 기를 지니고 있었다. 그간 먹은 걸로 봐선 충분할진대 아직도 문턱을 못 넘고 있었다. 그제 밤에는 백영이 자신도 한 번 구경해보자며 같이 대문까지 갔다가, 피를 토하며 쓰러지는 여희를 보고는 식겁해서 그대로 둘러메고 궁으로 돌아왔었다.

옆을 돌아보았다. 하얀 피부 위, 눈가만 유독 발갛게 충혈되어 있었다. 달이 넘어가는 동안 알게 된 것이 있다면 백영은 주기적으로 사냥을 나간다는 것이었다. 오늘따라 유독 흥분한 기색을 보니 그때가 온 모양이었다.

"너는 참말로 짐승 같은 놈이구나. 어찌 이리 피를 좋아하는고."

백영이 입매로 웃었다.

"좋아하는 것이 아니라, 그것이 나를 부르는 것이다. 참을 수 없을 만큼 갈증이 이는 날이 있단 말이지. 그래도 요즘은 덜해."

백영이 가만히 여희를 올려다보았다.

"그러고 보니 너를 만나면서부터 좀 사라진 기분이군. 왜지? 네가 내 기를 먹는 것과 관계가 있는 건가."

"그럴 수도 있지."

백영의 손이 여희의 턱, 입가, 목덜미에 떨어진 몇몇 가닥의 머리카락을 만지작거렸다. 사심 없고 단조로운 행동이었다.

"아쉽군. 이맘때 즈음 피는 석산의 꽃이 절경인데. 문턱도 넘질 못하니 그 꽃은 다음에 보여줘야겠구나."

"산짐승 목을 따러 가는 놈이 꽃 타령이라니 우습지도 않구나."

백영이 팔을 당겼다. 기울어지는 여희를 옆구리에 끼고 나란히 누웠다.

"네 지아비는 풍류를 아는 자다. 정신 나간 놈처럼 피만을 좇는 것이 아니란 게지. 그것만의 재미론 그 귀찮은 짓을 부러 할 수는 없느니."

백영은 여희의 목덜미에 얼굴을 묻었다. 이 정도의 접촉도 이제는 익숙한 일이었다.

"게다가 그 꽃은 내 칼질도 멈추게 할 정도로 아름다워. 너도 보면 알 것이다."

얼마 안 가 백영의 안정된 숨소리가 들려왔다. 백영은 기이할 정도로 빠르고 깊은 잠을 잤다. 한 번 잠이 들면 어지간해선 깨지도 않았다. 그 성미와는 다른 잠버릇이었다.

"오늘도 자고 가는 겁니까?"

양양이 백영의 머리맡에 앉아 잠든 얼굴을 내려다보았다.

"이렇게 찾아와주는데 왜 도력이 올라가지 않을까요."

"그걸 내가 어찌 아냐."

여희는 심드렁하게 대꾸하며 백영의 품속에서 빠져나왔다. 얼마간 두루마리를 보고 있다가 심란함을 못 이기고 손에서 놓았다. 무엇이 문제일까. 아니, 문제랄 것도 없다. 단전에서부터 힘이 소용돌이치고 있었다. 제대로 하고 있다는 증거였다. 그런데 왜 넘어가지를 못하는가.

"역시 기를 몸에다 직접 받아야 하는 거 아닐까요?"

"직접?"

"이것 보셔요. 몸에 이렇게 솔찮이 양기를 갖고 있는데, 이를 모다 딴 계집들에게 주고 빈 주머니로 덜렁덜렁 오니 어디 백날 빼 먹는다고 그게 되겠어요?"

양양은 어느새 백영의 가랑이 사이에 앉아 있었다. 손으로 톡톡 두들기는 것은 빈들도 쉬이 볼 수 없다는 그 귀하신 옥경이다. 저가 무슨 짓을 당하고 있는지도 모르고 백영은 잠에 취해 있었다.

"내가 먹는 것은 그 주머니에 든 것이 아니니."

"해도 양기는 이곳에 가장 많이 담겨 있습니다. 무시할 것이 아니어요."

"네 말도 일리가 있다만……."

여희는 제 몸을 훑었다. 이것은 제 육체가 아니었다. 생사로 따지면 사의 몸이기도 했다. 죽은 몸이 과연 어디까지 생을 받아들일 수 있을까.

"이미 죽은 몸, 이게 받아들이면 뭐 얼마나 받아들이겠냐."

"마마님, 그것은 거죽에 불과합니다. 인간들은 본디 육체보다는 그 안에 깃든 정신을 더 중히 여기는 족속이어요. 그들의 계율에 따르자면 정신이 살아 있는 한, 육체는 죽은 것이 아니시요. 무엇보다도 여기서 언제까지 이러고 있을 수만은 없지 않습니까."

"그는 그렇지……. 고것 참, 만신 노릇 하던 가닥이 어디 가진 않았구먼? 말 한 번 기똥차게 하는 걸 보니."

양양이 맑게 웃었다. 그것이 어린 계집아이 얼굴과 퍽 어울려 여희도 입가를 허물었다. 새벽 냉기가 느껴졌는지 백영이 흠칫 어깨를 떨었다. 여희는 가만히 내려다보다 그 몸에 이불을 끌어올려주었다.

다음 날, 영궁에서 사냥 갈 채비를 끝낸 백영이 까만 윤기가 도는 말에 올라탔다. 지난번 죽은 흑마의 새끼라 했다. 몸집은 크지만 새끼답게 어딘가 어린 구석이 있었다. 푸릉푸릉대는 주둥이를 쓰다듬으며 저 너머를 보았다.

백영과 사냥을 가는 무리는 항시 일정했다. 그의 동생인 일영과 무사라는 이가 둘. 지난번 낙마 사건으로 눈에 익은 미남자와 풍채 좋은 장정이다. 낯설 것도 없는 인물들을 살피는 이유는 어느 순간부터 일영과 그 한 다리 건너 백마 위의 매끈한 미남자의 기가 얽혀 있기 때문이었다. 언뜻 보면 따로인 듯했지만 자세히 보면 아니다. 약지를 살짝 얽은 것처럼 그 끝이 서로 맞닿아 있었다.

'게다가 저놈은 나를 볼 때마다 원수 보듯이 한단 말이지.'

여희를 스치는 미남자의 눈은 매우 날카로웠다. 그리 짧은 시간에 감정이 솟아났다 사라지는 것이 의아할 정도였다.

그때, 턱이 잡혀 강제로 얼굴이 돌려졌다.

"발칙하기는. 지아비를 앞에 두고 어딜 보고 있는 거냐."

낮게 뇌까린 말과 다르게 백영의 손가락은 부드러이 여희의 턱을 쓸었다.

"오늘은 어떠하냐."

"오늘 사냥에서는 이놈이 죽지 않겠구나."

여희가 그 손에서 벗어나며 말을 톡톡 쳤다. 어디에도 백영과 얽힌 기는 없었다.

"그래? 그럼 맘 편히 즐길 수 있겠군. 조신하게 잘 있어라. 괜히 싸움닭처럼 설치지 말고. 나흘 후에 올 것이다."

백영이 고삐를 잡아당기자 말이 앞발을 들어 올리며 우렁차게 울었다. 어린 기세가 장렬히 바람을 뚫고 간다. 세 명의 장정이 그 뒤를 그림자처럼 따라갔다. 여희도 몸을 돌렸다.

궁으로 들어가는 대신 뒷길을 따라 결코 넘어갈 수 없는 대문 앞까지 갔다.

이번에는 무턱대고 발길을 옮기는 대신, 손끝부터 대었다. 찌르르하게 울리는 감각. 바늘 수백 개가 손끝에 꽂히는 것 같았다. 조금 더 들이밀자 불에 데듯 저 밑바닥까지 차가워졌다가 확 하고 순식간에 뛰고 올라와 화끈해진다. 못 견딜 정도는 아니라 그대로 발을 옮겼다.

몸이 반쯤 나아갔을 때, 숨이 막혀와 도로 물렸다. 작게 헐떡이다 기이한 느낌에 고개를 돌리자 인제 온 건지 남자가 한 명 서 있었다. 가늘고 긴 몸에, 둥근 안경알 너머 처진 눈꼬리가 선한 인상의 남자였다.

"괜찮으십니까? 몸이 안 좋아 보이십니다."

말은 여희에게 걸어놓고 시선은 약간 빗겨 옆에 둔다. 옆에는 양양이 있었다. 뭘 알고 보는 것인가, 여희는 남자를 살폈다. 그러다 허리춤에서 하늘거리는 청 띠를 보았다.

'이놈, 귀술사군.'

궁에는 점성학을 풀이하는 학자들이 있었는데 그들은 하나같이 청 띠를 매고 해와 달, 별을 보며 천의 학문에 매진했다. 그 학자들이 귀술사다. 황궁의 제와 결계, 길흉지사를 담당하는 귀술사는 인간의 눈으로는 볼 수 없는 것들을 보았는데, 아무리 그래도 양양을 볼 수는 없을 것이다. 귀와 신은 다르다. 양양이 신 중에서도 제일 계급이 낮은 신이라고는 해도 귀보다는 한참 위다. 귀를 다루는 귀술사 놈이 볼 수 있을 리 없다.

그 말에 따르듯 남자는 금방 고개를 돌렸다. 문득 손을 들어 어딘가를 가리키기에 따라가니 동백나무 한 그루가 있었다.

"제 스승이 심어둔 것입니다. 궁의 풍수지리를 관리하고 역귀를 잡는 나무지요. 그래서인지 좀처럼 꽃을 피우지 못하고 있습니다. 남들은 꽃 하나 못 피우는 나무라 욕하지만 기실 뭘 몰라 하는 소리들이지요."

남자가 다가왔다. 여희는 한 발 물러섰다. 그런 여희를 아랑곳 않고 남자는 그것이 원래 할 일이었다는 듯 담벼락에 무언가를 휙휙 걸쳐놓더니 대문 손잡이 끝에 금실을 걸어 엮기 시작했다.

"제 스승은 저 나무로 대국의 흥망성쇠를 점쳤는데, 저 나무가 악운을 다 가져가 제 몸을 죽이면 나라는 안정되었고, 차마 그것을 이기지 못해 꽃을 피울 땐 혼란에 빠졌으니, 저 것은 꽃을 피우지 않을 때에 가장 아름다운 나무입니다."

남자는 여희를 지나쳐가며 다른 쪽 문에다가도 똑같이 금실을 엮었다.

"저는 저 나무에 꽃이 피는 것을 단 두 번 보았습니다. 하나는 성친왕께서 첫 혼례를 치르셨을 때이고, 하나는 바로 지금이지요."

여희의 얼굴이 굳었다. 저도 모르게 동백나무를 돌아보니 정말로 가지 끝에 아주 작은 꽃봉오리가 매달려 있었다. 자세히 보지 않으면 아무도 모를 만큼 이제 막 맺히기 시작한 꽃봉오리였다. 양양이 몸을 부풀렸다. 사람 형체가 도깨비로 바뀌며 기괴한 소리를 낸다.

"마마님께 인사가 너무 늦었군요. 소신은 천문관의 고승이라 합니다. 진즉에 찾아뵈었어야 했는데 서국에 사신으로 가 있었기 때문에 지금에야 인사를 드리는 것을 용서하십시오."

어느새 다가온 남자가 공손하게 예를 올렸다. 양양이 고승을 물어뜯을 듯 굴어 여희는 양양의 앞을 가로막듯이 섰다.

"됐다. 듣고 보니 사죄하는 그 걸음, 내게 할 게 아니라 성친왕께 고해야 할 일이구나. 흥망성쇠에 감히 천제를 논하다니. 너는 목숨 줄이 여러 개 되는 모양이다."

"태자 저하께서는 그 기운을 검으로 삼아, 변방의 무리들이 성을 침략치 못하게 하시고 제왕으로서의 위엄으로 행하시니 어찌 그것과 논할 수 있겠습니까. 제가 걱정하는 것은 첫 번째 꽃이 아닌 두 번째 꽃입니다. 과연 이는 어떻게 피어날 것인지……."

고승은 조용히 말하며 문가를 보았다.

"곧 천령제가 행해질 것입니다."

"천령제?"

"궁과 나라의 다복을 기리는 큰 제이지요. 올해에는 좀 늦어졌습니다. 선황께서 워낙 위독하시어 그 건강을 기리는 길일과 맞추다 보니 공교롭게도 귀신의 날과 엇비슷해졌지 뭡니까. 이 금실은 그날을 대비해 걸어두는 것입니다. 귀문을 잇는 다리가 될 귀한 끈이지요."

양양은 현신인 도깨비를 완전히 드러내고 있었다. 고승의 차분함과는 대비되는 모습이었다. 흥분으로 발을 구르는 양양을 손짓으로 물리면서 대답했다.

"나는 네가 무슨 말을 하는지 모르겠구나."

"황궁에는 화를 막기 위하여 결계가 쳐져 있는데, 이 결계는 멸을 삼는지라 제를 올리는 날만큼은 덕을 베풀기 위해 귀들이라 하여도 그 멸을 당하지 않도록 문을 잠시 열어두고 있답니다. 멸은 곧 살이니 뜻깊은 날에 무분별한 살생을 피하기 위함이지요."

순간 고승의 눈이 잘 벼린 칼처럼 날카롭게 변했다.

"나가야 한다면 지금이 기회라는 말입니다."

키야악! 양양이 위협적으로 소리를 질렀다. 여희는 고승을 쏘아보았다. 유유했던 공간이 얼어붙었다. 그것을 뚫고 날아온 것은 청량한 음이었다.

"고승님! 고승님!"

저 멀리서 작은 아이가 뛰어오고 있었다. 자발스럽게 손을 흔들다 여희를 보고는 허둥지둥 예를 올린다. 고승이 선한 얼굴로 아이를 바라보았다. 방금 전까지 내보이던 날카로움은 온데간데없었다.

"그렇게 뛰지 말라 하지 않았니. 그러다 저번처럼 넘어지면 어쩌려고."

"재참판께서 어서 모셔오라 하시어서…… 급히 찾고 계셔요."

"허면, 마마, 소인 먼저 일어나겠습니다. 조심히 살펴 가십시오."

고승이 허리를 숙이지 아이도 딩달아 또 한 번 꾸벅였다. 그런 아이가 귀여운지 머리를 도닥이는 고승의 손길이 다정했다. 멀어지는 두 사람 사이로 양양이 푸른 얼굴을 하고 앞으로 튀어나왔다. 귀술사와 맞닥뜨려 어지간히 놀란 모양이었다.

여희는 문가로 걸음을 옮겼다. 대문에 걸린 금실을 보며 발을 내딛었다. 몸이 빠져나가나 싶더니 튕기듯 궁 안쪽으로 빠르게 밀려났다. 작은 먼지바람을 일으키며 엉덩방아를 찧는 여희를 향해 양양이 뛰어왔다.

"마마님!"

"열긴, 퍽이나! 멍청한 놈이 나를 귀로 아는 모양이구먼. 귀만 빠져나가면 뭐하냐. 내가 너희 인간들 혼처럼 구천이나 떠돌다 되는 귀인 줄 아는 것이냐. 난 신이란 말이다!"

여희는 활짝 열린 문을 보며 주먹을 쥐었다.

고승을 본 다음 날에도 양양은 도깨비 모습을 벗어나지 못했다. 옆에서 그렇게 산만하게 구니 여희도 덩달아 신경이 곤두서 뜬눈으로 밤을 지새웠으나 다시 고승을 보거나 별다른 일이 벌어지진 않았다. 그렇게 나흘이 지나갈 무렵, 사냥을 끝낸 백영이 돌아왔다.

　물 먹은 먹지처럼 가라앉은 여희와 다르게 살풀이를 신나게 했는지 얼굴이 활짝 개어 있었다. 살생을 한 직후여서인지 둘러싼 기도 충만하여 여희는 비척이면서도 그 기를 전부 뽑아 먹었다.

　"너, 내가 무엇을 잡았는지 아느냐. 그놈이 나타났을 땐 대단했지. 다들 보고도 눈이 먼 놈들처럼 아둔하게 굴지 뭐야. 아모도 못 잡는 걸 내가 잡아 왔다."

　"그러냐."

　"이번 사냥터는 그놈이 지나다니는 곳이라 흘러가는 말로 그놈을 걸고 내기를 했는데, 진짜 나타났지 뭐냐. 놈도 잡고 금전도 챙기니 이것이야말로 일석이조 아니겠느냐."

　"대단하구먼."

　문득 백영이 소리 높여 말하던 것을 멈추었다.

　"너란 계집은 영 재미가 없구나. 나는 지금 사냥이 끝나자마자 너의 궁부터 온 것이다."

　"그것 참 성은이 망극하구나."

"됐다. 내가 너랑 무슨 말을 하겠냐. 관둬라."

백영은 시답잖다는 듯이 말을 끊고 문밖으로 나갔다. 여희는 깊은 숨을 내쉬었다. 고승을 만나고부터는 손바닥에 가시가 박힌 듯한 기분이 가시질 않았다. 몸이 뒤흔들릴 정도는 아니나 까끌까끌 잔잔히 거슬렸다.

문이 벌컥 열렸다. 다시 돌아온 백영의 손에는 터럭 한 뭉치가 들려 있었다. 그 터럭이 발치에 던져졌다.

터럭 끝엔 짐승의 대가리가 붙어 있었다. 긴 주둥이, 총기 없는 눈. 밑으로 갈라진 배가 보인다. 텅텅 빈 거죽에 갓 마른 핏물. 숨이 빠져나간 것만큼이나 모든 것이 빛바래 있지만 단 하나, 황금처럼 빛나는 그 털색만큼은 생전 그대로였다. 이것이 살아 숨 쉬어 초원을 달릴 때엔 얼마나 아름다웠을지 짐작이 가고도 남았다.

"좀처럼 나오지 않는 놈인데, 별일이지. 좋으냐?"

"……내가 좋을 게 뭐가 있냐."

"이놈으로 겉옷을 뜨면 동장군이 찾아와도 끄떡없음이다. 이것으로 네 겨울 옷 한 벌 지어주마. 이래도 너 좋을 게 없느냐."

여희는 꺼멓게 죽은 눈을 들여다보았다. 덩치를 보면 살 만큼 산 모양새지만, 어디 제 명에 가는 것과 남 손에 가는 것이 같을까. 무심코 생각하며 죽은 터럭에서 손을 떼어냈다.

"됐다. 난 추위도 더위도 타지 않으니 필요 없구나."

말이 끝나자마자 팔이 붙들렸다.

"무슨 일이냐. 또 빈들과 한바탕 했느냐?"

"내가 싸움닭인 줄 아느냐."

벗어나려는데 놓아주질 않았다. 외려 더 강하게 죄어오는 힘에 여희는 설핏 인상을 썼다. 백영이 새삼스레 제가 잡은 짐승을 훑었다.

"별일이군. 설마 죽은 걸 보았다고 저어하는 건 아니겠지. 넌 인간도 잡아먹는 계집이지 않나. 고작 짐승 하나에 그럴라고."

"필요치 않아서 그런 것뿐이다."

여희는 손을 흔들어 빼냈다. 악력에 빨개진 손목을 다른 손으로 살살 매만졌다.

"고작 짐승이라 깔보는 그것이 너희 인간들보다도 맑은 영을 지니고 있느니. 영으로 따지면 하천에서 길 놈들이 칼 좀 다를 줄 안다고 콧대 높이는 꼴이 우습지도 않구먼."

"이 땅은 영으로 따지지 않으니 상관없지. 갖기 싫음 말거라."

백영은 터럭을 잡아다 뒤로 던지며 문지방 너머 종에게 고했다.

"설궁에다 가져다줘라. 귀비는 너완 다르게 저런 것들을 아주 좋아하거든."

백영의 뒷배가 되어준 설 가문의 귀비는 아름다운 그 얼굴과 함께 씀씀이로 유명했다. 지금은 무관의 가문으로 이름나 있지만 그의 조부까지 올라가면 발 넓은 장사치의 집안으로 재력 또한 황실 못지않았다.

그 얼굴만큼이나 아름답고 진귀한 것을 좋아하는 귀비는 광이 미어터져 나갈 만큼 보석과 비단을 가지고 있었는데, 종종 귀비를 위해 백영이 그 광을 손수 채워주기도 하였다.

"수라상 올리오리까."

문지방 너머 말에 그러라 하니 곧 수라상이 내어졌다. 백영은 한 번씩 영궁에서 찬을 늘고 갔다. 그때마다 차려지는 것은 두 사람의 몫이었지만, 먹는 것은 언제나 한 사람뿐이었다.

수라를 들다 말고 백영이 혀를 찼다.

"참 오만방자하다. 이리 먹고 있으면 알아서 찬들 집어다 입에 넣어주는 시늉이라도 해야 하는 거 아니냐? 넌 대체 이 궁에서 배우는 게 뭐가 있느냐."

타박에 여희는 느직하게 움직였다. 젓가락으로 어선을 하나 집어다 숟가락 위에 놓아주니 백영은 눈썹을 휘면서도 가만히 받아먹었다. 그러나 새 밥과 동시에 또다시 어선을 하나 올려주었을 때에는 백영의 눈이 희게 뜨였다.

"허고 많은 찬들 놔두고 계속 어선만 놓아주는 건 뭔 심보냐."

"네 어선을 하도 잘 자시길래 좋아하는 것 같아 놔줬다. 남이 좋다 하는 거 줘서 뭐하냐. 너 좋다 하는 것을 줘야지."

백영이 짐짓 여희를 쏘아보며 숟가락을 떴다. 한입 잘 먹고 또 밥을 뜨기에 마찬가지로 어선을 놓아주니 바닥에 쏟아버렸다. 어질러진 밥상 위를 보며 여희는 혀를 찼다.

"거참, 말대로 해줘도 난리구먼."

백영이 헛웃음을 터트렸다.

"네가 신이긴 한가 보다. 골백번도 더 날아갔을 그 모가지, 여전히 붙어 있는 것을 보면 말이다. 상 물려라."

고하는 말에 침수 준비 하오리까, 건네 오자 백영이 일어났다.

"됐다. 오늘은 귀비에게로 갈 것이다."

백영은 영궁을 찾는 만큼 다른 비빈들과 동침했는데 그중 가장 오래된 것은 귀비다. 세월이 흘러 그 횟수는 무뎌졌다고 하나 귀비의 자리에 오른 것도, 그를 지키는 것도 설 귀비 단 하나였으며 백영은 잊지 않고 늘 귀비를 찾았다.

그가 어째서 귀비에게 정식으로 태자비의 직책을 내리지 않는지는 알 길 없으나, 사실상 그것은 정말로 직책에 불과했다. 이미 궁 안 모두가 귀비를 태자비 다루듯 하고 있으며 백영 또한 굳이 정정하지 않고 그리 굴도록 놔뒀다.

"쉬어라."

백영이 걸음을 떼며 말했다. 여희는 눈을 내리떴다.

"살펴 가시옵소서."

귀동냥으로 들은 인사를 따라 읊자 백영은 픽 하니 웃고 여희의 머리통을 쓰다듬듯 훑었다.

"오냐. 너도 편한 밤 보내라."

가득 차 있던 발소리들이 제 주인을 따라 사라진다.

창문을 열었다. 겨울바람이 뺨을 쌩하니 그어 갔다. 시린 하늘 위에 덜 차오른 달이 명명히 빛난다. 숨을 들이쉬자 찬 공기가 회오리치며 목구멍을 가득 메운다. 그때, 덜컹 문이 열려 돌아보니 꽃 한 아름을 들이밀었다.

여희는 가만히 꽃을 받아들었다. 얼마나 꺾어 온 건지, 손에 다 잡히지도 않아 몇 송이는 바닥에 떨어졌다.

"이걸 잊었지 뭐냐. 직접 보는 것만큼은 아니겠지만 이것도 꽤 어여쁠 것이다."

저 터럭을 잡은 것이 그리 기분 좋은 일이었던 것일까. 오늘따라 백영은 유난히 제 감정을 드러내고 있는 듯했다.

여희는 가만히 꽃을 받아들었다. 얼마나 꺾어 온 건지, 손에 다 잡히지도 않아 몇 송이는 바닥에 떨어졌다.

"이 겨울에 창은 왜 열어놨냐. 밤바람이 더 지독한 것 모르냐. 맹추 같기는."

백영이 창을 닫았다. 동장군도, 하장군도 여희와는 상관없는 일이었다. 속세의 계절은 여희의 피부 위에 그 어떤 것도 남기지 못하기 때문이다. 그래서 그 터럭도 물렀거늘 그새 까먹은 모양이었다. 과연 누가 맹추더냐.

여희는 꽃 내음을 맡았다. 교향사 주위에 있던 풀무덤과 같은 냄새가 났다. 필시 그 절경이랄 것도, 교향사에서 보던 들꽃무덤과 다를 바 없으리란 예감이 들었다.

"나중에 보러 가자더니 뭐하러 꺾어 왔냐."

"그야 지금 보여주고 싶으니 그렇지. 어때, 그것은 마음에 드는가."

"……나쁘진 않구나."

백영이 웃었다. 순간, 뿌리 잃은 꽃 냄새가 기이할 정도로 짙게 맡아졌다.

"거 마음 한 번 맞추기 되게 어렵군. 이 황궁에 너만큼 까다로운 계집도 없을 것이다."

장난스러운 말에 여희는 묘한 얼굴로 백영을 올려다보았다. 하얗고 긴 손가락. 사냥을 끝내자마자 영궁으로 왔다는 것이 거짓은 아닌지 그 손마디 끝에는 군데군데 검붉은 얼룩이 있었다. 도륙을 일삼는 저 손으로 꽃을 꺾어온 것인가. 피비린내 사이로 얼토당토않게 꽃 냄새가 섞여들었다. 어떤 것이 너의 본모습이냐. 기억을 더듬는다. 백영을 둘러싼 상종 못 할 그 어둠은 진짜였다. 그리고 여희가 아무리 방종하게 굴어도 그것을 받아주는 것 또한 진짜였다.

신이란 것을 어디까지 이해했는지 모르겠지만, 어쨌든 백영은 받아들였다. 원하는 것 다 먹으라 하더니 정말로 원 없이 주고 있었다. 지난달 내내, 백영은 하루도 빠짐없이 영궁에 들러서 기를 주었다. 어쩌면 지금 백영이 보이고 있는 거 용은 여희가 인간이 아니기에 나올 수 있는 건지도 모른다. 고승은 문이 열려 있다 했다. 그러나 여희는 나갈 수가 없었 다. 이 모든 것은 언제까지 이어질 일인가. 문득, 조갈증이 일었다.

"황토에 뿌리내리고 하늘 비 맞으며 자라던 거라 물에 띄 워놓아도 금방 죽을 것이다. 거추장스럽게 화병 들이지 말고 옆에 두고 볼 만큼 보다 시들면 다시 태어나라 땅에나 뿌려 주려무나."

돌아서는 백영의 옷깃을 잡았다. 끄트머리만 살짝 잡은 것 인데도 발목이 잡힌 것마냥 백영이 멈춰 섰다. 돌아봐도 여 희가 아무 말 않자 몸을 돌려 그 앞에 앉았다.

"뭐냐. 뭔 말이 하고자와 답지 않게 이리 뜸을 들이느냐."

여희는 꽃을 한 번 보고 백영을 한 번 보았다. 그리고 천천 히 바닥에 꽃을 내려놓았다.

"오늘은 내 궁에서 묵고 가렴."

이번에는 백영이 아무 말도 하지 않았다.

"여기서 묵고 가란 말이다."

"……나는 귀비에게로 간다 했다."

"내가 귀머거리냐? 나도 들었느니."

백영이 가만히 여희를 보았다.

"그게 뭔 뜻인 줄은 알고 하는 말이냐. 네 설마 내가 밤마

75

다 빈들에게 찾아가 너와 하는 것마냥 말장난이나 하다 나온다고 생각하는 것은 아니겠지. 운우지정이란 말 알고 있느냐? 그것은……."

여희는 백영의 손을 잡았다. 잡은 손을 이끌어 그 끝을 살짝 물었다.

"영아, 답지 않게 말이 많구나. 내 다 알고 있다 하지 않니. 그러니 내 궁에서 묵고 가란 말이다."

백영의 눈이 빛을 잃은 것처럼 가라앉았다. 입술에 닿아 있던 손이 여희의 머리채를 잡고 끌어당겼다. 낮은 목소리가 귓가에 속삭였다.

"……지금 짐의 이름을 애 이름 부르듯 호명한 것이냐. 뭔 정신이냐."

여희가 요사스럽게 웃었다.

"나는 네 선조의 이름도 제대로 불러준 적이 없느니. 하물며 너 같은 핏덩이를 황제라고 떠받들어줄까. 그는 네 인간들에게나 통할 일이다."

여희가 혀를 내밀어 백영의 입술을 덧그렸다.

"잘하면 오늘 밤, 빈의 궁에 묵어 말장난만 하다 가겠구나. 아니 그러하냐, 영아."

백영이 잡아먹을 듯 입맞춤을 해왔다. 그 기세에 몸이 밀려났다. 흉포하게 입안을 휘젓던 혀가 빠져나가자 여희는 작게 할딱였다. 백영이 여희를 뚫어져라 보았다.

"오늘은 영궁에서 묵는다."

갈라진 목소리로 고하고 대답도 들리기 전에 다시 입을 맞췄다. 말캉하게 문대던 혀가 목구멍까지 밀려오는 통에 숨이 막혔다. 밭은 숨을 내뱉으며 고개를 돌리자 기어코 따라와 입술을 빨았다. 옷고름이 풀려 맨몸이 드러났다.

백영이 작은 열매처럼 솟아난 젖꼭지를 입에 물었다. 빨리고 깨물리자 그 아릿함에 여희는 허리를 떨었다. 손이 허벅지를 가르고 들어왔다. 엉덩이를 움켜쥐고 바싹 끌어당긴다. 음부와 맞닿은 안쪽 살을 한 움큼 집었다 떼며 백영이 몸을 일으켰다.

어둠 속에서도 백영의 얼굴이 희게 빛났다. 육욕을 가득 담은 눈으로 백영이 여희의 몸을 훑었다. 안달이 난다는 듯이 옷을 벗어던지고 맨살로 여희를 안았다. 하초에 뻣뻣하게 기립한 백영의 것이 닿았다. 예상보다 더한 그것의 뜨거움에 저도 모르게 떨자 백영이 낮게 웃었다.

"기세 좋게 끌어들이더니, 어찌 그리 숨만 내쉬고 있냐."

입술이 목을 따라 내려와 그 끝을 깨물었다. 잔뜩 빨려 성난 젖꼭지를 손가락으로 잡아당기고 위로하듯 달게 문질렀다.

순간, 여희는 숨을 멈추었다. 아래로 내려간 손가락이 여린 살을 가르고 내부로 들어왔다. 훗, 하고 신음이 절로 나왔다.

"……아프냐."

안을 슬그머니 휘젓던 손가락이 빠져나갔다. 백영은 방금 몸속을 헤집던 손가락을 여희의 입가에 대었다. 숨만 몰아쉬며 쳐다보자 손끝으로 입술을 톡톡 건드리며 입 열기를 종용했다.

"네 것이니 네가 적셔야 하지 않겠냐. 입 벌려라."

천천히 입을 벌리자 손가락이 이를 훑고 혀를 누르며 들어왔다. 기다란 것을 핥고 그 끝을 입술을 오므려 빨아 당기자 백영의 눈이 짙게 일렁였다. 여희는 백영의 손목을 잡고 머리통까지 움직여가며 손가락을 빨았다. 그리고 그 손을 잡아 끌어 스스로 제 내부에 넣었다. 뜨거운 숨이 터졌다.

"읏……."

손을 앞뒤로 움직이자 질척이는 마찰음이 났다. 백영은 여희가 제 손으로 백영의 손목을 흔드는 것을 두고만 보았다. 긴 손가락이 내부를 할퀴듯 지나갔다. 여희가 작게 비명을 질렀다. 백영이 다급히 손가락을 내빼고 여희의 몸을 뒤집었다.

뒤에서부터 밀고 들어왔다. 여희가 온몸을 떨어댔다. 길고 굵은 것이 온몸을 헤집었다. 살 부딪치는 소리가 방 안을 울린다. 숨을 몰아쉬며 여희는 힘겹게 눈을 떴다. 방바닥에 놓인 꽃이 보였다. 목덜미가 잡혀 고개가 위로 들렸다. 혀가 입속을 파고들었다.

"으응…… ."

백영이 허리를 뺐다 다시 밀어 넣었다. 뜨거운 것이 밀고 들어왔다 나간다. 어르듯 느릿하게 문지르며 몸속 끝까지 박았다 빼기를 반복했다.

정신이 혼미했다. 사死의 몸인데도 그 속에 열락이 피어올랐다. 내벽을 거칠게 찍어내자 여희는 못 참고 교성을 내질렀다. 얇고 깊게 허리를 흔들던 백영이 아예 몸 밖으로 빠져나왔다.

여희를 똑바로 눕히고 두 다리를 잡아 넓게 벌렸다. 번들거리는 성기가 백영의 상체에 가려 사라졌다. 귓불이 빨리며 느릿하게 아래가 채워졌다. 여희는 파르르 떨었다. 엉덩이를 바짝 조이자 백영에게서 낮은 탄성이 터졌다. 백영이 여희의 목덜미를 혀로 쓸었다. 이어 어깨를 깨물며 쿵, 쿵, 바닥이 울리도록 박아댔다.

"아……! 아웃…… ."

힘에 못 이겨 진저리를 치자 백영은 더욱 빠르게 움직이며 여희의 젖가슴을 움켜쥐었다. 허리가 난잡하게 움직였다. 고조감을 못 이기고 몸을 빼자 흥분한 백영이 허리를 세게 움켜쥐고 흔들어댔다. 곧 백영이 상체를 일으키며 깊게 들어왔다.

울컥이며 한 차례 사정하고는 그대로 느릿느릿 허리를 움직였다. 정신없이 깜박이던 눈이 백영의 눈과 마주쳤다. 백영의 가슴이 불규칙하게 오르내렸다. 내뱉는 숨이 거칠었다. 여희는 손을 뻗었다. 백영이 그 손을 잡아 손바닥에 입술을 눌렀다.

허릿짓이 다시 깊어졌다. 저릿함이 몸 중심에서부터 천천히 피어올랐다. 여희는 눈을 감았다. 밤은 길었고 여정은 아직 끝나지 않았다.

일어나니 해가 중천이었다. 한 상궁이 호들갑을 떨며 시중을 들었다.

"저하께서는 마마가 고단하실 테니 부러 깨우지 말라 하시고 나가셨습니다."

재미는 여희가 봤는데 그 기색은 한 상궁이 누리고 있어, 넌 뭐가 그리 즐거운고, 물으니 저하께서 이리 묵고 가셨는데 어찌 안 좋겠습니까, 란 대답이 돌아왔다.

"묵고 가는 것이 어디 하루 이틀 일이라던?"

"합방하신 지는 오랜만이지 않습니까. 이것이야말로 진정한 침수지요."

한 상궁이 여희의 다리 사이로 시선을 주었다. 밤에는 괜찮은 것 같았는데 낮에 일어나려 드니 다리가 후들거려 움직일 수가 없었다. 밤새 벌어져 있던 고관절이 쑤셨다. 덕분에 땀과 체액으로 얼룩진 몸을 한 상궁이 물에 적신 천으로 닦아내주는 중이었다.

"상스럽기는. 너랑 나랑 같은 모양 하고 있는데 뭘 그리 신기하게 보냐."

타박에도 한 상궁은 훈풍만 날리며 웃어댔다. 그러고는 물이 차게 식었다며 새로 데워 오겠다 방을 나섰다. 나가는 한 상궁 옆으로 양양이 자박거리며 들어왔다.

"어젯밤에는 차마 눈을 뜨고 있을 수가 없었습니다. 태자가 어찌나 날뛰는지, 마마님이 산 채로 잡아먹히시는 줄 알았어요. 괜찮으십니까?"

"괜찮다."

그저 뻐근할 뿐이었다. 여희는 요에 드러누웠다. 새벽 내내, 백영은 지치지도 않고 달려들었다. 부인도 여럿이요, 거기서 본 자식도 여럿이라 하더니 가히 그 명성에 걸맞은 육체였다.

"어떠세요? 좀 다른 게 느껴지셔요? 기를 직접적으로 받는 건 처음 아닙니까."

여희는 손을 들어 배 부근을 쓸었다. 확실히 그냥저냥 기를 빨아먹었을 때와는 달랐다. 좀 더 무거운 것이 단전을 휘감고 있었다. 그러나 어제는 기도 오랜만에 먹었는지라 이게 정말로 동침 때문인지, 단순히 기분 탓인지는 구분이 가질 않았다.

"나쁘지 않구나."

"문을 넘어갈 수 있을까요?"

"글쎄…… 그는 두고 볼 일이지."

여희는 눈을 감았다. 노곤하니 정신까지 깜박였다.

다시 눈을 뜬 건 이상한 느낌 때문이었다.

"이게 뭐……."

열리는 입술 사이로 혀가 들어왔다. 치열을 훑고 도망치는 혀뿌리를 감아올린다. 언제 온 것인지 백영이 맨살을 지분대고 있었다. 말캉한 가슴을 움켜쥐었다 놓고 천천히 손을 아래로 떨어뜨린다. 여희는 눈살을 찌푸렸다.

"색귀라도 들러붙었냐. 낮부터 이게 뭔 짓이냐."

"눈 뜬 장님이구나. 지금은 낮이 아니라 밤이다."

여희는 주위를 둘러보았다. 창 너머가 어둑했다. 깜짝 놀라 상체를 일으키려다 신음을 내뱉었다.

"흣……!"

서둘러 시선을 내렸다. 예고도 없이 백영이 밀고 들어왔다. 뒤척이자 백영이 잡고 힘으로 눌렀다. 느직하게 허리를 흔들며 은근하게 속삭였다.

"아직도 젖어 있구나. 안은 닦아내지 않은 것이냐."

여희는 대답 대신 입술을 깨물었다. 예민해진 몸뚱이가 금세 홧홧하게 피어올랐다. 백영이 고개를 내려 깨물린 여희의 입술을 위로하듯 핥았다.

"허긴, 내 것으로 다시 적셔질 텐데 닦아낼 필요 무에 있냐."

백영이 좀 더 깊게 흔들기 시작했다. 여희는 숨을 깊이 내쉬고 고개를 들었다. 시선이 마주치자마자 입술을 빼앗겼다. 얽히는 혀를 맞이하듯 두 손으로 백영을 끌어안았다. 새삼 몸을 빼서 무엇 하리. 이미 볼 장은 다 보았는데. 게다가 기력을 알아서 채워준다는데 마다할 것도 없었다. 여희는 찌르르하게 울리는 허리를 뒤틀며 마음껏 신음을 내뱉었다.

그날을 기점으로 농익은 과실이 달콤한 냄새를 내며 썩어 문드러지듯 영궁도 색향에 잠겨 들어갔다. 동이 트기도 전에 방문했다가 동이 트고 나서야 나가는 생활을 반복한 지도 오래, 이제는 백영의 귀 뒤에 작은 점이 있다거나, 여희의 왼 발가락 사이에 작은 상처가 있다는 것은 서로가 질릴 정도로 잘 알게 되었다.

그 밤도 한바탕 헐떡이고 난 뒤였다. 늘어져 있는 여희의 등을 백영이 손으로 살살 쓰다듬었다. 맨살에 나부끼는 손가락의 움직임이 기분 좋았다. 잠이 들려던 찰나에, 어떤 소리에 눈을 떴다. 옆으로 누워 손으로 머리를 받치고 있던 백영과 시선이 마주쳤다.

"……뭐라?"

"네가 살던 곳이 어디냐고 물었다."

"그는 갑자기 왜…….."

등에서 노닐던 손이 위로 올라와 땀으로 붙은 이마 위 잔

머리들을 넘겨주었다. 동시에 백영의 얼굴이 가까워지는가 싶더니 귓가에 더운 바람이 불었다.

"나는 네가 어느 곳을 찔러줘야 몸을 떠는지, 어느 때 비명을 지르는지는 알고 있지만 그 외에는 아무것도 모른다는 것을 깨달았다. 한 번 생각이 드니 갑자기 궁금해지지 뭐냐."

혀가 귓바퀴를 쓸어 여희는 어깨를 움츠렸다. 그것을 위로하듯 백영이 목과 어깨에 점점이 입술을 떨어뜨렸다. 여희는 가만히 눈을 깜박였다. 백영과는 수많은 날을 함께 보냈지만 이런 이야기를 나눈 적은 없었다. 그러한 교류를 할 필요가 없었기 때문이다.

백영과 여희의 관계는 간단하다. 백영은 제게 얽힌 기를 여희에게 나눠주고, 여희는 그 값으로 잡다한 일처리를 해준다. 몸을 섞은 것은 그 연장선이자 단순한 충동으로 의미는 없었지만, 그래도 이제 와서 그런 이야기는 못 하겠다며 뒤로 빼는 것도 어쩐지 우습다는 생각이 들었다.

"……내가 있던 곳은 교향사다."

"교향사? 절이란 말이더냐."

의외라는 듯 백영이 되물었다.

"한때는 그랬지. 지금은 절도 무엇도 아니야."

그저 돌무덤에 지나지 않는다. 그래도 그곳은 여희의 집이었다. 이매 양양, 작은 도깨비와 수백 년을 함께 보낸 유일한 거처다.

"그곳은 어디에 있지?"

"주평. 북쪽 끝자락이다."

백영이 생각을 더듬듯 맹한 얼굴을 해 보였다. 그것이 조금 웃겨 여희는 작게 웃었다.

"주평은 사람의 발길이 끊긴 지 오래다. 궁 안에서만 사는 너는 더욱 모를 법하지."

"이 땅은 나의 땅이다. 내가 모르는 곳은 없어."

알은체도, 허세도 아니다. 지존의 자리에 오른 자만이 내뱉을 수 있는 당당함이다. 그러나 저 위에서 내려다보고 있던 여희에게는 간혹 인간의 그 뻔뻔함이 작은 재롱으로 보였다. 팔을 뻗어 백영의 볼을 도닥였다.

"이 작은 세상이 얼마나 넓을 수 있는지 너는 아직 모르는 구나."

여희는 그대로 몸을 틀어 천장을 보았다.

"허긴 그것은 너의 무지 탓이 아니지. 이것은 신도 헤아리기 어려운 세상일이라는 것이니."

"너는 때때로 세상 다 산 늙은이처럼 말을 하는군."

여희는 웃음을 터트렸다.

"너, 내 나이가 몇인 줄은 알고 있는 게냐."

대답은 없었다. 그저 여희를 가만히 보고 있는 백영과 마주하며 여희는 입꼬리에 묻은 미소를 지우지 않았다. 여희는 몇 번이고 이 생을 보냈다. 하늘이 이 땅에 숨을 불어넣을 때에도, 인간이 생겨나 저희들끼리 그 땅을 일구어나갈 때에도. 해가 뜨고 지고, 달이 뜨고 질 때. 여희는 수백, 수천 번의 낮과 밤을 보내었던 것이다.

"그럼 너는 계속 교향사에 살고 있던 것이냐."

"그는 아니지. 본디 내가 살던 곳은 이 땅 너머에 있는 곳이다."

도륵. 그 이름을 떠올리는 것만으로도 순식간에 눈앞에 익숙한 정경과 소리, 냄새까지도 지나쳐간다. 여희가 태어나 자라난 곳이다. 도륵을 나온 것은 세월이 지나감에 따라 삶이 무료해졌기 때문이다. 아늑하나 매일 같은 풍경을 보고 있자니 좀이 쑤셨다.

여희는 맨 처음 동쪽으로 갔다. 그곳의 인간들은 순박하나 겁이 많았다. 뭣도 모르고 현신을 하였을 땐 숭한 흉물로 여기어져 난리가 났었다. 다음으로는 북쪽으로 갔다. 인간의 형상을 하였더니 몸이 한결 편해졌다. 그러나 일곱 살에 만난 인간이 일흔 살이 될 때까지도 내내 젊은 처녀의 모습을 하고 있던 여희는 역시 큰 혼란을 불러일으켰다.

이번엔 서쪽으로 갔다. 사상이 깨어 있고 외부와의 문물 교류도 활발, 이제까지 돌아본 마을 중 가장 크고 넓은 곳이었다. 그러나 여희는 사람들의 겉모습에 맞춰 자신의 외견도 조절해나갔다. 인간과 부대끼고 산 이래 가장 많은 관계를 맺었다. 동시에 가장 많이 지치기도 했다. 고독감이 가시지를 않았다. 다수와 있어도 혼자 있는 것과 다름이 없었다.

"말을 하다 말고 무슨 생각을 그리 하느냐."

백영의 손가락이 여희의 눈 밑 여린 살을 쓸었다. 백영을 보았다. 마지막으로 온 곳이 남쪽, 이곳 단국이다. 여희는 인간을 멀리했다. 혼자 거닐다 양양이 만신 노릇 하며 살고 있던 교향사에 눌러앉았다. 스쳐 지나가는 인간들이 딱 좋았다. 분명 그랬거늘……. 여희는 몸을 일으켰다.

"뭐하는 거냐."

"대문에 가봐야겠나."

널브러져 있던 겉옷을 걸치자 백영이 따라 일어났다. 숨 가쁘게 걸어 대문에 도착한다. 뒤따라오는 백영을 무시하고 대문에 발을 내딛었다. 아무렇지도 않았다. 여희는 깜짝 놀라 대문을 훑었다. 순간 결계가 풀렸나 하는 의아함이 들었기 때문이다. 그러나 천술은 그대로 걸려 있었다. 며칠 동안 백영에게서 직접 기를 받은 효험인 것일까.

기대감에 두근거림이 거세어졌다. 몸통을 들이밀고 마지막 다리를 끌어올 때, 화끈함이 지나쳐 따끔하게 느껴졌다. 설렘이 빠르게 꺼져 들어간다. 여희는 오기로 발을 옮겼다. 속에서 음울한 덩어리가 밀려오더니 입을 열었을 땐 피가 쏟아져 나왔다.

"쿨럭……!"

목구멍이 타들어갈 듯했다. 괴로움에 절로 몸이 꺾이는데 팔꿈치를 잡혀 뒤로 당겨졌다. 반동에 휘청거리는 몸을 백영이 안아 들었다.

"어리석기는! 뭐하는 게냐."

잇새로 내뱉고 백영이 자신의 옷자락으로 입가에 지저분하게 퍼진 피를 닦아냈다. 여희는 가쁜 숨을 내쉬었다. 왜, 라는 의문이 머릿속을 점령한다. 도력의 문제가 아닌가도 얼핏 떠올랐다 사라졌다. 두 사람 사이에는 한동안 말이 없었다.

숨이 가라앉고 피가 멎었을 때에도 미동은 없었다. 여희는 멀거니 밤하늘을 올려다보다 천천히 고개를 돌렸다. 백영은 여희를 보고 있었던 듯 금세 눈이 마주쳤다.

"그곳은 어떤 곳이냐."

물어오는 목소리가 깊게 잠겨 있었다.

"너의 세상과 같다. 그저 인간이 아니라 신들이 존재할 뿐."

여희는 몸을 일으키며 대수롭지 않게 답했다.

"그럼 그곳엔 너의 가족도 있는가? 그들은 여기에는 없는 것이냐."

여희는 고개를 흔들었다. 부축하려는 백영의 손길은 거절했지만 조용히 잡아오는 손은 내치지 않았다.

"나에겐 가족이 없다. 신은 누군가가 품어서 나오는 존재가 아니거든. 신은 그냥 생겨나는 것이다. 필요한 것은 그릇

뿐. 우리는 모두 자신에게 맞는 그릇을 찾아 그곳에서부터 생을 시작한다."

인간의 부모 같은 존재가 있다면 그것은 칠방신뿐이다. 그러나 칠방신은 품어내는 자가 아니라 규율을 정해주는 자였다. 옳은 것과 그른 것, 해야 할 것과 하지 말아야 할 것, 신들 중 가장 힘이 센 우위의 것. 그래서 칠방신의 말을 따른다.

"그렇다면 그리 바삐 돌아갈 이유가 무에 있느냐."

걸음을 멈추었다. 올려다보니 밤에 녹아든 백영의 얼굴이 진지하다.

"너를 기다리는 것이 없고, 너 또한 보고파 하는 것이 없다면 그리 숨 가쁘게 갈 필요 무에 있느냐 이 말이다."

여희는 입을 열었다 이내 다물었다. 갑작스레 돌아갈 이유를 말하려니 딱히 말할 만한 것이 없었다. 돌아가야 하는 것은 그저 돌아가는 게 당연하기 때문이다. 여희에게는 돌아갈 수 있는 장소가 있었다. 그래, 돌아갈 곳이 있으니 돌아가는 것이다. 그곳이 아무것도 없는 풀무덤이라 하더라도. 그곳은 여희가 돌아가야 할 곳이었다.

"……여기 있는 것이 지겨워서 그런다. 매일 같은 것만 보고 있으니 어련할까."

"그러냐. 나는 하나도 지겹지 않다."

백영이 나긋하게 말했다.

"그러니 다시는 그렇게 억지로 문을 나서려 하지 마라."

영궁을 앞에 두고 어깨를 붙잡혔다. 익숙한 체향이 맡아진다 싶더니 백영에게 입술을 빨렸다. 간질이듯 입술 선을 따라 흔적을 남기던 백영이 곧 깊은 입맞춤을 해왔다. 한 번, 두 번. 혀가 얽혔다 떨어지고 다시 얽혔다 떨어졌을 때, 백영이 속삭였다.

"나가고 싶거든 나를 붙들어라. 내 기를 먹다 보면 언젠간 네 뜻이 이루어지지 않겠느냐."

"……내 활 노릇이 어지간히 마음에 드나 보지."

"그래. 그러니 나를 붙들고 있으라 이 말이다."

맞잡은 손이 뜨거웠다. 대문을 넘을 때처럼 온몸이 화끈하니 열이 올라왔다. 이 뜨거움은 어디에서 올라오는 것일까. 아까 대문을 넘어가던 여파인가, 아니면 지금 눈앞의 남자 때문인가. 여희는 생각을 멈추듯 눈을 감아버렸다.

연

戀

대문을 넘지 못한 것이 사흘 전. 오늘 또 한 번의 달이 넘어가 새 달이 시작되었다. 그리고 난생처음으로 설 귀비가 여희를 찾았다. 덕비, 현비, 숙비, 제의, 영의…… 그간 수많은 비빈들이 영궁에 이름을 남길 때에도 귀비만은 조용했다.

한낮, 백영과 함께 제도전에 들렀다 혼자 나오는 길이었다. 영궁에 들어서니 처음 보는 계집이 있었다. 그러나 여희의 눈길을 잡아 끈 건 그 계집의 맞은편에 서 있는 한 상궁이었다.

요 며칠 한 상궁의 얼굴은 그야말로 극락이었다. 백영이 하루도 빠짐없이 영궁에서 침수를 들고 가기 때문이다. 그뿐이랴. 낮에도 붙어 다니니 한 상궁의 입가에 미소가 떠날 날이 없었다. 그런 얼굴이 지금은 잔뜩 굳어 경직되어 있다.

"무슨 일이냐."

한 상궁이 화들짝 놀라며 "마마님." 하고 다가온다. 덩달아 고개를 돌렸던 계집이 새초롬하게 무릎과 고개만 시늉으로 인사를 올린다. 그것을 보며 여희는 눈썹을 휘었다.

'이건 또 어느 전의 계집이기에 이리 고고를 떨어대는고.'

여희가 궁에 드나들면서 알게 된 것이 있다면, 궁 안의 것들은 저들끼리 급을 나누어 되도 않는 예법을 둘러치고 있다는 점이었다. 물론 신의 세계에도 급은 있다. 그러나 인간만큼 이렇게 세세한 급 나누기는 없었다. 제 주인의 콧대가 높으면 그 계집종의 콧대도 높다. 제 주인의 콧대가 낮으면 그 계집종도 주인을 우습게 여긴다.

급을 따지면 영궁은 저 아래였다. 지금은 백영이라는 방패막이 있으나 그것은 눈 가리기용에 불과하다. 아직까지도 영궁의 곳간에 약재들이 들이닥치는 것만 봐도 알 수 있다. 다시 죽어라, 너도 나도 대놓고 말하고 있었다.

하지만 여희는 괜찮았다. 그 모든 것이 아무래도 상관없는 것들이었다. 그것은 마치 호랑이가 개미를 보고 파르르 털을 세우지 않는 것과 같은 이치였다.

"그것이…… 귀비마마께옵서 주후의 찬에 마마께서 오셨으면 하신다고…….'"

"그래? 그럼 가면 되지. 그게 무어라고 상관이 그 꼴이냐. 그때 부르면 간다 하여라."

그러자 가만히 미소만 짓고 있던 계집이 냉큼 끼어들었다.

"귀비마마께오선 오늘 모셔오라 하셨습니다. 이제 곧 찬이 시작될 터이니 소인은 먼저 돌아가 영궁마마께오서 오신다 말씀드리겠습니다."

누가 잡을세라 계집이 후다닥 영궁을 빠져나갔다. 그 뒤를 따라 한 상궁이 씨근덕거렸다.

"저, 저 망할 것이……!"

여희는 의아해서 물었다.

"뭘 그리 열을 내냐. 저런 것들이 어디 한두 번 오고 갔냐."

"하오나 이것은 귀비마마의 일이 아닙니까. 게다가 지금 저것의 태도만 봐도 알 수가 있습니다. 아무리 그래도 태자마마의 승은을 입고 엄연히 첩여라는 직책을 부여받으신 마마이신데 영궁마마라니요."

그마저도 별 특별한 일이 아니었다. 영궁마마라는 호칭은 처음 이 거죽의 몸을 둘러쓰고 다시 눈을 떴을 때부터 듣던 것이었다.

"그것이 무어가 어쨌다고. 나는 영궁마마가 맞지 않냐. 영궁에 살고 있으니."

순간 한 상궁이 입을 가리비처럼 다물었다.

"갑자기 벙어리라도 된 게야? 아니면 너도 나를 무시하느라 그리 말을 하다 마는 게냐."

"아닙니다! 제가 어찌 감히 마마님께. 하늘에 맹세코 절대 그런 것이 아닙니다!"

두 손을 내젓는 힘이 얼마나 강한지 한 상궁의 몸 전체가 흔들렸다. 한참 손사래를 치던 한 상궁은 차마 입이 떨어지지 않는다는 듯 어렵게 말문을 꺼냈다.

"……다른 마마들께오서 마마를 영궁마마라 부르는 것은 이 영궁의 뜻과는 조금 다릅니다. ……그는 저희들끼리 지어낸 것으로 그림자를 뜻하는 영影을 가져다 써, 마치 그 모습이 그림자처럼 눈에 보이지 않는다 하여 영궁마마라 불러들대는 겁니다."

고개를 못 들겠다는 듯 한 상궁의 얼굴이 푹 숙여졌다. 그 모습을 빤히 보던 여희는 코웃음을 쳤다.

"틀린 말은 아니구먼."

한 상궁이 퍼뜩 얼굴을 들었다. 여희는 한껏 미소를 내보였다.

"나는 지금 태자의 그림자가 되었지 않냐."

한 상궁의 얼굴에 미약하나마 미소가 되돌아왔다. 심란함은 가시지 않았지만 여희의 대답이 퍽 마음에 든 듯 고개를 주억거렸다.

"어디냐, 그 귀비가 있는 곳은. 앞장서럼."

그러나 한 상궁의 미소는 오래가지 못했다. 바로 이것이 그 심란함의 원천이었다는 듯이 낯빛을 꺼멓게 죽이고 여희를 걱정스레 곁눈질했다. 여희는 우뚝 걸음을 멈추었다. 영궁에서 설궁으로 가는 길은 제법 길었다. 가난한 영궁은 제 앞으로 딸린 가마도 없었다.

한 상궁이 버선발로 가마를 찾아다녔으나 아모도 빌려주는 이가 없었다. 어찌 이야기가 좋게 풀려 가마만 들고 가면 될 순간에도 그 가마가 설궁 문턱을 넘는다 하니 딱 잘라 없는 얘기가 되었다. 옆에 서 있는 한 상궁의 얼굴이 침통하다.

여희는 다시 걸었다. 걷는 중에 몇몇 가마꾼들이 휘황찬란한 가마들을 지고 지나갔다. 가마에 난 창문을 열고 흘긋 고개를 내민 이들 중에는 아는 얼굴도 있었다. 길을 따라 오른편에 들어서니 설궁에 도착했다.

설궁이 후궁전에서 가장 큰 궁이라더니 확실히 눈이 놀아갈 만큼 으리으리했다. 그러나 여희는 그 대대함보다도 매캐하니 자욱한 공기의 흐름을 눈여겨보았다.

'어찌 이리 탁하냐. 꿉꿉하고 텁텁한 것이 절로 숨이 막히는군.'

주위를 둘러보았다. 딱히 눈에 띄는 것은 없었다. 그러나 궁 안에 흐르는 파동이 어지간히 좋지 않았다. 터의 문제인가. 가만히 흙바닥을 보는데 한 상궁이 옆에서 명을 받자와 귀비마마께 영궁마마가 인사를 드리러 오셨다 고했다. 궁녀하나가 일어나 조르륵 안쪽으로 건너갔다. 궁녀가 다시 나올 때까지 문가에 멀거니 서 있었다.

그사이, 여희보다 늦게 도착한 비빈들이 똑같이 인사를 올리고 안쪽으로 들어갔다. 그 숫자가 한 명, 두 명, 세 명으로 늘어났을 때 한 상궁이 잰걸음으로 마루 앞까지 뛰어갔다.

"아까 고하러 간 사람이 왜 여태 소식이 없답니까. 다른 마마님들께선 죄다 들어가셨는데 어이하여 저희 마마님만 이리 밖에 계시는지요?"

궁인들 간에 실랑이가 벌어졌다. 모르쇠로 일관하는 궁녀들 사이에서 매섭게 생긴 늙은이가 느긋하게 걸어왔다.

"왜 이리 시끄럽냐. 기다리시게. 아직 귀비마마님께서 오질 않으셨네. 주인도 없는 방에 객을 들일 순 없지 않나."

고압적인 언사였다. 한 상궁이 분해서 입을 실룩였다. 그 주인 없는 방에 벌써 몇 명의 객이 들어가 앉아 있는지 모두가 알고 있었지만 그들 중 누구도 그에 관해선 말을 꺼내지 않았다.

여희는 터벅터벅 걸어가 대청마루에 털썩 앉았다.

"그 주인 오거든 날랑 튀어오렴. 그때까진 내 여기에 좀 앉아 있어야겠다. 뭐하냐, 다리 아플 텐데 너도 앉아라."

그래도 마마라고 영궁의 잡일을 도맡아 하던 어린 계집도 끌고 왔었다. 손짓을 하자 멈칫거리기에 끌어다 강제로 앉혔다. 모두의 시선이 화살처럼 쏟아지는 가운데 한 상궁까지 세 명이 나무에서 떨어진 도토리마냥 나란히 마루에 앉았다.

엄동설한에 할 일도 없이 가만히 앉아 있자니 칼바람에 볼이 미어터졌다. 보통 사람이었으면 고뿔에 걸려도 단단히 걸렸을 매서움이었다. 끝에 앉은 계집이 갈수록 와들와들 떨어댔다. 저러다 골로 가는 거 아니냐. 심상치 않아 보고 있는데 한 상궁이 난데없이 치마 안에서 면포를 꺼내들어 여희의 이마를 꼭꼭 찍어냈다.

마치 땀이라도 훔쳐내는 모양새였다. 턱까지 꼼꼼하게 훑고 손부채질을 해댔다. 뭔 짓을 하는 건가 싶어 보고만 있자니, 바로 옆에 있는데 열 걸음은 족히 떨어져 있는 사람에게 말하듯 목청껏 소리 높여 말한다.

"저하께서 양기를 오죽하니 넣어주신 탓에 마마께서 열이 그득 차셨나 봅니다. 이런 날에도 어찌 이리 더워하세요."

설궁의 문가를 지키고 있던 궁녀들에게서 "핫!" 하고 작은 입소리가 터졌다. 열이 그득하긴커녕 알알이 다 빼앗겨 피부가 퍼렇게 죽었다. 한 상궁도 그를 모르는 것은 아닐 것이다. 여희가 비죽이 웃었다.

"가소로운지고."

한 상궁이 입매로 웃고 흐르지도 않는 땀을 다분히 훔쳐냈다. 그러는 사이 앞에서 가마 하나가 멈추었다. 소박하지만 우아한 멋이 있는 가마였다. 궁녀의 부축을 받고 안에서 내리던 여인이 멈칫했다. 선하게 휘어진 눈망울이 낯익었다.

"마마, 그때 대문에서 보았던 그 계집입니다."

쫄래쫄래 따라왔던 양양이 말했다. 그러고 보니 대문에서 피를 토하며 쓰러졌을 때, 직접 입가의 피를 닦아주던 계집이 있었다. 새빨간 입술이 뭐라 불렸는데. 뭐였더라. ……의, 소의였다. 소의가 마루 위로 올라섰다. "듭시지요." 옆에서 궁인이 고하는 말에 어쩐 일인지 걸음을 더 못 옮기고 여희를 흘끔거렸다.

마주 봐주니 둥근 얼굴, 고운 눈망울은 기억하는 그대로인데 배가 볼록하니 불러 있다. 새끼라도 밴 모양이었다. 백영의 후궁이니 저것은 백영의 씨앗일 것이다.

"……그간 강녕하셨습니까."

어찌할 줄 모르던 소의가 살짝 예를 올렸다. 아무래도 그냥 지나치기가 어려웠던 모양이다. 보아하니 피를 토하며 대문 앞에서 쓰러졌던 그때와 비슷한 상황이었다. 그때도 유독 소의 혼자만이 여희를 신경 썼다. 마음이 약한 것은 천성인가, 꾸밈인가.

"오냐. 잘 지냈냐."

"예. 덕분에 잘 지내었습니다."

난데없는 하대에도 술렁이는 뒤편의 무리들과 달리 소의는 담담히 조곤조곤 대답했다.

"마마, 들어가시지요. 예서 지체하시면 어이하여 이리 들지 않으시는가 그 연유를 물으실 겁니다."

궁녀 하나가 소의를 재촉했다. 그에 여희가 힘을 실어주었다.

"먼저 들어가시게. 나는 예서 바람 좀 쐬다 들어갈 테니."

머뭇거리던 소의는 곧 다시 한 번 예를 올린 후, 안으로 들어갔다. 바람이 침묵을 가로질렀다.

"도대체 마마는 언제 들어가시는 겁니까."

양양이 옆에서 지절댔다. 여희가 그 뒤를 따른 것은 그로부터 두 식경이 지난 후였다.

방 안은 눅진할 정도로 뜨끈하고, 저마다의 상에 올라와 있는 찻잔은 하얀 밑바닥이 보여 다과도 자투리만 남아 그릇 위를 뒹굴고 있었다. 여희만 빈 상에 빈 몸이었다. 들어설 때 멈췄던 말소리는 여희가 앉자마자 재개되었다.

주고받는 말 속에서 오롯이 어희만이 소용했다. 여희만 빼놓고 지절대고 있으니 이도 나중엔 일각이 여삼추라 하품이 나올 지경이었다.

귀비가 들어선 것은 그때였다.

중앙 문이 열리더니 나붓이 발길 하나가 떨어졌다. 화려한 자수가 놓인 황색 치맛자락을 따라 올라가니 고혹한 미인이 보인다. 아치형의 눈썹, 물 먹은 듯 촉촉한 눈매, 적당한 크기의 엷고 붉은 입술까지, 어디 하나 빠지는 구석이 없었다.

귀비가 자상한 미소를 걸고 안으로 들어섰다. 옥빛 저고리가 풍만한 가슴을 감추지 못했다. 조여졌다 너르게 펼쳐지는 치마폭은 가는 허리를 뽐낸다. 고혹한 여인은 그 기백도 당당해서 저들끼리 날 세우기 바빴던 비빈들이 너나 할 것 없이 예를 올려댔다.

그 가운데 여희만이 멀뚱히 앉아 있었다. 그러나 그런 여희를 향해 귀비가 차별 없는 미소를 내보였을 때, 여희는 이 여인이 그 수많은 밤, 백영을 얼마나 많이 포용하며 품었을지 단번에 깨달았다. 피에 갈증이 난다던 그 짐승을 어미처럼 안고 어른 건 필시 이 귀비였을 것이다.

"들으셨습니까, 그 쥐새끼가 얼마나 여우 같은지. 귀인 가는 길목, 길목마다 드러누워 안달이라지 뭡니까."

"들다마다요. 어디 드러눕는 것뿐입니까? 재주 한번 옴팡지게 부리고 있다 하지 않습니까."

"참 나, 사정 모르는 천치라더니, 남자 앞에서 옷고름 푸는 건 아나 봅니다."

"창기 출신은 다르지요. 암요. 그 근본 없음이 어디 가겠습니까?"

귀비가 앉기 무섭게 연신 뾰족한 말들이 튀어나왔다. 군데군데 픽픽 웃어젖히는 것이 아주 볼 만했다. 옆에 앉은 소의의 엉덩이가 들썩였다. 맞장구 한 번 없이 귀로만 듣는데도 어지간히 불편한 모양이었다. 나 원, 욕먹는 사람은 따로 있는데 왜 제가 더 좌불안석인고. 이거야 뱀들 사이에 개구리가 한 마리 끼어 있는 격이다.

"그러니 귀인 아니시겠소."

옥과 같이 고운 목소리였다. 귀비가 말을 이었다.

"한낱 미물에게도 정을 베풀어 돌보려 드시니 말이오."

그러자 비빈들이 맞습니다, 마마님의 말씀이 옳습니다,

맞장구를 쳐댔다. 귀비가 고저 없이 여희에게 말을 걸었다.

"이런, 내 정신 좀 보시게. 내 영궁에게 인사를 안 했군. 그간 일이 많다 들었는데 한 번 봐야겠거니 하면서도 잊고 있었군. 요즘 들어 내가 이리 깜박깜박한다네. 행여 영궁은 딴뜻으로 오해하여 속앓이 하지 말게나."

"마마님도 참. 영궁이야 요즘 상의 뒤에 숨어 코빼기 하나 안 비치는데 별일이야 있겠습니까."

"쯧쯧. 그래도 그렇지. 제깟 게 뭐라고 방구석에 처박혀 상 발걸음 하시기만을 기다리는지."

정작 말을 건네받은 여희는 이렇다 할 대답도 안 했는데 다른 데서 말들이 튀어나왔다. 꼴을 보아하니 작정하고 오늘로 날을 잡은 모양이었다.

"누굴 탓하겠습니까. 배운 게 첩질뿐이라 궁내 예법도 모르는 것을요."

누군가가 한탄조로 말했다.

"허긴, 궁 들어오자마자 내리 독수공방 했으니 간만에 본 달구지 맛에 어디 제정신이랴."

여기저기서 깔깔 웃음들이 터졌다.

"그래도 그렇지, 어찌 관짝에 들어갈 생각을 하는지. 내 무섬증까지 일 정도요!"

호들갑스럽게 외치는 그 말에 이번엔 여희가 웃음을 터트렸다. 부채질을 해가며 터지던 웃음들이 뚝 끊기고 세모꼴 눈들이 날아들었다.

"무섭다는 년들이 욕 한 번 기차게 내뱉는구먼?"

"뭐, 뭐라?"

"야, 이것들아. 첩질은 나만 하더냐? 여기에 첩질 안 하는 계집도 있다던? 예 모인 계집들 모다 전부 다 같은 별후궁 신세들 아니냐."

어머, 어머! 저년 말하는 것 좀 보게. 이미 둘은 뒷목을 잡고 뒤로 넘어가고 있었다. 여희는 예쁘장하나 독기 가득한 얼굴들을 하나하나 살펴보았다. 마지막으로 귀비가 시야에 걸렸다. 저 앞에 고매하게 앉아 입 끝을 부드럽게 올리고 여희를 보고 있었다.

"누가 보면 여기에 비 하나는 있는 줄 알겠구먼."

여희는 빙긋이 웃었다.

"괘념치 마시오. 인사는 무슨 인사. 첩년 처지 같은 첩년이 안다고, 속앓이 할 것도 없소."

모두가 입을 딱 다물었다. 등 뒤가 간지러울 정도로 조용했다. 앓는 소리가 쏙 들어가고 흘끔흘끔 눈들만 귀비에게로 돌아갔다. 너무나 고요해 마치 영겁의 시간이 흐르는 것 같았다.

귀비가 찬찬히 미소 지었다.

"그리 말해주니 내 마음이 한결 편하군. 헌데, 궁에 들어온 지가 언젠데 아직도 그리 천지구분을 못 하는고. 아무리

죽다 살아나 정신이 오락가락한다 하여도 그 개도 닷새가 되면 주인을 알아보는 것을."

백영을 닮은 흰 손가락이 찻잔을 집어 들었다. 한 모금 마시는 그 동작조차 우아하기 그지없었다.

"허긴, 내 영궁을 탓할 일은 아니지. 웃어른 된 자로서 아랫사람을 제대로 이끌지 못한 죄, 내게도 있음이다. 허나, 이 이전에 어린 연치로 궁에 들어와 온갖 예법 다 익혀 그 배움, 상전께 잘 전달하여 보필하라 들려 보낸 자들이 제 몫을 다 못 하였으니 그저 보고 님어갈 수가 없구나."

찻잔이 소리 나게 놓였다.

"여봐라. 영궁의 상궁과 그 밑의 것들을 데려오라."

진즉에 대기하고 있었다는 듯이 계집들이 우르르 들어왔다. 그 가운데 죄인처럼 결박당한 한 상궁과 어린 계집이 있었다. 내던지듯 손을 놓아 한 상궁이 앞으로 고꾸라졌다. 한 가닥 이마 앞으로 흘러내린 검회색 머리칼이 애처롭다.

"영궁의 수발을 든 지가 몇 년이냐."

귀비가 물었다.

"오, 올해로 6년째이옵니다."

"궁에 들어온 지는?"

"2, 25년이 넘어가옵니다."

짝! 소리와 함께 삽시간에 한 상궁의 뺨이 벌겋게 물들었다. 한 상궁의 뺨을 올려붙인 건 아까 문 앞을 가로막았던 늙은이였다. 늙은 것이 힘이 작히도 좋았다. 뒤에 선 어린 계집의 입이 벙하니 벌어진다. 제 뺨을 부여잡은 한 상궁의 손끝이 가늘게 떨렸다.

"헌데도 어이하여 영궁이 세 살 난 어린아이마냥 아무것도 모르냐."

"그, 그는…… 마마님께서 크게 앓고 난 뒤, 아직 편찮으시어……."

짝! 말을 제대로 맺기도 전에 뺨이 또 한 대 올려붙여졌다. 한 상궁이 휘청댔다. 기어코 입술이 터져 핏물이 맺혔다. 계집이 공포를 못 이기고 흐느꼈다. 여희는 그 모든 것을 눈에 담았다.

"이게 지금 뭐라는 게야? 상전의 허물을 감싸주지 못할망정, 그 탓을 하고 있어? 이런 것들이 붙어 있으니 영궁이 저리 된 것 아니냐. 끌고 가라. 다시는 이런 일이 없도록 훈육 똑바로 시켜라."

"사, 살려주시옵소서! 마마님, 마마님!"

어린 계집의 무릎이 꺾였다. 낯 팔리는 것도 잊고 같은 궁녀의 치맛자락을 잡고 늘어지는 것을 가차 없이 끌고 나갔다. 한 상궁은 그저 끌리는 대로 조용히 잡혀 갔다.

문밖에서 비명이 터졌다. 살 터지는 소리가 귀를 찢는다. 어린 계집이 죽을 것처럼 울어댔다. 정적 같은 침묵 속에서 누군가 비단장수 이야기를 꺼냈다. 그를 필두로 작년 팔일장과 올해의 팔일장을 비교하며 누구네 장사치가 더 좋은 원단과 보석을 갖고 있는지 이야기들을 풀어냈다. 계집이 아직도 울고 있었다. 피 섞인 신음이 창호지를 넘어왔다. 그러나 아모도 신경 쓰지 않았다. 그 소리를 아모도 듣지 못하는 듯했다. 불현듯 양양이 코를 킁킁댔다.

"마마, 이상한 냄새가 납니다."

개처럼 네 발로 기어가 땅바닥에서부터 허공까지 코를 실룩였다.

"어디서 나는 거지?"

양양이 고개를 갸웃댔다. 여희는 숨을 깊게 들이마셨다. 양양의 말대로 코끝이 저릿할 정도의 시큼한 내가 맡아졌다. 그러나 어디에서도 그 양상을 찾을 수가 없었다.

"오늘의 찬은 이걸로 끝내도록 하지. 내 비들의 입담에 시간 가는 줄도 몰랐구나."

귀비가 일어났다. 매질 소리도 딱 멈췄다. 귀비가 닿는 걸음마다 비빈들이 일어나 인사를 했다. 나가는 문은 끝에 있었기 때문에 그 인사가 순번처럼 여희에게까지 길게 이어졌다. 귀비가 다가오자 옆에 앉았던 소의가 서둘러 일어나다 부른 배 때문인지 기우뚱거렸다. 여희가 팔꿈치를 잡고 일으켜주자 소의가 작게 감사의 인사를 했다.

"에구머니나! 저게 뭐야!"

양양이 기겁하며 코를 틀어쥐었다. 시큼하다 못해 썩은 내가 훅 끼쳤다. 고개를 들자 귀비가 소의를 지나치고 있었다. 먹물 같은 눈이 흘긋 소의의 배에 닿는다. 그 순간 귀비의 몸에서 시뻘건 연기가 피어올라 하늘로 솟은 머리, 찢어진 눈, 피같이 빨간 입술의 귀신 형상으로 화하여 소의를 잡아먹을 듯 그 입을 쩍 벌리고 코앞까지 다가왔다 딱 소리 나게 다물며 다시 귀비의 몸속으로 사라졌다.

"소의는 곧 산달이라 몸도 불편할진대 큰 걸음 하였구나."

귀비의 몸 뒤로 붉은 연기가 너울댔다.

"귀하신 아기씨다. 모심에 한 치의 모자람도 없어야 할 것이니 소의는 몸풀이 때까지 경거망동하지 말고 조신하게 있으라."

"예, 명심하겠습니다."

자애로운 귀비의 말끝으로, 귀비를 둘러싼 연기가 다섯 개의 긴 손톱을 지닌 갈고리가 되어 소의의 배를 긁었다. 귀비가 방을 나서자 방 안의 모든 비빈들이 줄줄이 그 뒤를 따라나갔다.

천천히 밖으로 나온 여희는 설궁을 돌아보았다. 웅장한 처마 끝이 칼날처럼 시렸다.

"뭐 저런 년이 다 있습니까."

양양이 질린 기색으로 중얼거렸다.

"이 궁이 모다 귀비 그 자체였구나."

이 매캐함과 꿉꿉함이 어디에서부터 온 것인가 하니, 귀비였다. 잘못 보았구나. 귀비는 백영을 포용한 것이 아니었다. 잔뜩 독이 오른 귀비는 이전에도, 지금도, 이후에도 백영을 진심으로 이해하고 감싸 안은 적은 단 한 번도 없었을 것이다. 필사적으로 저를 누르고 지엄한 어미의 얼굴로 그런 체를 했을 뿐이다.

저를 두고 다른 이를 찾을 때 그 긴긴 밤, 귀비는 어떤 얼굴로 지새웠을 것이냐. 다른 여인의 흔적을 달고 저를 찾았을 때에는 또 무슨 표정을 지었을꼬. 야차가 달리 야차냐. 느이 사는 모양새가 야차로구나.

여희는 고개를 저으며 몸을 돌렸다. 마당을 나서니 널브러진 인영 둘이 보였다. 피떡이 되어 숨만 쌕쌕 내쉬는 그 옆으로 가서 발로 툭 건드렸다.

"일어날 수 있겠냐."

"⋯⋯예, 헌데 난옥이가⋯⋯."

씨근덕거리는 한 상궁 옆으로 어린 계집이 정신을 놓고 있었다. 가마 없이 걸어왔으니 마찬가지로 갈 때도 걸어가야 했다. 도와줄 사람이 있나 주위를 둘러보았지만 이 넓은 궁에 개미 그림자도 보이지 않았다.

짧게 혀를 차며 여희는 어린 계집을 옆구리에 끼었다.

"마, 마마."

"이것은 정신이 나가 내가 지고 간다만, 넌 걸을 수 있다니 알아서 오려무나."

얼마나 얻어터졌는지 계집은 정신을 잃은 와중에도 끙끙 앓았다. 겨우겨우 영궁에 돌아와 마루에 계집을 던지듯 놓자 아픈 데를 건드렸는지 혼 나간 몸이 풀쩍 뛰었다. 한참 만에 뒤에서 한 상궁이 다리를 질질 끌며 들어왔다. 그 꼴이 심히 보기 안 좋아 여희가 떫게 말했다.

"너희들이 아플 때 그를 고쳐준다던 의원인가 뭔가를 불러와라."

"아닙니다. 괜찮습니다."

"뭐가 괜찮으냐. 재게 불러와라."

"아닙니다. 정말 괜찮습니다."

여희가 눈을 치떴다.

"누가 너 때문에 그런다던? 이년을 봐라."

여희는 늘어져 덜렁이는 계집의 다리를 툭 찼다.

"목숨줄이 간당간당하지 않냐. 이제 보니 너 참 매서운 년이로구나. 같은 밥 먹고 같은 이불에서 자던 이가 다 죽어가는데 제 몸 괜찮다고 됐다는 걸 보니."

"그것이 아니옵고……."

"아, 그럼 뭐가 문제라는 게야."

한 상궁이 아픈 허리를 부여잡고 끙끙댔다. 여희가 불퉁하게 재촉하자 마지못해 입을 열었다.

"의, 의원을 부를 전이 모자랍니다. ……이 지경에 의원이 왔다간 소를 한 마리 잡아도 모자랄진대……. 마마, 신경 쓰지 말고 들어가시옵소서. 쇤네가 알아서 하겠나이다."

매타작에도 꼼짝 안 하던 눈에서 눈물이 쭉쭉 뿜어 나왔다. 한 상궁이 피투성이 손으로 코를 훔쳤다. 여희는 그런 한 상궁을 쏘아보았다.

"염병 떨기는."

바람같이 방 안으로 들어가 안을 훑었다. 소 한 마리 값이 뭔지 모르겠지만, 이 초라한 궁에 값진 것이 단 한 개도 없다는 건 알 수 있었다. 문득 방구석에 놓인 다 시들어빠진 꽃무더기가 밟혔다. 여희는 그것들을 빤히 보다 우득 꽃잎들을 꺾어 바깥으로 나왔다.

한 상궁에게 꽃잎들을 던지자 그것들이 모두 금은전으로 변해 탕탕탕, 요란한 소리를 내며 바닥을 뒹굴었다. 한 상궁의 눈이 크게 뜨였다. 벌벌 떨리는 손으로 전들을 주워 담았다.

"마마님, 이게 다 뭡니까."

"뭐긴 뭐냐. 네 소 값 아니냐."

"이것들이 대관절 어디에서 나셔서······."

"이만한 것들이 없을까. 그러니 가서 의원이나 불러오라."

한 상궁은 마지막 전 하나까지 그러모아 절룩이며 궁을 나갔다.

"제가 도력으로 좀 도와줄까요? 요것은 잘하면 정말 삼도천의 장 노인을 만나겠습니다."

양양이 마루에 누워 있는 어린 계집을 보며 말했다.

"됐다. 제 팔자가 여기까지면 어쩔 수 없지. 인간들 천명에 관여하는 것은 계율에 어긋나는 일이다. 그것은 우리와는 상관없는 일이야."

여희는 차게 일별하고 몸을 돌렸다.

그 밤, 어김없이 백영이 찾아왔다. 저 멀리서 태자 저하 납신다는 고함 소리와 함께 북이 울렸다. 열리는 문 사이로 백영이 옆을 흘긋대며 들어선다. 옆에는 퍼렇고 빨간 멍들이 즐비한 한 상궁이 있었다. 시간이 지나자 오히려 처음보다도 지금이 더 상태가 심각하게 보였다.

"왜 이러냐?"

"아무것도 아니옵니다."

한 상궁이 허리를 숙였다. 빤히 보이는 거짓이었으나 백영은 관대히 넘어갔다.

닫히는 문 사이로 한 상궁을 보며 여희가 말했다.

"오늘 귀비를 보고 왔다."

"귀비?"

백영이 성큼 다가와 여희의 턱을 붙잡고 얼굴을 이모저모 살폈다.

"설궁에 다녀왔느냐."

"낯이 꽤나 반반한 계집이더구나."

"설가의 미색이야 유명하지. 그 집안은 사내들도 계집처럼 매끈한 얼굴을 하고 있으니 진짜 계집은 오죽하겠나. 귀비의 오라비는 너도 보았지 않냐."

그 말에 단번에 백마의 미남자가 떠올랐다. 그러고 보니 선이 가는 것이 귀비와 닮았다. 그렇군. 근래 자신을 볼 때마다 날이 서 있다 했더니 제 동생 탓이었나 보다. 납득을 하다 금방 의문이 치솟았다. 분명 용군의 대장, 백영의 최측근이라 하였지. 귀비의 오라비인 데다 최측근이라면 어째서 그날 백영을 낙마시키려 했던 것일까. 그들은 누구보다도 백영과 척을 질 필요가 없는 관계다.

귀비는 딱 봐도 백영에게 목을 매고 있었다. 오랫동안 그 수많은 후궁들이 있어왔음에도 아직도 그에 일일이 분노할 만큼. 남의 배에 들어 있는 백영의 씨앗을 질투할 만큼. 귀비에게서 백영에게 향한 악의가 있냐 하면 그것은 읽어내지 못했다. 없기 때문이다.

무엇일까 생각하다, 이것들은 툭하면 내 편이었다 남의 편이 된다는 것을 생각해냈다. 그것은 제도전에 가면 더욱 확실하게 와 닿았는데, 거기 앉아 있는 수십 명의 의관들을 보고 있노라면 지루하지가 않았다. 기들이 하루에도 몇 번씩 얽혀대고 있었기 때문이다.

"확실히 귀비는 아름답지. 설가가 아무리 미색으로 유명하다 해도 귀비만 한 얼굴은 없거든. 지금이야 세월이 흘러

많은 것들이 변했다만 처음 귀비가 궁에 들어오던 날은 아주 대단했지. 그때 일영은 고작 네 살이었는데도 그 미모에 홀려 내내 귀비를 쫓아다녔어. 그 어린놈이 마치 여자에 대해 안다는 것처럼 말이야."

이어지는 말에 여희는 생각에서 깨어났다.

"일영이라면 네 동생이 아니더냐."

"그렇지. 어찌나 귀비를 쫓아다니던지 떼어내느라 고생 좀 했어."

문득, 귀비의 오라비의 기와 맞닿아 있던 일영을 떠올렸다. 가만 생각해보니 그것은 제도전에서 보았던 기들과도 닮아 있는 듯했다. 백영의 눈이 추억에 잠겨들어갔다. 마치 육신만 여기에 있고 혼은 그 시절에 가 있는 듯했다.

"그러고 보니 귀비가 궁에 들어온 지도 벌써 20년이 다 되었군. 수혜는 열여섯에 궁에 들어왔는데 궁을 전혀 무서워하지 않았어. 당연하다는 듯 들어와 당연하게 앉아 있었지. 어린 계집치고 매우 담대했지. 이곳에 피바람이 불 때에도 태연히 앉아 나를 기다렸다."

친밀하게 귀비의 이름을 부르는 것을 들으며 여희는 낮에 보았던 귀비를 생각했다. 고혹하고 우아하게. 귀비는 그 속내가 어떻든 앞에서는 비빈들에게 점잔을 떨어댔듯이 백영에게도 한없이 자애로운 어미이자 여인으로 있었을 것이다.

……근 20년인가. 그리 투기가 심한 계집이 그 긴 세월을

어찌 살았을꼬. 산 귀신이 된 게 당연하구나.

순간 고개가 옆으로 기울어졌다. 백영이 어깨를 감싸 안아 끌어당기고 있었다.

"귀비가 너에게도 장난질을 치던? 허긴, 때가 되었지. 내 요즘 너의 처소에만 발걸음을 했으니 말이다."

그 말에 여희는 백영이 귀비의 행패를 모두 알고 있음을 눈치 챘다. 아마 그 안에 똬리를 튼 어둠까지 알고 있는지도 모른다. 목에 닿아 있던 백영의 손가락을 거두어냈다. 그러자 장난치듯 백영이 입술을 들이밀어 쇄골에 흔적을 남기고 허리를 껴안아왔다.

밑에서 놀리는 손짓이 음흉하게 변해갔다. 치맛자락 사이로 들어오는 손을 제지하자 백영이 그 옆얼굴을 빤히 바라보다 볼에다 입을 맞추었다.

"어지간히 놀린 모양이군. 내 귀비 대신 오늘 밤 깊이 사죄하마."

허벅지를 쓸어 올리는 손을 잡고 끌어내렸다. 문득 이도 저도 다 귀찮아졌다. 썩 맛이 좋지도 않았던 계집의 혼. 문을 넘어서지 못하는 몸. 자신에게 붙들린 하얀 손을 내려다본다. 그렇게 몸을 겹쳐도 아무 소용이 없었다. 이것은 조금 더 해본다고 해결될 일이 아니다. 그렇다면 왜 아직도 백영과 밤을 보내고 있는 것인가. 이것에 무슨 의미가 있단 말인가.

"……사죄는 됐으니 이제 딴 궁에 가려무나."

여희를 안고 있는 몸이 굳는 게 느껴졌다. 여희는 눈을 내리깔고 허리에 감긴 팔을 풀어냈다. 마지막 손이 떨어지는가 싶더니 반 바퀴 돌아 여희의 손목을 강하게 붙들었다.

"너 지금 뭐라 말했느냐."

목소리는 평이한데 얼굴의 표정은 사라지고 없었다. 여희는 담담하게 다시 말했다.

"네 말마따나 너, 요즘 나의 처소에만 발걸음을 하지 않니. 부부간의 금슬만큼 집안을 화목하게 하는 것도 없다는데 나는 이제 됐으니 가서 네 어여쁜 비들이나 달래려무나."

순간 손목이 부러지는 것이 아닐까 싶을 만큼 강하게 죄어왔다. 백영에게서 뿜어 나오는 날카로운 기가 차가운 바람처럼 스쳐 지나간다. 그 느낌을 봐선 한바탕 난리가 날 것 같았는데 의외로 빠르게 갈무리가 되었다. 손목의 힘이 풀림과 동시에 백영이 손자국 난 그 붉은 순흔을 살살 매만져왔다.

"……달래줘야 할 사람은 여기 있는데 내가 가긴 어딜 가느냐. 네 밑의 것들을 보아하니 귀비 장난질도 오늘로 끝날 거다. 그리 마음에 둘 것도 없어."

성질을 누르고 안고 어르는 백영을 고요히 지켜보았다. 무심코 웃음이 터져 나올 것 같았다. 귀비는 아무것도 아니었다. 오늘 쉼 없이 재잘대던 그 비빈들도 마찬가지다. 그들의 목은 너무나 얇고 가늘어 여희가 손가락만으로도 분지를 수가 있었다. 그러지 않았던 건, 더 큰 혼란을 자초하고 싶지 않기도 하거니와 그럴 이유가 없었기 때문이었다.

그러나 백영은 어떠한가. 몸 몇 번 섞었더니 정말 부부 노릇을 하고 앉아 있다. 마치 여희가 신인 것조차도 잊고 있는 것만 같다. 맞닿은 피부를 본다. 열이 느껴졌다. 꼭 그 밤과 같다.

그 밤, 자기를 붙들고 있으라던 백영의 목소리가 스쳐 지나간다. 그러자 불쑥, 붙들고 싶지 않다는 감정이 치솟았다. 여희는 엮인 손을 풀어냈다.

"기도 믹을 만큼 먹었고, 이젠 너와는 일이 없느니."

백영이 입을 한 일자로 다물고 여희를 뚫어지게 노려보았다. 냉기가 방 안을 감돌았다. 여희는 문가를 눈짓했다.

"뭐하냐. 그 많은 비들을 상대하려면 하룻밤도 아까울진대. 재게 움직이지 않으면 이 밤이 속절없이 넘어갈 것이다."

"제정신이냐?"

낮게 으르렁거리는 목소리는 백영이 얼마나 화가 났는지 보여주고 있었다. 소름이 돋았다. 여희는 제 팔뚝을 내려다보았다. 여희가 아닌 거죽이 일으키는 반응이었다. 속으로 혀를 찬다. 약한 것은 죽어서도 약하다. 아니, 이 거죽은 쾌락과 고통 모두에 약한 몸뚱이였다.

하지만 이 육신은 거죽일 뿐이라 하지 않았나. 양양의 말마따나 혼이 모든 것을 좌우한다면 이 쾌락과 고통은 과연 누가 느끼는 것인가. 죽은 계집의 몸인가, 혼만 남은 자신인가.

그 순간, 목을 잡혀 끌려갔다. 백영이 씹어 먹을 듯이 속삭였다.

"오냐오냐 해줬더니 끝이 없구나. 그간 잘 지내더니 웬 변덕이냐."

목을 조르는 손에 힘이 들어갔다.

"네 하는 짓이 제법 웃겨 장단 맞춰줬다만 분수를 알라."

백영이 차게 웃으며 여희를 위아래로 훑었다. 시정잡배 같은 불손하고도 저급한 눈길이었다.

"기를 먹을 만큼 먹어? 그것 참 잘됐군. 헌데 네 그 잘난 척 지껄이던 신은 어디에 있는 거냐. 암만 보아도 내 옷자락 붙잡으며 도와달라던 그때 그 몸뚱이 그대로군."

밀쳐져 뒤로 넘어갔다. 갑자기 트인 숨에 목구멍에서 마른 기침이 쏟아졌다. 백영이 자리에서 일어났다. 쓰러진 여희를 거들떠보지도 않고 걸어 나갔다.

"네가 둘러쓰고 있는 계집은 내 궁의 계집이다. 그런 계집의 몸을 빌려 쓰려면 이 계집이 했어야 할 도리를 지키는 것이 이치 아니냐. 뭐가 그리 억울해 이 지랄을 떨어대. 네년이 목이 잘릴 땐 또 어떤 방종을 떨어댈지 심히 궁금하군."

큰 소리와 함께 문이 닫혔다. 그 힘이 얼마나 거센지 문틀이 덜컹거렸다.

"저, 저 무례한 놈 같으니! 감히 마마님께!"

양양이 문을 노려보며 발을 쿵쿵 굴렀다.

"됐다. 그리 틀린 말도 아니지."

여희는 손으로 목을 만지작거렸다. 보지 않아도 빨갛게 손자국이 들었음을 알 수 있었다. 창가에 눈길을 두자 창문이 열린다. 지난밤만 해도 덜 차 있던 달이 완벽하게 차올라 있었다.

충동처럼 자리에서 일어나 대문을 찾아 발을 옮기니 역시나 넘어가질 못한다. 양양이 문 너머에서 침울한 얼굴을 했다. ……도력을 기울 것이 아니라 양양만큼이나 벌어트렸어야 했나. 귀보다 높고 신보다 낮은 양양은 이 문을 자유로이 오고갔다.

그래, 어쩌면 결계를 뛰어넘을 힘을 키울 게 아니라 그 눈에 띄지 않게 낮춰야 했는지도 모른다. 생각하니 그것이 답 같았다. 탄식이 입에서 흘렀다. 이걸 이제 와 깨달아 뭐하나. 일 한 번 더럽게 돌아간다. 꼴이 여간 우스운 게 아니었다.

"마마님, 돌아가요. 밤이슬이 찹니다."

어느새 다가온 양양이 손을 내밀었다. 여희는 그 손을 멀거니 보다 마주 잡았다.

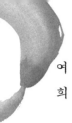

그날 이후, 백영은 더 이상 영궁을 찾지 않았다. 동시에 곳간을 채우던 약재도 딱 끊겼다. 모든 것이 제자리에 돌아간 듯 평화로웠다.

처음 며칠은 마음도 마음이거니와 도력을 떨어트려볼까 싶어 궁에만 있었으나, 이걸 어느 세월에 떨어트리나 싶은 생각이 들었다. 어쩌면 조금 더 높이기만 한다면 뛰어넘을 수도 있는 것이 아니었을까. 그리 생각하니 또 계속 아쉬움이 남았다. 도력을 떨어트리는 것이 답인 것 같긴 한데, 지금 상태라면 조금만 더 해주면 뛰어넘을 수 있을 것 같기도 하다. 하루에도 몇 번씩 갈등하다 결국 배고픔이라는 본능에 못 이겨 밖으로 나왔다.

백영을 볼 수 없기 때문에 여희는 궁에 떠도는 기를 찾아 먹어야 했다. 궁을 둘러싼 결계 때문에 떠다니는 기를 찾기란 쉽지 않았지만 후궁전만큼은 그 사정이 달랐다. 계집들의 아방궁 암투가 오지기도 참 오진지라, 매일 찾아가도 매일 새로운 기가 떠다녔다.

　해서 여희는 시간이 나면 후궁전을 뱅뱅 돌았다. 그러자 이번엔 영궁에 대해 상께서 걸음을 안 해주시니 그 용안 한 번 뵈려 전을 맴돈다고 추접스럽다 소문이 났다.

　"고년들은 참말로 몹쓸 년들입니다. 이러면 이런 대로, 저러면 저런 대로 절구를 찧어대지 않습니까. 대관절 어느 장단에 맞추라는 건지. 에효. 허긴 이 담벼락에 갇혀 허구한 날 같은 짓만 하고 있는데 입이라도 놀려야 살맛이 나겠지요. 마마님이 불쌍히 여기십시오."

　"이년아, 지금 여기서 제일 불쌍한 건 나인데 누굴 더 불쌍히 여기라는 거냐. 오지랖 한 번 넓기도 넓구나."

　여희는 담벼락에 넝쿨처럼 걸려 있는 기를 호로록 빨아 먹고 양양을 흘겼다.

　"음? 이게 뭐고."

　발을 옮기는데 담벼락 끝에 하얀 형체가 있었다. 어물어물 바닥을 기던 형체가 진득하니 두 갈래로 벌어지더니 갓난쟁이와 개의 모습으로 화하였다. 개가 꼬리를 흔들며 갓난쟁이의 볼을 핥다 어느새 또 하나로 합쳐졌다. 앞에는 사람의 얼굴이, 뒤에는 개의 꼬리가 붙은 몸이 되었다.

　"귀령입니다. 너무 어려서 저승차사도 보지 못했나 봅니다."

　종종 그런 일이 있었다. 짐승과 갓 태어난 인간은 영이 무던히도 맑은지라 엇 하는 새에 저도 모르게 스쳐 지나가기 일쑤였다. 양양이 형체의 엉덩이를 툭 차자 개가 사나운 이빨을 내보이며 덤벼들었다. 양양이 깜짝 놀라 훌떡 담 위로 뛰었다.

"아잇, 깜짝이야! 이놈은 들개인가 봅니다."

담 위에서 깔짝깔짝 약을 올리니 개가 숨넘어가도록 짖어댔다. 물어뜯겠다고 담벼락 위로 몸을 펄쩍펄쩍 날린다. 분위기 한 번 살벌해지는 와중에 저 뒤에서 갓난쟁이가 뒹굴거리며 웃어댔다.

"서로 떠돌다 친해진 모양이구먼."

갓난쟁이가 개의 꼬리를 당겼다. 언제 사납을 떨었냐는 듯이 개가 애교를 피워댔다.

"첩여마마님 아니십니까?"

이름이 불리어 돌아봤더니 소의였다. 산책을 하던 길이었는지 뒤에 궁녀 두엇을 달고 이쪽을 보고 있었다. 대충 고개를 끄덕이고 가려는데 발길을 붙잡혔다. 제 궁이 가까우니 들렀다 가시라는 끈덕진 청에 결국 같이 움직였다.

소의가 묵고 있는 예궁은 작지만 단아한 것이 꼭 제 주인을 닮아 있었다. 후궁전의 다른 궁들과 비교하면 그 살림은 모자란 감이 있으나, 그래도 영궁보다는 나았다.

심드렁하게 주위를 둘러보던 여희는 불쑥 소의에게 물었다.

"애는 언제 태어나느냐?"

"예? 아, 그믐날에는 볼 수 있을 거라 합니다."

틀렸군, 저것은. 여희는 물끄러미 소의의 배를 내려다보았다. 시커먼 기가 소의의 배에 다닥다닥 달라붙어 있었다.

"만져봐도 되나?"

대답도 아니 들려왔는데 여희는 걸음부터 옮겼다. 반사적으로 제 배를 두 손으로 감싼 소의는 어정쩡한 얼굴로 여희를 보다 살짝 손을 치웠다.

여희가 배 위에 손을 얹자 시커먼 기들이 비명을 지르며 도망갔다. 양양이 그 기를 잡으려 손을 뻗었으나 마치 미꾸라지처럼 내뺐다. 몇 번 헛손질을 한 양양이 분한 얼굴로 기를 쫓았으나 소용없었다.

시커먼 기는 방구석과 천장, 그 벽과 창틈 사이로 질기게 도망을 갔다. 그러나 영영 사라지는 일은 없었다. 도망을 가되 소의의 배와 멀어지진 않았다.

여희가 손을 뗐다. 이 정도로 끈덕지다면 주술이다. 누군가 배 안의 태아에게 저주를 걸어놨다. 설궁에서 소의의 배를 할퀴고 간 갈고리를 떠올렸다. 그 갈고리는 귀비에게서 나온 것이다.

"너, 이 아이가 몇 번째 아이냐?"

백영에겐 이미 여러 명의 자식이 있었다. 한 후궁에게서 두셋은 기본이었으니 소의도 그 사정이 다르진 않으리라. 하지만 소의는 얼굴을 붉혔다.

"처음입니다. 송구스럽게도 소첩이 원체 몸이 미령한지라 좀처럼 아기씨를 뵙기가 어려워서⋯⋯."

"해서, 이 아이가 나오거든 이게 첫 번째다?"

근데 어찌하냐. 이것도 세상 빛은 보지 못할 것 같으니. 이 제 보니 서로 드잡이질 하던 비빈들이 소의는 물 보듯 했던 이유가 여기에 있었나 보다. 낮은 직첩도 직첩이지만 손을 못 보고 있으니 경계할 필요가 없었던 것이다.

"너는 원래 그리 성미가 관대하냐?"

문득 궁금해졌다.

"예?"

"직첩으로 따지면 네가 나보다 위일 터. 내가 이리 너에게 하대를 하는데도 개의치 않아 보여 하는 말이다."

"저는 상관없습니다. 편하신 대로 하십시오."

여희는 코웃음을 쳤다.

"착한 척 한 번 오지게 하는구먼."

소의가 웃었다. 그 얼굴이 말갛고 앳된 것이 아주 예뻤다. 청에 이끌려 소의의 궁에는 왔으나 오랜 시간 마주 보고 앉 아 있을 사이는 아니었다.

볼일이 있어 나는 이제 가겠다 돌아갈 채비를 하는데, 소 의가 "잠시만요." 하더니 뒤뚱이며 저 너머로 돌아갔다. 농 앞에 서서 꼼지락대더니 작은 주머니 여러 개를 가지고 와서 여희에게 내밀었다.

"이게 뭐냐?"

"울혈과 통증에 좋은 약초입니다. 이것을 끓여다 그 진액을 찬바람에 굳혀 쓰면 아주 좋다고 하여요."

소의가 주머니 속을 벌려 풀무더기를 보였다.

"저희 사가에서 보내준 것이온데 저희 고을에선 아주 유명한 의원이 만든 것이랍니다. 벌레 물린 상처에 써도 좋을 만큼 아주 다양하게 쓰이는지라 해마다 사가에서 저에게 보내온답니다."

그런데 그걸 왜 생뚱맞게 나를 주는 것이야, 의아해하다 설궁에서 영궁의 계집들이 쥐어터질 때 소의도 있던 것을 기억해냈다. 울혈에 좋은 약초, 그때 그 밑의 것들에게 주란 말이었다. 길목에서 우연히 만난 것, 친분도 없으니 그냥 보냈을 법도 한데 기어코 들렀다 가라 청한 목적이 여기에 있던 모양이었다.

"참 일찍도 주는구나."

꽃잎 금전과 맞바꾼 약초로 이미 필요한 것은 그득 샀다. 무엇보다도 가장 좋은 약은 시간인지라 이제 한 상궁과 어린 계집의 몰골은 그때보다 많이 사람다워졌다. 소의의 뺨이 발그레하게 달아올랐다. 여희는 그것을 가만히 보다 주머니를 받아들었다.

"너, 애 좋아하냐?"

문턱을 넘어서기 전 물어보았다.

"그야, 물론…… 아이들은 모다 어여쁘지요."

"그럼 네 자식 말고 다른 자식은 어떠냐. 그도 어여쁘더냐?"

소의가 미소 지었다.

"어여쁨에 다름이 있겠습니까. 저가 어미인 이상, 제 아이 어여쁘고 귀한 만큼 다른 아이라고 그를 못 알아볼 수가 없지요."

여희는 눈을 가늘게 떴다.

"이제 보니 척이 아니라 멍청한 것이었군. 헌데, 어찌 세상에는 둘도 없을 천치로 나만 소문이 났는지 모를 일이로다."

손을 뻗어 소의의 배에 대었다. 그 갑작스러움에 소의가 몸을 흠칫거렸으나 여희를 물러내지는 않았다. 그저 어설프게 웃으며 기색을 살폈다. 여희의 손 밑에서 하얀 기가 몽실몽실 피어올랐다. 연기는 둥글게 퍼져 소의의 배를 감쌌다.

"그 맘 잊지 말라."

손을 떼자 여희의 손끝과 배 사이에 가느다란 흰 실이 이어졌다.

"네가 네 자식으로 여기면 그는 진실로 너의 자식이 될 터이니."

여희는 인사도 안 듣고 궁을 나왔다. 담벼락 밑에는 아직도 갓난쟁이와 개가 있었다. 다가가자 개가 아기 뺨을 핥던 것을 멈추고 여희를 빤히 쳐다보았다. 여희는 갓난쟁이 머리를 쓸어주었다. 까르르거리며 갓난쟁이가 웃었다. 소의의 배와 이어져 있던 하얀 실은 이제 갓난쟁이와 연결되어 있었다.

옆에서 보고 있던 양양이 말했다.

"어쩐 일이세요? 인간사에 관여를 다 하시고."

"제 새끼 죽은지도 모르고 나오기를 기다리는 꼴이 눈물겹지 않냐. 이것도 어미 없이 이리 떠돌고 있으니 서로 좋은 일이시."

양양이 얼굴을 찌푸렸다.

"그래도 이놈은 개와 거의 동화되지 않았습니까. 구천을 떠돈 시간이 너무 오래되었어요. 조만간 령끼리 뒤엉킬 것입니다."

"그러니 더 잘됐지 않냐. 저런 순둥이 어미 밑에선 이런 개 같은 성질의 자식이 필요할 터. 이 들개가 수호령이 될지 누가 알겠니. 안 그러냐?"

여희는 개의 주둥이를 툭 쳤다.

"네 주인 잘 지켜라. 앞으로 녹록지 않을 것이니."

개는 알아들었는지 어쨌는지, 꼬리를 한 번 흔들더니 꾸벅꾸벅 졸기 시작한 갓난쟁이를 품에 끼고 같이 눈을 감았다.

여희는 허리를 폈다. 저 끝으로 대궁이 보였다. 쓰러진 수율 황제와 그를 쓰러트린 백영이 있는 곳이었다. 백영을 못

본 지 며칠이 되었나. 날을 셈하다 관두었다. 불현듯, 그 셈을 하기가 싫어진 탓이다.

"마마, 괜찮으세요?"

"뭘 말이냐."

"꼭 어디가 아프신 것 같은 얼굴을 하고 계시지 않습니까."

"……허튼 소리. 가자. 이 담벼락엔 더 먹을 것도 없느니."

여희는 몸을 돌렸다.

인월 열엿새 날. 황궁은 매화꽃 타는 냄새로 뒤덮였다. 오늘은 귀문이 열리는 날이었다. 오고가는 귀들 때문에 길목이 어지러워져 쫓아내고자 귀신불을 놓기 시작한 것이 유래로, 비옥한 땅에서 건져 올린 황토를 대문과 담벼락 여섯 군데에 뿌리고, 다봉나무 수염과 매화꽃에 불을 붙여 창틀 아래에 놓았다.

이번 귀신날엔 선황의 건강과 단국의 흥복을 기리는 천령제도 있어 황궁 전체가 떠들썩했다. 한 상궁이 주머니 두 개를 준비해 왔다. 하나에는 왕겨, 메밀, 삼껍질, 쑥, 닭털, 오곡, 개똥을 버무려 만든 경단을 넣었고, 다른 하나에는 올해 첫 수확한 팥알을 넣어 여희 허리춤에 걸어주었다.

"이것도 들어보세요."

받고 보니 대나무 끝에 갈기 솔이 엮여 있었다.

126

"액으로부터 마마님을 보호해줄 영민한 것들입니다."

"개똥과 말 털이 말이냐? 퍽이나 안심이 되는구먼."

여희의 빈정거림에도 한 상궁은 아랑곳 않고 주머니 끝을 단단히 잡아맸다.

"이번 천령제를 주관하시는 고승께선 아주 유명한 귀술사이십니다. 천문관에서도 백 년에 한 번 나올까 말까 한 인재라 그 명성 자자하셔요."

귀술사 고승은 대문에서 만난 이후로 보지 못했다. 그날, 고승은 여희를 귀로 알고 있었다. 귀인지 신인지 구분도 못하는 놈이 인재라? 여희는 픽 웃었다.

한 상궁이 겉옷을 여희의 어깨에 걸쳐주었다.

"자, 다 되셨습니다. 가서서 영험한 기 잔뜩 받고 오십시오. 저도 마마님께서 올해엔 아기씨를 뵙기를 진심으로 빌겠나이다."

"아직도 그 소리냐? 하늘을 봐야 별을 딴다고 상 발걸음 끊긴 지가 언젠데 아기씨 타령이냐."

"그러니 오늘 가서서 잘하고 오시란 겁니다. 상 옆에 가서서 나긋나긋 잘 보필하시면 틀림없이 다시 발걸음 하실 겁니다. 암요. 저하께서 얼마나 마마님을 어여삐 여기셨는데요."

한 상궁이 여희의 손을 붙들고 간절히 말했다.

"오호라. 이제 보니 염불보다 잿밥에 더 관심이 있었구먼? 네가 그렇게 부산을 떨며 천령제를 준비하기에 나는 또 병상에 누운 선황 기리는 정성이 지극하다 여겼지 무어야."

타박하자 면목 없다는 표정을 짓고는 괜히 있지도 않은 먼지를 어깨며 팔뚝을 만져 탈탈 털어냈다.

"어디 저희 처소뿐이겠습니까? 천령제는 궁 안 사람들이 죄다 모이는 자리이니 후궁전 모다 제 자태를 뽐내며 찾아들 것입니다."

한 상궁이 다시 여희의 손을 잡았다. 들여다보는 눈가에 심려가 가득했다.

"마마님은 눈 끝이 얄팍하니 고우나 코끝이 뭉툭하고. 입술이 꽃봉오리같이 작고 앙살맞으나 선이 야물지를 못하니. 미색은 다른 마마님들과 견주어 한참이 떨어지십니다."

여희는 눈썹을 휘면서도 계속 말하라 턱짓했다.

"허나 마마님께오선 다른 비들이 갖지 못한 기백과 어떤 상황에서도 꺾이지 않는 강직한 심心을 지니신 분이시니 상께서도 그 점을 알아보시고 높이 사신 것이 분명합니다. 며칠 걸음 아니하셨다고 침울해 하실 것 없습니다. 며칠이 뭔 대수입니까. 지난날을 생각하세요. 저하를 배알하시거든 활짝 웃으십시오. 자고로 웃는 얼굴에는 침 못 뱉는 법입니다."

"터진 주둥아리라고 아주 아무거나 내뱉는구나."

여희는 손을 잡아 뺐다. 더러운 것을 만졌다는 듯이 탁탁 털었다. 얄팍한 눈 끝도, 뭉툭한 코끝도, 이것은 여희의 얼굴이 아니었다. 죽은 계집의 것이었다. 죽은 계집의 것. 아기씨가 생길 수도 없는 것이다. 딱한 인사 같으니. 혹시 모를 꿈에 부풀어 차 있는 한 상궁을 힐긋 보고 궁을 나섰다.

걸어가는 내내 알싸하니 탄내가 맡아졌다. 궁 안 곳곳이 불과 매화와 오곡으로 얼룩져 있었다. 귀신날이라……. 여희는 황궁 밖, 저 너머를 응시했다. 저 산을 넘으면 귀릉이 보일 것이고, 그 귀릉을 넘으면 도록. 신들의 땅이 나올 것이다.

도록을 떠나 온 지도 몇백 년이다. 긴 세월 한곳에서만 지냈더니 신물이나 인간이 사는 세계로 건너왔다. 인간들이 사는 곳이라고 별다를 것은 없었다.

시간은 여희가 어디에 있든 아주 일정하게, 공평히 흘러갔던 것이다.

여희는 숨을 깊게 삼켰다. 살다 보니 정말 별일을 다 겪는군. 혼을 빼 먹은 게 처음도 아니었는데 요번 참은 일이 왜 이렇게 돌아가는 것이냐. 천령제고 뭐고 여희와는 아무 상관도 없으니 쉬고 싶었지만, 그는 황실 법도에 어긋난다며 한 상궁이 난리를 떨어대는 통에 나올 수밖에 없었다.

여희는 다시 한 번 저 먼 곳에 시선을 주고 비척비척 걸음을 옮겼다.

천령 제단이 차려진 곳은 대궁의 앞마당이었다. 이미 적잖은 사람들이 모여 있었다. 대충 주위를 훑고 그 끝에 가 앉았다. 앞을 보니 제단 오른편에 백영과 귀비가 나란히 앉아 있는 것이 보였다. 여희는 가만히 귀비가 걸친 털옷을 보았다. 지난날, 백영이 사냥해 온 그 금빛 짐승이었다. 귀비의 손끝이 백영에게 닿는다. 귀비가 상에 차려진 주전부리를 바지런히 백영의 입에다 날랐다. 그 귀하신 옥체에 행여 바람이라도 스칠까 번번이 옷매무새도 고쳐주었다. 그 모든 것을 백영은 무심히 받아들이고 있었다. 내치지도, 돌려주지도 않은 채.

오랜만에 본 백영은 변함이 없는 모습이었다. 여전히 하얗고 단정했다. 지켜보고 있는 새 백영의 고개가 움직인 듯했다. 여희는 깜짝 놀라 저도 모르게 시선을 옮겼다. 그리고 보았다. 타는 듯한 눈을 가진 일영을. 사람이 시선만으로 불을 일으킬 수 있다면 지금쯤 이 앞마당은 화염 속에 잠겨 있을 것이다.

일영은 오로지 귀비만을 보고 있었다. 그 타는 시선은 귀비가 백영에게 닿을 때마다 더욱 심해져갔는데, 정작 그 시선을 받는 귀비는 아무것도 모르는 눈치였다. 그도 그럴 것이, 일영이 귀비를 보는 만큼 귀비는 백영을 보고 있었다. 그럼 백영은 무엇을 보고 있나.

다시 시선이 백영에게로 돌아간다. 백영은 아무것도 담고 있지 않았다. 제 피부만큼이나 하얀 의복을 걸치고선, 무심히 앞만을 보고 있다. 귀비의 손이 백영의 어깨에 닿았을 때였다. 요지부동이던 백영이 그 손을 잡아다 제 무릎으로 끌어내렸다.

소란스러웠던 공기가 낮게 가라앉는다. 탁탁탁탁–. 목탁 소리가 울렸다. 제단 옆으로 청색 옷을 입은 고승이 걸어왔다. 목탁 소리 한 번에 한 걸음을 내딛는다. 고승의 뒤를 동자승 여섯이 따랐다. 고승이 제단 위에 섰다. 양옆으로 동자승이 세 명씩 나눠 섰다.

목탁 소리가 두 번 더 울리고 끝났다. 고승이 제단 앞에 향을 피우며 주呪를 외웠다. 낮게 읊조리는 고승의 주가 동자승들의 얇은 미성에 휘감겨 노랫가락처럼 울리기 시작했다.

"시. 사야. 겁, 천, 살, 문, 방. 시. 사야. 불, 정, 화, 청, 제."

"시. 사야. 겁, 천, 살, 문, 방. 시. 사야. 불, 정, 화, 청, 제."

고승이 타들어간 향의 제를 모아 입바람으로 불었다. 푸른 불꽃이 튀었다. 우르릉 쾅쾅! 마른하늘에 벼락이 쳤다. 하얀 빛이 번쩍인다. 목탁 소리가 다시 시작되었다. 동자승들이 다봉나무 수염을 태우고 있는 불통을 휙휙 돌리며 앞마당을 돌기 시작했다.

"귀신아 물렀거라! 시. 사야. 겁, 천, 살, 문, 방."

"귀신아 물렀거라! 시. 사야. 불, 정, 화, 청, 제."

앞에서부터 한 명씩 주를 따라 외우며 허리춤에서 무언가를 꺼내 바닥에 내던졌다. 그때, 끼야악! 하고 섬뜩한 비명 소리가 울려 퍼졌다. 여희는 화들짝 고개를 들었다. 사람들의 표정에 괴로운 기색은 없었다. 무언가를 들은 기색도 없다.

다시 한 번 비명이 울려 퍼졌다. 소리를 따라가자 귀鬼들이 보였다. 비명을 지른 것은 귀들이었다. 푸른 불꽃은 어느새 방망이를 든 장정으로 변해 귀들을 때려잡고 있었다. 열린 문은 나감과 동시에 들어오는 문이 되었다. 귀신날의 영향으로 귀문을 통해 성 안으로 들어왔던 온갖 귀들이 푸른 장정들에게 멸을 당하고 있었다. 장정이 도망가는 귀를 잡아다 몽둥이로 후려쳤다. 악쓰는 소리와 함께 형체가 연기처럼 사라졌다.

"꺅!"

짧은 비명에 옆을 돌아보자, 양양이 붉은 장정에게 머리채를 붙잡혀 끌려가고 있었다. 장정을 확인한 여희가 눈을 가늘게 떴다.

"……너는 녹두 군사가 아닌가."

어찌 신이 귀잡이를 하고 있나. 여희는 벌떡 일어나 양양의 팔을 잡았다. 양쪽으로 몸이 당겨진 양양이 고통을 못 이기고 눈물을 터트렸다.

"아픕니다, 아파요!"

여희가 혀를 차며 한 발 앞을 내디뎠을 때였다. 챠르륵, 불에 기름 달귀지는 소리가 났다. 발이 따끔해 밑을 보았다. 여희의 발 부근에 자줏빛 팥이 흩뿌려져 있었다. 여희의 몸과 맞닿은 팥들이 불에 달귀진 콩처럼 튕겼다.

"귀신아! 물렀…… 거라……."

여희의 앞전에서 주를 외우며 팥을 던지던 계집이 서슬 퍼런 여희와 눈이 마주치자 말을 흐렸다. 여희가 이를 갈며 말했다.

"이게 뭐냐."

"무, 무어긴…… 파, 팥……."

"고승, 이놈이……."

여희는 앞을 노려보았다. 단아한 얼굴로 고승이 멀거니 서 있었다. 여희는 양양을 잡고 있던 녹두군사의 머리통을 손아귀에 쥐고 티트렸다. 양양이 바르르 떨며 여희에게 안겼다. 돌리던 시선이 백영과 마주쳤다. 언제부터인지 백영이 여희를 보고 있었다.

여희는 그 시선을 마주하며 제 허리춤에 매달려 있던 주머니를 뜯어내 바닥에 내던졌다. 한 상궁이 개똥이며 말갈기, 팥을 챙겨줄 때만 해도 그것들은 여희에게 아무런 해도 되지 않았다. 지금 이 순간 고승이 장난질을 치고 있는 게 틀림없었다.

몸을 돌렸다. 아까 녹두의 머리를 티트린 탓인지 주위 장정들이 여희를 의식하고서 몰려들고 있었다. 하나가 덤벼와 손짓으로 날렸더니 이번엔 둘이 덮쳐왔다.

"네 이놈 녹두, 감히 뉘 앞에서 이 지랄이냐."

낮은 음성에 여희를 붙잡던 녹두가 움찔 손을 놓았다. 흘끔 뒤를 돌아보는 모양새가 고승의 눈치를 보는 듯했다. 천문관에서 백 년에 한 번 나올까 말까 한 인재라 하였나? 처음에는 제가 상대하는 게 귀인지, 신인지 구분도 못 하더니. 제법이구먼.

귀잡이질에 신인 녹두가 온 것도 의아했는데, 저리 고승 눈치 보는 것을 보니 아무래도 술법을 통해 녹두를 식신으로 부리고 있는 모양이었다. 문턱을 넘어가기 직전이었다. 발이 뭔가에 걸린 듯 막혀 넘어질 뻔했다. 내려다보니 발목에 녹두가 매달려 있었다. 양양이 녹두의 머리 위에 올라타 손으로 투닥투닥 때려댔다.

"이놈아! 놓아라! 놓아!"

"……비켜라."

양양을 떼어내고 발을 흔들자 녹두가 떨어져나갔다. 어찌 이렇게 귀찮게 하냐. 다시 걸음을 옮겼을 때, 여희는 엎어졌다. 마마님! 양양이 날카롭게 외친다. 녹두가 두 다리를 잡고 늘어졌다. 떼어내려 손을 뻗으니 또 다른 녹두에게 팔을 붙들렸다. 장정들이 서서히 모여들었다.

"마, 마마님."

양양이 겁에 질린 목소리를 냈다.

"나가 있어라."

"하지만……."

"나가 있으래도. 네 여기 있어도 도움 하나 되지 않느니."

어쩔 줄 몰라 하던 양양이 저를 잡으려던 녹두 군사에 밀려 폴짝 담을 넘었다. 몸을 들썩거려보지만 장정 서넛이 팔다리마다 들러붙어 있으니 방도가 없었다. 포기하고 잠시 가만있으려니 사람들의 수군거림이 귀를 간질였다. 모두가 이상한 것을 본다는 눈초리로 여희를 보고 있었다.

여희는 한숨을 내쉬었다. 그도 그럴 것이 저들 눈엔 령이 안 보이니 여희 혼자 넘어지고 혼자 발작하는 것으로 비칠 것이다. 꼴이 우스워질 수밖에 없었다. 갑자기 녹두 하나가 여희의 머리를 붙잡고 고정했다.

"뭐냐."

눈을 치뜨는데 불현듯 땅이 진동했다. 쿵쿵쿵쿵! 저 멀리서 울리던 소리가 점차 가까워진다. 눈을 굴려 옆을 보았다. 쌔액쌔액, 거친 숨소리가 들렸다. 장정 열댓 명을 합친 크기의 검푸른 녹두 군사가 전신에 흉흉한 기색을 띠고 서 있었다.

검푸른 녹두 군사가 검을 빼들었다. 몸집만큼이나 큰 칼이었다. 칼날이 번쩍인다 싶은 순간, 목을 베였다. 아무런 느낌이 없었다. 여희는 심드렁하게 녹두를 올려다보다 눈을 감았다. 몸 안에 기를 갈무리했다. 한 번에 모두를 떼어내버려야

135

겠다. 스릉스릉, 귓가에서 칼이 울었다. 또 칼질을 하려는 모양이었다. 여희는 무시하고 몸 안에 기를 모두 끌어 모았다.

두 번째 칼날이 여희의 목을 치는 순간이었다. 두근……! 하고 크게 고동이 울렸다. 울컥, 안에서 뭔가가 치받쳤다. 세상이 한 바퀴 돌았다. 눈을 번쩍 떴다. 몸속의 기가 널뛰기 시작했다. 현기증이 일었다. 땀이 비 오듯 솟아났다. 울렁거리는 속을 이기지 못하고 게워냈다. 뺨과 목으로 피 섞인 노란 액체가 질질 흘렀다.

여희는 몸부림을 쳤다. 장정들도 그만큼 여희의 몸을 힘주어 눌러댔다.

여희는 숨을 몰아쉬었다. 정신없이 눈을 깜박거렸다.

큰일이다. 몸에 갇혀 있는 여희의 혼이 나가겠다 아우성이었다. 여기서 계집의 거죽을 벗어나 현신을 했다간 난리가 날 것이다.

칼이 또 한 번 여희를 베었다. 여희는 눈을 질끈 감고 날카롭게 비명을 질렀다. 머리가 터져나갈 듯이 아팠다. 번쩍 뜨인 여희의 눈동자가 붉었다. 동공이 세로로 가늘게 좁아졌다. 벌린 입에서 신음 대신 짐승의 울음소리가 흘렀다.

"이, 이게 무슨 소리야."

"웬 짐승의 소리가 궁 안에서 들리는 것이냐."

사람들이 속닥대며 겁먹은 얼굴로 주위를 훑었다. 여희는 몸을 웅크렸다. 결박하던 녹두가 떨어져나갔다. 그래도 여희는 일어날 수가 없었다. 머릿속에서 맥박이 거세게 뛰었다. 진절머리 날 만큼 통증이 느껴졌다.

벌벌 떨리는 손으로 머리를 감쌌다. 사람의 귀라 할 수 없는 것이 만져졌다. 크르르르, 내뱉는 입가엔 송곳니가 뾰족이 튀어나온 게 느껴졌다.

"꽤 큰 것이 들어 있었군."

어느새 다가온 고승이 여희를 내려다보았다. 천천히 고승의 손이 여희를 향해 다가왔다. 여희는 그냥 눈을 감았다. 너무 아파서 아무것도 할 수가 없었다.

"고승, 너 제정신이냐?"

머리 위로 풀썩 옷이 씌워졌다. 어깨가 잡혀 끌려 올라갔다. 어둠 속에서 눈을 떴다.

"감히 짐 앞에서 후궁전에 든 여인에게 손을 대려 해? 서국에 사신으로 갔다 왔다더니 거기에 정신머리라도 놓고 온 게냐."

백영이 여희를 품 안에 들고 등을 도닥였다.

"……저하."

"제나 올릴 것이지, 왜 쓸데없이 첩여 앞에서 얼쩡거리느냐."

몸이 둥실둥실 움직였다. 백영이 걸음을 옮기고 있었다. 옷자락으로 가린 어둠 속에서 여희는 가만히 숨만 몰아쉬었다. 머릿속을 찌르는 통증이 둔하게 울렸다. 세로로 조여졌던 눈이 어둠에 익숙해지면서 점차 둥글게 퍼져간다.

"저하, 이것은……."

"긴 말 안 한다. 고승, 너는 앞으로 영궁 앞에 얼굴도 들이밀지 말라."

고승의 말을 자르며 성큼성큼 걷던 백영이 걸음을 우뚝 멈췄다.

"첩여가 몸이 안 좋아 들어가야겠다."

"저하, 그게 무슨 말씀이십니까."

"저하, 아직 제가 끝나지 않았습니다."

다급히 던져오는 말들에 백영이 짐짓 성을 부렸다.

"뭔 놈의 제가 이렇게 기냐. 선황의 건강을 비는 제는 아까 끝나지 않았느냐."

"저하, 아직 태산에게 인사를 드리지 못했습니다. 태산의 기원 없이는 진정한 제라 할 수 없을 것입니다."

고승이 옆에서 조용히 고했다. 잠시간 말이 없던 백영은 몸을 돌려 여희를 조심히 의자 위에 내려놓았다. 벌어진 깃 사이로 밖을 내다보았다. 제단 앞이었다. 천령제가 시작될 적에 백영이 앉아 있던 자리였다.

"향, 어디 있나."

고승은 대답하지 않았다. 백영은 고승을 지나쳐 제단 위로 올라갔다. 사람들의 시선이 그를 따랐다. 백영은 촛대 위에 향을 대고 불을 붙였다. 향로에 아무렇게나 꽂고 합장을 두 번 하더니 외쳤다.

"너희들의 정성에 태산도 탄복하여 곧 선황께서 병마를 털고 일어나시고, 태산의 굽어보심에 그 어떤 액도 단국의 벽을 넘지 못할 것이니 오늘 밤, 근심 걱정 모다 버리고 편히 보내라."

조용한 좌중 속에서 누군가가 함성을 지르자 그에 이끌리듯 요란한 함성들이 연이어 튀어나왔다. 축제처럼 모두가 덕담을 나누고 선황과 태자를 칭송하는 말을 읊었다. 그대로 제단을 내려온 백영이 다시 여희를 안아 들었다.

"저하, 동백나무에 꽃이 피었습니다."

뒤에서 고승이 말했다. 벌어진 깃 사이로 백영과 시선이 마주쳤다. 머리를 덮은 옷깃에 귀는 가렸으나 눈이 붉었다. 입가에는 짐승의 것과 흡사한 송곳니가 튀어나와 있을 것이다.

문득, 백영이 웃었다.

"이것이 무슨 뜻인지 저하께서도 알고 계시겠지요."

백영은 뒤로 넘어가 있는 옷깃을 끌어다 여희 앞으로 단단히 여며주었다.

"고승, 꽃은 피우라고 있는 것이다. 제 이치에 따라 핀 꽃을 가지고 어찌 그리 소란이냐. 내 너에게 명했느니. 더는 아무 말도 말라."

여희는 어깨 너머를 보았다. 말없이 서 있는 고승과 그 뒤에 하얗게 굳은 귀비가 보였다. 귀비 몸 위로 붉은 연기가 너울댄다. 발치로 무언가가 떨어졌다. 갈기 솔이 달린 대나무 채였다. 하나였던 그것은 두 동강이 나서 바닥을 구르고 있었다.

굴러간 대나무채 끝에는 일영이 있다. 모두가 여기를 보고 있는데 일영만큼은 귀비를 향한 채였다. 아까의 타들어갈 듯한 시선이 백영과 귀비를 향한 질투와 시기였다면, 지금은 혼자 남은 귀비를 안타까워하는 애끓는 연정이었다.

일영의 몸에서도 연기가 피어올랐다. 검은 연기가 귀비의 붉은 연기와 맞닿는다. 그 가운데에 한 사내가 있었다. 귀비의 오라비였다. 자세히 보니 그 오라비의 붉은 기는 일영의 검은 기와 잘 섞여들어갔지만, 귀비의 붉은 기는 그것들과 엮이려 들지 않았다. 무던히도 튕겨대며 혼자 넘실거린다. 여희는 눈을 가늘게 떴다. 예전보다 그 오라비와 일영의 기가 강하게 얽혀 있었다.

"뭘 그렇게 보고 있냐."

머리 위로 떨어진 말에 여희는 그제야 시선을 돌렸다. 백영의 입매가 삐뚜름했다.

"꼴좋구나. 이제 기는 먹을 만큼 먹었다 그리 콧대를 세우더니 고작 저 꼴통 술사에게 당하느냐."

"……백 년에 한 번 나올까 말까 한 인재라 하던데."

"저놈이? 허! 별소릴 다 듣겠군. 천 년이 가도 모자랄 놈이다."

인적 없는 길목에 들어섰을 때, 백영이 여희를 감싸고 있
던 옷을 훌떡 벗겼다. 깜짝 놀란 여희의 귀가 파닥였다. 백영
이 묘한 얼굴로 입을 열었다.

"신이라더니 여우였나. 그래서 그때 그 터럭을 안 받은 게
냐. 너와 같은 족이라서?"

"어찌 나를 그런 들짐승과 비교하느냐."

"지금 네 꼴이 어떤 줄 아느냐."

흰 손가락이 여희의 입가를 매만졌다.

"짐승보다 더하다."

여희의 얼굴에 달라붙은 토혈의 흔적을 지우고 백영이 다
시 옷깃을 끌어왔다. 여희의 머리를 끌어안고 어깨에 기대게
했다. 가만히 숨을 내쉬고 들이마실 때 익숙한 향내가 맡아
졌다. 맡고 나서야 얼마나 오랜만에 맡는 향내인지를 불현듯
깨달았다. 백영의 체취였다. 저도 모르게 코를 킁킁거리자
머리 위에서 백영의 웃음소리가 들렸다.

"그러면서 어찌 짐승과 비교를 하느냐고?"

놀리는 말에 여희는 멋쩍게 몸을 굳혔다. 그런 기색을 알
아차리기라도 한 듯 백영의 손이 등을 어루만졌다. 영궁에
들어서자 한 상궁이 요란을 떨며 반겨왔다.

"대야에 물 하나 받아 오고, 내가 다시 명할 때까지는 아모
도 이곳에 들이지 말라."

백영이 명하며 방 안으로 들어섰다.

따뜻한 물에 적신 수건이 여러 번 여희의 얼굴을 오고갔다. 때꾼한 것은 모두 지워냈는데 자꾸 만지려 드는 손이 성가셔 쳐내니, 기분 나빠하는 기색도 없이 백영이 호기심 가득한 눈으로 여희의 얼굴을 들여다보았다.

"보면 볼수록 신기하군. 난 이런 것은 처음이다."

백영은 여희의 머리통에 삐죽이 선 삼각귀와 붉은 눈가, 입 끝에 매달린 송곳니를 차례로 훑었다. 또 손이 뻗어왔다. 저도 모르게 자꾸 뻗는 모양이었다. 번번이 쳐내기도 귀찮아서 내버려두었더니 귀 끝이며 얼굴 선, 이까지 온갖 곳을 살그머니 건드렸다.

"마마님⋯⋯."

기어들어가는 목소리로 양양이 창문에서 빼꼼 고개를 내밀었다. 여희는 몸을 일으켜 양양에게로 다가갔다. 훌쩍이는 벌건 코끝을 빼고는 아파 보이는 데는 없었다.

"다친 데는 없냐."

"네. 예서 제일 높은 나무에 올라가 있었어요. 이제 불씨도 꺼지고 사람들도 없기에 내려왔습니다."

"잘했다."

"지금 누구랑 말하고 있는 게냐."

백영이 창가에 다가와 두리번거렸다. 코앞에서 양양이 비죽이 올려다보고 있는데도 알아채지 못하고 엉뚱한 곳만 훑고 있었다.

"안 보이냐?"

알면서도 묻자 백영이 순순히 고개를 끄덕였다.

"뭐가 있는 게냐."

"신이 하나 있다."

"신? 너와 같은 것 말이냐? 어디에?"

여전히 갈피를 못 잡는 백영을 보며 양양이 살짝 웃었다. 작은 손을 백영의 얼굴 앞에서 흔들곤 다시 킥킥거렸다. 그것이 제법 귀여워 여희는 가만히 양양의 머리통을 쓰다듬었다. 양양은 그 형상만큼이나 아직 어렸다. 제 딴에는 몸을 부풀리고 경계해도 어린 탓에 힘이 약할 수밖에 없는 것이다. 허공에 대고 손짓을 하는 여희를 백영이 이상하다는 표정으로 바라보았다.

"거기 있는 것이냐. 그것은 나를 볼 수 있나?"

"예서 까막눈은 너 하나뿐이다."

여희는 창가를 떠나 요 위로 돌아왔다. 머리를 울리던 통증은 그 기세를 죽이긴 했지만 완전히 사라진 것은 아니었다.

"그것도 너와 같은 여우냐?"

"양양은 이매魑魅다. 너희가 도깨비라 부르는 것이지. 근데 너, 왜 자꾸 나를 여우라 부르냐. 나는 여우가 아니니라."

"그럼 무엇이냐."

"나는 산호山狐다."

백영이 이해가 안 간다는 얼굴로 중얼거렸다.

"산에 사는 여우가 산호 아니냐. 그럼 결국 여우인 것을."

"뭐라는 게야. 그것이 어찌 같아! 나는 아홉 고개를 넘은 산호란 말이다."

여희는 도륵의 산호였다. 땅이 나고 지는 것을 아홉 번을 지켜보며 살아온 신이다. 기고만장해질 수밖에 없는 연륜인 것이다.

그런 여희를 보며 백영이 고개를 끄덕였다.

"그래, 그래. 산호라 이거지. 내 너희에 관해선 아는 바가 없어 몰랐지 뭐냐. 그럼 이것이 네 본모습인 것이냐."

"나의 원原은 무형이다. 모든 신은 무형이지. 이매도, 산호도 모다 그릇일 뿐. ……그래도 나의 현신이 산호이니, 달리 말하자면 이게 본모습이라고 볼 수도 있겠지."

가만히 얘기를 듣던 백영이 진지한 어조로 말했다.

"이제 여우 사냥은 그만둬야겠군."

"그렇게 사냥을 좋아하면서 대관절 웬 말이냐."

"나중에라도 혹여 내가 너를 잡아버리면 어찌하냐. 지금은 내가 너를 알아보았다만 나중에 네가 궁을 나가 마주치게 되면 그때에도 그럴 수 있을지는 모를 일이니 말이다."

매우 터무니없는 말이었지만 여희는 비웃지 않았다. 백영

144

의 단정한 얼굴에는 그 어떤 농도 묻어 있지 않아 진실로 내뱉은 말임을 알게 해줬기 때문이다.

여희는 어쩐지 마음이 술렁거리는 것을 느끼며 조용히 답했다.

"퍽이나 생각해주는구먼. ……내 목을 쳐도 그런 방종 떨 수 있으려나 궁금해하던 거 아니었냐."

일이 요란하게 돌아간 관계로 이리 붙어 있지만, 마지막으로 만났을 때에는 끝이 안 좋았다. 어떻게 보면 백영은 오늘 여희를 도와주지 않았어도 상관없었다. 여희 또한 그 자리에서 백영이 할 수 있는 것은 아무것도 없을 거라 여겼다.

"아직도 뭘 모르는군. 내가 진정 너의 목을 바랐다면 그것은 오늘이 오기도 전에 끝났을 일이다. 이건 언제까지 이렇게 보이는 게냐."

입매로만 웃으며 백영은 현신이 튀어나온 부분을 가리켰다.

"글쎄…… 그리 오래 걸리진 않을 거다."

"네가 살던 곳에서는 이런 모습으로 있는 것이냐?"

"아니. 나는 너희와 같은 모습을 한다."

인간 사이에서는 같은 인간 모습을 하고 있는 것이 가장 편했다. 모나지 않아 사사로운 일에 휘말리지 않을 수 있기 때문이다. 인간의 모습을 하고 그 속에 섞여 있으면 여희는 길가에 굴러다니는 하나의 돌멩이가 될 수 있었다. 어느 누구도 있는지도 모르고 신경도 쓰지 않는다.

피로함이 몰려와 눕자 백영이 방 안의 불을 끄고 옆으로 왔다.

"그렇다면 사람의 모습을 한 너는 어떻게 생겼느냐."

어둠에 익숙해진 눈이 백영을 금방 찾아내었다. 단정한 이마, 어둠보다 더 짙은 눈동자, 하얀 콧대와 얇고 긴 입술까지. 많이 봐왔던 얼굴인데 새삼 처음 보는 듯한 기분이 들었다. 이렇게 눈에 하나하나 담아가며 보는 것은 처음이라 그런지도 모른다.

"……이것보다는 낫다."

백영이 낮게 웃었다. 다정한 손길이 이마를 쓸어 뾰족하게 선 귀를 부드럽게 매만진다.

"아픈 것은 다 사라졌느냐."

여희는 대답 대신 눈을 감았다. 온몸을 울리던 고통은 사라졌다. 희미하게 남은 듯했던 두통도 지금은 백영의 손길에 밀려 잘 알 수가 없었다. 감은 눈 밑을 살갑게 어루만지는 감촉이 느껴졌다. 둥근 뺨을 따라 내려온 손끝이 입을 다물어도 튀어나와 있는 이빨 끝에 머물렀다. 여희는 다시 눈을 떴다. 무언가를 찾듯 백영의 얼굴을 훑는다.

그러나 백영의 얼굴에는 그 어떤 혐오도, 불신도 없었다. 여태까지 인간은 그 이전에 얼마나 여희를 아꼈든지 간에 현신을 보면 공포와 그로 인한 혐오를 드러내었다. 귀축이라 칭했지만 백영은 인간이었다. 어쩔 수 없는 그 인간의 피가 흐르는 것이다.

"너, 왜 나를 구했느냐?"

백영이 단조롭게 답했다.

"흙바닥에 뒹구는 네 꼴이 가엾어서 그랬지."

"이 모습을 보고도?"

"이 모습이 어때서?"

되물어오는 말에 여희는 짧게, 탄성 같은 웃음을 터트렸다. 그때, 백영이 손으로 얼굴을 감싸 안고 바짝 들이밀었다.

"이름이 뭐냐."

대답을 않자 재촉하듯 더욱 얼굴을 내밀었다. 서로 숨결이 닿을 만큼 가까운 거리였다.

"이름 말이다. 네 진짜 이름이 있을 것 아니냐."

입술이 맞닿았다 떨어졌다. 서서히 짙어지는 눈동자가 여희의 내면까지 핥듯이 바라보았다.

"이름을 알려다오."

애원하는 말에 이끌리듯 여희는 천천히 입을 열었다.

"……여희."

"여희."

백영이 곱씹으며 다시 입술을 겹쳤다. 날카로운 이빨 사이로 숨을 밀어 넣으며 백영이 깊게 입맞춤 했다. 한참을 정신없이 혀를 간질이다 불현듯 입을 떼고 중얼거렸다.

"이름도 꼭 저 같은 것을 지녔구나."

그 밤, 백영은 여희의 이름을 계속해서 불렀다. 입술 바로 위에서, 목덜미에 뜨끈한 숨을 내뱉으며, 잡아먹을 듯 입을 맞추고선 다정하게 여희의 이름을 속삭였다.

끌
힘

백영은 다시 영궁을 찾기 시작했다. 그러나 그전과는 약간 다름이 있었으니, 더 이상 여희를 제도전에 들게 하거나 잡다한 일처리를 시키지는 않았다. 처음에는 그저 여희의 현신이 들어갈 때까지 그 사정을 봐주는 줄로만 알았는데, 현신이 들어가고 멀쩡한 날이 내리 지속되어도 기를 먹게만 해줄뿐, 여희에게서 거두어가는 것이 없었다. 어깨에 얽혀 있는 기를 먹다가 여희는 물었다.

"무슨 꿍꿍이냐."

"무엇이?"

"왜 활 노릇을 시키지 않냐 이 말이다."

백영이 웃으며 여희를 돌아보았다.

"너의 것은 영 부실하여 자주 써먹는 것보단 필요할 때 한번에 쓰는 것이 낫겠다 싶어서다."

"내가?"

"그래. 그 고승에게도 못 이기는 너이지 않냐."

"그는……."

"네 여기 오기 전에 살던 곳이 교향사라 하였나? 그게 어디에 있는 것이라 하였지?"

말머리가 순식간에 돌려져 뭐라 더 말을 못 하고 여희는 얼결에 대답했다.

"주평."

"주평 어느 쪽이냐."

"태강 근처다."

"음, 그쪽에 절이 있었던가. 보지 못하였던 것 같은데."

여희는 무심히 동조했다.

"당연 없으니 못 보았지. 문도, 지붕도 모다 세월에 쓸려 간 지 오래다. 지금은 돌탑만이 남았을 뿐이야."

"그럼 내가 하나 세워주마."

여희는 깜짝 놀라 백영을 보았다. 그것이 귀엽다는 듯 백영은 웃으며 여희의 코끝을 도닥였다.

"뭘 그리 놀라느냐. 내 모든 비가 궁 하나쯤은 하사받았다. 교각의 문형택을 불러야겠군. 그자 솜씨가 제법 좋아. 대궁의 기와도 문가가 올렸는데 선황께서 작히도 그자를 치하하시어 그해에 동국에서 건너온 비단 백 필을 고스란히 문가 곳집에 들여놔줄 정도였지. 나쁘지 않을 게다."

그리고는 발 빠르게 문형택을 불러오라 명을 내렸다. 그에 궁인 하나가 그 명을 받자와 영궁을 나설 때, 다른 데서 명받아 영궁을 찾은 궁녀가 있었다. 문 끝에서 조곤조곤 말을 듣던 한 상궁이 떨떠름한 얼굴로 서 있자 백영이 손짓하여 불러들였다.

"무슨 일이냐."

"그것이…… 귀비마마께오서 다과상을 차리시어 함께 들고자 마마를 찾으신다 하십니다."

그 다과상은 저번에도 함께했지만 여희만 들지 못했다. 이번에도 그날과 별다름이 없으리라. 귀신날에 보았던 귀비를 떠올렸다. 여희를 안고 돌아서는 백영을 보던 귀비가 어떠했나. 코앞에서 세상을 다 잃어도 그보단 나았을 것이다. 여희가 알았다 대답하려는데 백영이 한발 빠르게 답했다.

"첩여는 몸이 안 좋아 참석치 못하니 그리 전해라."

한 상궁이 숙였던 고개를 번쩍 들었다. 저 뒤에 있던 설궁의 궁녀도 화들짝 어깨 너머를 돌아보았다.

"앞으로도 마찬가지다. 여기저기서 청해오는 것들 모다 네가 알아서 잘라라. 알았느냐."

"예, 명 받자와 분부대로 하겠나이다!"

한 상궁이 가뿐한 걸음으로 돌아섰다. 휘둥그런 설궁의 궁녀를 잡고는 성큼성큼 문가를 벗어났다. 그를 보며 여희는 천천히 입을 열었다.

"과연 천제라 그런 것인가, 마음이 작히나 너르구나. 내가 답해야 할 일을 왜 네가 하고 있는고."

"너는 이제 다른 비들과 엮이지 말라."

백영이 여희를 가볍게 위아래로 훑었다.

"내 비들의 지저귐에 수틀린 네가 비들을 모다 잡아먹어버리면 어찌하냐."

솟았던 귀도, 송곳니도 도로 들어간 지 오래다. 그런데도 한 번 여희의 현신을 확인한 백영은 종종 눈앞의 사람 대신 그 안의 현신을 찾아 여희를 대했다.

"웃기지도 않는구먼. 그래, 내가 네 비들을 잡아먹을까 그리 겁이 나더냐."

백영이 기분 좋게 웃으며 여희의 뺨을 도닥였다.

"너는 때가 되면 떠날 텐데 내 비들까지 잃을 순 없지 않겠냐. 무릇 지아비는 지어미를 지켜야 하는 법이지."

그 밤, 현신의 흔적을 보면서 백영은 신이란 것에 좀 더 가까이 다가선 듯했다. 잡다한 일을 시키지 않는 것은 물론, 신경도 쓰지 않던 궁의 결계와 귀를 상세히 알아보고 신에 대한 이야기를 깊게 나누며 보다 많은 기를 주려 애썼다.

여희는 가만히 백영을 올려다보았다.

"그래서 교향사를 지어준다는 게냐. 언젠가 내가 떠날 테니까?"

그때 밖에서 서관에 문형택이 와 있다는 전갈이 날아들었다. 백영이 자리에서 일어났다.

"그래. 게다가 너는 지금 내가 가장 총애한다 소문난 비가 아니냐. 그런 너를 빈손으로 내보내면 내 체면이 뭐가 되겠느냐. 적어도 네가 떠나서 살 자리는 마련해줘야지."

"……그것 참 성은이 망극하군."

"알면 질해라. 일이 많아 오늘 밤엔 들르지 못할 것이다. 쉬어라."

백영이 떠나자마자 양양이 조잘거렸다.

"교향사가 새로 생기는 겁니까?"

"그런가 보다."

느디어 지붕이 생기겠다며 양양이 기쁨에 겨워 두 손을 모으고 콩콩 뛰었다.

"어차피 백 년 지나면 오른쪽 기왓장이 무너지고, 그 백 년 후엔 나머지 기왓장이 무너질 텐데 뭐가 그리 좋으냐."

"칫. 그래도 돌덩이만 껴안고 있는 것보단 낫지요. 적어도 그 백 년 동안은 하늘에서 내리는 우박을 피할 수 있지 않습니까. 고것들이 하늘에서 내리부어질 땐 머리며 어깨가 얼마나 아팠는데요."

투덜거리면서도 방싯대는 양양을 보며 여희는 픽 웃었다. ……백 년이라. 아홉 생을 넘어온 여희에게 백 년은 그리 긴 시간이 아니었다. 그리고 그보다 더 짧은 것이 사람의 생이었다.

고작 백 년도 못 채우는 것들이 어찌나 숨 가쁘게 그 생을 보내는지. 누려야 할 것들은 뒤로 둔 채, 쉬이 잡히지도 않는 것들을 쫓기 바빠 했다.

어이하여 그리 사는 것이냐. 네 발밑 하나 보지 못하고. 아
니, 외려 그렇기 때문에, 저에게 주어진 시간이 얼마 없기에
그리 사는 것인가. 백영을 생각한다. 아무리 천제라 칭송받
아도 백영 또한 기실 백 년을 넘기진 못할 것이다. 숨이 끊기
기 전까지 너는 무엇을 쫓아가려나. 문득 여희는 그것이 궁
금해졌다.

교향사 축조가 시작되었다. 옆 국에서 들여왔다는 기와
에, 벽돌은 무슨 색을 쓰며, 어떤 문양을 이리 넣는다는 것까
지. 담 넘어 지어지는 것이라 직접 볼 수가 없으니 전해 듣는
말만 한 가마였다.

"절이 있긴 했던 것이냐. 땅이 왜 그리 좁아. 거기엔 도무
지 뼈를 세울 수가 없어서 뒤편 중턱에다 짓기로 했다. 헷갈
리지 말고 기억해둬라."

"헷갈릴 게 무어가 있누. 그 산에 기와 올린 데는 거기 하
나일 텐데."

백영은 정무를 보러 가는 길이라더니 언제까지고 가지 않
고, 여희를 따라 후원까지 내려와 교향사가 어찌 지어지든지
간에 관심도 없거늘 내내 축조 이야기를 해댔다. 조잘대던
말이 한순간 끊겨 드디어 멈추었나 싶었더니 또 시작되는 축
조 이야기에 백영 혼자 말하게 내버려두고 후원 너머를 보았

다. 바람은 아직 찼으나 그 기운이 한풀 꺾여 있었다. 겨울이 지나가는 중이었다.

"내 칼과 화살을 가져와라."

문득 명한 말에 옆에서 궁인이 뛰어갔다. 돌아보니 백영은 후원 정자에 자리를 잡고 앉아 있는 중이었다.

"간다 간다 하더니 그 제도전에는 내일 도착하겠구나."

"이런 날에 칼을 갈아야 잘 갈아지거든. 게다가 제도전에는 내가 아니어도 일영이 있으니 괜찮아."

요 며칠 전부터 백영은 정무에 일영을 끌어들이기 시작했다. 한 번씩 시국에 따라 두 형제가 같이 움직였다 하니 그것은 특별할 일도 아니었지만, 여희는 일영과 백영 모두에게서 기이한 태도를 느꼈다. 그러나 아직 그 어느 곳에도 얽히는 기는 없다. 근래 백영에게 드리운 기는 본디 제가 갖고 있는 것으로 남이 부러 걸치려 하는 것들이 아니었다.

아까 뛰어나갔던 궁인이 한 아름 짐을 안아 들고 돌아왔다. 정자 바닥에 칼 세 자루와 화살들이 쏟아졌다. 유심히 칼날을 손보고 화살촉도 일일이 점검하는 백영을 보면서, 그러고 보니 마지막으로 떠났던 사냥이 꽤 오래전이었음을 떠올렸다.

"요번 참에 사냥이라도 떠나는 것이냐."

"그리 될 것 같구나."

"가고자 하는 이는 너인데 말 한 번 이상하게 하는구나. 꼭 저는 아무 생각이 없는데 남 때문에 간다는 듯이 말을 하는구먼."

여희의 말에 백영이 재미난 것을 들었다는 듯이 웃었다. 그러고는 별다른 대꾸 없이 다시 사냥터에서 쓰던 제 무기들을 손보기 시작했다.

그때, 눈앞을 뭔가가 지나가 시선을 돌리니 나비 한 마리가 너울거리고 있었다. 그대로 눈길을 빼앗겨 나비를 보는 사이, 나비가 땅에 내려앉더니 사람으로 화했다. 고승이었다. 백영이 고승을 보지도 않고 말했다.

"사내새끼가 낯짝도 두껍다. 하고 많은 것들 중에 나비가 다 무어냐."

고승은 옆으로 조용히 다가와 서책 읽듯 인사를 고하고 제 할 말을 꺼냈다.

"오늘은 연평 회의가 있는 날 아니십니까. 제도전에 들지 않으시고 예서 뭐하십니까."

"조금 있다 갈 것이다."

백영은 가볍게 대꾸했다.

"그건 그렇고 너, 절에다 보호술 하나 쳐줘야겠다."

"절이요?"

"내 태강에 절 하나를 지어놨거든."

고승이 고개를 갸웃했다.

"갑자기 절은 어인 일로다…… 불심이라도 생기신 겁니

까."

"내가 아니라 첩여가 기거할 절이다."

여희와 고승의 시선이 딱 마주쳤다. 고승의 얼굴이 황당무계함으로 물들어 있었다. 여희의 얼굴도 별반 다르지 않을 터였다. 고승이 흘러내리지도 않은 안경알을 추어올렸다.

"보호술이라고 하셨는지요."

"그새 귀가 멀었냐. 말 내뱉은 지 일각도 안 지났는데 왜 이렇게 못 알아먹누."

"……이뢰옵기 황공하오나, 농백에 꽃이 피었……."

백영이 꼬인 벌레를 내쫓듯 손사래를 쳤다.

"거참, 그놈의 동백 타령은. 누가 나비 좋아하는 놈 아니랄까 봐. 그 꽃 한 번 어지간히 신경 쓰는군. 됐으니 결계나 치란 말이다. 그저 네, 하면 끝날 일을 왜 이렇게 길게 가느냐."

고승이 흘긋 여희에게 눈길을 줬다.

"허면 절까지 갈 필요 무어가 있습니까. 영궁에다 두르면 되는 것을요."

"아니. 첩여는 때가 되면 밖으로 나갈 것이다. 애긴 여기서 끝내도록 하지. 잘 알아들었으리라 믿는다."

백영은 손질하던 칼을 뒤로 치우고 갑자기 사람 좋은 미소를 지어 보였다. 시선을 멀리 두기에 따라가니 후원과 연결된 문에서 사람이 걸어 나왔다. 정갈한 몸짓에 백영을 닮은 어린 얼굴. 일영이었다.

"예 계셨습니까."

"오냐. 제도전의 일은 끝났냐."

일영이 고승의 인사를 눈짓으로 받으며 대답했다.

"아직 멀었습니다. 판문 하나 찾을 게 있어 그 틈에 나온 겁니다. 어찌 이렇게 농땡이를 부리시는지요. 아랫것들 보기 안 좋습니다."

"일만 제대로 돌아가면 됐지. 게다가 판전의 일은 네가 나보다 낫지 않으냐."

"과찬이십니다. 제도전에 드나들기엔 소제는 한참이 모자랍니다."

일영의 겸손이 못내 기특한지 백영이 드물게 제 속내를 그대로 내보이며 애정 어린 손짓으로 일영의 어깨를 도닥였다.

"실없는 소리. 너만 한 인물도 없느니. 그러니 앞으로도 종종 연평 회의는 네게 부탁하마."

순간, 일영에게서 검은 기가 홀렁 흘러나왔다. 표정은 공손한데 몸에서 피어오르는 기는 백영에 대한 반감으로 가득했다. 칭찬에는 어울리지 않는 반응이었다.

"그래도 오늘은 중간에 잡혀버렸으니 제도전에 들러야겠군. 가자."

여희는 사라지는 두 사람을 지그시 보며 중얼거렸다.

"희한하군. 형은 저토록 동생 놈을 생각하는데 저놈은 어

158

찌 저렇게 제 형을 미워하는고.”

백영이 반쪽짜리이긴 하나 제 피붙이 열한 명을 죽인 이유에는 황제의 자리가 있을 것이다. 자리만을 따지자면 백영은 열한 명이 아니라 열두 명의 목을 베었어야 했다. 일영에 대한 백영의 관대함은 따로 일러주지 않아도 여직까지 붙어 있는 일영의 목이 보여주고 있었다.

귀비를 생각했다. 귀비를 향한 일영의 연심은 대단한 것이었지만 과연 제 목숨줄을 놓고 논할 정도인가. 여희는 이해가 되지 않았다.

“사람의 마음은 하나로 따질 수가 없는 법입니다. 모두가 좋다 하여 나까지 좋을 수는 없듯, 사람이 무엇을 보고 어떤 것을 느낄지는 아모도 모르는 겁니다.”

고승이 옆에서 조용히 말했다.

“가시지요. 궁까지 뫼시겠습니다.”

거절했지만 듣지 않는 통에 나란히 걸을 수밖에 없었다. 대화도 없이 걸음만 바지런히 옮기고 있는데 영궁 문턱을 남기고 고승이 멈춰 섰다.

“황궁의 결계는 제 스승께서 치신 것입니다. 제 스승께서야말로 천문관에서 백 년에 한 번 나올까 말까 한 인재셨지요. 저는 아마 평생을 가도 그분을 능가할 수는 없을 것입니다.”

난데없이 제 스승 자랑을 하던 고승이 품에서 무언가를 꺼냈다. 옥빛 구슬이었다.

"스승께서 치신 결계를 뛰어넘을 수 있는 건 아무것도 없습니다. 스승께선 부서지는 문이 아닌, 버티는 문을 만드셨기 때문이지요. 모든 궁의 결계가 봉인의 주로 이루어져 있으니 태자 저하께서 아무리 마마의 곁을 지키셔도, 마마는 고여 있는 물밖에 되지 못하실 겁니다. 허니, 제가 마마를 도와드리겠습니다."

고승이 받으라는 듯 구슬 든 손을 여희 앞으로 내밀었다.

"필요한 것은 힘이 아니라 약간의 요행. 이것은 결계를 넘는 데 그 약간의 요행을 빌어드릴 수 있을 겁니다."

여희는 가만히 고승을 바라보았다.

"그 말을 어찌 믿냐. 지난번, 너는 나를 죽이려 하지 않았냐."

"저는 귀술사 이전에 저하의 사람입니다. 저하께서 명하시는 건 무엇이든지 하지요. 저하의 명이 있는 한 제가 마마의 숨을 앗는 일은 없을 겁니다. 제가 하는 일은 오직 하나, 저하의 충실한 신하이자 귀술사로서 저하 앞에 드리워진 어둠에 불을 밝혀드리는 것뿐입니다."

잠시간 시선을 마주하다 손을 내밀었다. 여희의 손에 닿은 구슬은 옥가락지로 바뀌어 손바닥 위에서 빙글빙글 뒹굴었다. 옥빛과 자색이 오묘하게 섞여 반짝인다.

"마마, 예서 뭐하십니까. 안 들어오시고."

화들짝 고개를 드니 한 상궁이 문가에서 의아하다는 얼굴을 하고 있었다. 옆을 돌아보자 고승은 사라지고 저 끝으로 나비가 한 마리 너울너울 날아가고 있는 게 보였다.

그날 밤, 여희는 가락지를 보면서 곰곰이 생각에 잠겼다.

"진짜일까요? 괜히 또 녹두 군사들만 몰려오는 거 아닙니까?"

양양이 눈살을 찌푸리며 가락지를 힐끔거렸다.

"그는 확인해보면 알겠지."

여희는 가락지를 움켜쥐고 일어났다. 창가로 발을 떼니 창문이 활짝 양옆으로 열린다. 훌쩍 뛰어넘어 돌담을 걷자 저 앞에서 계집종 하나가 걸어왔다. 손끝을 빙글 돌리자 계집이 "에구머니, 내 정신 좀 봐." 하며 몸을 돌려 사라졌다.

영궁을 빠져나와 낮에 백영과 함께했던 후원을 지났다. 후궁전을 완전히 나서기 전, 들고 있던 가락지를 손가락에 꼈다. 뒤따라왔던 양양이 주위를 두리번거리며 물었다.

"괜찮으십니까?"

괜찮고 뭐고 간에 아무 느낌도 없었다. 양양이 걱정하던 녹두들도 보이지 않았다. 여희는 다시 걸음을 옮겼다. 여희가 밟는 길목마다 어두운 밤, 길 잃지 말라 밝혀두었던 불이 꺼졌다.

가볍게 담벼락을 타넘었다. 저 앞에서 문을 지키고 있던 문지기가 발견하고는 "엇." 하는 순간 여희는 두 손을 튕겼다. 문지기가 핑그르르 돌며 바닥에 주저앉았다. 감긴 눈 아래로 코고는 소리가 났다. 이제 여희의 발은 날듯이 움직여 바람같이 세 개의 중문, 여섯 그루의 나무를 지나쳐 궁 끄트머리에 도착했다.

그렇게 빨리 왔는데 숨이 하나도 가쁘지 않았다. 여희는 대문 앞에 멈춰 섰다. 조심스럽게 팔을 내밀어본다. 아무런 느낌이 없었다. 타들어갈 듯한 짜릿함도, 맥박 치는 전율도 없다.

여희는 발을 내딛었다. 저 앞에서 양양이 박수를 치며 깔깍깔깍 뛰었다. 몸이 대문을 지나고 있었다.

"마마님! 나왔어요! 나왔습니다! 이제 계집의 몸에서도 나오십시오."

여희는 제 몸을 훑었다. 입에서 헛바람이 새어나왔다. 이리 쉬운 것을. 지난 시간 대문 하나 못 넘어 쩔쩔매던 것이 어안이 벙벙할 정도라 맥이 탁 풀렸다.

"마마님, 뭐하십니까? 얼른 가셔요."

양양이 재촉했다. 그러나 여희는 발을 움직일 수가 없었다. 머릿속으로 온갖 것들이 스쳐 지나갔다. 맨 처음 계집의 몸에 들어가던 날이 떠올랐으며, 독이 올라 지저귀던 계집들도 생각났고, 귀신날 현신이 튀어나올 뻔했던 일도 생각나며, 교향사를 지어주겠다던 백영이 떠올랐다. ……백영. 여희는 천천히 입을 열었다.

"교향사가······."

"예?"

"교향사가 아직 지어지지 않았는데 그래도 괜찮으냐. 우박 맞지 않을 거라고 그리 좋아하더니."

"어이구! 백 년 후면 기왓장 다 무너질 것, 뭐가 아쉽습니까. 처음부터 없던 거라 치면 미련 둘 것도 없는 것을요. 지금 마마님 대문 넘으신 거에 비하겠어요? 신경 쓰지 마시고 가셔요."

그 말대로였다. 신경 쓸 것은 아무것도 없다. 여희도 박수를 치며 홀가분하게 떠나야 했다. 게다가 이대로 사라져도 백영 또한 괜찮을 것이다. 제 입으로 여희를 밖으로 보내주겠다며 그리 기를 불어넣어주고 교향사까지 짓고 있지 않았나. 나가지 않을 이유는 어디에도 없다. 그런데도 어찌 이렇게 발이 안 움직이는가. 여희는 대문 안쪽을 응시했다. 방금 여희가 지나온 길만 가느다래하니 시커멨다. 꼭 뱀이 아가리를 벌리고 있는 모양새 같다.

여희는 발길을 돌렸다.

"마마님?"

양양의 목소리에 당혹이 스며들었다.

"나갈 수 있음을 확인했으니 됐다."

"그게 무슨 말씀이세요? 어이하여 다시 궁에 들어가십니까?"

왔던 길을 되돌아가며 답했다.

"아직 빚 정리를 다 하지 않았느니. 너는 태강으로 돌아가 있거라."

"저 혼자서요?"

여희는 잠시 발을 멈추고 양양을 돌아보았다. 어둠 속에 아이가 혼자 서 있으니 매우 처량맞고 껄끄러운 기분이 들었다. 여희는 달래듯 부드럽게 말했다.

"곧 교향사가 지어질 터이니 그곳에서 지내고 있으렴. 나중에 보자꾸나."

여희는 다시 길을 거슬러 올라가 여섯 그루의 나무를 지나세 개의 중문을 넘었다. 문을 지키고 있던 문지기는 아직도자는 중이었다.

후원을 지나쳐 영궁에 다다랐을 때였다. 백영이 오만 인상을 다 쓰고 도포 자락을 휘날리며 영궁 문을 나서고 있었다.

"어디다 정신이 팔려 상전이 나간 줄도 모르고 있느냐. 제정신들이냐?"

호통에 한 상궁이 허옇게 질린 낯빛으로 더듬거리며 그 뒤를 따라왔다.

"그, 그것이 아니옵고, 분명 마마께오서 자리에 누우시겠다 요까지 다 펴셨…… 마마님?"

한 상궁의 시선을 따라가 앞에 멀거니 서 있는 여희를 발견한 백영이 한 차례 더 인상을 쓰며 성큼성큼 다가왔다.

"오밤중에 어딜 그리 나다니느냐."

"……산책 좀 하고 왔느니."

여희를 이모저모 살피던 백영이 코웃음을 쳤다.

"이 껌껌한 밤에 뭐 볼 거 있다고. 아서라, 또 바닥에 널브러져 주접떨까 무섭다."

백영이 손을 잡아끌었다. 그 뒷모습을 보며 정말로 괜찮았을까 생각한다. 이대로 사라져 돌아오지 않았다면 백영은 이 이상으로 화를 냈을까, 아니면 떠났구나 하고 이 또한 무심히 지나보냈을까.

마루 위에 올라설 적에 잠깐 맞잡았던 손이 떨어졌다. 그틈에 여희는 가락지를 빼내 다른 손에 쥐었다.

여희는 궁금했다. 백영이 무엇을 좇을지. 너는 어떤 생을 살 것이냐. 백영의 손이 다시 찾아들기에 여희는 그 손을 맞잡았다.

"창호지 하나 덧대면 끝난다는군."

대문을 넘을 수 있다는 걸 알게 된 그날로부터 열흘이 지난 후였다. 한밤중에 찾아와 난데없이 뭔 말을 하나 했더니 교향사 이야기였다. 길기도 길었다. 뭘 어떻게 짓고 있기에 아직도 그 이야기냐. 이럴 줄 알았으면 양양도 좀 있다가 보냈을 것을.

여희는 심드렁하게 대답했다.

"그러냐."

"네 나중에 가서 그것을 본다면 아주 까무러칠 것이다."

호언장담하고 백영이 웃옷을 벗어던져 한결 편해진 몸짓으로 여희의 곁에 와 앉았다. 상 하나 펴놓고 첩첩이 쌓아놓은 두루마리들을 하나씩 풀어서 본다. 일이 많다 하여 오늘 밤은 들르지 않을 것이라더니 이렇게 이고 왔다. 예전이면 그 두루마리들은 여희의 몫이었겠지만 지금은 아니다. 그래도 바로 앞에서 이러고 있으니 입을 안 열 수도 없었다.

"도와주랴."

"됐다. 이건 잔챙이들을 골라낼 게 아니라 내가 직접 봐야 하는 것들이다."

제법 진지하게 말을 해와 그러냐 하고 멀거니 있는데, 백영의 손이 다리 사이로 들어왔다. 허벅지를 조물거리기에 쳐다보니 시선은 두루마리에 고정한 채다. 다리를 틀어서 빼냈다. 손이 따라왔다. 살을 움켜쥐고 도망가지 못하게 누르며 그 손끝으로 슬슬 여린 안쪽 살을 문질렀다.

"……뭐하는 짓이냐."

"무엇이."

"일이 많다 하지 않았냐. 이틀을 세어도 안 끝날 일이라 방 안까지 저 꾸러미들 끌고 온 것 아니었냐."

타박에 손을 바로 하고 잠자코 들여다보더니 얼마 못 가

166

소리 나게 내려놓았다. 치켜드는 얼굴에 지루함이 가득했다.

"네 탓이다."

"자다 봉창 두드리는 소리 하는구먼. 갑자기 여기서 나를 왜 걸고넘어지누."

"너 때문에 일이 되지를 않느니."

다리가 당겨져 몸이 뒤로 넘어갔다. 백영이 날름 여희의 몸 위로 올라탔다. 내려다보는 눈이 번들번들하다. 장난스럽게 웃고는 쪽쪽거리며 여희의 얼굴에 입술을 찍어댔다.

"예로부터 여우는 사람을 홀린다 했으니 모다 너의 탓이다."

"몇 번을 말하느냐. 여우가 아니라……."

"그래, 산호, 산호."

말을 덥석 잡아먹은 백영이 여희의 목덜미에 코를 비비며 향내를 맡듯 숨을 들이마셨다.

"교향사에 살 적에는 인간의 모습을 한다 하였지."

"그렇지."

"그렇다면 다른 신들도 그리 인간의 모습으로 사느냐."

목덜미를 깨물려 흠칫하자 백영이 낮게 웃었다. 시선을 마주쳐 장난스레 웃는 것을 보며 천천히 답했다.

"그런 이도 있고, 아닌 이도 있다."

"그럼 내가 보던 이들 중에 신이 있었을 수도 있겠군."

백영이 곰곰이 생각에 잠겨들었다. 아마도 제가 만났던 이

들 중에 누가 신이었을까 가늠이라도 해보는 모양이었다. 그 것이 조금 천진해 보여 여희는 살짝 웃었다. 백영이 보던 이 들 중에 신은 없었을 것이다. 신들은 대개 인간을 가까이하 지 않았다.

같은 시간을 신만이 거슬러 올라간다. 인간들은 대부분 그 것을 굉장히 못 견뎌 했고 세월이 흘러감에 따라 신들도 점 차 인간의 곁을 떠나갔다. 신들이 신체를 인간의 형상으로 고집하는 이유는 그들과 어울려 살기 위함이 아니라, 제 흔 적을 아무것도 남기지 않고 스쳐 지나가기 위함이다. 그런 신들이 부득불 결계를 뚫고 궁 안으로 들어와 활보를 하진 않는다.

오직 여희만이 지금, 야욕을 부려 이러고 있을 뿐인 것이 다.

"나중에 네 진짜 모습을 나에게 보여줄 수 있느냐."

시선이 마주쳤다. 어느새 백영의 얼굴에서는 장난기가 사 라지고 단정함이 돌아와 있었다.

"……보지 않았니."

"아니, 나는 네 인간의 모습도, 그리고 온전한 산호의 모 습도 보고 싶다."

백영이 입을 맞추려는 듯 고개를 숙였다. 이제 여희는 백 영의 숨이 어떤 모양을 하고 어떤 냄새를 내는지 알 정도였 다. 그러나 이것은 모두 지금, 이 찰나의 일들뿐으로 앞을 생각하면 그 어떤 답도 내릴 수가 없었다. 이제까지 단 한 번도 인간과 함께 앞에 대해 논해본 적이 없기 때문이다.

그래서 여희는 대답을 하지 않았다. 백영도 대답을 듣지 않고 그대로 입을 맞추었다. 숨이 점차 뜨거워졌다. 손이 내려와 여희의 다리를 벌렸다. 백영이 그대로 밀고 들어왔다. 메마른 그곳은 백영을 온전히 담아내지 못했다.

백영이 잠깐 멈추었다. 여희도 비명 같은 신음을 삼켰다.

"여희야."

이름을 불려 고개를 들었다. 백영이 짙은 눈을 하고 소중한 것을 다루듯 부드럽게 이마를 쓸어 넘기며 귓불을 매만졌다. 천천히 허리를 움직이기 시작했다. 익숙한 열락이 단숨에 피어올랐다. 여희는 할딱거리며 백영의 어깨를 부여잡았다.

"희야, 어디가 좋으냐."

백영이 여희의 턱을 핥으며 속삭였다. 옷고름을 헤집고 올라와 흥분으로 곧추선 젖꼭지를 손끝으로 희롱하며 질척이는 입맞춤을 길게 이었다. 허릿짓이 깊어졌다. 쾌락이 저 밑에서부터 치고 올라왔다.

"아웃……."

신음을 내자 백영이 제 흥분을 못 이기고 거칠게 찔러대기 시작했다. 여희는 아득하니 제 이름을 부르는 백영의 목소리를 들었다. 뭔지 모를 안타까움이 육체의 쾌락에 밀려 사그라졌다.

겨우 잠든 새벽녘, 어디선가 소리가 들려 눈을 떴다. 옆으로 백영의 얼굴이 보였다. 입을 살짝 벌리고 자는 모습이 지난밤, 짐승처럼 여희를 탐하던 것과 다르게 순해 보였다. 잠을 깨운 소리가 점차 선명해졌다.

딸랑, 딸랑, 딸랑……. 종소리가 울렸다. 방 안에 안개가 자욱하게 끼기 시작했다. 여희는 몸을 일으켰다. 종소리 너머에 소곤소곤 말소리가 섞여 있었다. 딸랑, 딸랑…… 어디냐…… 이 요망한 계집이 어디에 있느냐……. 스산한 목소리였다.

힐긋, 백영을 살폈다. 백영에겐 아무것도 들리지 않는지 감은 눈을 뜨지 않고 있었다. 갑자기 종소리가 귓가에서 요란스레 울리기 시작했다. 화들짝 고개를 드니 열린 방문에서 새끼 뱀들이 우글거리며 기어오고 있었다.

"네년이 여기에 있었구나!"

벼락같은 소리였다. 군데군데 부러진 날카롭고 새카만 손톱이 여희에게로 뻗어왔다.

"네 여서 뭐하누."

손톱이 코앞에서 멈추었다. 종소리도 딱 멈췄다. 여희가 손짓으로 화로에 불을 붙였다. 자작거리며 불이 타오르고 방 안이 환해졌다. 새끼 뱀들 사이에 우뚝 서 있던 형체 하나가 엉덩방아를 찧었다.

"에구머니나! 사, 산호님 아니십니까."

깨끗한 도포 위에 그만큼이나 멀끔한 얼굴을 하고 있는 것은 구렁이 선비였다. 선비는 영문을 모르겠다는 얼굴로 주위를 두리번거렸다.

그때, 쿵쿵쿵쿵……! 땅이 울렸다. 이런 육시랄 년! 남의 지아비를 탐하는 년! 그 눈알을 뽑고 팔다리를 잘라 사천 땅에 뿌려주리라! 저주를 내뱉으며 무언가가 튀어 들어왔다. 선비가 황급히 팔을 뻗었다.

"엇! 자, 잠깐……."

달려드는 귀기 어린 여인의 얼굴을 냅다 후려쳤다. 짝! 소리 나며 뒤로 넘어간 여인은 이내 넙데데한 몸이 되어 떼구르르 선비에게로 굴러갔다.

"아얏! 뭐여, 이 씹…… 오잉, 형님, 예서 뭐하십니까?"

곰보 얼굴이 뺨을 부여잡고 씨근덕거리다 선비를 발견하곤 눈을 휘둥그레 떴다. 앞으로 툭 튀어나온 눈을 가진 달두꺼비였다. 달두꺼비가 선비에게 성을 부렸다.

"아나, 형님, 밑밥 안 까셨소?"

"시끄럽다."

선비가 여희 쪽을 흘끔대며 말을 잘랐다. 그러나 달두꺼비는 선비에게서 시선을 떼지 않으며 재차 말을 이었다.

"아, 제가 뭐랬습니까. 귀신날인가, 날귀신인가, 고것 때문에 각 방마다 제불이 걸려 있으니 그것부터 치워야 한다 하지 않았소. 거참, 일 좀 똑바로 하십시다!"

"야, 이눔아. 좀 닥쳐라. 어엉?"

선비가 입술을 짓씹으며 일렀다. 달두꺼비가 기가 막힌다는 듯 눈을 크게 떴다. 안 그래도 튀어나와 있는 눈알이 밖으로 밀려 굴러 떨어질 것 같았다.

"뭐 뀐 놈이 성낸다고, 이게 지금 내 탓이오? 예?"

"느이 지금 뭐하냐. 지랄도 아주 정성 있음이다."

달두꺼비의 고개가 홱! 소리 나도록 돌아갔다. 여희를 보고는 입을 떡 벌렸다. 선비의 낯빛이 희끄무레하게 죽었다.

"아니, 산호님께서 여긴 어찌 계십니까?"

달두꺼비가 무릎걸음으로 다가왔다.

"그러는 느이들은 왜 여기에 있냐?"

"그는……."

달두꺼비가 말이 막히는지 말을 하다 말았다. 슬쩍 구렁이 선비를 돌아보는데, 선비도 목이 타긴 마찬가지인지 두 개로 갈라진 혀끝을 날름거리며 마른 입술을 핥아댔다. 여희는 헛웃음을 짤막하게 터트렸다.

"이것들이 아주 웃기는구먼. 느이 지금 여기에서 만신 노릇 하고 있는 게냐?"

"아핫핫핫! 이게 제법 쏠쏠합니다요."

"야!"

172

버럭 소리치는 선비를 흘기며 달두꺼비가 제 몸에 걸린 명주실을 주섬주섬 벗겨냈다.

"아, 형님은 여기까지 와서 뭘 그리 숨기려 드십니까? 쯧쯧, 저리 판을 못 읽어서야. 그런 양반이 뭔 도박을 하겠다고. 그러니 그리 빚만 쌓이지!"

달두꺼비의 말에 부들부들 떨던 선비가 꼬리를 휘둘렀다. 볼기짝을 얻어맞은 달두꺼비가 꽥! 소리를 내며 펄쩍 뛰었다.

"그게 뭔 소리냐."

여희가 묻자, 달두꺼비가 물 만난 물고기처럼 눈을 반짝였다.

"아, 글쎄, 여기 있는 이 양반이 계집질에 눈이 멀어 그 기방의 최고 몸값 자랑하는 기생 년을 한 번 품어보겠다고 도박질까지 하다 집안 다 말아먹고 예서 이러고 있는 거 아닙니까."

휘두르는 꼬리를 피해 농 위에 올라간 달두꺼비가 선비를 째리며 미주알고주알 다 내뱉었다. 선비가 파르르 떨며 목에 핏대를 세웠다.

"그러는 네놈은 옥토끼한테 집적거리다 노하신 칠방신께 밀려 달에서 쫓겨난 거 아니냐!"

달두꺼비의 낯짝이 불그죽죽해졌다. 선비가 빈정거리며 여희에게 말했다.

"참으로 주제도 모르지 뭡니까. 저 주제에 옥토끼가 가당키나 합니까?"

"아, 형님, 말씀 한 번 기분 좋게 하십니다? 가랑이 방망이 잘못 휘둘러 박수무당 노릇 하는 양반한테서 듣기 참으로 거북하구료?"

콧김을 거세게 뿜으며 달두꺼비가 쏘아붙이자, 선비가 삿대질을 했다.

"뭐, 인마? 달에서 떨어져 질질 짜는 것을 구제해줬더니 뭐가 어쩌고 어째?"

"혓바닥도 두 개인 양반이 어찌 저리 헛말을 잘하실까. 제가 언제 질질 짰습니까? 형님이 일손이 부족하니 네 그 도력 높은 널뛰기 실력으로 일 한 번 재게 뛰어보자 부탁한 거 아닙니까?"

"아주 재미있게들 노는구먼. 나도 한 번 같이 놀아보자."

여희는 손을 튕겨 방바닥에 풀려 있던 명주실을 끌어다 선비와 달두꺼비의 입을 챙챙 감았다.

"이제 내 묻는 말에 기다, 아니다 고갯짓 하며 노는 게다. 알겠냐."

둘이 열심히 머리통을 위아래로 흔들었다.

"만신이면 굿판을 뛴다는 말이렷다."

고개가 끄덕거렸다.

"여기에 이렇게 뱀 새끼 풀고 욕질하며 쫓아왔으니 이건 저주 굿이겠고?"

고개가 또 한 번 끄덕거렸다.

"그럼 여기엔 누구 사주로 왔냐. 저주 굿이면 필시 주문한 자가 있겠지."

머리통은 어느 쪽으로도 움직이지 않았다. 여희는 입에 감긴 명주실을 풀어주었다. 선비가 더듬더듬 말했다.

"서, 설궁의 귀비입니다."

"그년 아주 보통이 아닌 년입니다요."

농에서 내려온 두꺼비가 신비 곁에 나란히 앉으며 고했다.

"어찌나 비방에 능한지 별의별 것을 다 요구합니다."

그에 동조하듯 선비가 고개를 주억거렸다.

"오늘도 아주 되바라진 년 잡아 족쳐야 한다며 난리도 아니었습니다."

"맞습니다. 상 믿고 천지분간을 못하여 밑도리만 돌리는 년이라며 세상사 그리 더러운 년이 없다 하였지."

달두꺼비가 선비의 어깨를 친근하게 툭 쳤다.

"형님도 아시는구려? 그년이 얼마나 영악한지 상이 발걸음 한 번 끊었다고 천령제에서 몸을 까뒤집고 병신춤을 췄다 하지 않습니까."

둘이 마주 보더니 껄껄 웃었다. 여희도 웃었다.

"느이 지금 나랑 한 번 해보자는 거냐."

"예?"

"지금 그 되바라져 병신춤 추는 년이 나 아니냐."

선비가 속절없이 목을 킁킁 울렸다. 달두꺼비는 눈을 내리깔고 공손히 말했다.

"아니, 그것이 아니옵고, 아무튼 귀비가, 그, 투기를 그렇게 부린다는 말입지요……."

"그래서 여긴 뭘 걸러 왔냐."

둘은 한순간 입을 딱 다물었다. 여희가 그리 나불거리던 주둥이들 어디 갔느냐 재촉하자 조심히 속달거렸다.

"명줄 줄여놓는 것이랑 명기가 죽어 지아비 발걸음 끊는 것입니다."

"쓸데없는 짓을 하는구먼."

선비가 답답하다는 듯 제 머리를 헝클었다.

"제 말이 그 말입니다! 차라리 굿판이나 한 번 벌이지 짜잘하게 이 뭐하는 짓인지. 안 그래도 예궁의 소의가 멀쩡히 애를 낳을 분위기라 귀비가 난리도 아닌데 이 일도 틀렸으니 원."

"그렇지요?"

달두꺼비가 침을 튀기며 끼어들었다.

"아니, 분명 그믐 때만 해도 아무것도 없었는데 어디서 그런 게 수호령으로 붙어 왔는지, 개새끼가 아주 사납을 떨어도 되게 떨어대는지라 소의 배는커녕 발끝에도 못 가겠지 뭡니까."

"정말 이상한 일이야. ……그런데 산호님은 진짜 어인 일로다 여기 계신 겁니까."

고개를 내젓던 선비와 달두꺼비가 여희의 기색을 살폈다.

"그냥 있다."

"예?"

"그냥 일이 그렇게 되었느니. 하려던 일이나 마저 해라."

"예?"

여희는 혀를 찼다.

"너 하던 대로 하라 하지 않니. 주 받거든 가리지 말고 찾아오려무나."

"……그럼 분부 받자와 일 좀 마무리 하겠습니다."

서로 마주 보며 눈치를 보던 선비와 달두꺼비가 주섬주섬 일어났다. 선비가 꽈리 꼬아 목줄 졸라맨 짚신 인형을 농 뒤에 놓고 병풍 뒤에 노란 부적을 안 보이게 붙여놓았다. 그사이 달두꺼비는 죽은 제비를 창 밑에다 묻어놓고 주문을 외면서 방 모서리 네 군데에 검은 재를 뿌렸다.

"그럼 저는 또 일이 있는지라 먼저 가보겠습니다."

달두꺼비가 손을 탁탁 털며 말했다.

"너희, 같이 일하는 것 아니었냐."

"그렇긴 헌데, 형님은 귀비를 도맡아 하시고 저는 요즘 덕비와 숙비를 맡고 있습니다."

덕비와 숙비라 하면 지난날 영궁에다 독초 바지런히 나르던 계집들이었다. 달두꺼비가 무엇을 생각했는지 크하하하!
웃음을 터트렸다.

"요년들이 얼마나 웃긴지 앞에서는 웃고 뒤에서는 서로에
게 대못을 찌르는지라 덕분에 값은 두 배로 받고 일은 하나
로 치고 있습니다."

"그러냐."

"예, 게다가 이젠 귀비만 믿기에는 돌아가는 흐름이 심상
치가 않습니다."

"그게 무슨 소리인고."

짐을 꾸리며 선비가 대답했다.

"태자의 관심이 떨어져 귀비 입지가 예전만 못한 데다, 피
는 못 속인다고 귀비 오라비도 어지간히 탐욕스러운 작자여
서 작당을 하는 눈치라 한바탕 시끄러워질 듯하여 벌 수 있
을 때 바짝 벌어야 합니다요."

머릿속에 미남자가 스쳐 지나갔다. 그러고 보니 그 얼굴이
귀비의 오라비라는 것만 알지 그 이상은 알고 있는 것이 없
었다. 해서 여희는 처음 듣는 척 물어보았다.

"귀비 오라비가 궁 안에 있냐."

"예. 단황영대의 용군 대장입니다. 태자가 직접 꾸렸다던
영대의 총괄 출신이라 유명하지요. 이곳 태자가 그 무리들과
함께 피바람 일으켰던 것 아닙니까. 허긴, 얼마나 성이 나겠
습니까. 귀비 하나만 믿고 궁에 들어왔을 텐데 20년이 다 되

178

도록 귀비가 후궁전에만 머물고 있으니."

그렇다. 귀비는 근 20년을 그저 후궁전에만 머물고 있다 했다. 어째서일까. 지난날을 회상하며 귀비를 수혜라 친근하게 부르던 백영에게선 작게나마 귀비에 대한 애정을 엿볼 수 있었다. 뒷배가 되어주고 부인이 되어준 여자를 어째서 진정한 부인으로 만들어주지 않는 것일까.

앞에서 선비가 고개를 절레절레 가로저었다.

"가만 보면 태자도 웃긴 놈이지요. 오입질을 그리 해놓고 어찌 태자비의 자리는 그리 비워두는지. 그것만 날랑 줬어도 귀비도, 그 오라비도 그렇게 되진 않았을 텐데 말입니다."

"그래도 귀비는 말만 귀비일 뿐, 태자비와 다름이 없지 않니."

"에이, 그래도 어디 귀비와 태자비 이 둘이 같습니까? 그 태자비라는 것에 책봉만 되면 황후가 되는 건 시간문제인 것을요."

선비가 자리를 잡고 앉았다.

"설가가 설 귀비를 황후에 앉히고 황실에 제 핏줄들을 스며들게 하기 위해 얼마나 노력을 했는지 아십니까. 지금이야 선황이 아직 숨이 붙어 있네 뭐네 하여 태자도 태자로 남아 있지만 이것이야말로 정말 이름뿐인 것으로, 명실공히 다음번 이 단국의 황제는 그 태자가 될 것입니다. 그러니 지금 비의 자리에 앉는다면 더할 나위가 없는 것이지요."

"그렇다면 나중에라도 줄 수 있는 일 아니냐."

"보장이 없질 않습니까. 보장이!"

선비가 답답하다는 듯이 약간 소리를 높였다.

"지금까지도 아무 소식이 없는데 그때 되어서 된다 하는 것을 뭘로 믿을 수 있겠습니까. 행여나 다른 계집이 올라가면 그야말로 죽 쒀서 개 준 꼴인데요. 그러니 귀비는 귀비대로 태자가 다른 계집과 흘레붙지 않게 이렇게 방술을 써대는 거고, 그 오라비는 오라비대로 정도가 안 된다면 다른 구멍을 파서라도 가겠다 그러고 있는 겁니다."

"다른 구멍이라."

선비가 은밀한 어조로 말했다.

"태자는 또 한 명이 있지 않습니까."

쳐다보자 선비가 고개를 수그려 긴밀하게 속삭였다.

"요새 들어 귀비의 오라비가 둘째 태자를 찾는 일이 잦아졌습니다. 둘째의 귀비 사랑이야 알 만한 인사들은 다 아는 사실이니까요. 둘이 손을 맞잡는다면 이거야말로 누이 좋고 매부 좋은 일 아니겠습니까. 그러니 심상치 않다 하는 겁니다."

그래서였나. 어느 순간 미남자와 일영의 기가 엮인 것은. 만약 그렇다면 이것은 귀비의 오라비와 일영이 손을 잡고 백영의 목을 치겠다는 말이 된다. 설가는 황실에 제 피를 넣길 원하니 말이다. 그런데 이런 일에 귀비가 동조하였다고? 문득 든 생각에 이내 고개를 저었다.

아니, 귀비는 아마 아무것도 모를 것이다. 오늘만 해도 여희를 백영에게서 떨어트리려 사술을 부리지 않았나. 천령제에서도 귀비의 기만큼은 일영과 섞이지 않았다. 여희는 작게 혀를 찼다. 허튼짓을 하는구나. 아무리 그래도 그 여자는 너에게로는 가지 않을 터인데.

남자의 어리석음을 곱씹는 사이, 선비가 자리에서 일어났다.

"그럼 저도 이만 일어서겠습니다. 동이 트기 전에 가봐야겠습니다."

"내 너한테도 일을 하나 맡겨야겠다."

돌아가는 선비를 잡았다.

"예? 일이요?"

선비가 갸웃거리며 엉거주춤 일어났던 몸을 다시 앉혔다.

"너는 지금부터 궁에 도는 모든 이야기를 내게 가지고 오라."

껌뻑이던 눈동자에 이채가 스며들었다. 선비가 봇짐 속에서 장부를 하나 꺼내더니 날름거리는 혀로 붓끝을 축였다.

"한 자당 두 냥 되겠습니다요."

"헛."

"아무리 산호님이라도 계산은 똑바로 해야지요. 이것도 원래는 석 냥인데 한 냥을 빼낸 값입니다요."

여희는 코웃음을 치고 손끝을 튕겼다. 붓끝이 명부 위에서 혼자 춤을 추다 쓰러졌다. 땅에 떨어지기 전에 선비가 재빨리 낚아채고 기분 좋게 자리에서 일어났다.

"조만간 다시 뵙겠나이다."

돌아서는 선비 뒤로 동이 트고 있었다. 턱을 받치고 가만히 있던 여희는 작은 뒤척임에 시선을 돌렸다. 백영이 설핏 인상을 쓰며 몸을 뒤채다 서서히 눈을 뜨고 있었다. 여희를 발견한 입가가 부드럽게 허물어졌다.

"왜 그러고 있냐. 지난밤에는 먼저 정신을 놓더니."

흘러나오는 목소리가 까끌까끌했다.

"……동이 텄느니."

"닭도 아니 우는데, 조금 더 누워 있자."

손이 얽혀와 여희는 조용히 내려다보았다.

모
慕

춘한春寒, 아침부터 지질한 궂은비가 내려 땅을 적셨다. 어설프게 흐르는 추위가 공기를 감싸 안고 떠다닐 때, 소의가 아기씨를 세상에 내보였다. 진통이 제법 길어 예궁을 심란하게 만들더니 그를 무르듯 떡하니 귀하신 황태손을 낳았다. 그에 저마다 속마음은 어떨지언정 덕담과 선물들을 예궁에다 보냈는데, 한 상궁도 그 마음을 표현하고자 손발이 바빴다.

지난날 소의가 상처에 좋다며 보내준 약초에 그리 탄복을 하더니, 이젠 제가 소의의 친정어미가 되기라도 한 것처럼 날선 눈으로 예궁에 보낼 것을 간추렸다. 그러면서도 어찌 영궁에는 소식이 없나 찡찡대기에 그것은 삼신 할멈의 소관이니 나도 모른다며 밖으로 내쳤다.

화롯불을 끄고 자려고 누워 있는데 저 멀리서 북소리가 울리는 듯하더니 "태자 저하 납시오!" 소리가 채 맺어지기도 전에 벌컥 문이 열렸다.

"자고 있었느냐. 그러게 저 납시오 소리 좀 그만하라니까 말들 더럽게 안 듣는군."

"어찌 여기로 왔냐. 소의 옆에 있지 않고선."

"어미는 기진맥진하여 쓰러져 있고 애는 빽빽 울기만 하는데 게서 뭐하리. 얼굴 보고 이름 지어줬으니 됐다."

"아비가 되어가지곤 참 잘하는 짓이구먼."

타박에도 백영은 싱긋 웃고 훌훌 옷을 벗어던진 후, 여희가 누워 있는 이부자리에 파고들었다.

"그놈도 지금은 내가 아비인지 어미인지 천지분간을 못할 텐데 뭐 어떠냐. 부자간의 정은 서로 말 통할 때 쌓으면 된다."

여희의 허리를 끌어안고 불편스레 몸을 몇 번 뒤척이더니 편한 자리를 찾았는지 이제 좀 조용해진다. 눈을 감고 자려는 얼굴에다 말을 걸었다.

"너는 자식보다 동생이 더 좋은가 보구나. 동생 앞에선 팔푼이가 되는 이가 갓 태어난 제 새끼한텐 어찌 그리 박하냐."

백영이 감은 눈을 뜨지도 않고 웃었다.

"투기하는 게냐."

"그것이 아니라 하도 신기해서 그런다."

"무엇이."

"네 동생은 너를 그리 싫어하는데 너는 그리 좋아하는 것이."

184

백영이 눈을 떴다. 가만히 여희를 보다 옆으로 누워 손으로 턱을 받쳤다.

"왜 그리 생각하느냐."

"생각하는 것이 아니라 보이는 것이다."

어둠 속에서 백영이 눈을 반짝이다 길게 한숨을 내쉬었다. 마치 피로가 한꺼번에 몰려온 사람처럼 손으로 눈가를 거칠게 비볐다.

"아직도 멀었군. 그놈은 얼굴에 다 드러나는 게 문제야. 상은 쉽게 읽혀선 안 된다 그리 가르쳤거늘, 어째 다른 건 다 잘하면서 그거 하나는 고치질 못하는지."

마치 다 알고 있다는 듯 의미심장한 어조였다.

"네 동생이 어떤 식으로 널 보는지 알고 있는 게냐."

"당연하지. 나는 그 녀석이 태어났을 때부터 봐왔어. 모를 수가 없지."

"그럼 그가 너의 비를 탐하고 있다는 것도 알고 있겠구나."

웃는 백영의 어깨가 들썩였다.

"내가 말했지 않느냐. 그 어린 날에도 일영은 귀비를 보고는 넋이 나가 졸졸 따라다녔다고. ……나도 웬만하면 귀비를 녀석에게 주고 싶었다만 귀비의 가문은 내게 필요했거든. 어쩔 수가 없는 일이었단 말이지."

백영이 벌렁 누워 두 팔을 머리 뒤에 대고 천장을 응시했다.

"여희야, 연심이란 참 대단하지 않냐. 사람을 안 하던 일까지 하게 만드니 말이다."

그렇게 말하는 옆얼굴에는 아무 표정도 없었다. 잠시간 침묵하던 백영이 한쪽 팔을 뻗어 여희의 머리카락을 아프지 않게 잡아당겼다.

"그래, 또 무어가 궁금하냐."

여희는 가만히 백영을 보았다. 첫날 느꼈던 백영의 짙은 어둠을 떠올린다. 수많은 아귀들의 비명, 마르지 않는 피비린내. 제 손으로 반쪽짜리 피붙이들의 목을 잘라낼 때에는 그 모든 이유가 황실과 맞닿아 있었을 것이다. 설가로 뒷배를 만들었다는 것만 봐도 분명하지 않나. 그런데 거기에서 일영이 제외된 이유는 무엇일까. 굳이 목을 베어야 했다면 그것은 열한 명이 아니라 열두 명이었어야 했다. 아무리 생각해도 아귀가 맞지 않는 일이었다.

"너는 왜 그리 동생을 감싸고도냐. 너답지 않느니."

"나답지 않다?"

그래, 그것은 백영이 가진 어둠과는 어울리지 않았다. 선뜻한 이질감이었다.

"너를 보아라. 너는 네 형제들을 죽인 놈이다. 너는 축생이니라."

백영이 웃었다. 어둠 속에서 흰 얼굴이 환하게 빛났다.

"축생에게도 낳아준 어미는 있는 법이거든."

백영의 목소리가 잦아드는가 싶더니 다시 또렷하게 울렸다.

"선황께선 후안무치한 사내라 오죽이도 어미의 눈물보를 뽑아내었지. 어미가 믿을 것은 단 하나, 적장자인 나였다. 어미는 늘 나에게 말했어. 믿을 것은 나 하나뿐이라고. 하지만 선황의 행동거지에 좀체 마음을 놓지 못하던 어미는 기어코 일영을 세상에 내보내었지."

백영의 눈이 회상에 잠겨들어갔다.

"일영은 어미가 목숨을 걸고 낳은 아이다. 수많은 산고 끝에 그 녀석만이 살아남아 세상에 나왔지. ……일영은 어미를 많이 닮았어. 강직한 것도, 그 이상으로 약한 것도."

백영이 여희의 손을 움켜쥐었다. 속삭이듯 낮게 말했다.

"그래, 그 약함이 어미를 똑 닮았단 말이지. 나의 어미가 원한 것은 단 하나, 무너지지 않을 견고한 나의 땅이었다. 어미는 살아 있을 적에 그 땅을 빼앗길까 항상 두려워했어. 철장도 없는데 마치 갇힌 새처럼 오도 가도 못하고 같은 자리만을 맴돌았지. 어미는 내게 늘 말했다. 이 자리를 지켜야 한다고."

어둠 속에서 백영의 눈이 차게 빛났다.

"그거 아느냐. 우리에겐 열한 명의 형제가 있었다. 그 좁은 땅 하나에서 열세 명이나 부대끼고 있었던 것이야. 일영

은 약해. 피붙이의 목을 베기엔 너무나 약했지. 하지만 우리
가 어미의 배를 가르고 나온 이상 누군가는 그 목을 베었어
야 했거든."

새벽하늘보다도 더 짙은 어둠이 넘실거린다. 아귀들의 비
명이 더욱 거세어졌다. 여희는 백영을 지나쳐 그 등 뒤에서
괴롭게 소리치는 형상들을 보았다. 그리고 그보다 더 큰 어
둠에 잡아먹히고 있는 백영을 보았다.

눈이 마주치자 백영이 천천히 입매로만 미소 지었다.

"황가는 피로 세워진 곳이야. 이 땅에서 피는 곧 거름이
지. 더럽다 피하면 어찌 땅이 비옥해지리."

"……그래서 네 스스로 거름지기가 되었다?"

떼어지지 않는 입을 열어 묻는다. 백영은 대답하지 않았
다. 무엇을 생각하는지 알 길 없는 얼굴로 침묵을 지키다 여
희의 입가를 손으로 덧그렸다.

"기실 나는 황궁이 싫다. 때때로 어찌나 숨이 안 쉬어지
는지. 나는 그럴 때마다 그냥 이대로 내 숨이 끊어졌으면 하
고 바랄 때도 있었느니. 이 궁에서 죽기 전까지 매일 이리 사
는 것인가 생각하면 속이 들끓어 피를 아니 볼 수가 없었지.
일영이 아니었다면 이 궁 따위는 진즉에 버리고 떠났을 것이
다."

그리고 여희는 깨달았다. 백영은 황무지를 달리고 있었
다. 가진 것도 없고, 가지고자 하는 것도 없는 백영은 그저

제게 주어져 있는 피붙이만을 달고서 달리고 있었다. 잃을 것이 없는 백영은 무서울 것도 없어 눈앞의 불길도 주저치 않는 것이다.

백영이 여희의 얼굴을 어루만졌다. 차가운 속과 달리 뜨거운 피부였다.

"그래도 내 요즘은 궁 생활이 예전처럼 지루하진 않아. 이 상하지. 나는 네 곁에선 숨쉬기가 매우 편해진다. 원래 신이란 게 그런 것인가. 그도 네가 가진 력 중의 하나냐."

"……나도 모른다."

여희는 제가 지금 어떤 표정으로 백영을 보고 있을지 가늠할 수 없었다. 이렇게 고독한 인간은 난생처음이었다. 너의 어미가 도대체 너에게 어떤 주呪를 걸어놓은 것이냐. 그 어떤 사술보다도 지독하구나. 저도 모르게 손을 뻗어 백영의 뺨을 훑자, 가볍게 웃으며 눈을 감는다. 백영은 아직도 황무지를 달리고 있는 것일까. 아마 그럴 것이란 예감이 들었다.

요즘 들어 한낮에는 날이 제법 좋았다. 공기는 아직 차가워도 햇빛이 따사로웠던 것이다. 부쩍 백영에 대한 생각을 곱씹게 된 여희는 종종 혼자서 후궁전 밖을 거닐었는데, 근래 자주 찾는 곳은 봄에는 그 풍경이 궁궐 안에서 가장 운치가 있어 연회가 자주 열린다는 대화루였다.

햇빛이 수면에 반사되어 황금처럼 반짝이는 광경을 보고

있는데 나긋한 목소리가 날아들었다.

"이게 누군가. 영궁 아니신가."

돌아보니 귀비였다. 밑의 것들을 하나로 길게 엮은 당과처럼 줄줄이 달고서 소리도 없이 걷고 있었다. 천령제 이후 첫 만남이었다. 귀비가 여희의 옆으로 왔다. 달큼한 향내가 났다. 그 고운 얼굴과 같이 보자니 마치 살아 있는 꽃 같았다.

"몸은 좀 괜찮아졌나 보이. 이리 나와 있는 것을 보니."

"뭐어…… 염려해주신 덕에 많이 괜찮아졌소."

여희의 말버릇에 발끈한 건 당과 같은 계집들이었다. 눈을 치뜨고 뭐라 한바탕 쏟아내려 작정하는 것을 귀비가 손짓으로 막았다.

"그래? 다행이구면. 내 적잖이 놀랐지 뭔가. 제 올리던 날, 영궁의 모습이 심상치 않아 마음에 쓰이던 참이었네."

그날은 급살 맞은 모양새로 혼자 땅바닥에 뒹굴며 토혈을 질질 내뿜었었다. 정말로 급살을 맞았기 때문이다. 숨넘어가는 것을 직접들 보았음에도 하루아침에 소문은 또 소박맞은 영궁이 태자의 관심을 끌려 혼자 독초를 먹고 그 지랄을 떨었다고 났다. 무어가 되었든 곱게 봐줄 요량은 없는 것이다.

"하여 질환에 좋다는 약을 줄 참이었는데, 도통 만날 수가 없었구면."

귀비와 눈이 마주쳤다. 기괴스러울 정도로 자애로운 눈이 뼈마디를 시리게 했다. 한 번, 귀비의 궁녀가 영궁으로 찾아온 적이 있다. 그날 귀비의 청은 백영이 가로막았다. 그 이후 두 번의 청이 더 들어왔으나 그도 모두 백영의 뜻에 따라 답하지 아니했다.

다시금 곳곳에서 영궁을 염려하는 약초와 보약들이 들어왔다. 그것들은 모다 문전에서 박대당하고 영궁의 문턱을 넘지 못했다.

가만히, 귀비가 물었다.

"몸이 어느 정도로 약하신가. 설마 달거리가 못 올 정도로 약한 건 아니겠지."

"달거리?"

뜬금없는 말에 반문하자 귀비가 고고한 동작으로 뒤에서 계집종이 내민 바구니에서 곡물을 한 움큼 쥐어다 연못에 뿌렸다.

"슬슬 아기씨를 뵈어야 하지 않나. 상께서 찾으신 지도 오래인데."

고요했던 호수가 잔잔한 파동을 일으켰다. 황금빛으로 수놓이던 찬란함이 산산이 깨어지고 물 밑에서 잉어들이 입을 빠끔대며 모여들었다. 한입 먹겠다고 치대는 것이 매우 치열했다.

"우리 동친왕께선 유아독존이라 그러신지 요즘 들어 부쩍 외로움을 타시는 것 같네."

귀비의 말을 들으며 여희는 물속을 보았다. 몰려든 잉어

중에서 유독 노란 몸통에 붉은 대가리를 가진 잉어가 눈에 밟혔다. 다른 놈들을 머리로 밀어젖히면서 우악스럽게 먹이를 독차지했다. 귀비가 같은 자리에 곡물을 또 한 번 뿌렸다. 붉은 머리 잉어만 살판이 났다.

"형제가 생기는 것만큼 좋은 벗이 또 있을까."

백영에게는 이미 몇몇 자식이 있었다. 그런데도 그 사실을 백지처럼 없애고 벗 운운하는 것이 웃겨 여희는 웃었다.

"면구하나 좀처럼 소식이 오지 않는구려. 하여, 같은 마음으로다 소의마마께옵서 무탈하게 아기씨를 뵙기를 바랐는데 내 정성이 하늘에 통했나 보오."

여희는 가져가란 말도 안 했는데 귀비의 바구니에서 곡물을 집어다 호수에 뿌렸다. 붉은 머리 잉어에게 밀려 먹이를 먹지 못한 다른 잉어들이 죄다 여희가 뿌린 쪽으로 몰려왔다.

"그러니 너무 염려치 마시오. 동친왕께선 더 이상 천상천하에 홀로 외로이 지내시지 않을 것이니."

귀비의 아름다운 얼굴에 귀기가 서렸다. 그래도 그 입가에 뜬 미소만큼은 천하절색이라 아모도 귀비의 썩은 내를 맡지 못했다.

여희는 손을 털고 몸을 돌렸다.

"찬바람을 너무 오래 쐬었나 보오. 몸이 아직 온전치 않은지라 먼저 들어가보리다."

192

제 주인 대신 열심히 씨근덕거리는 귀비의 계집종들을 향해 빙긋이 웃으며 여희는 걸어갔다.

대화루 끝에 다다랐을 무렵, 또 한 번 귀비의 나긋한 목소리가 날아들었다.

"몸조심하시게. 다음에는 건강한 모습으로 보았으면 좋겠군."

귀비를 보았다. 귀비는 호수를 보고 있어 등진 채였다. 저 멀리 햇살이 내리쬐어 그 한가운데에 서 있는 귀비는 그 뒷모습마저도 경국지색이라 한 폭의 그림 같았다. 실로 그러했다. 생명력이 느껴지지 않았다. 여희는 대답 없이 몸을 돌렸다.

영궁으로 돌아오는 길에 고승을 만났다. 각자 갈 길을 가다 마주친 것이 아니라 고승이 영궁 문턱을 넘어 나오다 마주쳤다. 가락지를 주었음에도 나가지 않은 여희를 보고도 고승은 별반 놀라지 않았다. 예를 올리기에 고개를 까닥이자 그대로 지나쳐 갔다. 그 태도가 마치 제 할 일은 다 했다는 식이라, 그때 말한 것처럼 백영의 명이 있는 한 여희와는 엮일 생각이 없는 듯했다.

"이 낮에 어쩐 일이냐."

방 안으로 들어가니 백영이 앉아 있었다.

"교향사가 다 지어졌다 하여 고승과 다녀오는 길이다."

고승이 어쩐 일로 영궁 문턱을 넘나 했더니 이 때문이었나 보다.

"아주 잘 지어졌어. 아무래도 문가에게 비단 백 필을 또 줘야 할 것 같다."

그리 말해도 여희는 본 적이 없으니 마땅히 답할 말이 없었다. 그래서 그저 고개를 끄덕이는데 백영이 다시 입을 열었다.

"절이 하나 올라가 있어서 그런가, 돌아보니 거기도 제법 풍경이 볼 만하더구나."

그 산에 있는 건 어디서나 볼 수 있는 풀무덤뿐이다. 그렇지만 푸른 잎을 틔우고 노란 꽃을 피울 때엔 그럭저럭 볼 만했던 것 같기도 했다. 기억이 모호한 건 그 풍경이 별 볼일이 없어서라기보다는 여희가 평소에 그것들을 제대로 보지 않았기 때문이다.

"나중에 찾아갈 터이니 그곳이나 거닐자꾸나."

그 말에 여희는 멈칫하였으나 백영은 그저 저 하고픈 말대로 내뱉었던 것뿐인지 아무렇지도 않게 다른 이야기로 넘어갔다. 잠시 후, 밖에서 백영을 찾는 말이 들려왔다. "저녁에 보자." 하고 영궁을 나간 백영은 그날 돌아오지 못했다.

그 밤, 7년 동안 잠들어 있던 수율 황제가 발작하여 대궁이 뒤집어진 탓이었다.

"틀렸습니다, 그놈은. 기실 이제까지 살아 있던 게 용하지요. 온몸에 욕창이 어찌나 번져 있는지, 대궁 문턱에서도 그 욕창에서 배어나온 진물과 고름의 냄새를 맡을 수 있을 정도입니다. 아주 지독한 것이 거기 드나드는 궁인들은 날에 한 번은 꼭 욕지기를 한답니다."

구렁이 선비가 말했다. 선비는 이틀에 한 번은 꼭 영궁을 방문했는데 귀비를 비롯하여 서넛의 사주로 인한 방술 때문이었다. 못 박힌 짚 인형이며 태우다 만 부적에 동물 사체까지, 영궁 대청마루 밑은 무덤이나 다름없었다.

그런 선비가 오늘은 빈손이었다. 방술도 때에 따라 할 머리들은 있는 것인지, 수율 황제에게 이변이 생긴 후로 뚝 끊긴 것이다. 대신 선비는 이제 여희의 명에 따라 궁 안에 나도는 소문들을 듣고 오기 시작했다.

"둘째 태자가 설지환과 손을 잡은 것 같습니다."

그리 놀랄 일도 아니었다. 일영과 귀비의 오라비가 저들끼리 엮여들기 시작한 건 오래전의 일이었으니까. 더 말해보라 눈짓하니 선비가 조용히 고했다.

"용군의 움직임이 심상치가 않습니다. 용군은 태자가 직접 세운 단황영대의 중심 부대이온데, 그래서인지 파벌이랄 것이 없었지요. 헌데 요즘 그 용군에 파벌이 생기기 시작했습니다. 아무래도 제 편들을 모으고 있는 것 같은데, 그건 달리 말하면 이제 일을 치겠다는 거 아니겠습니까."

"태자는 어떠하냐."

백영은 수율 황제가 발작한 이후부터 대궁에서 밤을 지새우고 있었다.

"아직까진 별일이 없습니다. 그래도 제 아비라 그런 건지 그 지독한 방에서도 잘 지내더군요. 아마 그 열 살 난 황자 머리를 달랑달랑 들고 가 제 아비를 고꾸라트렸단 사정을 모르는 치들이 본다면 천하에 다시없을 효자라 여겼을 겁니다."

"태자는 제 동생이 무엇을 하고 있는지 알고 있는 눈치더냐?"

선비의 얼굴이 기묘하게 변했다.

"그것이, 조금 헤아릴 수가 없습니다."

"헤아릴 수가 없다?"

"알기에는 너무나 고요하고, 모른다고 하기에도 또 너무 고요하지 뭡니까."

백영은 모든 것을 알고 있으리라. 예감이 아닌 확신이 들었다. 제 말마따나 누구보다도 제 동생을 잘 아는 이가 아닌가. 어쩐지 입안이 썼다.

"그래도 장영탁이는 아직 태자의 심복이니, 일이 어떻게 될지는 아직 아모도 모르겠지요."

"장영탁?"

"용군의 부총관입니다. 설가 가문에 밀려 총관은 되지 못했지만 무관 실력은 장영탁이 위인지라 실질적으로 용군 안에서는 장영탁이가 우두머리라 할 수 있습죠."

불현듯, 태자가 낙마를 했을 때 그 앞에 서 있던 풍채 좋은 사내가 생각났다. 장신에 우람한 몸집, 각진 턱에 영민한 눈을 가졌던 사내. 백영의 사냥 무리 중 한 명인 남자다. 그때에도 그자만이 침착하게 굴며 날뛰는 말의 목에 칼을 찔러 넣었다.

"그자가 태자의 사람이냐?"

"예. 제가 아는 한 그자야말로 충신 중의 충신이라, 태자의 그림자로 이 일 저 일 많이 했습죠. 어떻게 보면 그가 적이 되지 않은 게 큰 한 수일 것입니다."

선비가 고개를 끄덕이며 조심스레 말을 이었다.

"산호님도 슬슬 출타 준비를 하시지요. 둘째가 저리 작정을 부리고 있으니 조만간 이 궁에서도 난리가 날 것입니다. 아무리 장영탁이 있다고 해도 재수가 없으면 진짜 태자가 엎어질지도 모르는 일입니다. 산호님도 아시지요? 요것들은 어찌나 그렇게 핏줄 끊기를 좋아하는지 그저 뭐만 했다 하면 숙청, 숙청이니. 괜히 태자의 후궁전에 쭉 들어 계시다간 별 같잖은 꼴을 당하실지도 모르는 일입니다."

"이리 거죽을 두르고 있으니 나도 사람처럼 보이느냐?"

웃으며 말하자 선비가 얼굴을 붉히면서 머쓱하게 볼을 긁적였다.

"하도 궁 돌아다니며 만신 노릇을 했더니 버릇이 되어놔서…… 그래도 큰 소란 날 것은 분명하니 이틈에 산호님도 조심은 하십시오."

여희는 전이 가득 든 꾸러미를 선비 앞으로 던졌다. 선비가 반색하며 꾸러미를 품에 안아 들었다. 이거 받아야 할 값보다 많은 것 같다며 너스레를 떨기에 여희는 픽 웃으며 손짓했다.

"내가 뭐 공으로 그걸 주는 줄 아느냐. 난중에 너는 태자의 귀와 눈이 되어야 할 것이다."

"태자요?"

"그것이 네 마지막 일이니라."

이제 가보라 내치는 중에 솟는 의문이 있어 다시 선비에게 말을 걸었다.

"귀비는 알고 있냐. 제 오라비가 무슨 짓을 하고 돌아다니는지."

"그것이 조금 모호합니다. 며칠 전에는 뭔가를 아는가 싶어 제 오라비한테 그렇게 큰소리를 치나 했더니, 설가가 귀비 눈이랑 귀를 잘 가리고 있는지 또 잠잠해졌습니다. 알아볼까요?"

"됐다. 그 계집이 안다고 뭐 달라질 일이 있나. 가보렴."

선비가 허리를 꾸벅 숙이고 물러났다. 창문이 열리자 선선한 공기가 방 안으로 파도처럼 밀려 들어왔다. 인간이란 참 얄궂구나. 같은 곳을 보고 다른 생각을 하는 것이. 마음 한번 맞추기가 참 힘이 드는 족속이로다. 여희는 가만히 숨을 들이마셨다.

한밤중에 백영이 찾아왔다. 일주일 만에 보는 얼굴이었다. 굳어 있는 표정이 황궁의 분위기와 비슷했다. 요 며칠 사이 황궁은 풀벌레 우는 소리조차 멎어 있었다.

"네 꼴을 보아하니 잘하면 너부터 실려 나가겠구나."

백영은 설핏 미소 짓고 지친 기색으로 눈가를 문질렀다. 잠시간 멍한 눈으로 허공을 보다 손짓했다.

"이리 와라."

여희를 품에 안아 든 백영은 숨이 막힐 정도로 끌어안더니 요에 눕자마자 잠에 들었다. 마치 며칠은 자지 못한 사람 같았다. 같이 누워 있던 여희는 스산한 느낌에 몸을 일으켰다. 정신없이 자고 있는 백영을 두고 창가로 걸어간다. 열린 창문 너머로 대궁이 보였다. 여희는 눈을 가늘게 떴다. 대궁 기왓장 위에 누군가가 있었다.

자세히 보니 저승차사였다. 하나도 아니고 셋씩이나 내려와 있다. 곧 셋 중 하나가 기왓장 아래로 사라졌다. 연기가 피어올랐다. 이내 나머지 둘도 그 아래로 사라져 보이지 않았다. 한 줄기로 흐르던 연기가 자욱하니 대궁을 덮었다.

여희는 뒤를 돌아보았다. 한 번 자면 좀처럼 일어나지 않는 백영이 언제 일어났는지 눈을 뜨고 앉아 있었다.

"영아, 네 아비가 죽었다."

백영이 창가로 다가왔다. 여희의 옆에 서서 멀거니 대궁을 보았다. 저 멀리서 북소리가 울렸다. 이것은 끝이 아닌 시작을 알리는 소리였다.

여희는 속삭이듯 말했다.

"네 말마따나 땅은 언제나 하나지. 그리고 남은 것이 둘. 영아, 일영은 너를 죽일 것이다. 너는 어찌할 테냐."

백영은 아무런 말도 하지 않았다. 저 멀리 대궁을 보는 시선에도 무엇 하나 담겨 있지 않았다. 황제를 부르짖는 곡소리가 아주 먼 곳에서부터 울려 퍼지기 시작했다. 소나기가 장대비로 바뀌듯 곧 곡소리가 황궁을 뒤덮었다.

수율 황제의 장례는 열흘 동안 이루어졌다. 그 육체가 땅에 묻혀 사라지던 날, 황궁의 모두가 장례 행렬을 따랐다. 그 가운데에서 여희가 보고 있는 것은 나란히 선 백영과 일영이었다. 죽은 황제가 입은 백의 수의처럼 형제도 나란히 백의를 입고 있었다.

그러나 일영의 백의는 흑의로 물든 지 오래다. 그리고 그 검은 얼룩은 백영의 발끝에 스며들어 물 먹은 천처럼 무겁고 넓게 물들어갔다. 그런데도 백영이 가진 기는 그것들을 쳐내는 기색이 없었다. 차오르는 검은 얼룩을 가만히 보기만 했다.

황제가 땅에 들어가고 그 위로 흙이 쌓였다. 곡소리가 다시 터져 나왔다. 그 속에서 눈물을 보이지 않는 것은 오로지 둘, 백영과 일영뿐이다. 고승이 짤막하게 제를 올리고 나자 행렬은 다시 궁으로 방향을 바꾸었다.

줄의 머리가 된 백영이 옆으로 지나갈 적에, 여희는 저도 모르게 손을 뻗었다. 백영의 백의는 이제 완전히 검은 얼룩으로 뒤덮여 있었다. 오로지 여희가 잡은 부분만이 다시금 검은 얼룩이 벗겨져 살짝 백의가 드러난다. 그러나 그뿐이었다. 얼룩이 사라진 것은 아니다. 주위를 맴돌며 너울거리고 있었디. 이것은 이세 벅는 것만으로는 그 화마를 막을 수 없다. 백영을 빗겨 시선을 두자 일영과 마주친다.

사내라고 하기에는 아직 풋내가 묻어 있는 몸, 표정은 근엄하나 어딘가가 미숙하다. 일영은 꼭 제 형처럼 무심하게 여희를 마주하고 있었다. 여희의 기가 적을 대하듯 날카롭게 변해갔다. 그리고 마치 그것이 보인다는 듯 백영이 자연스레 일영 앞에 서서 모든 것을 차단했다. 잠시 여희를 내려다보던 백영이 부드럽게 잡힌 팔을 빼내었다.

"오늘 밤 영궁으로 가마. 기다리고 있어라."

속삭이며 지나친 백영은 밤이 아닌 새벽에 영궁을 찾았다. 들어오자마자 여희의 손을 잡고 밖으로 끌어냈다. 이 시각에 후원이라도 가려는 것인가 했지만, 후원을 지나쳐 중문을 지날 적에는 대문으로 가는 길이란 걸 깨달았다.

"너, 대문을 넘어갈 수 있겠느냐?"

대문 앞에 서서 백영이 물었다. 여희는 잡힌 손의 아래쪽을 내려다보았다. 그쪽 치마 주머니에 가락지가 있었다. 고승에게서 받은 것이다. 여희는 언제고 자유로이 이 문을 넘나들 수 있었다. 그러나 아직 백영은 그 사실을 모른다. 여희는 얽힌 손을 풀어냈다. 그러고는 가락지를 끼지 않은 채 문앞까지 걸어갔다.

"넘어갈 수 있는 거 확실하냐?"

발을 내딛기 전, 백영의 목소리가 다급하게 날아왔다. 돌아보니 바다 위를 저 혼자 떠다니는 부수처럼 어둠 속에 백영만 홀로 우뚝 솟아 있었다.

"그는 해보면 알겠지."

여희는 발을 옮겼다. 언제나 몸의 반까지는 아무렇지 않게 넘어간다. 나머지 반이 문제였다. 그러나 이도 이젠 가락지를 끼면 해결될 문제다. 가락지가 있는 치마 위를 손으로 움켜쥐었으나 꺼내진 않았다. 지금은 꺼낼 수가 없었다. 뒤에 남긴 발을 끌어왔다. 온몸에 열이 올랐다. 무릎이 꺾임과 동시에 백영이 달려들었다. 팔이 끌려 대문 뒤로 넘어간다.

등을 통해 거칠게 내쉬는 백영의 숨소리만큼이나 펄떡이는 심장 소리가 느껴졌다. 왜 가락지를 낄 수가 없을까. 백영의 생은 무엇을 좇는지 궁금했기 때문이다. 그리고 여희는 이제 그 답을 알고 있다.

백영은 황무지를 끝까지 달릴 것이다. 백영을 두르고 있는 기들이 그렇게 말해주고 있었다. 백영의 생은 오늘로 확실히 확인이 되었다. 그렇다면 왜 아직도 자신은 가락지를 끼지 않는 것인가.

"일영을 죽여주랴?"

말을 들은 백영의 얼굴은 놀란 듯도 했고 경직도 되었다가 끝에는 조금 서글퍼졌다. 여희는 내내 고민했다. 백영은 주박에 걸려 있었다. 어미라는 주박이다. 이 주는 너무나 강력하고 오래되어 누구도 풀어줄 수가 없다. 오로지 그것을 건 그 어미 외에는. 그러나 그 어미는 죽은 지 옛날이다. 백영이 이 주박을 풀려 어미를 만나야 한다면 백영 자신도 죽어서일 것이다.

백영은 이 궁이 숨이 막힌다 했다. 얼마나 제 숨통을 틀어쥐는지 살 수가 없다 했다. 백영의 이번 생은 끊어져야 편해질 생이다. 그 때문에 모든 운명이 그런 길을 찾아 흘러가고 있었다. 백영 또한 그에 거스를 생각이 없어 그저 운명에 모든 것을 맡기고 흘러간다.

여희는 신이었다. 그것은 언뜻 보면 매우 특별해 보이지만 기실, 신이라 이름 붙여졌기에 그리 불리는 것에 불과했다. 신은 그저 수명이 긴 그 어떤 것일 뿐이다. 그리고 그 오랜 시간을 살아가기 위한 규율이 있었다. 그중 하나가 생에 관한 문제다. 신은 생에는 관여할 수가 없었다. 신은 사에 속한 자이기 때문이다.

그래서 여희는 생각했다. 신인 자신과 나아가 칠방신을, 인간의 생사를 관장하는 염라와 백영이 가진 천명까지. 끝없이 생각했다. 과연 이 모든 운명을 뒤바꿔놓는 것이 옳은 일일까.

만약, 지금의 이 충동대로 백영을 살려놓으면 그 후에는 어찌 되는 것일까. 이 세상 속에서 백영이 마음을 둔 것이 있다면 오로지 하나, 제 어미를 닮았다던 피붙이 일영뿐일 것이다. 그것을 대신 죽이어 자신이 살게 된다면 백영은 살았다는 그 이유 하나만으로 행복해 할까. 그럴지도 모른다. 인간은 삶에 집착하니까.

하지만 백영의 생은 그리로 굴러가는 생이 아니었다. 무엇보다도 백영에게선 제 운을 거스르고자 하는 의지가 보이지 않았다. 백영 자신부터가 그것을 원하지 않는 것이다.

그런 백영을 살리고자 하는 것은 순전히 여희의 욕심이다. 그렇다면 자신은 그렇게 욕심을 부려 무엇을 얻으려 하는 걸까. 살고자 하는 생각도 없는 놈을 살려놓고, 이제 됐다며 가락지를 끼고 유유히 나가는 것인가. 아니면 옆에서 정말로 부부 노릇이라도 하겠다는 건가. 인간과 부부가 된다고? 도륵의 온 신들이 바닥을 치며 웃어댈 것이다.

새 생을 부여받고, 여희가 옆에 있다 하여도 백영의 그 삶이 충족될지는 아모도 모르는 일이다. 오히려 지금보다도 더 메마른 땅을 밟아 평생을 괴로이 갈증을 내며 살지도 모른다. 그렇다면 더 이상 백영을 살려야 할 이유가 없다. 어차피 계율을 어기는 짓이었으며, 순리를 거스르는 일이었다. 여희는 백영을 살리고자 하는 마음은 있었지만 그 이유를 찾을 수는 없었다. 모든 것을 거스르고 올라갈 만한 그 어떠한 것이 없다.

그렇다고 이대로 가만히 있을 수도 없었다. 가만히 있으면 대문을 넘어가지 못했을 때처럼 가슴속에서 불길이 타올랐다. 시뻘건 불길이 화르륵 타올랐다 가라앉더니 다시 타올랐다 또 가라앉는다. 그래서 마지막으로 백영에게 직접 답을 내놓게 했다.

"내 너의 활 노릇이 남았지 않니. 네 분명 그리 말했지. 나의 힘이 너무나 미약하여 모아두었다 나중에 쓴다고 말이다."

"여희야."

"일영을 죽여주마. 어떠니."

백영은 그저 숨만 내쉴 뿐, 이렇다 할 답을 들려주진 않았다. 해서 여희는 그 얼굴을 샅샅이 훑었다. 하나의 조각이라도 발견할 수 있다면. 그것으로 충분할 것이다. 그러나 백영의 얼굴에는 너무나 많은 것들이 스쳐 지나가 도리어 그 어떤 것도 읽을 수가 없었다.

백영은 숨을 고르듯, 그다음은 말을 고르듯 잠시 저 멀리를 응시했다. 여희를 잡은 팔에 힘이 들어간다 싶더니 조용히 입을 열었다.

"너는 이제 내 활 노릇을 하지 않아도 된다."

백영이 천천히 고개를 떨어트려 여희를 내려다보았다. 온화한 눈이었다.

"나는 너를 더는 그런 식으로 생각하지 않는다."

"그렇다면 빚을 갚는다 치자꾸나. 천령제에서 네가 나를 구해내었지. 그 빚을 아직 안 갚았니."

백영이 고개를 저었다.

"나는 네게 빚을 지운 기억이 없다."

"허면⋯⋯."

"여희야."

가로막듯 이름을 부르고 여희의 어깨를 틀어쥐었다.

"나는 일영이 살기를 바란다."

여희를 보는 백영의 눈이 점차 연민으로 얼룩져갔다. 이생이 끊어지는 것은 여희가 아니다. 그런데도 백영은 여희가 가엾다는 듯이 보고 있었다. 기가 막히고 성이 발칵 나서 여희는 백영을 외면했다. 저 멀리 짙은 하늘을 본다. 답은 나왔다. 더 이상은 여희도 무언가를 할 필요는 없다. 속에서 이는 작은 풍랑이 가라앉기를 기다렸다 자리에서 일어났다.

내내 여희를 보고 있던 백영이 다급하게 따라 움직였다. 걷는 중에도 백영의 시선이 느껴졌다. 그러나 그를 무시하듯 여희는 앞만을 보았다. 머릿속과 가슴속을 휘젓던 것이 사라지니 맥이 풀려 만사가 귀찮아졌다. 지금은 그 어떤 것에도 닿고 싶지 않았다.

"여희야."

영궁에 다다랐을 때 백영이 붙잡듯 이름을 불렀다. 여희는 얕은 숨을 한 번 내쉬고 답했다.

"그 이름 한 번 지겹게도 부르는구나. 왜 자꾸 부르냐."

"내일 사냥을 갈 것이다."

"그러냐."

백영이 웃음을 짤막하게 지었다.

"이번 사냥은 그리 오래 걸리진 않을 게다."

말하면서 순간 불어온 바람에 헝클어진 여희의 머리칼을 잡아 뒤로 넘겨준다. 그대로 손도, 시선도 여희에게 머물던 백영이 불쑥 중얼거리듯 말했다.

"정이란 참 무섭구나……."

백영은 그대로 영궁에 묵었다. 그리고 그 흔했던 입맞춤과 지분거림 하나 없이 백영은 그저 동이 터올 때까지 가만히 그 품에 여희를 안고만 있었다. 하늘에 푸른 기운이 깔리자마자 자리에서 일어난 백영은 그 아침부터 조반을 가득 해치우고 적의로 갈아입고선 생각에 잠긴 눈으로 조용히 앉아 있었다.

침묵에 방이 가라앉을 때쯤, 백영이 말했다.

"여희야, 네 지난밤, 대문을 넘지 못하였지."

"그놈의 대문은 어인 일로다 자꾸 꺼내느냐."

"나흘 후에도 내가 오지 않거든 너는 고승에게로 가거라."

백영을 보았다. 백영은 처음과 같은 자세 그대로였다.

"……고승은 두 번 다시 내 앞에 얼굴 들이밀지 않는 것 아니었냐."

"아니. 사정이 바뀌었다. 그러니 일이 그렇게 되거든 고승에게로 가라."

"내 일은 내가 알아서 하마. 네 일을 네가 알아서 하듯이."

대수롭지 않게 내뱉었는데 깜짝 놀랄 정도로 손을 강하게 붙잡혔다. 돌아보는 백영의 얼굴이 전에 없이 딱딱하고 진중했다.

"그는 너의 일이 아니라, 나의 일이다."

강한 어조로 내뱉고, 한순간 애원하듯 덧붙였다.

"내게 약조해다오. 내 말대로 하겠다고."

어째서 제가 오지 않으면 고승에게로 가라 하는지, 따로 듣지 않아도 그 이유를 알 수 있을 것 같았다. 그것은 지금 여희가 가지고 있는 가락지가 가진 뜻에 닿아 있을 것이다. 그리고 그 뜻을 알아채자마자 어제 잠깐 가슴속에 붙었던 화마가 다시금 씨를 불태웠다. 가슴속이 매우 답답했다.

백영을 쏘아보았다. 애절한 표정이 너절할 정도로 한심한 얼굴이었다. 어찌 이렇게도 분수를 모를 수가 있을까.

그때, 궁인 하나가 문 밖에서 사냥 준비가 다 되었다고 고

해왔다. 백영이 힘주어 손을 잡으며 다급하게 "여희야." 하고 답을 재촉했다. 한순간 맥이 탁 풀렸다. 거죽을 너무 오래 둘러쓰고 있었나 보다. 이 모든 것은 그저 흘러가는 일에 불과한데 어찌 이리 갈급하게 구는가.

여희는 모든 것을 떨쳐내듯 대답했다.

"알았다. 약조하지. 네가 오지 않으면 고승에게로 가마."

한마디에 안심했다는 듯 풀리는 얼굴이 어딘가 속을 따끔하게 해, 여희는 그를 외면하듯 고개를 돌렸다. 밖으로 나가니 장영탁 혼자만이 영궁 앞에 있었다. 궁인이 데리고 온 흑마에 백영이 올라탔다. 지난번만 해도 어린 티가 역력했던 흑마는 이제 완전히 성체의 몸을 하고 있었다. 흑마의 주둥이를 매만졌다. 푸릉거리는 콧김에 손이 약간 축축해졌다.

가만히 짧은 털을 쓸어내고 있는 여희를 백영도, 장영탁도 만류하지 않았다. 가야 하니 손을 치워달란 말도 없이 그저 서 있기만 했다. 여희는 고개를 들었다. 환한 빛 속에서 보니 백영의 하얀 피부에 붉은 적의가 매우 잘 어울려 보였다. 깊은 눈으로 바라보던 백영이 웃기에 여희도 짤막하게 미소를 되돌려주었다. 뒤에 있는 장영탁을 보았다. 여희와 시선이 마주치자 장영탁은 짧게 목례를 하며 예를 취했다. 그를 물끄러미 보다 여희는 얼굴을 바로 했다.

"오늘 사냥에서는 이놈이 죽지 않겠구나."

"그래? 그럼 마음 편히 사냥할 수 있겠군. 조신하게 잘 있어라. 다녀오마."

백영이 말에 박차를 가해 앞으로 내달렸다. 장영탁이 바람같이 뒤를 따랐다. 여희는 그 모습이 까만 점이 될 때까지 보고 있었다. 생을 떠나보낸 수율 황제는 진즉에 땅에 묻히고 없는데, 여전히 궁에는 죽음의 냄새가 떠돌고 있었다.

여희는 가다 말고 멈춰 서서 백영이 떠나간 쪽을 다시 돌아보았다. 아무것도 없었다. 모든 것은 여희의 손을 떠났다. 아니, 그 모든 것은 애초 여희의 손 위에 있지도 않았다. 이것은 순리. 그렇게 흘러와, 또 그렇게 흘러갈 지난 아홉 생 내내 보아왔던, 새삼스러울 것도 없는 인간의 그렇고 그런 생이다.

바
람

궁 안이 조용했다. 이는 마치 폭풍이 몰아치기 전의 고요
처럼 날카로움을 품은 조용함이라 서로 간에 발길 끊긴 지도
오래며, 궁인들도 몸을 사리면서 돌아다녔다. 그중 제일 바
람이 심한 곳은 후궁전으로, 궁에서 한자리 한다는 집안의
여식은 갖은 핑계로 하나둘 궁의 문을 나섰고 그를 제지하는
사람은 아무도 없었다.

백영이 사냥을 떠난 다음 날, 귀비는 경기를 일으키며 쓰
러졌다. 그에 설가 사람들이라는 자들이 우르르 후궁전으로
몰려왔는데, 떠난 것은 찾아왔던 사람뿐으로 귀비는 아직도
후궁전에서 제 자리를 지키고 있었다.

심란한 것은 영궁도 마찬가지라, 한 상궁은 무슨 생각을
하는지 하루에도 열두 번씩 낯빛이 바뀌었다.

"마마, 어디를 가십니까?"

영궁 문턱을 넘어서려 하자 한 상궁이 질색하며 달려왔다.

"후원이나 좀 거닐다 오련다."

"아니 됩니다. 안에 계세요. 개미 한 마리도 안 지나다니는데 혼자 어이 가신다는 겁니까."

"그러니 더 좋지 않니. 온 곳이 내 것인데."

한 상궁의 얼굴이 철없는 것을 본다는 듯 답답하게 변했다. 절대 아니 된다 붙잡고 늘어지는 것을 팽하니 내쳤다.

"아, 왜 이리 귀찮게 하누. 별꼴 다 보겠군."

"마마님!"

부르는 것을 무시하고 문을 넘어서다 문득 뒤를 돌아보았다. 안 그래도 늙은 얼굴이 더 늙어 보였다. 지금은 간이 쪼그라들어 빌빌거리지만 저 늙은 것은 무병장수할 상이다.

"제일 걱정 없어야 할 계집이 헛짓을 하고 있군."

"예? 마마님, 지금 뭐라 하셨습니까. 소인이 제대로 듣질 못하였습니다."

"네 팔자가 황제보다도 좋다 하였느니."

말을 곱씹던 한 상궁이 기함하며 퍼렇게 굳는 것을 보고 웃으면서 밖으로 나왔다. 후원에 들어섰을 때, 이미 먼저 온 손님이 있었다. 고승이었다. 후원에는 정자가 하나밖에 없는 탓에 걷다 보니 나란히 앉는 모양새가 되었다.

"서국에는 아주 맛좋은 술이 하나 있습니다."

뜬금없이 고승이 말을 시작했다.

"모과향이 나는 것이 그쪽에서는 여인들도 즐겨 마신다 하더군요. 며칠 전, 서국에서 알게 된 대사께옵서 그 술을 보내주셨는데 같이 드시겠습니까?"

"됐다."

같이 유유자적하게 술을 마실 만한 사이도 아니었고, 마시고 싶은 생각도 없었다. 단칼에 거절한 것에 별 마음 상해 하는 것도 없이 고승은 알았다 고개를 한 번 끄덕이더니 손가락을 딱 튕겼다. 그러자 수풀 저 너머에서 여인 하나가 상을 들고 나왔다.

작고 갸름한 얼굴이 매우 예뻤다. 살풋 여희에게 인사를 올리더니 가만히 상을 내려놓는다. 상 위에는 호리병 하나와 잔이 한 개, 구운 전어가 한 마리 올라가 있었다. 여인이 호리병을 들자 고승이 잔을 집어 들었다. 찰랑이며 채워지는 술은 밀 빛이다.

고승은 계속해서 잔을 채워갔다. 얼마나 지났을까, 여희는 기이해서 호리병을 내려다보았다. 병의 크기로 보아 진즉에 동이 났어야 할 술이 아직도 쏟아져 나오고 있었다. 고승이 콧노래를 부르기 시작한다. 술을 마시니 제법 기분이 좋아진 듯했다.

"아주 좋아 보이는구나."

"그렇습니까."

"그래. 네 저하의 충실한 신하라더니 그 저하는 홀로 전장에 보내놓고 너 혼자 그리 흥겨운 것이 정말 보기 좋구나."

고승이 빙긋 웃으며 잔을 채워주려던 여인의 손길을 막고,

제 스스로 잔에 술을 부었다.

"그러고 보니 지난밤, 저하께서 제게 희한한 것을 말씀하시더군요."

고승이 술을 들이켜고 생선살을 바르며 말했다.

"마마님이 이 궁을 나가실 수 있게 도움을 주라 하셨습니다. 정말 희한하지 않습니까. 마마님은 얼마든지 나갈 수 있는데 말입니다. 그런데 왜 아직도 예서 그러고 계십니까?"

"그러는 너는 왜 여기에 있느냐. 너는 태자의 사람이 아니었더냐."

고승이 눈만 들어 여희를 보았다.

"예. 저는 태자 저하의 사람입니다."

고승이 다시 한 번 술을 따랐다.

"그리고 이곳으로 돌아올 분도 그 태자 저하이시지요. 이 궁이 있는 한 태자는 끊임없이 나올 것이며, 한 명의 태자가 떠나가도 또 한 명의 태자가 돌아올 것입니다. 저는 그 태자 저하의 사람인 것입니다."

고승이 목구멍 안으로 술을 털어 넣고 생선살을 발라 먹었다. 여희는 그런 고승을 빤히 보다가 고개를 바로 했다.

"그렇군. 이제 보았더니 너는 진정한 충신이로다. 너야말로 진실로 태자를 배신하지 않는 자였구나."

"마마님은 언제 떠나실 생각이십니까?"

여희는 저 먼 곳을 응시했다. 언제, 인지는 생각하지 않았다. 다만 나흘까지는 있어볼 참이었다. 그리고…….

"때가 되면."

그때가 되면 여희도 이 궁을 떠날 것이다.

"산호님."

비바람을 뚫고 선비가 영궁을 찾았다. 내리는 비를 맞았는지 온몸이 홀딱 젖어서 안 그래도 푸른 얼굴이 더욱 짙푸르게 변해 있었다. 선비가 이마에서 빗물을 뚝뚝 흘리며 말했다.

"태자가 당했습니다."

백영이 떠난 지 사흘째 되는 날이었다. 여희는 조용히 물었다.

"다 보았느냐."

"예. 하나도 빠짐없이 보았습니다."

"그럼 내게도 보여다오."

선비가 다가왔다. 여희는 선비의 눈에 손을 대었다. 감겼다 뜨인 여희의 눈이 새빨갛게 타올랐다. 여희는 산 속에 서 있었다. 새카만 어둠 속에서 불길 하나가 호선을 그리며 지나갔다. 그 불빛을 따라갔다. 우렁찬 함성 소리가 숲을 뒤흔들었다.

환한 횃불 아래 같은 옷을 입고 있는 자들이 서로의 목에 칼을 쑤셔 박고 있었다. 설지환이 보였다. 제 앞을 가로막는 둘을 한 칼에 베고 내달렸다. 어디선가 날아온 화살이 설지환의 어깨에 박혔다. 설지환을 따라 여희도 고개를 돌렸다.

장영탁이 화살을 들고 있었다. 장영탁이 다시 활시위를 당겼다. 설지환이 옆에 있던 병사 하나를 끌어와 방패로 삼았다. 화살촉은 병사의 이마를 뚫었다. 설지환이 늘어진 병사를 내던지고 나무 사이로 뛰어들었다. 그 뒤를 장영탁이 쏜살같이 쫓았다.

무언가가 밟혀 부서지는 소리가 났다. 옆을 돌아보니 일영이 산 위로 올라오고 있었다. 어둠 속에서 빛나는 눈이 무언가를 찾고 있다. 순간 일영이 걸음을 멈추었다. 올려다본 곳에는 백영이 있었다. 백영은 떠나가던 날 아침의 그 모습 그대로였으나 단 하나, 그 어디에도 사냥 때마다 들고 가던 칼과 화살이 없었다. 백영은 나들이라도 온 사람처럼 맨몸으로 서 있었다.

"일영아, 일을 어찌 이렇게 끌고 가느냐?"

"형님이 하신 일만 하겠습니까."

부드럽게 타박하는 백영의 말에 일영은 덤덤히 답했다.

"어이하여 귀비마마와 혼례를 올리지 않으시는 겁니까?"

"네가 연모하는 여인이지 않냐."

빤히 백영을 보던 일영이 검을 틀어쥐고 천천히 걸음 했다.

"귀비를 네게 주랴? 그럼 모다 끝나는 일이냐?"

일영이 시선으로 백영을 꿰뚫었다. 백영은 가볍게 웃었다. 바람을 가르고 칼이 날아들었다. 백영은 반격하지 않고 그저 몸을 피했다. 일영이 기를 쓰고 달려들었다. 번번이 제 몸통에 꽂으려 드는 그 칼끝을 백영은 이루 말할 수 없는 얼굴로 보면서 가볍게 피하기만 했다.

"어이하여 제 목은 치지 않으셨습니까?"

"어이하여 내가 네 목을 쳐야 되느냐."

일영의 입에서 어처구니가 없다는 듯한 웃음이 진하게 터져 나왔다.

"참으로 형님께선 저를 모지리로 만드십니다. 모다 저에게 손가락질을 합니다. 열두 형제 중 저만이 동복인지라 살아남았다고."

투둑, 툭, 툭. 비가 내리기 시작했다. 차게 식어가는 공기 속에서 일영이 들끓는 목소리로 소리쳤다.

"지금도 보십시오! 사냥을 나오신 분께서 어찌 이리 빈손이십니까. 형님 곁에만 서면 저는 천하에 다시없을 팔푼이가 되는 기분입니다!"

젖은 땅에 발이 밀려 일영이 앞으로 고꾸라졌다. 백영이 그를 붙들려 손을 뻗었다. 일영은 그 손을 쳐내고 굽어지는 백영의 몸에 조금의 망설임도 없이 칼을 밀어 넣었다. 백영의 몸이 경직된다. 무감각하게 제 몸에 꽂힌 칼을 보았다가 일영을 본다. 일영 또한 제가 찔러 넣은 칼을 보았다가 백영을 보았다. 세상이 멈춘 듯했다.

그리고 그다음 순간, 일영은 결심한 것처럼 낯빛을 굳히더니 칼을 잡은 손에 힘을 주며 제 형에게로 바싹 다가섰다. 드득 하며 살이 뚫리는 소리가 들렸다.

"형님께선 그날 제 목도 베셨어야 했습니다."

잔뜩 쉬어 빠진 일영의 목소리는 어울리지 않게 어렸다. 마치 어린아이가 칭얼거리는 소리 같다. 그런 일영을 백영은 그저 지그시 보기만 했다. 지금 백영의 얼굴을 적시는 것은 빗물인가, 눈물인가.

여희는 선비의 눈에서 손을 뗐다. 붉은 눈이 까맣게 되돌아왔다.

"이후에 장영탁이 와서 태자의 명이 그 자리에서 끊어지진 않았으나, 설지환이 가세하면서부터는 또 막상막하가 된지라……. 나중에는 용군들끼리 부딪치면서 둘째 태자도 꽤 많이 다치긴 했습니다만, 태자는 검에 배때기가 정통으로 쑤셔진지라 일이 어렵게 풀릴 것 같습니다."

"아니. 모든 건 제대로 풀렸다. 저 원하는 대로 모든 뜻을 이루었구나. 수고했다."

여희는 선비에게 마지막이 될 전 꾸러미를 던졌다. 냉큼 받아든 선비가 어물쩍대며 여희의 눈치를 살폈다.

"이제 산호님은 어쩌실 겁니까. 이대로 저와 함께 나가시는 건 어떻겠는지요. 이 궁은 이제 틀렸습니다. 태자가 살아 돌아온다 해도 어쨌든 한 번은 쇠할 것입니다.”

“너 먼저 가려무나.”

“하오나…….

“나는 아직 할 일이 남아 있다.”

백영을 만나봐야 했다. 게다가 진정한 끝은 아직 오지 않지 않았는가. 백영은 다시 궁으로 올 것이다. 끝은 그다음이었다.

니흘째가 시작되는 새벽, 온 궁이 소란스러워졌다. 이때까지의 고요가 거짓말이었던 것처럼 곳곳에 불이 켜지고 사람들의 웅성거림과 부산스러운 발걸음이 곳곳을 채웠다. 영궁의 작은 계집종이 헐떡이며 달려와 귓속말을 하자 한 상궁이 눈꼬리에 눈물을 달고 “이를 어쩌면 좋습니까, 마마.” 하면서 콧물을 질질 짜냈다.

여희는 말없이 영궁을 나섰다. 백영의 궁인 도궁까지 지체없이 걸어가 번잡한 앞을 뚫고 멋대로 문을 열어젖혔다. 화들짝 놀란 궁인 하나가 막아서는 걸 뿌리치고 앞을 보자, 백영에게 사람 여섯이 달라붙어 있었다. 굳은 얼굴로 사람들이 하는 대로 가만히 있던 백영이 무심코 고개를 돌리다 여희를 발견했다. 깜짝 놀란 것처럼 눈을 둥그렇게 뜨더니 이내 어설피 미소를 지어 보이는데 어딘가 자조가 섞여 있는 미소였다.

이리 오라 손을 까닥이자, 한 번 더 막아서려 했던 궁인이 몸을 뒤로 물렸다. 여희는 탈의된 백영의 가슴팍을 보았다. 명치 바로 아래였다. 어의가 용을 쓰면서 막아도 핏물이 멈출 줄을 몰랐다. 약초를 덕지덕지 발라놓고 조금 지켜보다 멈췄다 싶어 붕대를 감아놓으면 얼마 안 가 핏물이 스미어 나왔다. 그럴 수밖에 없다. 방 안에서는 죽음의 냄새가 났다. 맨 처음 이 거죽을 지닌 계집에게서 맡았던 냄새다. 백영의 생은 여기에서 바스라질 것이다.

"어찌하여 칼을 들고 가지 않았니."

다급하게 붕대를 벗겨내던 어의가 멈칫한다. 약초를 짓이겨 몸에다 다시 바를 태세였던 나머지 의원 둘도 손놀림을 멈추었다. 오며 가며 발길만 바빴던 궁인들도 모두 숨을 죽였다. 오로지 백영이 내쉬는 거친 숨소리만이 적나라하게 들린다.

"사냥을 하러 갔던 것 아니었냐."

"그랬지. 나한테는 칼이 필요 없는 사냥이었다."

백영은 덤덤하게 답하고 굳어 있는 어의의 팔을 치웠다. 몸에 발라놓았던 핏물 섞인 약초를 더러운 것 떨어내듯 털고, 그 옆의 의원이 들고 있던 약초 그릇을 낚아채 아무렇게나 퍼 올려 제 몸에 문지르고는 스스로 붕대를 감았다.

"됐으니 나가봐라."

어의와 궁인들이 하나도 빠짐없이 쫓겨났다. 백영은 그대로 몸을 뉘었다. 그 낯빛이 푸르스름했다. 허공을 보는 시선에는 초점이 없었다. 그 얼굴이 꼭 선비를 통해서 보았던 마지막 얼굴 같았다. 그때, 문가가 다시 소란스러워졌다.

"……아니 되십니다……. ……마, 마마님!"

다급한 소리 뒤로 문이 벌컥 열렸다. 어쩔 줄 몰라 하는 궁인들 사이로 귀비가 있었다. 작게 헐떡이며 정처 없이 안을 둘러보던 귀비는 여희는 보이지도 않는 듯이 무시하고 백영만을 찾아 들었다. 귀비가 치마폭을 날리며 안으로 들어왔다. 걸음 하는 귀비 옆에 또 하나의 형체가 있었다. 치마폭 반절을 이제 넘길까 싶은 작은 몸, 어린 얼굴이다. 한때 귀비가 유아독존이라 칭하던 그 동친왕인 듯했다.

여희는 아이를 보았다. 선남선녀인 부모를 닮아 사내아이치고 퍽이나 예쁜 얼굴이었다. 지금 저렇게 공포와 두려움으로 얼룩져 눈물 자국으로 때꾼하지만 않았다면 꽤나 볼 만했을 것이다. 아이의 시선이 한곳으로 고정되더니 이내 딸꾹질을 시작했다. 그 시선을 따라가니 누워 있는 채인 백영이 있었다. 백영은 문가를 확인하자마자 그쪽을 더 보지도 않고 손을 흔들었다.

"내보내라."

귀비가 득달같이 달려왔다. 제 어미의 보폭에 걸음을 제대로 맞추지 못한 동친왕이 넘어질 듯 발을 끌었다. 귀비가 백영의 앞에 무릎을 꿇었다. 받은 숨을 내쉬며 간절히 말했다.

"저하, 신첩의 말 좀 들어주소서. 이것은…… 이, 이것은 필시, 이리 된 데에는 필시 그만한 사정이 있었을 것입니다."

백영이 낮게 웃었다. 몸을 틀어 천천히 상체를 일으켰다.

"역모를 꾀함에 그만한 사정이 있다?"

살가운 목소리였다. 그런데도 귀비의 낯은 삽시간에 허옇게 질렸다. 백영이 흡사 애정이라도 섞인 눈길로 귀비를 찬찬히 뜯어보았다. 귀비가 히끅, 히끅 기이한 숨소리를 내더니 도리질을 치며 백영에게로 손을 뻗었다.

"저하, 신첩은 모르는 일이옵니다. 참말입니다. 지어미가 되어 일이 이렇게 될 때까지 눈 뜬 장님처럼 지낸 것이 죄라면 죄, 그 죄는 달게 받겠으나 결단코 이번 일에 신첩의 입김, 손끝 하나 닿지 않았음 또한 잊지 말아주셔야 합니다."

가련한 와중에도 귀비는 아름다웠다. 귀비 또한 그것을 알고 있는 듯했다. 납작 몸을 엎드리면서도 풍만한 가슴을 내보였고, 낙루를 흘려내면서도 아롱진 눈망울로 백영의 시야를 붙드는 것을 잊지 않았다. 그래서인가, 백영은 조심스레 다가오는 귀비의 손길을 거부하지 않았다.

더듬더듬, 백영의 손을 움켜쥔 귀비가 한껏 애달픈 미소를 지어 보였다. 그 얼굴이 얼마나 애처롭고 처연한 미색이었는지 당장이라도 그 눈물을 거두어주고 둥실둥실 얼러줘야 할 것 같았다. 백영이 귀비를 보며 손을 마주 잡았다. 그에 귀비가 달콤한 숨을 한숨처럼 내쉬었다.

"그리 안 봤는데 너도 참 제법이구나. 제 오라비를 두둔하러 왔나 했더니 챙기는 건 제 명줄이요, 그 줄 묶어두는 닻으로는 제 새끼를 쓰다니. 지금 뭔 좋은 구경 시켜주겠다고 동친까지 끌고 와 이러고 있느냐."

은근하게 말하며 백영이 손을 털어냈다. 경직되는 귀비를 차게 쏘아본다.

"네 조숙함을 높이 사 귀비에 앉혀놓았더니, 뭇 사내를 홀려낸 것도 모자라 지덕체를 운운하는 입으로 뒤에선 딴 짓을 했으렷다. 네가 그렇게 방술에 능하다지. 정말이지 깜짝 놀랐지 무어냐. 내 너의 죄도 그냥은 넘어가지 않을 것이니 가만있으라."

"저, 저하……."

"뭐하냐. 안 끌어내고. 이 시각 이후로 귀비는 설궁에서 단 한 발자국도 나오지 못할 것이다. 알아들었느냐. 누구든 설궁을 오고간다면 그 사지를 잘라내어주리라."

넋이 나간 귀비를 궁인들이 부축해 끌고 나갔다. 제 어미 얼굴을 보고 눈물을 터트린 동친왕도 같이 내쫓겼다. 마지막까지 그 뒷모습을 보던 백영은 문이 닫히자 쓰러지듯 몸을 꺾었다. 놀란 여희가 서둘러 그 몸을 받쳐 들었다. 잠시 여희의 어깨에 고개를 대고 숨을 몰아쉬던 백영이 몸을 바로 세우며 여희의 손을 움켜쥐었다.

"고승은 만났느냐."

"……네가 돌아왔는데 고승을 뭐하러 만나겠냐."

"그도 그렇군."

백영은 픽 웃고 입이 마르는 듯 혀로 입술을 축였다. 붕대가 다시 붉어지고 있었다. 손을 대자 통증이 이는지 신음하며 미간을 찡그렸다. 여희는 상처 위를 손바닥으로 뭉근하게 돌렸다.

"내 너의 거죽은 붙여주겠다만 그 속까진 어찌할 도리가 없구나."

백영이 가만히 여희를 보았다. 여희는 상처를 따라 손끝을 움직였다.

"어떠하냐. 괜찮으냐."

"……나쁘지 않구나."

작은 소리로 내뱉고 시선을 떨어트린다. 얼마 안 있어 도궁으로 장영탁이 찾아왔다. 산에서 돌아온 이래 계속 그 모습 그대로였는지 피땀이 얼룩져 꾀죄죄한 몰골이었다. 모든 준비가 끝났다는 장영탁의 말에 백영이 자리에서 일어났다. 그리고 그때부터 이레 밤낮, 대궁의 불은 꺼지지 않았다.

대궁의 너른 앞뜰에는 사지를 결박당하여 무릎 꿇은 죄인들이 있었는데 그 가장 앞에 있는 이가 일영과 설지환이었다.

불과 몇 달 전만 해도 이곳에서 사람들은 웃고 있었다. 그러나 지금은 신음과도 같은 앓는 소리와 살이 썩는 고약한 냄새만이 가득했다. 죄인들은 모두 백영과 다른 편에 섰던 사람들이다. 이레 동안 물 한 모금 안 주고 잠도 아니 재워가며 겁박하니, 밖에서부터 이미 큰 상처를 입고 들어온 몇몇은 그 자리에서 죽어나갔다.

그리고 그렇게 한 명씩 죽어나갈 때마다 태자의 용군이 떼를 지어 황궁을 나섰다. 마을에 살고 있는 죄인의 피붙이들에게 연좌제를 물어 그 자리에서 말살했다. 황궁을 비롯한 단국의 문이란 문은 모다 걸어잠겨 열리지 않았다.

사흘이 넘어가자 앞뜰의 반이 비었다. 일영과 설지환은 아직 숨이 붙어 있었다. 그 이틀이 더 지나 닷새가 되었을 때, 일영이 무너졌다. 치명상은 백영이 입었는데 낯짝만 보자면 일영이 곧 죽을 판이었다. 내쉬는 숨이 심상치 않았다. 백영은 하루를 더 두고 본 뒤 설지환은 관옥서로, 일영은 내실로 들였다.

설지환의 죄목은 역모였다. 더 길게 볼 것도 없었다. 하루 아침에 설가가 무너졌다. 타향살이 하던 팔촌까지 모두 엮여 모가지가 잘려나갔다. 오늘 이 시간까지 설궁에 갇혀 있던 귀비는 밖으로 나오자마자 능지처참 당하는 제 가족을 코앞에서 지켜봐야 했다. 몇 번을 혼절하고 깨어났는지 모른다. 그러나 백영은 자비가 없었다. 뼈가 다 부서져 하나의 핏덩어리밖에 되지 않은 설지환의 시체를 앞에 두고 귀비의 죄를 논했다.

귀비의 죄는 방술과 방사로 인해 황궁을 어지럽힌 것이었다. 자신은 모르는 일이라 외치는 귀비 앞에 못 박힌 짚신 인형과 빨간 글자가 난무하는 노란 부적이 내던져졌다. 고승이 다가와 이것은 사술이 틀림없다 고했다. 그 뒤를 따라 몇몇 궁인이 술사가 야심한 시각에 설궁에 드나드는 것을 보았다 아뢰었다. 말이 끝나자마자 궁인들 열세 명이 달려가 후궁전을 뒤집어 기둥과 마룻바닥 아래에서 온갖 동물의 사체와 비방이 적힌 부적을 꺼내 왔다. 그중 몇몇 개는 눈에 익은 것이 영궁 대청마루 밑에 있던 것이었다.

그날부로 귀비는 폐서인이 되어 궁복이 벗겨지고 목구멍으로 사약이 들이부어졌다. 모두 일영이 고열에 시달리며 정신을 놓고 있을 때 벌어진 일이었다.

"뭘 그리 보고 있느냐."

"감은 눈을 하도 안 뜨기에 죽었나 싶어 보고 있었다."

지난 이레 동안, 백영도 한숨 자지 않고 대궁을 지켰다. 고개를 모로 틀고 땅바닥만 주시하다 나자빠진 일영을 지켜보며 백영 또한 그 자리를 함께했던 것이다. 일영이 내실로 옮겨진 뒤, 백영은 영궁으로 와서 눈을 감았다. 꼬박 이틀을 쥐 죽은 듯 자기만 했다.

"내 근심 걱정이 이만저만이 아니라 잠시 눈이 무거워졌나

보다.”

“다 끝난 일에 근심 걱정 들 일이 무에가 있냐.”

폭풍은 진즉에 지나갔다. 얼마나 크게 치고 지나갔는지 남은 것은 아무것도 없었다.

“내가 떠나기 전에 네가 나가야 할 텐데 말이다.”

백영이 몸을 일으키다 상처 난 배가 아릿한지 그 부근을 손으로 짚고 잠시 인상을 썼다. 핏물은 멈춘 지 오래다. 여희가 살가죽을 붙여놓았기 때문이다. 그러나 그 안의 장기까지는 어찌하시 못하여 그날 꿰뚫린 그대로다. 그 탓인지 배 위에 얹힌 백영의 손가락 끝이 자줏빛으로 꺼멓게 죽어 있었다.

“네 인간의 혼을 먹어 이리 되었다 했지.”

백영이 진지한 얼굴로 말했다.

“그렇다면 내 혼을 먹을 수도 있다는 것 아니냐.”

여희는 백영을 빤히 바라보았다.

“혼을 먹는 것은 금기다. 그래서 그것을 몰래 먹으려 하다 이 꼴이 난 것 아니냐.”

“아니, 그것은 빼앗을 때의 일이지. 내가 너에게 주고자 한다면 그는 금기도 뭣도 되지 않는 것 아니겠느냐.”

“무슨 말이 하고 자운 게냐.”

백영의 눈이 여희의 얼굴 위를 정처 없이 떠돌아다녔다.

“이 이레 동안 내가 목을 친 자가 몇인 줄 아느냐. 백이 넘

227

어간다. 이 정도면 아무리 턱 높은 결계라 해도 넘어갈 수 있겠지."

여희는 웃었다. 속에서부터 웃음이 터져 나왔다.

"지금 네가 무슨 말을 하는 건지 알고 있는 것이냐."

"그럼 모르고 말을 할까. 내 혼 가져가거라."

백영이 묵묵히 다시 한 번 강조했다.

"혼. 가져가려무나."

여희는 웃음을 멈추었다.

"내가 왜 네 혼을 가져가냐. 이 다 썩어 빠진 것을."

"그래도 가져가라. 나는 네가 살길 바란다."

백영이 팔을 뻗었다. 시커멓게 죽은 손이 여희의 이마를 훑고 턱 선을 쓸었다.

"여희야, 나는 네가 좋다. 그 계집의 안에 있는 네가 좋다. 내 숨이 붙어 있을 적엔 너와 노닐어야 하니 줄 수 없었다만 지금이라면 아무래도 좋지. 나는 이제 틀렸다. 나는 곧 이 육체를 벗고 혼만 남게 될 것이야. 그러니 내 혼을 먹어 네가 산다면 나는 혼을 네게 주련다. 가져가라."

여희는 백영의 혼이 필요 없었다. 궁을 나서기 위해 먹을 필요도 없었고, 먹고 싶은 생각도 들지 않았다. 백영의 말은 아주 가소로운 것이었다.

그러나 여희는 그를 비웃지도 못했다. 시퍼렇게 죽은 백영의 눈이 따스했기 때문이다. 놀랍게도 여희를 바라보는 백영의 얼굴 곳곳에는 애정이 서려 있었다. 여희는 할 말을 잃고 백영을 바라만 보았다. 순간, 마주 보던 백영의 표정이 묘하게 변했다. 끝이 붉은 흰 손가락이 여희의 눈가에 닿았다.

"왜 우는 것이냐. 울지 마라."

여희는 웃었다. 신은 울지 않았다. 이런저런 일로 눈물 뽑기엔 살아갈 세월이 너무 길어 칠방신이 신에게서 눈물을 앗아간 지 오래였다.

"헛것이 보이는 걸 보니 정말로 때가 되었나 보구나."

얼굴 위에서 맴돌던 백영의 손을 끌어내렸다.

"네 혼은 필요 없느니. 결계는 이제 넘어갈 수 있다."

백영의 눈이 휘둥그레졌다. 의아함에 목소리를 높인다.

"언제? 언제부터 나갈 수 있게 된 거냐?"

"그는 나도 모른다. 나가니까 나가진다 알게 되었을 뿐."

"헌데 왜 아직도 여기에 있느냐. 어찌 나가지 않았어."

백영을 보았다. 그 얼굴이 파랗다 못해 새카맣게 죽어가고 있었다. 숨도 거칠고 탁하게 내뱉어지고 있다.

"……갈 것이다. 네 혼이 가는 길, 배웅하고 나면."

아비 없고 어미 없는, 그리고 이젠 형제도 없는 네 마지막 그 길, 보고 나면.

여희는 백영을 도로 눕혔다. 말 잘 듣는 아이처럼 백영이 순순히 따랐다.

"그러니 더 자렴. 곧 너를 보러 저승차사가 올 것이니. 엽

라에게 가는 길은 고단하여 네가 편히 쉴 것도 지금뿐이다."

백영이 눈을 깜박거리다 힘겹게 입을 열었다.

"여희야."

"왜 부르냐."

"나도 신이 될 수 있느냐. 그 그릇이라는 걸 찾아내면 나도 신이 될 수 있는 게냐?"

"그건 어찌하여 묻는 것이냐."

"내 혼도 아니 가져간다면 너를 다시 만날 방도를 찾아야 하지 않겠느냐. 그래, 이왕지사 이렇게 된 거, 너와 함께 천수 누리는 신이 되는 것도 괜찮겠다."

이불을 백영의 가슴께까지 끌어올려 덮어주었다. 목덜미와 뺨을 만지니 뜨끈한 것이 신열이 오르고 있었다. 서늘한 여희의 손이 기분 좋은지 백영이 탄성을 내뱉듯 숨을 토해내며 살짝 눈을 감았다 떴다.

"너와 나는 태생 자체가 다르나니. 내가 그 많은 생을 살아도 사람이 될 수 없듯이 너 또한 신은 될 수가 없다."

"교향사에 있어라, 여희야."

끓어오르는 열에 숨을 할딱이며 백영이 말했다.

"내가 너를 찾아가마. 그러니 교향사에 있어라."

"영아…… 알았으니 이제 그만 자려무나."

백영의 두 눈을 손으로 가리고 품에 안았다. 곧 색색거리는 숨이 낮게 가라앉았다. 등을 도닥였다. 지난 시간에 미루어 세상이 너무나 고요했다. 서글픔 대신 여희의 속에서 휘몰아치는 기가 진득하게 흘러나와 온 방 안을 까맣게 물들였다.

뜬눈으로 밤을 지새우던 중, 문밖에서 말발굽 소리가 들렸다. 여희는 내내 움직이던 손을 멈추고 깨지 않을 잠에 빠져든 백영을 내려다보았다. 그렇게나 많이 보아왔는데 처음 보는 것처럼 생소했다. 그 모습을 아로새기듯 눈 속에 담고 자리에서 일어났다.

"오시었소."

"음? 이게 누구야. 꼴이 그게 뭐고?"

방 안 곳곳을 감싼 여희의 운기에 저승차사가 긴가 민가, 거죽과 여희를 구분해내지 못하고 눈살을 찌푸렸다.

"그럴 일이 있었소. 혼 거두러 온 것이오?"

"그렇긴 헌데…… 으음. 어찌할까. 흐음."

귀명부를 팔랑거리며 저승차사가 앓듯이 중얼거렸다.

"왜 그러시오."

저승차사가 귀명부 중간 장을 앞으로 넘겼다, 뒤로 넘겼다 비교하듯 살폈다.

"여 가까운 곳에서 한 놈 이름이 더 새겨질 듯 말 듯 하는데 좀 기다렸다 같이 데려가야 하나 싶어서 말이다."

여희는 눈을 내리깔았다.

"그놈은 귀명부에 이름이 오르지 않을 것이오. 그러니 거

둘 혼이나 거두어 가시구려."

"뭐라? 허어, 참. 귀명부 사정을 네가 뭘 안다고……."

"지난 시월에 혼 하나 잃어버리지 않으셨소? 늑장부리다
간 그때와 같은 꼴이 날 것이오. 이번에는 염라가 뭐라 말할
지 참 기대되는구먼."

저승차사가 눈을 댕그랗게 떴다.

"네년이 그걸 어찌 알고?"

말하다 말고 입을 한 일자로 다문 저승차사는 눈을 사납게
번뜩이며 단번에 찢어냈다. 거센 콧김과 함께 몸집이 저 위
천장에 닿을 만큼 커진다.

"네가 그런 것이냐? 오호라. 네년이 장난질을 친 것이구
나! 그날 그 혼 하나 때문에 몇 명이 불려가 곤장질을 당한 줄
아느냐? 염라대왕님께서 직접 곤장을 휘둘러 아주 뼈마디를
자근자근……."

"누가 내가 했다 하였나? 소문 짜잘하게 났느니. 일 한 번
개판으로 한다고 해서 걱정이 되어 일러주는 것을."

혀를 차는 여희의 대꾸에 저승차사가 일그러진 얼굴로 스
스슷, 다시 본래 크기로 돌아왔다. 입으로 연신 욕설을 내뱉
으며 귀명부에 붓질을 현란하게 했다. 그러곤 흘긋 옆을 보
고, 또 보더니 헛웃음을 픽 터트렸다.

"별꼴이구먼. 이놈은 뭘 안다고 그렇게 널 쳐다보고 있누.
아는 사이냐?"

"……살다 옷깃 한 번 스친 적이 있을 수도 있겠지."

여희는 앞을 보았다. 보이는 것은 아무것도 없었다. 본디 혼은 볼 수 있는 것이 아니었다. 계집의 혼을 볼 수 있었던 것도 미리 주를 걸어놨기 때문이었다. 주도 걸려 있지 않고, 육신도 잃었으며, 귀가 되지도 않은 백영의 혼을 여희가 볼 수 있는 길은 없었다. 저승차사가 허공을 쿡 찔렀다.

"아, 이놈아! 걸으란 말이다! 생전 기억 내가 다 뽑아가 아는 것도 없을 텐데 웬 미련이야, 미련이. 거참."

어희는 저승차사를 지표 삼아 그 부근을 뚫어져라 보았다. 두 번이나 더 허공을 찔러대고 나서야 말에 올라탄 저승차사는 박차를 가하기 전, 여희에게 말했다.

"너도 허튼짓 하지 말고 네 땅으로 돌아가라. 내 오늘은 증거가 없어 그냥 놓아주지만 하나라도 꼬투리가 잡히는 날엔 아주 요절을 내줄 것이다."

말이 위로 펄쩍 뛰었다. 높이 솟은 나무를 지지대 삼아 궁의 지붕을 훌쩍 넘더니 이내 어두운 밤하늘을 가로질렀다. 멀어지는 그 모습을 멀거니 보다가 여희는 미련 없이 영궁을 나왔다. 후원을 지나 후궁전 담벼락을 돌아 찾아간 곳은 소의가 있는 예궁이었다.

소리 없이 마루에 올라 여희를 반기듯 열리는 문에 발을 들여놓았다. 자고 있는 소의의 옆에는 비단 이불로 싸매어놓은 아기가 있었다.

여희는 아기를 안아 들었다. 희한하게도 백영을 아주 많이 닮아 있었다. 발치에서 개가 꼬리를 살랑살랑 쳤다. 여희는 개의 주둥이를 슬쩍 쓸어주었다.

"······헉. 뉘, 뉘시오?"

잠결에 눈을 떴던 소의가 소스라치며 일어났다. 어둠 속에서 무언가를 가늠하듯 눈을 가늘게 뜨더니 "첩여마마님 아니십니까." 하며 온전히 정신을 차렸다.

"이게 무슨······ 이 시간에 어인 일로다······."

제 아이가 남의 품에 있는 것이 못내 불안한지 소의가 연신 여희와 아기를 번갈아 바라보았다. 여희는 아기에게서 눈을 떼지 않으며 소의의 품에 건네주었다.

"네 아이가 다음번 황제가 될 것이다."

아기를 안아 든 소의의 눈이 휘둥그레졌다.

"그러니 이젠 어미답게 정신 단단히 붙들고 있으려무나."

"대관절 무슨 말씀을 하시는지······."

"백영이 죽었다."

소의가 입을 벌리고 여희를 올려다보았다. 쉼 없이 눈을 깜박이다 불현듯 아기를 안아 든 손에 힘을 주며 바싹 끌어안았다. 손힘에 놀란 아기가 칭얼거리다 이내 울음을 터트렸다. 소의는 아이를 달래지도 않고 굳은 얼굴로 여희를 빤히 보기만 했다. 그런 소의를 향해 여희가 미소 지었다.

"일영은 네게 아주 좋은 허수아비가 되어줄 것이야. 그러니 그 뒤에서 명줄 잘 붙잡고 있으렴. 허고, 이 애가 열두 살이 되거든 태강에 있는 교향사로 와라."

여희는 자리에서 일어났다. 저 앞에서 아기 울음소리에 놀란 궁녀들이 뛰어오더니, 나가는 여희를 힐끔거리면서 얼른 소의가 있는 곳으로 들어갔다.

후궁전을 나온 여희는 대궁을 향해 걸었다. 일영이 어디에 있는지는 물어 찾을 것도 없었다. 진득하니 나는 피 냄새를 따라가면 되었던 것이다.

여희는 일영의 앞에 섰다. 귀명부에 이름이 새겨질 듯 말 듯 한다더니 과연 그래 보였다. 퍼석하게 마른 얼굴, 하얗게 돋아난 입술이 병색이 완연해 그 얼굴을 훑듯이 보며 그 옆에 앉았다.

일영이 살아 있는 이유는 단 하나, 백영이 그러기를 바랐기 때문이다. 여희는 입을 벌려 붉은 구슬 하나를 토해냈다. 혼을 버려두고 정신을 빼고 있는 일영의 입을 벌려 그 구슬을 흘려보냈다. 여희가 가진 아홉 생 중 하나의 생이 일영에게 넘어가는 순간이었다.

이윽고 잔 숨만 내뱉던 일영의 가슴께가 들썩이더니 곧 눈이 가물가물 뜨였다.

"일어났냐."

초점 없이 허공을 헤집던 시선이 여희에게 닿았다.

"너를 도왔던 설가는 그 팔촌까지 멸을 당하였느니. 제일

참혹하게 죽은 것은 설지환이다. 사지를 도륙 내어 돼지에게 던져줬더니 그것들도 마다하여 별수 없이 똥통에 넣었지 뭐냐."

이리 보고 있자니 백영을 많이 닮은 얼굴이었다.

"귀비는 사약을 받아 죽었다. 설지환이 그래도 제 동생이라고 귀비마마께오선 하나도 모르는 일이시다 외쳐댄 탓에 운이 좋았다면 그냥저냥 넘어갔을 일을, 하필 만신이랑 손잡고 헛짓거리 한 게 걸렸지 무어야."

일영의 몸이 덜덜 떨리기 시작했다. 눈 흰자위에 실핏줄이 터져 벌겋게 물들어갔다.

"한 번에 죽지를 않아 궁인 넷이 달려들어 사지를 결박하고 다시 한 번 사약을 부어야 했느니. 몸에 달린 구멍이란 구멍에서 죄다 피가 흘러나와 그 어여쁘던 얼굴도 못 알아볼 지경이 되었지 뭐냐."

일영은 흡사 발작이라도 하는 것 같았다. 여희는 그것이 못내 안타까워 일영의 머리를 부드럽게 훑어 넘겨주었다. 백영을 보고 있는 듯했던 탓이다. 일영이 목에 핏대를 세우며 소리쳤다. 그러나 나오는 것은 괴이한 신음성이었다.

"으, 으, 우……."

"가엾은지고. 제 오라비가 딴 짓만 안 했어도 살았을 것을. 피붙이가 뭔지. 안 그러냐? 생각 많고 욕심 많은 제 오라비 때문에 괜히 저까지 화마를 입은 것 아니냐."

236

일영이 눈을 부릅떴다. 여희는 자리에서 일어났다. 일영의 눈동자가 여희를 따라왔다.

"백영은 편히 갔느니. 참말 다행이지 않니. 크게 앓는 것 없이 잠자다 잘 떠났다."

갈가리 찢을 듯이 노려보는 일영의 눈꼬리를 타고 투명한 눈물방울이 흘렀다. 여희는 일영을 내려다보며 자애롭게 미소 지었다.

"일영아, 네 형이 제 명줄과 뒤바꿔 너를 살리고 갔구나. 그러니 살아서 매일같이 숨을 쉬어라. 세상천지 남은 것은 이제 너 하나다. 그러니 너 하고 자운 것 모다 하고 살렴."

깜박이는 일영의 눈에서 빛이 꺼져갔다. 산 숨에 죽은 눈을 하고 있는 일영을 두고 여희는 대궁을 빠져나왔다.

대화루를 지나 후원을 넘어 후궁전에 도착한다. 영궁 안에는 육신만 남은 백영이 있었다. 여희는 고승이 주었던 가락지를 삼키고 백영의 곁에 나란히 누웠다. 동이 트고 있었다. 영아, 너 원하는 것 모다 이루었으니 이생에 빚은 없음이다.

간밤 사이, 태자의 용태를 살펴보려 영궁을 찾은 어의가 뒤로 넘어가며 태자의 죽음을 알렸다. 한 상궁이 넋이 나간 얼굴로 뛰어왔다. 여희는 계집의 거죽에서 빠져나와 걸었다. 일영이 살아나고 백영이 죽음에 사람들이 바빠졌다. 삼삼오오 무리지어 이리 뛰고 저리 뛰는 그 사이로 여희는 황궁을 가로질러 나아갔다.

한 무리 속에서 굳은 얼굴을 하고 잰걸음을 하던 고승이 여희와 지나칠 적에 문득 옆을 돌아보았다. 고승에게 뭐라고하며 걷던 학자 하나가 부르며 재촉했다. 고승은 한참 동안 뒤를 보다 다시 걸음을 했다. 여희가 황궁의 대문을 나서자 그 안쪽 동백나무의 꽃이 떨어졌다.

여희는 날듯이 땅을 넘어가 태강으로 갔다. 산 중턱을 오르자 그 너머로 으리으리한 절 하나가 보였다. 백영이 까무러칠 것이라 호언장담한 이유가 있었다. 아무것도 없는 맨땅에 정말로 크나큰 호화로움이었다.

"마마님!"

양양이 손을 흔들며 뛰어왔다.

"잘 있었냐."

"영영 아니 오시는 줄 알았습니다. 이제 모다 끝난 것인가요?"

"그래. 다 끝났다."

여희는 교향사 안으로 들어갔다. 절은 절인데 불상 하나 세워져 있지 않았다. 둘러보는 시선 끝에 지난날, 백영이 예쁘다 꺾어 왔던 것과 같은 꽃이 한 아름 놓여 있었다. 군데군데 시들어 바스러진 것이 있으면 아직까지도 생명력 뿜내며 싱그러운 것도 있었다.

"네가 갖다놓은 것이냐."

"아니요. 제가 올 때에도 이것이 이렇게 있었습니다."

양양이 쪼르르 달려와 말했다. 여희는 꽃을 보다가 놓여 있던 자리에 던져놓고 고개를 돌렸다.

생이란 이렇게 흐르고 흘러 또 흐르는 것이니. 억울할 것 도, 슬퍼할 것도 없구나. 창들이 활짝 열렸다. 바람이 부드럽 게 휘몰아치며 몰려들어왔다. 교향사를 두르고 있는 풀무덤 냄새가 싸리하게 맡아졌다.

겨울이 가고 있었다. 봄이 온 것이다.

귀향

꿈을 꾸었다. 눈을 뜬 여희는 가만히 천장을 올려다보았다. 그토록 선명했건만, 무엇을 꾸었는지 더듬는 동안 희미해졌다. 풀벌레 우는 소리가 들려왔다. 여희는 자리에서 일어났다. 무엇이었는지는 모르지만, 누가 나왔는지는 알 수 있었다. 백영이다.

때때로 여희는 꿈속에서 백영을 그렸다. 이는 백영이 떠나고 보름 후부터 시작된 일로, 어쩐 일인지 잊을 만하면 계속해서 꿈을 꾸고 있었다. 꿈속에서 백영은 백영이다. 그 얼굴도, 몸도 모다 실제와 같았으나 일어난 채로 더듬으려 들면 그 잔상이 희미해졌다. 관자놀이를 매만지던 여희는 작게 혀를 찼다.

"별 같잖은 꼴을 봤더니 길게도 가는구먼."

바스라진 생에 대한 안타까움은 백영이 삼도천을 건너는 때에 모다 사라졌을 터인데, 어찌하여 계속 백영에 대한 꿈을 꾸는지 알 수 없는 노릇이었다. 가만히 어둠 속을 응시하던 여희는 한순간 창가로 눈을 돌렸다. 울고 있던 풀벌레 소리가 죽은 채였다. 사위가 어둠에 눌리듯 고요해진 밖을 가만히 보던 여희는 자리에서 일어나 바깥으로 나갔다.

옅은 열기가 묻어나는 바람 저 끝에서 우차가 다가오고 있었다. 여희는 몸을 돌려 허리를 반듯하게 세웠다. 허공을 가로질러 다가온 우차가 곧 풀무덤 위로 내려앉았다. 집채만 한 황소가 대가리를 천천히 좌우로 털었다. 문가에 달린 발이 올라가는 것을 보며 여희는 무릎을 굽혔다 폈다.

"한효님, 오셨습니까."

내리깐 눈에 하얀 이무기의 반들거리는 몸통이 보였다. 그러나 얼굴을 들었을 때, 그곳엔 호리호리한 몸에 눈부신 백발을 지닌 남자가 있었다. 칠방신 중의 하나인 한효가 소리도 없이 걸어 여희에게로 다가왔다.

"잘 있었냐."

"저야 늘 그만저만하지요. 그간 무탈하셨는지요."

"그래. 네년의 일만 아니라면 말이다."

한효가 톡 쏘아붙이고 여희의 어깨 너머를 보았다.

"황태자의 첩질을 하더니 팔자가 좋아졌구먼? 돌덩이에 기둥이 다 세워지고 말이다."

세로로 서 있는 금빛 눈이 여희에게 닿았다. 여희는 대답 대신 입 끝을 살짝 올렸다. 한효가 가소롭다는 듯이 콧소리를 내고 발을 옮겼다. 발로 밟고 있는데도 그 밑의 풀이 하나도 눌리지 않는다.

한효는 풀 위를 날듯이 걸으며 말했다.

"네 인간 수명에 장난질을 쳤다지."

"예."

"왜 그랬니."

다 죽어가던 일영을 떠올렸다. 일영이 살길 바란다던 백영의 말도 떠올랐다. 그러나 일영을 살리기로 한 것은 일영을 보고 난 후의 일이었다. 불현듯, 그 얼굴을 보고 있자니 살리고 싶어졌다. 해서 여희는 그대로 입을 열었다.

"살리고자 하는 마음이 들어 살렸을 뿐입니다."

"황태자 때문이냐?"

"이 일은 백영과 관계가 없습니다."

"헌데 그놈은 어이하여 너의 벌까지 제게 달라 그 난리냐."

여희는 고개를 들었다. 한순간 심장이 크게 고동쳤다.

"······백영을 만나셨습니까?"

"그래. 염라와 함께 구경으로 놈의 생을 보고 있는데, 네가 나타나자 빌빌거리며 이것은 모다 자기 탓이니 네게 줄 벌도 제게 달라 간청하지 뭐냐."

한효가 재미있다는 듯이 말했다. 여희는 눈을 내리깔았다. 저도 모르게 주먹 쥔 손을 발견하고 천천히 풀어낸다. 오지랖이 넓기도 넓은 인간이었다. 분수도 모르는 것은 지옥도에 가서도 여전하여 우스운 꼴을 부리는구나.

"해서, 그 말대로 해주기로 했다."

여희는 화들짝 고개를 들었다.

"저가 그렇게 다 지고 가겠다는데 말릴 이유는 없지. 아니 그러하냐."

한효가 흘긋 여희를 보았다. 세로로 선 이무기의 황금빛 눈이 그 속까지 꿰뚫고 보겠다는 듯이 진득하니 형형한 색을 발했다.

"아님, 너도 황태자의 벌을 대신 받겠다 내 옷자락을 잡고 늘어질 테냐."

"……굳이 그리하겠다 하면 저 또한 말릴 이유가 없지요."

한효가 웃음을 터트렸다. 같이 웃지 못한 것은 여희 하나 뿐으로, 한효는 무엇이 그리 재미진지 실컷 웃고는 우차를 향해 몸을 틀었다.

"이번 일은 이리 넘어가나 너는 앞으로 행실을 똑바로 해야 할 것이다. 고작 인간 하나에 이게 뭔 꼴이냐. 덧없음이다."

한효가 우차 안으로 몸을 싣고, 발이 내려갈 때 그 밑으로 이무기의 두툼한 꼬리가 헤엄치며 안쪽으로 사라졌다. 황소가 발을 구르자 우차가 따라 움직였다. 허공에 떠올라 푸르스름한 하늘을 가로질러 나아간다.

여희는 앞을 보았다. 마을 전경 저 너머로, 궁이 보였다.

궁을 보는 동안 목구멍이 꽉 조이는 듯한 기분이 들어 시선을 돌렸다. 별이 사라지고 하얗게 빈 달이 구름에 가려지기 시작한 하늘 속에서 저도 모르게 지옥도가 있는 방향을 더듬기 시작했다. 백영의 육체는 땅에 묻히고 없지만, 혼은 저곳에 있었다.

"미련한 것. 제까짓 게 뭐라고 벌을 제가 다 받겠다, 어쩐다…….”

말을 하다 말고 여희는 입을 다물었다. 자꾸만 백영의 꿈을 꾸고 있었다. 어이하여 이렇게 머릿속을 헤집는 것이냐 했더니, 머리가 아니라 마음이었던 모양이다. 인간의 거죽을 너무 오래 두르고 있었나 보다. 얼토당토않게 그리움을 느끼고 있는 이 모양새라니. 한효의 말이 옳다. 어찌 이렇게 덧없을 수가 있는가. 그러면서도 여희는 동이 터, 붉은 해가 대지를 비출 때까지 지옥도가 있는 곳에서 시선을 돌리지 못했다.

소의의 아들 연친이 열둘이 되던 해, 소의가 교향사를 찾아왔다. 영궁이라 불리던 계집의 거죽을 벗었기 때문에 알아볼 리 만무한데도, 여희가 제 신체를 끌고 맞이하자 한참을 지그시 들여다보더니 마마님, 이라고 칭하였다.

"네게 오라비가 하나 있다지.”

"예. 그렇긴 하온데 오라버니는 어인 일로다…….”

"오필섭의 여식과 가약을 맺게 하여라. 남자를 잘못 만나

244

소박을 맞긴 하였다만, 근본은 아주 참한 계집이야. 오필섭의 집안이 연친의 기둥이 되어줄 것이다."

그 이듬해, 소의의 오라비인 민예준과 오필섭의 여식인 오필영이 혼례를 올렸다. 오필섭은 황궁의 뼈대 있는 문관 출신으로, 쪽박 살림이던 민가를 대신해 연친에게 든든한 뒷배가 되어주었다.

연친은 날이 갈수록 백영과 판박이가 되었는데 기이하게 그런 연친을 일영은 가장 아끼고 찾곤 했다. 일영은 보위에 오른 내내 황궁 안팎으로 성군이라 그 명성이 자자했으나 결코 비를 맞이하지 않았다. 신하들이 후손을 거론하며 갖은 청을 올려도 그것만큼은 고집을 꺾지 않고 받아들이지 않았다.

연친이 열다섯이 되던 해, 갑작스레 난 열이 며칠이 가도 떨어지질 않아 궁이 소란스러워졌다. 처음에 소의는 그를 여희에게 말하지 않았으나, 교향사에 찾아올 때마다 낯빛이 점차 죽어가는 것이 심상치 않아 여희가 캐물으니, 그제야 지난밤에는 어의도 놀랄 정도로 열이 올랐다 털어놓았다.

"그를 왜 이제야 말하는 것이야?"

"마마께 너무 기대는 것도 염치가 없기에……."

"헛, 받을 거 다 받아 가놓고 뭔 헛소리냐."

타박하자 소의의 얼굴이 붉어졌다. 세월이 흘러감에 소의에게도 예전 같은 젊음은 없었으나 순진하고도 맹한 얼굴은 예전 그대로라 여희는 잠시 그를 보다가 몸을 일으켰다. 창가에 드리워진 나뭇잎을 따다 입바람을 호, 하고 불자 푸른 잎이 흰 배꽃으로 화하였다. 배꽃은 소의의 손바닥 위에 떨어지면서 검지 손톱 크기의 구슬로 변하였는데, 여희는 그 구슬을 궁의 대문 밑에 심어두라고 말을 해두었다.

"허고, 연친의 방문을 열어두어라. 내 축시에는 궁으로 갈 테니 넌 이 구슬을 잘 심어놓아야 한다."

"마마⋯⋯."

"그런 얼굴 할 거 무에 있냐? 누가 공으로 해준다던? 넌 다음번 교향사에 올 적에는 한 가마는 되는 공물을 지니고 와야 할 것이다."

소의가 눈물 섞인 눈으로 웃었다.

"암요, 한 가마뿐입니까. 두 가마도 들여올 것입니다."

여희는 귀찮다는 듯이 손짓으로 소의를 내보냈다. 서둘러 떠나는 소의를 보면서 양양이 옆에서 조그맣게 물어왔다.

"괜찮으시겠습니까? 지난번처럼 또 궁에 갇히면 어이합니까?"

"그땐 천술이 있는지 몰랐으니 걸린 것이지. 내 력이 섞인 배꽃을 심어두었으니 이번 참엔 쉽게 넘나들 수 있을 것이다."

"그나저나 궁이라니. 그곳에서 못 빠져나올 때에는 그리 지겹더니만, 다시 갈 생각을 하니 오랜만이란 생각이 드니 신기하지요?"

"……그렇군. 오랜만이긴 허지."

궁을 떠나 온 지도 15년 만이었다. 여희가 그리는 생에 비하면 이것은 찰나 같은 시간이었지만, 이 세상의 흐름으로 보자면 그리 짧은 시간도 아니었다. 막연하게, 다시는 그 궁에 발 들일 일은 없다 생각했건만 생이란 참으로 알 수가 없었다. 그리고 불시에 깨달았다. 백영이 없음에도 여전히 백영과 연관된 일에 닿아 있음을.

축시. 지닌날, 계집의 혼을 뒤집어쓴 초록 나비를 따라 내려왔던 것처럼 길을 내려와 대문에 당도했다. 발을 들여놓았다 빼내자 아무 느낌도 없었다. 소의가 당부에 따라 제대로 심어놓은 듯했다. 여희는 날듯이 대문을 넘어가 연친의 궁으로 갔다.

열이 떨어지지 않는다더니 과연, 입술이 하얗게 세고 미약한 숨이 금방이라도 넘어갈 것처럼 더운 기운을 품고 헐떡이고 있었다. 이마에 손을 대자, 서늘한 기운이 느껴진 것인지 연친이 눈을 가물거리며 떴다. 여희를 확인한 연친이 몸을 일으키려 해 여희는 손에 힘을 주어 도로 눕혔다. 열두 살 때 처음 여희를 본 이래로 연친도 제 어미처럼 깍듯하게 여희를 대했다.

"……송구스럽습니다. 몸이 불편한지라…… 인사도 드리지 못하고……."

갈라진 목소리가 띄엄띄엄 낮게 울렸다. 곁에 있던 소의의 얼굴에 더욱 큰 근심이 퍼진다.

"에구. 열병에 단단히 걸린 모양이어요."

양양이 걱정스러운 얼굴로 머리맡에서 연친을 내려다보았다. 소의가 교향사에 공물을 올리기 시작한 후로 양양의 소의 생각은 유난할 정도라 이번에도 기어코 따라와 이 극성이었다.

문득, 양양이 주위를 훑어보며 중얼거렸다.

"그나저나 개가 안 보이네요? 이 정도면 그 사납이가 난리가 났을 터인데 어쩐 일일까요."

그것은 여희도 궁금한 참이었다. 찬찬히 주위를 훑었지만 어디에도 개가 보이지 않았다. 연친과 동화된 이후, 개가 연친에게서 떨어진 적은 단 한 번도 없었다. 여희는 자리에서 일어나며 소의에게 말했다.

"연친의 명은 여기서 끝날 일이 아니니 그리 울상 지을 것 없다."

소의의 얼굴이 눈에 띄게 풀렸다.

"내 잠깐 확인할 것이 있으니 여기에 있으렴."

밖으로 나온 여희는 궁을 한 바퀴 둘러보고 두 손을 펼쳤다. 궁에 드리워진 나무들이 바람을 맞은 것처럼 쏴아 하며 정신없이 이파리를 흔들며 뒤로, 또 뒤로 퍼져나갔다.

"마마, 저기!"

양양이 새된 소리로 외쳤다. 올려다보니 남쪽 중앙부, 그곳 나무만이 이파리가 전부 떨어져나가 허공에서 휘날리고 있었다. 여희는 빠르게 움직여 담벼락을 디디고 나뭇가지 끝에 올라 나무들을 건너 뛰어갔다.

이파리가 사라져 앙상하게 가지만 남은 나무 아래, 개가 누워 있었다. 다 죽어가면서도 여희를 확인한 개가, 그래도 아는 사람이라고 꼬리를 힘없이 흔들었다. 여희는 인상을 쓰면서 개를 살폈다. 눈은 붉게 충혈되어 있고, 긴 주둥이 끝엔 하얀 거품이 맺혀 있었다.

여희는 개를 품에 안아 주둥이를 길게 벌리게 하고 그 안에 손을 밀어 넣었다. 개가 몸을 부들부들 떨었다. 좀 더 손을 집어넣어 목구멍 안쪽을 헤집자 미끌거리는 것이 잡혔다. 그대로 휘감고 빼내자 검은 뱀이 딸려 나왔다. 옆에서 양양이 작게 비명을 질렀다.

"에그! 이게 뭐야!"

"연친의 사념이다."

"사념이요?"

여희는 검은 뱀을 그대로 움켜쥐고 개를 살폈다. 충혈된 눈이 점차 가라앉았고, 힘이 빠졌던 몸에도 점차 기운이 스며드는지 비틀거리면서도 앉으려 애썼다.

여희는 차가운 얼굴로 몸을 돌렸다. 연친의 궁으로 가니 궁인 둘이 연친의 방에서 바삐 빠져나오는 중이었다. 안으로 들어서자, 연친의 얼굴을 만지고 있던 소의가 밝아진 얼굴로 여희에게 기쁘게 말했다.

"마마님, 열이 내려갔습니다!"

여희는 가만히 연친에게 다가가 검은 뱀을 내던졌다. 소의가 깜짝 놀라 비명을 질렀다.

"분수를 알라. 내 너를 왕으로 만들어준다 했더니 지금 왕이라도 된 것 같으냐?"

연친이 다 갈라진 입술을 힘주어 다물었다. 여희와 연친을 번갈아 바라보던 소의가 조용히 입을 다물더니 연친에게 대고 있던 손을 거두어들였다. 여희는 연친을 쏘아보면서 검은 뱀의 머리를 밟아 터트렸다. 뱀에게서 피 대신, 짙은 재가 날렸다.

"총명하다 어르고 얼렀더니 제 어미 머리 위에서도 놀려드는군. 곁에서 알은체하지 말고 속부터 채우라. 일영이 아무리 손을 안 보았다 한들, 이 궁에 들어올 태자가 하나 없으랴? 이 궁에 얼마나 많은 태자들이 오고가는지는 네가 더욱 잘 알 터."

연친이 힘겹게 침을 삼켰다. 눈을 내리깔고 붉어진 얼굴로 까끌까끌 입을 열었다.

"……알고…… 있습니다. 제 철없음에…… 부끄러울 뿐입니다…….'"

뒤늦게 들어온 개가 낑낑거리며 제 주인의 얼굴을 핥았다.

그를 보며 여희는 코웃음을 쳤다.

"그래도 제 주인이라고 네 사념까지 먹어치우려다 탈이 난 네 개를 보니, 정말이지 할 말이 없구면."

연친의 얼굴이 더욱 붉어지고 시선이 무언가를 찾는 것처럼 이곳저곳을 헤맸다. 연친은 세상 밖으로 나온 후, 개를 보지는 못했다. 그러나 기운이 느껴지는 듯, 개가 붙어 있다는 말을 해줬을 때에는 놀라지 않고 금방 납득을 했었다.

여희는 한숨을 내쉬며 자리에 앉았다.

"중심 잃지 말라. 정신을 붙들고 살란 말이다. 뭔 말인지 알겠냐. 요번 참은 네 개가 너를 살렸으나 다음에는 개를 잃을 수도 있는 것이다."

"명심, 또 명심하겠습니다."

연친이 아직 병색이 깃들어 있으나 다부진 얼굴로 말했다. 건너편에서 소의가 머리를 숙였다. 제 자식의 모자람에 용서를 구하는 어미의 모습이었다. 여희는 혀를 찼다. 소의의 자식이라 마음을 놓았더니 큰 착각이었다. 소의의 자식일 뿐, 소의는 아니었던 것이다.

그러나 연친의 이 사념도 이해 못 할 것은 아니었다. 어른스러운 체를 해도 아직은 아이였다. 주위에서 하나뿐인 태자라 떠받드니 그 흥에 실려 가지 못할 것도 없다. 개를 보았다. 완전히 기운을 차린 개는 연친의 얼굴만 보며 꼬리를 흔들고 있었다. 연친에게서 해가 되는 것을 막으라 해뒀더니 용케 연친의 사념마저도 알아채서 먹어치우고 있었다. 모르긴 몰라도, 이것의 충심이 이리도 강직하니 나중에는 영물로 화할 것이다.

"네 어미에게 잘해라. 네가 이리 보살핌을 받는 것도 모다 네 어미가 있은 덕, 네 어미가 아니었다면 이루어지지도 않았을 일이다."

"어머님께 받은 은혜를 제가 어찌 잊겠습니까. ……다시는 이런 일이 없을 것입니다."

"알면 됐느니. 쉬어라."

여희는 자리에서 일어났다. 나가는 여희를 따라서 소의가 바깥으로 나왔다.

"마마님. 어찌 감사의 인사를 올려야 할지…… 정말 감사합니다. 연친이 또 한 번, 마마님의 은덕으로 살아났습니다."

"그 감사 인사는 두 가마의 공물로 하기로 한 거 아니었냐?"

돌아보자 눈을 휘둥그레 떴던 소의가 곧 눈꼬리를 곱게 접으며 웃어 보였다.

"예. 그리하기로 하였지요."

양양이 옆에서 박수를 치며 좋아했다. 궁의 중앙 문을 막 넘었을 적, 까만 밤길에 불빛이 드리우더니 초롱불을 든 궁인 서너 명 뒤로 일영의 모습이 드러났다. 먼저 알아본 소의가 무릎을 굽히자, 일영이 빠른 걸음으로 궁인들을 제치고 다가와 소의의 몸을 직접 붙잡고 일으켰다.

"폐하께서 이런 야심한 시각에 어인 일이신지요?"

"연친의 열이 내려갔다 들었습니다. 이제 괜찮은 겁니까?"

"폐하께서 염려해주신 덕분인지 언제 앓았냐는 듯이 금세 기운을 차리셨습니다."

일영의 얼굴 위로 안도가 지나갔다. 그것을 여희는 기이한 기분으로 보았다. 소의와 연친에게만 보이는 여희는 지금, 일영과 그 궁인들에게는 보이지 않는다. 걸음을 옮겨 일영의 앞에 선 여희는 찬찬히 일영을 뜯어보았다. 예전과 달라진 것은 머리 길이와 눈가의 주름으로, 이목구비는 그대로였다.

문득, 일영이 어깨에 걸친 짐승 터럭이 눈에 걸렸다. 자세히 보니 그것은 지난날 백영이 사냥에서 잡아온 터럭으로, 설 귀비에게 하사했던 것이었다.

여희는 작게 탄성을 흘렸다. 황금빛으로 발하던 그 터럭은 세월에 밀려 희게 변했지만 그 고매함은 여전했고 일영의 집념 또한 그대로였다. 터럭 끝, 짐승의 얼굴과 눈이 마주치자 오열하고 있는 일영의 잔상이 눈앞에 펼쳐졌다.

설궁, 설 귀비의 방 안에서 일영은 터럭을 부여잡은 채 울고 있었다. 귀비의 모든 것은 귀비가 사라질 적에 같이 없어졌을 터였다. 어디에서 살아남아 있던 터럭인지, 길었던 제 수명만큼이나 떠난 후에도 명이 긴 놈이었다.

울고 있는 일영에게 말을 걸었다. 너의 정은 귀비와 함께 사랑하기 위함인가, 아니면 네 자신만의 것인가. 이 정도면 너의 연정은 네 홀로만의 것이니, 그때에도 지금도 이루어질 수 없음이다.

일영이 발걸음을 옮기면서 잔상이 깨졌다. 여희는 저를 지나쳐 가는 일영을 빤히 바라보았다. 다 죽어가고 있던 그때에는 백영을 닮은 것 같더니, 이제 보니 백영과는 닮은 구석이 하나도 없었다. 일영은 백영보다 조금 더 선이 굵었고, 조금 더 중후한 멋이 생겨나 있었다.

소의가 일영의 뒤를 따르며 보이지 않게 인사를 건네와 여희도 고개를 끄덕여주었다.

몸을 돌려 걷던 여희는 문득, 후원에서 발을 멈추었다. 교향사에 있을 적에는 잊은 것처럼 단 하나도 생각이 나지 않더니 어찌 여기에 오니 이리 낱낱이 생각이 나는 것이냐. 하다못해 그때 그 호수 끝, 설 귀비의 뒷모습도 생각이 나니 이상한 노릇이다.

"마마님, 어디 가십니까?"

양양의 목소리를 뒤로하고 여희는 발길을 틀었다. 익숙한 길목이 보였을 때에는 저도 모르게 발이 빨라져 깨닫고 보니 영궁 앞이었다. 여희는 웃음을 터트렸다.

"비루먹은 것은 여전하구먼."

문을 밀자 삐걱거리는 소리가 허공에 울려 퍼졌다. 인기척 없는 앞마당은 사람 손이 닿은 지 오래인지 두서없이 자란 풀무더기로 가득했고, 문에 달린 창호지는 닳을 대로 닳아 조금만 손을 내노 그대로 구멍이 뚫릴 것 같았다.

백영이 죽으면서 백영의 비빈들로 가득했던 후궁전도 쇠락했다. 대다수가 이런저런 이야기로 궁을 떠났고, 그중 가장 열악했던 영궁은 더 볼 것도 없었다. 아모도 여기에 영궁이 있었다는 사실을 모를 것이다. 백영이 있었고, 그 태자가 이 영궁 문턱이 닳도록 드나든 것 또한 이젠 잊힌 일이다.

여희가 손가락을 튕기자, 문이 돌아온 주인을 반기듯 활짝 열렸다. 쿰쿰한 냄새가 나는 방 안을 둘러본 여희는 화로 근처에 자리를 잡고 고개를 돌렸다. 굳게 닫혀 있던 창문이 쌓인 먼지를 밀어내면서 열렸다. 저 멀리서 쏟아지는 달빛이 그 어느 날 밤을 연상시킨다. 노랗게 빛나는 달을 보면서 여희는 백영을 생각했다.

백영은 아직도 지옥도에 있을까. 아니, 어쩌면 윤회의 삶에 말리어 새로운 생을 살고 있는지도 모른다. 그렇다면 어디에서 어떤 모습으로 태어났을까. 다시 한 번 땅을 유랑하면 새로운 백영을 만날 수 있는 것일까. 알아본다면, 자신에 대해 무어라 설명을 해줘야 하는 것일까.

……생각하던 여희는 픽 웃었다. 너무나 허망한 물음들이었다. 그래도 단 한 가지 궁금한 것이 있었다. 다시 태어났다

255

면, 백영의 이번 생은 평안할 것인가. 여희는 하염없이 달을 보았다.

청명. 여드레 날, 십수 차례의 봄이 지나가 연친이 이립而立을 넘겼을 무렵, 일영이 연친을 황제의 자리에 올리고 사가로 나갔다. 즉위식이 열리기로 한 그날의 이른 새벽, 소의와 연친이 교향사에 찾아와 큰절을 올렸다.

"모다 마마님의 큰 은덕 덕분입니다."

"내가 한 게 뭐 있나. 있다면 너와 연친의 팔자이겠지."

소의가 미소 지으며 고개를 가로저었다.

"모든 것이 마마님의 보살핌 덕입니다."

소의를 보았다. 칠흑 같던 검은 머리는 은하수처럼 하얗게 세었고, 주름 한 점 없던 피부에는 세월의 흔적들이 새겨졌다. 태생이 악한 마음이라고는 품을 줄을 모르는 이여서인가, 그 숱한 시간이 흘렀음에도 소의의 기는 여전히 맑고 깨끗했다. 야속한 것이 있다면 세월이요, 달리 말하면 그것은 순리이니. 소의의 생도 조만간 바스라질 것이다.

문득 눈이 마주쳐 여희는 천천히 입을 열었다.

"네 워낙 살아생전 심보를 곱게 부려 죽어서도 걱정은 없겠구나."

소의가 눈을 휘둥그레 떴다가 이내 살짝 웃었다.

"그리 말씀해주시니 한결 마음이 편해집니다."

단아한 대답에 문득, 궁금증이 치솟아 여희는 물었다.

"너는 내가 누구라고 생각하느냐?"

"예?"

"니에게 교향사에 찾아오라 이른 이는 영궁일 터. 하지만 봐라. 나와 영궁은 다르지 않니."

가만히 여희를 보던 소의가 나직하게 미소 지으며 고개를 살며시 가로저었다.

"제가 보기에 그때에도, 지금도 마마님은 늘 마마님이셨습니다. 다를 연유는 어디에도 없지요."

소의가 부드러우나 강직하게 덧붙였다.

"저에게 있어 마마님은 언제나 마마님일 뿐입니다."

여희는 픽하니 웃었다.

"그러냐."

"암요."

밖에서 말이 울었다. 보채듯 가늘고 긴 소리가 엮인 울음소리였다. 한쪽에 가만히 앉아 있던 연친이 자리에서 일어나 밖으로 나갔다. 말을 달래는 것인지 연친의 목소리가 멀리서 들려왔다.

"저하께서도 단번에 알아보실 겁니다."

여희는 시선을 돌렸다. 소의가 부드러운 얼굴로 보고 있었다.

"태자 저하께서도 마마님을 알아보실 겁니다."

"……죽고 없는 이가 나를 어찌 알아보냐. 갈 때가 다가오니 희한한 소리를 하는구먼."

"저하께서 마마를 얼마나 아끼셨는지 아시지 않습니까."

여희는 눈살을 찌푸렸다.

"그놈은 나를 아낀 것이 아니라 여색이 강해 나까지도 탐했을 뿐이다."

"아니요. 저가 보기에 저하께서 진정으로 마음을 주신 이는 마마님 단 한 분뿐이십니다. 생에 단 한 명이었던 정인을 잊을 수 있을 리 없지요."

"그 저하는 너의 지아비이기도 했던 자. 헌데도 어째 그런 말을 잘도 하는구먼."

소의가 허리를 반듯하게 폈다.

"후궁전에서만 수십 년을 보내온 저입니다. 이 정도의 바늘 끝으로는 굳을 대로 굳은 제 살을 뚫지는 못하지요."

이제는 늙은 계집을 보던 여희는 웃음을 터뜨렸다.

"그렇군. 그리고 보니 그 후궁전에서 궁의 안주인이 된 유일한 비빈은 너로구나."

소의도 얼굴을 가리며 웃어댔다. 주름진 얼굴에 소녀 같은 해맑음이 떠올라 여희는 잠시 그것을 눈여겨보다 고개를 돌렸다. 문가에 말고삐를 잡은 연친이 서 있었다. 아래를 내려다보았다. 전보다 훨씬 건강해진 개가 여희와 눈이 마주치자 꼬리를 세차게 흔들면서 허공에다 고개를 쳐들고 짖어댔다.

"연친은 걱정할 것 없겠구나."

여희는 자리에서 일어났다.

"허니 너는 이제 교향사는 찾아오지 말고 푹 쉬다 가려무나. 때가 되면 내가 너를 다시 찾으마."

소의가 자리에서 일어나려 하자 연친이 서둘러 올라와 소의의 팔을 부축했다.

아무 말 않고 가만히 여희를 보던 소의가 금세 눈시울을 붉히고 소매 안에서 하얀 면포를 꺼내 눈가를 훔쳐냈다. 한두 번 가슴을 크게 들썩인 소의가 연친의 팔을 살며시 떼어놓았다.

"허면 마지막 인사 드리겠습니다."

소의가 천천히 절을 올리자, 연친이 그 뒤를 따라 절을 했다.

"마마, 건강히 잘 지내십시오."

"오냐. 너도 건강히 잘 있어라."

마당에 내려서 한 번, 가마에 오르기 전에 한 번, 소의는 차마 발걸음이 떼어지지 않는다는 듯 몇 번이고 뒤를 돌아보았다. 가마에서도 창문을 열어 이쪽을 보기에 여희는 어이가 없다는 듯 소리를 질렀다.

"아, 누가 보면 저랑 나랑 정 쌓은 줄 알겠구먼!"

멀리서도 소의가 웃는 게 보였다. 손을 흔들기에 빤히 쳐다보다 한 번 획 마주 저어주었다. 길을 따라 멀어지는 가마를 보면서 옆에서 양양이 아쉬운 듯한 목소리를 냈다.

"인간의 수명은 어찌 이렇게 짧은 걸까요? 간만에 인간과 연을 맺었더니 그네들의 삶이 찰나 같다는 것을 잊고 있었지 뭐예요."

"이 정도가 딱이니라. 저것들은 하루만 고달파도 못 살겠다 외치는 족속이니 말이다."

퉁명스레 내뱉고 여희는 몸을 돌렸다. 밤에도 따뜻한 기운이 완연하여 들판에는 온통 꽃이었다.

여희는 달콤하고도 씁쓸한 꽃향기를 맡으며 저 멀리를 바라보았다. 점처럼 작게 찍히던 가마가 이내 길에서 자취를 감추었다.

연친은 단국을 다스리던 황제 중 가장 총명한 황제로 기록서에 이름이 올라갈 정도였다. 연친이 비를 맞이하여 새로운 태자를 낳고 1년 후, 소의가 세상을 떠났다. 소의의 덕망은 궁 안팎으로 유명하여 8일장을 치르는 내내 많은 이들이 슬퍼하며 넋을 기렸다. 여희는 소의가 묻혔다던 소랑화를 찾아갔다.

해가 길어 나무마다 초록 잎이 가득하고 길에는 환한 빛이 수놓여 있으니, 무덤가임에도 음기가 하나도 없었다. 작은 사당에 향을 피워 올린 여희는 향 너머 이름패들을 무심히 훑었다.

가장 마지막에 소의의 이름이 있었다.

"무덤이 이렇게 맑기도 처음인 것 같습니다. 안 그렇습니까, 마마?"

주위를 두리번거리며 양양이 말했다.

"그렇군. 가기도 편히 간 것 같으니 더 볼 것도 없겠구나."

여희는 자리에서 일어나 치맛자락을 털었다.

그때, 누군가가 사당 안으로 들어서다 여희를 발견하곤 멈칫했다. 들어온 이는 남자로 얼굴이 갸름하고 희끗한 머리와 주름진 눈이 중년임을 알게 해주었지만, 젊었을 적에 꽤나 미남이었을 것 같은 단정한 얼굴을 하고 있었다. 남자가 눈짓으로 인사를 하고 뒤를 돌아보았다. 자연스레 그를 따라갔던 여희는 남자의 부축을 받으며 올라서는 백발의 노인을 뚫어져라 보았다.

일영이었다.

일영은 왼손에는 지팡이를 들고 오른손으로는 남자의 부축을 받으며 사당 안으로 천천히 걸음 했다. 명패 앞에서 눈을 감고 기도를 올린 뒤 남자의 도움으로 향을 피웠다.

"너도 인사 올려라."

일영이 말하자 중년의 남자가 공손히 대답했다.

"예, 아버님."

남자가 움직여 향에 불을 붙이고 살며시 흔들어 그 불길을 죽였을 때, 여희는 깨달았다. 이것은 동친왕이다. 옆얼굴이 설 귀비와 똑같았다.

이제는 백발의 노인이 된 일영이 고개를 돌리다 여희를 발견하곤 고갯짓으로 인사를 해 보였다.

가만히 보던 여희는 목만 살짝 움직여 답을 하고 그대로 몸을 돌려 사당을 나왔다.

마루청 아래 두 남자의 신발이 나란히 한 방향을 보고 있었다.

"결국엔 귀비의 한 자락은 얻어 가는구먼."

"예? 마마님, 지금 뭐라 하셨습니까?"

"아무것도 아니다. 가자."

바람이 불어와 나뭇잎이 춤추는 소리가 요란하게 울렸다. 남겨진 이도, 떠난 이도 무엇 하나 슬퍼할 것 없는 청명한 여름날이었다.

"왜 이렇게 양양을 괴롭히느냐?"

"괴롭히다니요. 저는 그저 제가 얼마나 양양을 좋아하는지 말해주고 있는 것뿐입니다."

여희는 주영의 턱을 잡고 가만히 들여다보았다. 연친에게 신의 도력을 쓴 탓인가, 이번 대의 아이는 귀鬼를 볼 줄 알았다. 연친이 황제의 자리에 오르고 나서 그 핏줄들은 대대로 때가 되면 교향사를 찾아왔는데, 주영은 교향사에 오자마자 양양을 알아보곤 졸졸 쫓아다녔다.

지금도 눈을 떼굴떼굴 굴려 양양을 보고 있었다. 움찔거리는 몸이 양양이 사라지기 전에 쫓아가고 싶은 눈치여서 여희는 그 몸을 놓아주었다.

"네 설마 요즘도 황궁에서 보이지 않는 것들을 보인다 날치는 것은 아니겠지."

달려가려던 몸이 멈칫했다. 주영을 데리고 교향사에 온 것은 그 아비였던 세환 황제였다. 저 혼자 귀를 보고는 그를 못 보는 궁인들에게 말을 해대니 깜짝 놀란 황제가 직접 안고 야밤에 교향사로 날아왔던 것이다.

이미 황가에는 연친의 피가 견고히 새겨져 있으나, 그래도 허공을 보며 헛소리를 하는 모양새는 허물이 될 수 있었다. 해서, 주영에게는 네가 보는 것은 다른 이들은 보지 못해 놀라 하니 티내지 말고, 그것에 관해 할 말이 있거든 교향사로 오라 누누이 일러둔 참이었다.

"하지 않긴 하였는데……."

"기면 기고 말면 마는 거지. 맥락이 뭐 그러냐."

주영이 입을 빼죽댔다.

"날치진 않았습니다. 다만, 저의 스승께는 말한지라……."

"스승? 그리고 보니 아까부터 계속 그자의 이야기를 하였지. 글공부라도 시작한 게냐?"

"제 스승께선 모다 알려주십니다. 글도, 검술도, 여인에 관한 것도."

263

"헛."

주영의 나이가 올해 몇이었나. 여희는 셈을 하다 눈살을 찌푸렸다. 6대째 보고 있으니 하나하나 세기도 어려웠다. 좌우지간 앞에 보이는 건 여인 운운하기에는 콩알만 하다는 것이었다.

"네 스승이란 작자도 할 일 없는 놈인가 보군. 가르칠 것, 안 가르칠 것 구분을 못 하는 것을 보니. 됐으니 글공부에 매진이나 해라. 네가 귀를 보는 건 둘째치고, 정말로 잘하면 네 대에서 황제 자리가 끊길 것 같으니 말이다."

"스승께선 제가 아주 훌륭한 사내가 될 것이라 하셨습니다. 허고, 사내가 여인에게 연심을 품는 것은 당연한 일이니, 제가 양양을 진정으로 귀애한다면 그 뜻은 통할 것이라 하셨습니다."

"그러냐."

저 멀리서 양양이 가슴을 퍽퍽 치며 고개를 설레설레 저었다.

"제 스승께서도 귀애하는 여인을 찾아 구만리를 걸었다 하셨습니다. 본디 다시 태어날 생은 이 땅이 아니었는데 염라와 태산께 간청하여 겨우 이곳에 내려오셨다고요."

여희는 주영을 내려다보았다. 천진한 어린 얼굴에는 백영을 떠올릴 만한 것이 단 한개도 없었다. 그도 그럴 것이 몇대째나 지나왔으니 그 후엔 뭐가 되었든 백영과 닮은 구석이 나오기는 힘든 것이다.

헌데 어이하여 지금 불쑥 백영이 생각나는 걸까.

"……귀애하는 여인을 찾아 구만리를 걸었다?"

"그래. 내 다리가 부러지는 줄 알았지 뭐냐."

"스승님!"

하나의 목소리가 단숨에 모든 기억을 이끌어냈다. 여희는 얼굴을 들었다.

그곳에 백영이 있었다. 백영이 주영의 머리를 도닥이며 여희를 보았다. 주영에게 뭐라 속삭이자 주영 또한 여희를 흘긋 보더니 백영에게 답을 돌려주고 뒤로 뛰어갔다.

"염라가 나를 어찌나 좋아하는지 제 밑에서 자꾸 일을 시키려 들어 바로 오지 못했다."

백영이 성큼성큼 다가왔다. 그러고는 여희의 얼굴을 이모 저모 살피기 시작했다. 문득 입가에 미소를 걸고 물었다.

"이것이 네 신체냐?"

"……그래."

"이걸 놔두고 억울해서 남의 거죽으로 어찌 살았느냐. 네가 기를 쓰고 돌아가고 싶어 했던 이유가 예 있었나 보구나."

백영은 변한 것이 없었다. 흰 피부에 단정한 얼굴이, 화사한 기색 가득하던 생전의 모습 그대로였다.

"여긴 어찌 왔냐."

"실없는 소리 하기는. 내 너를 찾아갈 테니 교향사에 있으

265

라 하지 않았느냐.”

“그렇지만 저승차사가 너를 데리고 갈 적에 너는 생의 기억을 모다 잃었을 텐데?”

백영이 바람에 날리는 여희의 머리카락을 잡아다 귀 뒤로 넘겨주었다.

“염라가 내 업을 나열하느라 구경에 내 생을 비추었을 때, 너에 관한 것은 내게 그대로 남겨달라 간청하였다. 그거 하나 얻겠다고 내가 몇 날 며칠을 빌었는지 아느냐.”

백영이 여희의 손을 잡았다. 그 손끝이 떨리고 있었다. 아플 만큼 꼭 옥죄고 한숨처럼 말한다.

“이 세상 아무 미련도 없었다만, 너는 자꾸 눈에 밟혀 후회가 되지 뭐냐.”

백영이 잡은 손을 끌어올려 그 손등에 입을 맞추었다.

“여희야, 네가 신이라 다행이다. 만약 네가 인간이었다면 서로가 윤회의 수레바퀴에 걸려 언제 다시 만날 수 있을지 알 수 없었을 테니 나는 영고의 세월을 염라의 지옥불에서 보냈을 것이야. 얼마나 네가 보고 싶었는지 모른다. 그러니 어서 나를 안아주려무나. 이제 나의 그리움을 끝내다오.”

백영이 숨이 막히도록 여희를 안아왔다. 저 너머, 양양과 그 뒤를 쫓는 주영이 보였다. 그 너머엔 지난날, 백영과 함께 지냈던 황궁의 끝자락도 보였다.

여희는 기꺼이 팔을 뻗었다. 가지고자 하는 것이 생긴 너의 이번 생은 더 이상 황무지가 아닐 것이냐.

여희는 눈을 감았다. 여희에게 시간은 많았다. 그는 모다
나중에 자연히 알게 될 것이었다.

해가 떨어지자 교향사 앞으로 짙은 청색 도복을 입은 자가
둘 내려왔다. 주영의 호위 무사다. 몇 번 이곳에 드나든 탓에
얼굴이 익어 여희를 보며 하는 목례를 눈짓으로 받아 넘기고
뒤에다 말을 했다.

"뭐하냐. 너 하나 데려가자고 둘씩이나 와 있는데."

주영이 마지못해 몸을 일으켰다. 한 걸음 한 걸음, 뭐가 그
렇게 미련이 남는지 그 발이 천근만근이다.

"허면, 스승님께선 사흘 후에 오시는 겁니까?"

"예. 그때 뵙겠습니다."

말에 올라탄 주영을 보며 백영이 부드럽게 답하자 작은 얼
굴에 침울함이 번져간다. 흘긋 시선을 들었던 주영의 얼굴이
더욱 침통해진다. 여희는 그 눈길을 따라 고개를 돌렸다. 거
기엔 이제야 살겠다는 얼굴로 방싯거리는 양양이 있었다.

백영이 뭐라 속삭이자 그제야 주영의 입가에 미소가 살짝
걸렸다. 가보겠다 고하는 인사에 고개를 끄덕였다. 말 세 마
리가 언덕을 따라 달려가기 시작했다. 그 말이 태강 아래로

내려가 안 보일 때까지 지켜보던 백영이 뒤늦게 몸을 돌렸다.

여희는 웃으면서 저에게로 걸어오는 백영을 지켜보았다. 모다 예전과 같다. 그 얼굴도, 키도 달라진 것이 없었다. 이윽고 코앞에서 발걸음을 멈춘 백영이 교향사를 올려다보았다.

"어떠냐. 내 너에게 까무러칠 것이라 하였지."

"그래. 맨땅에는 어울리지 않는 호화로움이더구나."

대답에 기분 좋게 웃더니 한순간 애달픈 눈을 해 보인다. 백영의 눈이 여희의 얼굴 곳곳을 정처 없이 떠돌았다. 눈이 빨개지는가 싶더니 마주 잡은 손에 제 얼굴을 묻고 깊은 숨을 내쉬었다. 습하고 더운 바람이 여희의 손에 감돌았다. 새카만 머리꼭지를 내려다본다. 이리 보고 있자니 마치 어제 헤어졌던 사람을 오늘 또 만난 것 같은 기분이 들었다. 그러나 기실, 여희와 백영의 사이에는 기백 년이라는 시간이 존재했다.

"……여희야."

백영이 중얼거리듯 내뱉었다.

"내 너를 얼마나 그리워했는지…… 이렇게 보고 있어도 그리우니 이것이 도대체 어찌 된 일이냐."

속삭임 끝에는 입술이 찾아들었다. 아랫입술을 여리게 빨고 이내 신음성과 함께 급하게 여희를 품에 안아 깊은 입맞춤을 해왔다. 입술이 떨어지자마자 다시 붙는다. 몇 번이나 혀를 얽고 나서야 백영은 그 입술을 떼어냈다.

"왜 일영을 살렸느냐. 내 너에겐 빚을 지운 적이 없다고 그리 말했는데."

"누가 너 때문에 그랬다던. 그는 내 뜻이다. 그러는 너야 말로 칠방신은 무엇하러 만났느냐."

백영이 놀란 눈을 했다.

"내가 칠방신을 만난 건 어찌 알았느냐?"

"칠방신이 내게 찾아와 네가 오지랖을 부리며 내가 받을 벌도 대신 받겠노라 했다 하여 그리 하십시오 했다."

백영이 웃음을 터트렸다.

"어쩐지. 내 윤회의 차례가 오지 않는다 했더니 그 탓이었나 보군."

여희는 백영을 빤히 쳐다보았다.

"억울하냐."

"억울할 것이 무에 있냐. 그는 나의 일이고 나는 할 일을 했을 뿐인데."

애정을 숨기지 않으며 백영이 여희를 품에 안아 그 목덜미에 얼굴을 묻었다.

"매일같이 네가 그리웠느니. 여희야, 이것이 꿈은 아니겠지. 이것이 꿈이라면 나는 다시는 깨어나고 싶지 않다."

말끝이 떨려 내려다보니 백영의 손도 떨리고 있었다. 그것

270

이 못내 안타까워 어깨를 쓸어주자 백영이 더욱 강하게 안아왔다. 백영의 체취를 맡는다. 잊고 있었던 냄새다.

여희는 눈을 감고 숨을 깊이 들이마셨다. 익숙한 냄새가 여희의 몸 안에 가득 들어찼다.

한밤중, 요 안에 누워서도 백영은 떨어질 줄을 몰랐다. 손이 계속해서 여희의 얼굴을 매만지고 피부를 쓸어대, 그것이 성가시어 여희는 백영의 손을 잡아다 손깍지를 끼고 아래에다 붙들어 매두었다. 흘긋 손을 내려다본 백영이 뭐가 즐거운지 빙글거렸다. 그 어린아이 같은 얼굴을 보다가 여희는 입을 열었다.

"지옥도는 어떠했냐. 염라를 만났겠지?"

"염라뿐이랴. 명부시왕은 모다 보았느니. 그래도 다들 잘해주시어 편히 잘 지냈다."

여희는 헛웃음을 짧게 지었다.

"지옥에서 잘 지냈다 하는 놈은 너 하나일 것이다."

백영이 웃었다.

"참말이었느니. 그래도 처음에는 고생 좀 하였지. 칼밭에 꿰뚫린 사람들의 창자를 줍고 다녔었는데 그 역함은 도무지 익숙해지질 않았거든."

"허면 지금은 어떠하니. 이번 너의 생은 좀 편안하더냐."

백영이 지그시 여희를 바라보다 고개를 숙여 입술에 입을 맞추었다.

"너무 편안하여 이것이 정녕 꿈은 아닐까 싶다. 내 지옥에서는 모다 아픈 것밖엔 보지 못하였는데, 혹여 이런 단꿈을 꾸게 해주고 깨게 하는 형벌도 있는 것일까?"

여희는 미소 지었다.

"그는 나도 모르겠군. 내 지옥도를 갈 일은 없어놔서 말이다."

백영이 여희의 품에 파고들었다. 아기처럼 안긴 것이 살아 생전, 마지막 그날 밤 같았다. 여희는 가만히 백영의 숨소리를 들었다. 그때와는 다르게 숨이 고르다.

"여희야, 내게 형제가 다섯이나 생겼지 뭐냐."

"그러냐."

"형님이 세 분 계시고 누님이 두 분이나 계신다. 그런데도 편 가르기는 하나도 없으니 나 또한 형제간의 우애만을 생각할 수 있었다."

"좋겠구먼."

허리에 팔이 감기고 백영이 강하게 끌어안았다.

"어머님도, 아버님도 모다 좋으신 분들이다."

여희는 백영의 머리칼을 가만히 쓸었다. 백영이 말을 이었다.

"내 어렸을 적에 살짝 몸이 아팠는데 어머님이 기함을 해서 다달이 약을 지어다 먹이셨다."

백영이 문득 웃음을 터트리며 고개를 들었다.

"내 새벽마다 직접 사슴을 잡으며 녹용을 빨아 먹었던 것을 아시면 그때야말로 실로 기함을 하실 게다."

반달로 휜 백영의 눈을 가만히 들여다보았다. 그 어디에도 그늘이 보이지 않았다. 그때 백영을 휘감고 있던 화도 보이지 않았다. 지옥도의 큰 불길에 휩싸이고 나오더니 그곳에 제 불을 다 버리고 온 모양이다.

"아무래도 네 이번 생은 똑바로 살 모양이구나."

"네가 있기에 가능한 것이다."

백영이 웃음기가 사라진 얼굴로 진지하게 말했다.

"네가 있지 않았다면 나는 여전히 헤맸을 터."

백영의 손이 거슬러 올라와 여희의 목을 잡고 얼굴을 끌어내렸다. 시선이 코앞에서 마주치고 숨결이 섞였다.

"네가 있기에 내가 있는 것이다."

입술이 겹치고 이내 혀가 안으로 들어와 속을 탐했다. 목을 간질이던 손가락이 여희의 웃옷을 풀고 드러난 가슴을 움켜쥐었다. 손가락 끝이 유두를 간질여 곧추세워진 것을 달큼하게 문질렀다.

여희가 작게 신음을 내뱉자 백영이 더욱 강하게 입 맞추며 몸을 밀착해왔다. 힘에 뒤로 밀려나자 어느새 위에 올라탄 백영이 목덜미를 빨고 가슴을 혀로 간질이며 치마 속 다리를 벌렸다.

"여희야, 너 왜 내가 떠날 적에 내게 너임을 말해주지 않았느냐."

눈을 뜨자, 어느새 위로 올라온 백영의 얼굴이 보였다. 침통한 기색으로 백영이 안타까이 말했다.

"구경으로 내 생을 비추어서 보기 전까지, 저승차사와 떠나던 그날 밤, 내가 보았던 여인이 너임을 알지 못했느니. 내가 그것을 얼마나 안타깝게 여겼는지 아느냐."

백영의 손이 여희의 볼을 매만졌다.

"내가 어찌 너를 못 알아볼 수가 있었는지…….."

"그것이 저승차사의 일이니라."

여희도 손을 뻗어 백영의 얼굴을 감쌌다.

"기억은 곧 미련이니. 생에 미련이 남아 있으면 떠나려 들지 않지 않겠느냐. 게다가 나는 혼은 보지 못한다. 혼이 담긴 체體는 보이고 혼이 바뀐 귀鬼도 볼 수 있으나, 혼 그 자체는 오롯이 인간의 영역이니 내가 볼 수는 없는 것이지."

혼은 오로지 주술로만 볼 수 있었다. 그러나 그때의 백영은 주술을 걸기도 전에 떠나갔으며, 애초에 주술을 걸 생각도 없는 끝이었다.

애달픈 얼굴을 하는 백영에게 여희는 스스로 입을 맞추었다. 백영이 깊이 호응하며 다시금 육체에 불을 피우기 시작했다.

백영에게 꿰뚫릴 때에는 작게 비명을 질렀으나 그도 금세 백영의 입안으로 삼키어졌다. 백영에게 흔들리며 여희는 속 박당하는 느낌에 몸을 떨었다.

귓전에 자신의 이름이 들렸다. 백영이 떠나고 꿈속에서밖에 보지 못하였을 때, 그때 백영은 어떠했었나. 언제나 깨고 나면 기억이 희미한 꿈들이었다. 여희는 약하게 신음했다. 몸이 겹쳐질수록 백영의 체취도 더욱 진하게 맡아졌다.

창백한 달빛 아래에서 정신없이 뒤엉키며 여희는 다시는 볼 일이 없으리라 생각했던 백영을 끌어안았다.

사흘을 머무는 동안 백영은 조금의 틈도 용서치 않겠다는 듯이 여희에게 달라붙어 떨어질 줄을 몰랐다. 털어내고 털어내도 떨어지지 않는 먼지처럼 달라붙는다. 마지막 날에는 세상이 무너진 것처럼 통탄 어린 얼굴을 해서 양양이 질색을 할 정도였다.

말을 탄다고 내려가기에 잘 가라 인사했더니, 그 말을 도로 끌고 교향사 앞으로 왔다. 아직 시간이 좀 남아 있으니 더 있다 가련다 하며 말을 소나무에 매어둔 참이었다. 해가 떨어졌다. 주섬주섬 일어나는 발길을 따라 여희도 움직였다. 말고삐를 잡고는 한참을 멀거니 보기에 손짓을 하니 마지못해 말 등에 올라탄다. 여희는 그 앞으로 걸어가 말의 주둥이를 매만졌다. 혈통 좋은 흑마는 아니나 윤기 도는 갈색이 제법 보기 좋은 튼튼한 다리를 가진 말이었다.

"조심히 가거라."

백영이 손을 뻗어왔다. 그 기척에 응해주니 허리를 깊이 숙여 입맞춤을 해왔다. 떨어지는 입이 아쉽다는 듯이 잡은 손을 놓지 못한다. 이것이 한식경 전의 일이다. 여희는 설핏 미간을 찡그리고 손을 털어냈다.

"안 가고 뭐하냐. 네 잘하면 소나무 지박령이 되겠구나."

"너는 이리 헤어지는 것이 서운하지도 않은가 보구나."

짐짓 심통이 묻어 있는 말에 여희는 가만히 백영을 올려다보았다.

"서운할 게 무에가 있냐. 앞으로는 그 얼굴 질리도록 볼 터인데."

백영의 눈이 둥그렇게 뜨였다가 이내 웃음을 품고 반달로 휘었다.

"그렇군. 맞다. 네 말이 맞구나."

백영이 말고삐를 잡아당기자, 말이 머리를 흔들며 앞발을 올렸다 내려놓았다.

"내달에 다시 올 터이니 그때까지 여기에서 잘 있어라."

아쉬운 눈길을 던지고 백영이 말을 몰았다. 멀어지는 뒷모습을 배웅하듯 보았다. 그 주인은 떠나갔는데 아직도 여희의 곁에는 백영의 향이 남아 있는 듯했다.

내달에 온다던 백영은 열흘 후, 야밤에 교향사 창문을 타

넘어 양양의 간을 떨어지게 만들었다. 타박을 놓으니 어린아이처럼 웃고 여희의 품 안에서 단잠을 잤다. 그 이후로 종종 백영은 도둑잠을 자러 교향사를 찾아왔다. 달이 넘어가자 어떤 날은 주영과 함께 왔다. 그리고 또 어떤 날에는 사흘 밤을 교향사에서 지새운 것처럼 느긋하게 보낼 때도 있었다.

그날도 도둑잠을 자러 백영이 교향사를 찾은 날이었다. 교향사 뒤편 우물에서 적신 머리를 털며 백영이 즐거운 얼굴로 말했다.

"막내 형님께서 장가를 드실 모양이다."

가을 햇볕에 바싹 말랐던 하얀 천이 백영의 머리카락에 닿을 때마다 짙은 색으로 물들어갔다.

"네 바로 위에 있다던 그 형 말이냐."

"그래. 대밭골에서 만났던 여인인데 여기 와서도 잊지를 못하더니 결국 일이 그렇게 돌아가는구나."

이번 생에서 백영에겐 세 명의 형과 두 명의 누이가 있었다. 저들끼리는 둘에 셋만 떨어져 있는데 백영과는 반 바퀴, 한 바퀴를 넘어간다. 지금 백영이 말하는 자는 바로 위의 형으로 백영과는 여섯 살 차이가 난다. 백영과 그 형이란 자만 둘이 아직 처를 들이지 아니한 몸이었다.

"길일을 잡아보겠다고 몇 번이나 절을 찾아가고, 용하다던 만신을 만나더니 드디어 날짜가 잡힌 모양이야. 그제 그 길일을 신부 댁으로 보냈다더군."

여희는 이번 생에 백영의 식솔들을 알지 못했다. 지난날 황궁에서 내려온 이래로 여희가 태강을 벗어나 다른 땅을 밟는 일은 없었기 때문이다.

문득 백영이 짓궂게 웃었다.

"어머니께서 고매한 스님이 있다는 절에 가서 내 짝지도 점을 쳐 왔는데, 이미 그 상대를 매일같이 만나고 있는데 뭣하러 묻느냐고 했다지 뭐냐. 땡중인 줄 알았는데 꽤 영험하지? 안 그러냐."

젖은 천을 문지방 근처에다 던져놓고 백영이 요 위에 벌렁 누웠다.

"어머니가 이게 어찌 된 일이냐고, 참말로 그 스님의 말이 맞는지 내내 나를 괴롭히셨다."

백영이 길게 하품을 했다. 깜박이는 눈에 졸음이 묻어난다. 그러면서도 손은 여희를 찾아들었기에 여희는 가만히 그 옆에 자리 잡았다.

"그럴 만도 하지. 형이 장가를 가게 되면 그 집에 남은 것은 너 하나 아니냐."

"그래서 내 짝지로 주영 태자가 나오셨구나. 그 스님 한 번 되게 용타 했더니 등짝을 얻어맞았다."

그때를 생각하는 건지 웃음으로 백영의 어깨가 들썩였다. 여희는 그를 기이한 심정으로 바라보았다. 지난 생에 백영은 제 식솔을 두고 이리 웃은 적이 없었다. 일영과 그 어미를 거

론할 때면 눈에 애정은 서려 있었으나 심에는 외로움과 원망이 따라붙으니 끝에는 괴로움만이 남을 뿐이었다. 그러나 지금 백영에게는 애정만이 가득하다.

"여희야, 형님이 신부를 태우러 보낸 가마가 열흘 후에 들어온단다."

눈을 감고서 백영이 중얼거리듯 말했다.

"그러냐."

"너도 와라."

"내가 거길 뭐하러 가누."

"그러지 말고 와라. 그날은 마을 장도 크게 서는 날이니 볼거리가 꽤 많을 게다."

여희는 대답 대신 날씨가 차가워짐에 따라 두툼해진 이불을 끌어 올려주었다. 백영이 멀어지려는 손을 붙잡아 제 옆에 붙들어두었다.

"와라, 응?"

백영이 감은 눈을 떴다.

"내가 가면 느이 사람들에게는 뭐라 설명을 하려고?"

"나의 하나밖에 없는 정인이다, 나도 장가를 들었다, 하면 되지."

밀려오는 잠기운을 못 이긴 백영이 다시 눈을 감았다. 수마에 완전히 붙잡히기 전, 다시 한 번 오라고 청을 한다. 대답을 듣기도 전에 백영의 고개가 모로 떨어졌다. 손등에 쏟아지는 백영의 숨이 뜨끈했다.

여희는 잠든 백영의 얼굴을 보았다. 백영은 신이 인간의 곁에 있으면 어떤 균열이 일어나는지 알지 못한다. 그러니 이리 쉽게 제 가족에게 여희를 보이겠노라 하는 것이다.

"세상이 모다 너의 마음과 같지 않으니, 네 아무리 너를 사랑해주는 어미와 아비가 있어도 항시 네 마음과 일치하긴 힘들 것이다."

인간은 불가사의한 모든 것을 귀신이라 칭했다. 귀와 신은 엄연히 다른데도 그를 구분해낼 줄을 몰랐다. 그것을 구분할 줄 아는 것은 오직 당사자인 귀와 신뿐이다. 그렇게나 아끼는 제 자식 옆에 귀신이 붙어 있다는 것을 알면, 다달이 약을 달여 먹였다던 그 어미는 그때야말로 기함을 하며 그 귀신을 쫓아내려 들 것이다.

여희는 잠든 백영에게 속삭였다.

"그때가 온다면 너는 어찌할 것이니. 그때에도 지옥도를 건널 것이냐."

여희는 고개를 숙여 백영의 볼에 입을 맞추었다. 어스러진 밤, 풀벌레 우는 소리만이 들려왔다.

구름 한 점 없는 하늘이 시리도록 푸른 날이었다. 지붕 끝, 굵은 산돌배나무 가지에 걸터앉아 있던 양양이 갑자기 팔을 앞으로 뻗었다.

"마마님! 보세요. 저것이 신부인가 봅니다."

마을 입구에 세 대의 가마가 보이기 시작했다. 가마가 조금 더 가까이에 왔을 때, 여희는 가마 안쪽을 들여다보았다. 붉은 지붕을 올린 첫 번째 가마엔 그릇이며 국자, 쌀 포대에 계절 과일까지. 세간이 들어 있고 노란 지붕을 올린 두 번째 가마엔 곱게 화장을 한 신부가, 파란 지붕을 올린 세 번째 가마엔 비단이며 보석, 돈 꾸러미 같은 값비싼 예물이 들어 있었다. 모든 가마는 신랑이 보낸 것으로 장한거리를 떠날 때엔 두 번째 가마만이 빈 가마였는데 돌아오는 길에는 거기에 신부가 타고 돌아온 것이다.

가마 속 계집의 얼굴이 붉게 상기되어 있다. 몇 번이고 웃음을 짓다가 머리를 작게 흔들더니 표정을 다잡는다. 그러나 얼마 못 가 가마에 나 있는 창문으로 밖을 흘긋대는 모양새가, 언제쯤 이 가마가 도착해 저가 내리나 궁금한 모양이었다. 여희는 눈길을 돌렸다. 넓게 열린 대문 앞에서는 사람들이 바글거렸고, 그 한가운데에 신부와 같은 문양의 옷을 입고 있는 남자가 서 있었다. 키가 훤칠하고 반듯한 인상을 지닌 신랑의 시선은 오로지 가마에 고정한 채다.

옆에서 백영이 웃으며 제 형의 어깨를 두드렸다. 장가가는 사람은 따로 있는데 어째 신은 저가 제일 나 있다. 형이 백영을 돌아본다. 똑같은 애정을 지닌 눈길이다. 지난 생에서는 그리도 제 형제에게서 외면을 받더니, 제 말대로 이번 생에서는 그를 내치지 않는 형제를 두었다.

"어맛!"

양양이 화들짝 놀란다. 신랑이 다급하게 뛰어갔다. 신부가 가마에서 내려오다 발이 미끄러져 엉덩방아를 찧었기 때문이다. 울상을 짓는 신부를 달래며 신랑이 직접 그 손을 잡고 안쪽으로 이끌었다. 대문 앞에 하얀 천이 깔렸다. 신랑 신부가 그 하얀 천 위에 올라서서 대문 안쪽으로 절을 한 번 올렸다.

대문 안쪽에 들어서자 이번엔 푸른 천이 깔렸다. 신랑 신부가 그 위에 올라서서 집안 큰 어른들에게 절을 올렸다. 큰 어른들 옆으로는 백영이 있다. 백영이 웃으면서 제 형을 보다가 문득 옆을 돌아보더니, 더 크게 웃으며 누군가를 끌어안았다. 비스듬히 보니 이번 생의 어미다.

백영의 어미가 면포로 눈물을 찍어내고 있었다. 키가 백영의 어깨에도 못 미치는 작은 어미는 울다 웃다를 반복하고 있었다.

이제 신랑과 신부는 마주 보며 서 있다. 서로를 보며 웃음을 참지 못한다. 아까의 울상이 온데간데없이 사라진 계집의 얼굴은 이제 함박꽃이 피어 있다. 보는 사람까지도 기분 좋게 만드는 웃음이었다. 잔을 세 번 주고받고, 절을 한 번 나누면서 혼례가 끝났다. 장구 소리, 비파 소리가 마당을 넘어 마을 입구에까지 퍼졌다.

온 마을 사람들이 모인 듯했다. 한쪽에선 쉼 없이 전을 부쳐대는 사람이 있는가 하면 한쪽에선 쉼 없이 먹어대는 사람이 있다. 백영은 제 식솔과 함께 앉아 있었다. 고봉밥을 반이나 먹어치우고 건네 오는 술도 마다치 않고 훌떡훌떡 마신다.

"뭘 부치기에 이리 고소한 냄새가 나지?"

양양이 허공에 대고 코를 킁킁 울렸다.

"궁금하면 가서 보고 오려무나."

"마마님은 정말 안 내려가실 겁니까? 태자가 마마님도 꼭 오시라 신신당부를 하였잖아요."

"나는 됐느니. 너나 갔다 오거라."

손으로 내치자 양양은 다람쥐처럼 산돌배나무를 타고 내려갔다. 큰 솥뚜껑을 뒤집어 전을 부쳐내고 있는 할멈의 옆으로 가더니 이리 기웃, 저리 기웃 온 참견을 다 해댔다. 문득, 백영이 자리에서 일어나더니 문가를 훑고 대문 안쪽을 두리번거렸다. 꼭 누군가를 찾는 모양새다.

여희는 그 광경을 지붕 뒤쪽, 산돌배나무 위에서 가만히 보았다.

백영이 여희를 부른 것은 제 집의 좋은 일을 여희와 나누고 싶기 때문이다. 그러나 여희는 지난 황궁의 삶처럼 사람들 앞에 모습을 드러낼 생각은 없었다. 인간과는 얽히지 않고 지나쳐 가는 것이 좋다. 백영과의 일도 마찬가지다. 그도 오롯이 백영과의 사이에서 끝낼 참이었다.

"영아!"

고운 종달새 같은 목소리가 백영을 불렀다. 돌아보니 백영의 어미다.

어미가 손짓하자 백영이 얼른 그쪽으로 발걸음을 옮겼다. 어미의 옆에는 이제 아비도 있었다. 청렴하기로 이름이 나 있다더니 과연, 눈에 그림자가 없었다. 하늘처럼 청명한 눈이 백영을 향해 곱게 휜다. 백영이 제 어미와 아비 곁의 사내들에게 허리를 굽혀 인사를 했다. 사내들이 웃으면서 백영의 등을 두드렸다. 빈 그릇이던 상이 나가고 꽉 채운 상이 다시 들어왔다. 백영이 자리를 잡고 앉는다. 그리고 그때, 처음으로 계집이 눈에 띄었다.

여희는 왼쪽 가지로 가볍게 발을 옮겼다. 사내들 사이에 계집 하나가 다소곳이 앉아 있었다. 얼굴이 작고 피부가 흰 것이 단아해 보였다. 계집은 시종일관 차분한 표정으로 눈을 내리깔고 있었는데, 백영이 인사를 건네자 화들짝 놀라면서도 은은하게 볼을 붉혔다. 몇 마디 못 섞고 대화가 끊긴다. 백영의 어미가 뒤에서 백영의 옆구리를 찔렀다. 백영이 웃으면서 제 어미의 손을 잡아 무릎 위에 놓았다.

사내들과 무슨 이야기를 하는지 얘기가 길어진다. 그 사이, 계집은 흘끔흘끔 백영을 훔쳐보았다. 어린 얼굴에 여자의 표정이 새겨진다. 정갈한 몸짓은 백영에게 닿고 싶어 하는 기로 가득 차 오르고 있었다. 몽실몽실하고 낯간지러운 기운이다.

백영의 어미가 다시 말꼬리를 계집과 트이게 했지만 오래 가지 못했다. 백영은 태평한 얼굴로 그저 웃어대며 밥을 퍼 먹고 사내들과 이야기를 나누기에 바빴다.

"마마님! 녹두전입니다! 녹두여요!"

양양이 밑에서 소리쳤다. 그에 여희는 빙긋이 웃고 산돌배 나무에서 내려왔다. 담벼락을 돌아가자 양양이 쫓아왔다.

"아까 태사가 마마님을 찾는 것 같던데, 정말로 보지 않고 가실 건가요?"

"볼 생각이었으면 애초에 그 나무를 탔겠냐. 됐느니."

"허면, 뭐하러 여기까지 오셨어요."

다리를 건너 태강으로 들어가는 길목으로 향한다.

"이 생에선 어찌 지내나 궁금해서 와봤지. 그 더러웠던 생, 모다 끊어냈나 하여."

"어때 보이던가요?"

여희는 양양을 돌아보며 웃었다.

"퍽 괜찮더군."

백영이 갖고 있는 것들 중 끊어지지 않은 건 여희 자신뿐 이었다.

그 밤, 오늘은 오지 않을 것이라 생각했던 백영이 찾아왔다. 두 손 가득 잔치 음식을 들고서였다. 양양이 짤깍짤깍 박수를 치며 좋아했다. 안 그래도 돌아오는 길에 귀가 따가울 만큼 녹두전에 미련을 두고 좋알거려 장떡을 사들고 왔는데, 그를 저 혼자 다 먹어치워놓고도 저 난리였다.

"좋아하냐."

여전히 양양이 보이지 않는 백영이 궁금한 듯 물어왔다.

"잘하다간 숨이 넘어가겠구먼."

백영이 만족스럽게 웃었다. 양양이 녹두전과 쌀밥을 한 아름 챙겨 들고 아궁이가 있는 북쪽 끝 방으로 달려갔다. 그곳은 양양의 보물 창고다. 세상에 온갖 진귀한 보석을 다 갖다 줘도 양양은 북쪽 아궁이 방만을 귀히 여길 것이다.

"왜 오지 않았느냐. 내 그리 오라 했거늘. 온 김에 마을 장 터에도 가보고 하면 좋았을 텐데."

"까짓 장터 무에 볼 게 있다고."

"볼 게 왜 없어. 막상 갔으면 구경하느라 걸음 한 번 떼기가 어려웠을 텐데."

투덜거리며 백영이 겉옷을 벗었다.

"그런 너는 여긴 웬일이냐. 오늘은 안 오는 것 아니었냐."

"말 한 번 정답게 한다. 내가 지은 교향사에 내 발로 온다는데 날이 무슨 상관이냐."

쏘아붙이듯 대꾸하곤 픽하니 웃는다. 백영이 어린아이 다루듯 여희의 머리를 쓸고는 바짓단을 무릎까지 접어 올리고 우물가로 걸어갔다. 이제 날이 차가워 우물물이 피부에 닿으면 뼈가 시릴 정도인데 바가지에 가득 담아 발이며, 팔뚝, 얼굴에 착착 끼얹었다. 빈 바가지를 다시 우물 안으로 던져 놓으며 옆 바위에 걸어놓았던 천을 집어 들고 백영이 교향사 마루를 밟았다.

"형님은 오늘 아주 입이 귀에 걸리셨다."

"그러냐."

갑자기 추위가 밀어닥쳤는지 백영이 어깨를 살짝 떨었다. 재빠르게 물방울만 걷어낸 백영이 얼른 이불 속으로 몸을 감추었다.

"대밭골 사람이라 홀로 떨어져 나오는 게 걱정이었는데 신부도 오늘 얼굴을 보아하니 괜한 걱정이었나 싶다. 둘이 아주 눈에서 꿀이 떨어지더군."

백영이 옆에 오라 요 위를 손으로 두드렸다. 아까 보았던 신부를 떠올렸다. 계집은 한평생 제 신랑에게서 사랑을 받으며 살 팔자다. 계집도 제 신랑이라면 껌벅 죽으니 서로 간에 큰 소란이 없을 연이다.

여희가 다가가자 백영이 그 발목을 잡았다. 물에 차가워진 손이 피부에 섬뜩하게 와 닿았다.

"형님의 그런 얼굴은 처음이다. 원래 젠체하기를 좋아하는 양반이라 그리 솔직한 표정을 짓는 사람이 아니거든."

여희가 이불 속에 몸을 들이자 화로의 불이 작게 줄어들었

287

다.

"허긴, 나라도 그럴 게다."

옆으로 누운 백영이 여희의 얼굴을 쓸며 속삭였다.

"네가 가마를 타고 그리 오면, 나도 정신을 못 차리고 그리 했겠지."

다정한 눈은 여희의 대한 애정으로 가득 차 있다. 여희는 가슴속에 작은 불길이 솟는 것을 느꼈다. 이것은 지난날, 백영에게 일영을 죽여주랴 물었던 그때의 불길이다. 백영의 입술이 다가와 눈을 감았다. 부드럽게 빨던 백영이 이내 뜨거운 혀를 입안으로 밀어 넣으며 다급히 여희를 안았다. 볼을 쓸던 손이 아래로 내려가 가슴을 움켜쥐고 그 안을 헤엄쳐 더욱 아래로 내려갔다.

"……여희야."

갈라진 목소리가 음욕을 품고 있었다. 여희는 작게 헐떡이며 백영의 어깨를 짚었다. 백영이 서둘러 몸 위로 올라왔다. 나비처럼 가볍게 내려앉는 입술과 달리 손은 음험하게 움직였다. 손이 다리를 벌리고 허벅지의 여린 살을 쓸었다. 손가락으로 두드리듯 매만지다 힘을 주어 잡는다. 여희가 낮게 신음을 내뱉자, 백영이 더욱 밀착하며 손가락으로 안쪽을 훑었다.

"여희야, 우리도 같이 살자."

화들짝 고개를 들었다. 열이 한순간에 식는 듯했다. 그러나 다음 순간, 다리 사이를 헤집고 들어온 손가락에 여희는 다급히 고개를 떨어트렸다. 백영의 입술이 숙여진 여희의 얼굴을 따라 움직였다.

"읏⋯⋯."

"같이 살자, 여희야."

어둠 속에서 질척이는 소리만이 울린다. 손가락이 작게 돋아난 돌기를 훑었을 때 여희는 못 참고 다리를 잡아 뺐다. 백영이 얼른 따라붙었다. 몸을 뒤집은 여희를 뒤에서 잡고 치맛자락을 걷어냈다.

"아⋯⋯!"

백영의 얼굴이 아래로 내려가 솟아오른 둔덕을 핥고 그 밑을 길게 쓸었다. 이제 여희는 짐승처럼 엉덩이만 든 채로 밭은 숨을 내쉬었다. 혀가 움직임에 따라 허리가 떨려왔다. 발끝에서 전기가 튀어 머리끝까지 채우고 되돌아온다. 아래에서 백영이 말했다.

"우리도 같이 살자, 응?"

손가락이 밀고 들어와 빠르게 할퀴고 나갔다. 비명 같은 신음이 입에서 터져 나왔다. 찰박이는 음탕한 소리가 교향사를 메웠다. 백영이 한 손으로 여희의 겉옷을 벗겨냈다. 드러난 등에 입술이 느껴졌다. 여희는 밭은 숨을 내쉬었다.

"그러자, 한 마디만 해라."

"⋯⋯너는 궁에 매인 몸 아니냐."

순식간에 몸이 뒤집혔다. 백영이 다리 사이에 자리를 잡고 얼굴을 내려 가슴을 빨았다. 두 손으로 살을 움켜쥐고 혀로 솟아난 젖꼭지를 핥았다. 여희의 다리가 조여지듯 백영의 허리에 감겼다. 백영이 눈만 들어 여희를 보았다.

"태자께는 내가 말씀드릴 것이다. 어차피 학문만 연구하는 일인데 굳이 내가 궁에 붙박이로 있을 필요는 없지."

순간 이 끝으로 강하게 물어내 여희는 몸을 떨었다. 허벅지 언저리에 잔뜩 성이 나 꺼떡이는 백영의 것이 문질러졌다. 백영이 작게 탄성을 내뱉으며 여희의 귓불을 핥았다. 입술이 다시 잡아먹혔다.

백영이 두 다리를 잡아 벌리고는 지체 없이 밀고 들어왔다.

"훗."

신음이 새어나왔다. 백영은 천천히 허리를 흔들다가 강하게 뒤로 빼고 다시 집어넣기를 반복했다. 끝까지 빠져나온 것을 뿌리까지 다시 집어넣으니 숨이 막혀왔다.

"으응…… 훗……."

백영이 엉덩이를 잡고 바싹 끌어당겨 짐승처럼 하체만 움직이기 시작했다.

"여희야, 여희야."

백영이 쉼 없이 여희의 이름을 부르며 허릿짓을 강하게 했다. 목덜미에 얼굴을 묻고서 여린 살을 물고 빨다가 상체를 일으켜 두 다리를 잡고는 제 것을 안쪽으로 계속해서 밀어 넣었다. 움직임이 점점 빨라지고 강하게 흔들릴 때였다. 백영이 낮은 탄성과 함께 마지막으로 힘차게 허리를 밀어 넣었다. 여희의 교성이 허공을 할퀴었다. 몸을 살짝 떨던 백영이 천천히 다시 앞뒤로 문지르며 몸을 숙여 여희의 몸 위에 엎어졌다.

"그러자, 한 마디만 해라."

가슴 위에서 말하고 그 옆으로 얼굴을 가져가 솟아난 젖꼭지를 혀로 핥고 빨아 올렸다. 백영이 상체만 일으켜 여희를 내려다보았다. 열락이 지나간 눈은 온화함뿐이다.

그 눈을 여희는 뚫어져라 보았다. 백영은 모든 업을 갚았다. 그 지옥도에서 오랜 세월 동안 저의 업을 청산한 것이다. 그런데도 어이하여 지난 생의 끈을 버리지 못하고 다시 이은 것이냐. 정 때문이냐.

손을 들어 뺨을 감싸자, 백영이 눈을 감고 아이처럼 그 뺨에 얼굴을 기대왔다. 열이 오른 그 얼굴이 애달프다.

"영아."

"그래."

"너는 다음 생엔 모다 잊고 태어나려무나."

백영이 천천히 눈을 떴다. 여희는 두 손으로 백영의 얼굴을 잡고 강하게 들여다보았다.

"너와 나는 태생 자체가 다르나니. 이게 얼마나 갈 것 같으냐. 네가 매번 지옥도를 건너올 수는 없는 노릇이다."

백영은 가만히 여희를 보다가 문득, 미소를 지어 보였다.

"그는 내 일이지, 네가 신경 쓸 것이 아니다."

"영아."

"내가 신이 될 수 없고, 네가 인간이 될 수 없다면 됐다. 그는 모다 됐어."

백영이 얼굴을 감싼 여희의 손을 부드럽게 떼어냈다.

"나는 몇 번이고 지옥도를 돌 것이다. 몇 번이고 다시 인간으로 태어나 이곳으로 올 것이야."

떼어낸 손을 강하게 잡고 백영이 속삭였다. 감았다 뜨는 백영의 눈에서도 불길이 타오르고 있었다. 여희가 가진 불보다 더 거센 불길이었다.

"교향사에 있어라, 여희야. 너는 그리만 하면 돼."

한효의 말이 옳다. 이것은 모다 덧없음이다. 그럼에도 여희는 저에게 다가오려 하는 불길을 마다하지 않고 그저 바라만 보았다. 백영이 웃으며 몸을 숙여 여희를 꽉 안아 들었다.

여희는 눈을 감고 백영의 등에 팔을 둘렀다. 거센 불이 타오른다. 이제 불은 여희가 가진 불까지 잡아먹으며 온몸을 태워나갔다.

현월, 바람이 차가워지고 달이 높게 뜨는 밤이었다. 가을 벌레가 풀숲 어딘가에서 울고 있었다. 근래에 들어 주영이 귀를 보는 것뿐만 아니라 그것들의 말소리도 들린다 하여 교향사에 오게 한 밤이었다.

"나를 보라니까 자꾸 어디다 한눈을 파냐."

타박에 양양이 있는 곳을 흘끔내던 주영이 얼굴을 바로 하고 허리를 쭉 폈다. 여희는 주영의 몸에서 흐르는 기를 유심히 살폈다. 그래도 본디 가진 기가 강해, 귀에게 잡아먹히거나 동화되지는 않을 듯싶었다.

"좀 어떻습니까?"

옆에서 세환 황제의 충복이라던 당산이 근심 어린 얼굴로 물어왔다. 세환 황제는 주영이 귀를 보는 것에 굉장히 민감해 했기 때문에 이런 문제는 늘 직접 주영을 안고 찾아왔지만, 며칠 전부터 사국의 일로 단국을 떠나 있었기 때문에 어렸을 때부터 자신의 일을 봐주던 당산에게 주영을 맡긴 참이었다.

"그저 주영은 보이는 게 남들보다 하나 더 많을 뿐이다. 귀에게 휘말릴 일은 없을 터이니 걱정할 것 없다고 전하렴."

당산이 한시름 놓은 얼굴로 자리에서 일어났다.

"전서구를 띄우겠습니다. 폐하께선 떠나시기 직전까지도 태자마마를 염려하여 편히 가시지 못하셨습니다. 태자 저하, 소인 잠시 다녀오겠습니다."

주영이 고개를 끄덕이자 당산이 발을 움직였다.

"저는 어째서 귀들이 보이는 걸까요?"

당산이 문턱을 넘자 주영이 조용히 물어왔다.

"그야 네놈의 눈이 개 눈이라 그렇지."

"예?"

"개 말이다, 개."

주영이 한순간 얼빠진 표정을 지어 보였다. 여희는 혀를 짧게 찼다.

"네 조상 중 하나가 개 신이 붙어 있었으니 어쩔 수 없는 일이지."

연친에게 붙어 있던 개는 끝에는 완연한 영물이 되었다. 연친이 제 손을 볼 때 즈음에는 연친에게 완전히 동화되어 한 몸이 되었었는데, 연친이 세상을 뜰 때에 도로 저만 빠져나와 그대로 살았다면 여희처럼 신이 됐을지도 모를 노릇이었다.

그러나 개는 연친이 떠날 때에 같이 떠날 것을 택했다.

"그래도 영물인 개가 깃들어 있으니 귀에 현혹될 일이 없어 다행이구먼. 비루먹은 것이었다면 온갖 귀들이 네 몸을 가지고 장난질을 쳤을 것이다."

주영이 눈살을 찌푸렸다.

"그것은 싫습니다."

"그러니 보이고 들려도 반응하지 말거라. 귀를 도와주려고도 하지 말고 이용하려 들지도 말란 말이니라. 알았냐."

"예. 명심하겠습니다."

다부진 얼굴로 약조하던 주영이 문득 시선을 어깨 너머로 주더니 눈을 살짝 크게 떴다.

"저것은 대고금록이 아닙니까?"

가리키는 것을 보자 백영의 것이었다. 때때로 백영은 제 것을 교향사에 가지고 오곤 했다. 주영이 자리에서 일어나 대고금록이라 칭한 서책을 펼쳐보기 시작했다. 전에 없이 표정이 진지하여 여희는 살짝 웃었다.

"뭔 뜻인지는 알고 책장을 넘기는 것이냐?"

"그럼요. 여기까지는 스승께 배웠습니다."

주영이 입을 빼죽대며 책의 중간 부분을 검지로 가리켰다.

"계집질만 알려주는 줄 알았더니 그도 아니었나 보군?"

"스승께선 모다 알려주십니다. 초동부터는 창도 배우기로 하였는걸요."

전의 백영은 칼이고 활이고 다루지 못하는 것들이 없었다. 이번 생은 학문을 한다 하여 맹 옆구리에 서책만을 끼고 다니니 전투적인 기술은 부족하지 않을까 했는데, 전에 익혀두었던 기억이 그를 보완해주는 모양이었다.

배웠다던 부분까지 다 보았는지 주영은 그 뒤는 성의 없이 후루룩 넘겨보더니 책을 완전히 덮었다. 조용해진 안이 궁금했는지 문가 끝에서 양양이 빼꼼 고개를 내밀었다가 다시 사라졌다. 여희는 눈썹을 치켰다. 웬일인지 주영이 양양을 쫓아가지 않고 가만히 그 자리에 있었기 때문이다.

"별일이구먼. 이제 양양에게 흥미가 없어졌나 보지?"

주영이 말없이 책의 귀퉁이 부분을 매만졌다.

"사내의 변덕이란 한 번 흔들리기 시작하면 계집보다 더하다더니. 벌써부터 좋은 것 배우는구먼?"

"그것이 아니라……."

주영이 머뭇거리면서 고개를 들었다.

"마마께선 저의 스승의 정인이시지요?"

여희는 웃었다. 주영이 몸을 틀어 여희를 마주 보았다.

"정인이란 한평생 같이 가는 인연인 것이지요?"

"그는 네 스승에게 물어보면 되지 않니. 모다 알려주시는 분이니 말이다."

한순간 주영이 입을 다물었다. 가만히 주영을 보던 여희는 다시 입을 열었다.

"뭔 말이 하고자와 그렇게 시간을 끄는 것이냐."

달싹이는 작은 입에서 한숨이 새어나오더니 이윽고 말이 이어졌다.

"……주청에서 스승의 혼담이 오가고 있습니다. 부영량의 여식이온데 부영량은 궁내에서도 평이 아주 좋으신 분으로, 학문관에서는 그 위세가 지붕 끝에 다다를 정도로 높으니 모다 존경해 마다않는 분이십니다."

"잘됐구나. 그리 좋은 집안을 만나는 것도 제 복인 게지."

"마마, 혼담이라니까요! 혼례연을 맺는 것입니다. 하지만

296

스승의 정인은 마마님이 아닙니까!"

질색하는 주영을 여희는 미소 지으며 바라보았다.

"정인이란 것이 하나는 아니니 말이다."

주영이 이해할 수 없다는 표정을 해 보여 여희는 작게 웃었다.

"네 지금은 양양이 좋다 하지만 세 번째 봄이 올 적엔 다른 여인을 품을 수도 있는 것이고, 반대로 지금은 양양이 너를 싫다 하지만 세 번째 봄이 올 적엔 너를 마음에 품을 수도 있는 것이지."

"만약 양양이 제게 온다면 제 마음이 변할 일은 없을 겁니다."

"양양의 마음이 변할 수도 있는 노릇이지."

"그렇지 않을 겁니다."

여희는 호기심 섞인 눈으로 단호한 주영을 응시했다.

"다른 이의 마음을 네 어찌 그리 단언하느냐?"

"제가 보내주지 않을 것이기 때문입니다."

주영이 다시 말했다.

"스승께 여쭈어보았더니 스승께서는 그 혼담을 받아들일 생각이 없다 하셨습니다. 헌데, 어찌 마마님은 그리 말씀하시는지요? 스승에 대한 마음이 변하셨습니까?"

뭐가 서러운 것인지 주영의 까만 눈에 물기가 솟았다. 여희는 빨개진 코끝을 가만히 바라보았다. 문득 문가에서 발걸음 소리가 울리자 주영이 얼른 팔을 들어 소매로 눈가를 닦아냈다. 문이 열리고 당산이 모습을 드러냈다.

"혹시 몰라 전서구를 둘 띄우느라 좀 지체되었습니다. 태자 저하, 이제 궁으로 돌아가시지요."

주영이 자리에서 일어났다. 당산이 앞에서 크게 허리를 굽혔다. 그 뒤를 따라 허리를 꾸벅이고 돌아서는 주영에게 여희는 인사를 했다.

"잘 가렴."

흘긋 돌아본 주영이 곧 고개를 끄덕였다.

"안녕히 계십시오."

"허면 마마님, 이만 물러가겠습니다."

"잘 가시게."

말이 우는 소리가 짧게 들리고 사위가 순식간에 고요해졌다. 시선을 돌린 여희는 대고금록이라는 책을 집어 올렸다. 책장을 의미 없이 넘긴 후, 원래 있던 자리에 던져놓았다. 모든 것은 이처럼 제 자리로 돌아가야 하는 것이니 백영도, 자신도 자리를 찾아야 할 것이다.

"그 꼴통이 어디가 아픈 것입니까?"

창가에 달라붙어 밖을 쳐다보던 양양이 물었다.

"아프다 하면 네가 약이라도 구해줄 참이냐?"

양양이 미간에 주름을 세웠다.

"제가요? ……많이 아프답니까?"

여희는 작게 웃었다.

"마마님?"

"아픈 곳은 어디에도 없느니."

"어휴, 그럼 그렇지. 하긴 그 꼴통이 뭐가 아프겠습니까. 있는 것이라곤 체력뿐인 것을요."

양양이 웃으며 창가를 한 번 더 건너다보았다. 양양이 찾고 있는 무리는 이미 태강을 내려가 보이지 않을 것이다. 여희가 창가를 보자 창들이 활짝 열리며 바람이 일시에 불어왔다. 양양이 "꺅!" 하고 작게 비명을 지르며 훌렁 넘어가는 머리카락을 부여잡았다.

여희는 눈을 감고 숨을 깊이 들이마셨다. 찬바람이 몸속을 서늘하게 소용돌이치며 훑고 지나갔다.

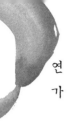

"태자께서 왔다 가셨다지?"

"어찌 알았냐. 태자가 말하더냐?"

주영이 왔다 갔던 그 밤으로부터 사흘째 되는 날이었다. 그 사흘 만에 찾아온 백영이 웃으며 고개를 끄덕였다.

"저하께서 개 눈이라 들었다며 궁의 개를 붙잡고 한참을 들여다보셨다. 그리고 나에게 이것과 당신의 눈이 닮았냐고 물어보시더군."

"별짓을 다 하는군."

"헌데, 저하께서 가지신 그 귀를 보는 능력이 그렇게 걱정해야 할 정도인가?"

불현듯 백영이 염려 섞인 표정을 지어 보여 여희는 담담히 말했다.

"주영이 귀를 볼 줄 안다는 건, 귀도 주영을 볼 수 있다는 뜻이니 홀리는 것이 가장 큰 문제지. 하지만 주영은 걱정할 것이 없어. 기가 워낙 강해 웬만한 것에는 홀리지 않을 것이다."

"그럼 다행이군. ……아! 내일 정오 즈음에 교향사에 올 것이니 나갈 준비나 해라."

"난데없이 그게 뭔 소리냐."

백영이 이고지고 온 제 짐 꾸러미를 풀면서 타박을 놓기 시작했다.

"매일 이 산골짜기에서 지겹지도 않냐. 마을 장터에 피화단이 왔다고 하는군. 구경이나 가자."

대고금록 옆으로 두 개의 서책이 더 놓였다. 세 권의 책을 한꺼번에 펼친 백영은 어딘가를 손가락으로 쓸면서 확인하더니 곧 백지 두루마리를 펼쳐놓고는 붓으로 채워나가기 시작했다.

"재주가 아주 신묘한 자들이다. 저 높은 허공에서 줄 하나만을 달고 그 위를 땅처럼 걷거나, 허리 위로 다리가 굽어질 만큼 몸이 휘어지거나, 입속에 장칼과 불을 넣었다 빼기도 한다."

백영이 눈만 흘끔 들어 여희를 보았다.

"네 아무리 신이어도 그 묘기를 한 번 보고 나면 놀랄 것이니라."

그러고는 무엇을 생각했는지 저 혼자 웃음을 터트렸다. 그에 여희는 가지 않겠노라 했지만 백영은 그는 싹 무시하고, 피화단에서는 변극도 하고 있는데 자신은 그것을 가장 좋아한다는 잡소리를 하기 시작했다. 설핏 인상을 쓰고 입을 열었던 여희는 말소리를 내뱉기 전에 도로 다물었다. 콧노래를 흥얼거리며 발끝을 까닥거리는 태평한 모양새에 어쩐지 맥이 빠진 탓이다. 침묵 속에서 백영이 흘긋 시선을 맞춰왔다.

"갈 것이지?"

여희는 한 박자 늦게 대답했다.

"……재주가 얼마나 신묘한지 한 번 봐보지."

"좋아!"

백영이 웃으며 다시 두루마리에 날듯이 붓을 움직였다. 콧노래가 전보다 더 흥겨워진 기색에 여희도 결국 픽하니 웃었다.

그 옛날에는 마을의 장터에도 곧잘 갔었다. 처음 인간이 살던 땅에 내려와 그것들과 부대껴 살기로 마음먹었을 적에는 장터만큼 흥미로운 곳이 없었기 때문이다. 그러나 여러 해를 지나오면서 여희는 인간이 많이 몰리는 곳에는 자연스레 발길을 두지 않게 되었다.

곁에서 걷던 백영이 진기한 것을 보듯 여희의 얼굴을 살폈다.

"뭘 그리 보는 것이냐?"

"바람이 불어도 그것은 꼼짝을 하지 않으니 희한해서 그런다."

백영의 손가락이 여희의 얼굴 가리개를 톡 건드렸다. 아무리 바람이 불어도 여희의 얼굴 반을 가리고 있는 가리개는 움직이지 않았다.

눈만 내놓은 여희를 보고 맨 처음 백영은 그 고운 얼굴을 왜 가리냐고 투덜거렸지만 밖으로 나오자 아니, 차라리 잘되었다, 네 고움은 나만 알 수 있으니 나만의 즐거움이다 하며 태도를 바꾸었다.

어느 순간 북소리가 들려오기 시작했다. 느긋하게 걷던 백영이 손을 잡아끌고 빠르게 발을 옮겼다. 순식간에 많아진 사람들 속에서 각양각색의 냄새도 맡아졌다. 걷던 중에 모르는 이와 부딪힐 뻔하자 백영이 얼른 여희를 제 몸 뒤로 끌며 보호했다.

"저기다."

가리키는 손가락 끝에 유독 사람이 바글거리며 모여 있었다. 백영이 틈새를 비집고 들어가 여희를 앞으로 밀고 병풍처럼 제가 뒤에 섰다. 여희는 앞을 보았다. 주영만큼이나 어려 보이는 계집 셋이 머리를 뿔처럼 묶고 똑같이 붉은 연지로 볼과 입술을 붉혀놓고는, 막대기를 공중에 휘휘 돌리면서 다리를 하늘로 쳐 올리기도, 허리 쪽으로 굽히기도 하며 뱅글뱅글 마당을 돌아다녔다. 주변에서 함성이 일제히 터졌다. 백영이 어깨를 힘주어 잡기에 고개를 들자, 허공 외줄에서 젊은 남자가 횃불을 입에 물고 땅을 걷듯 자유자재로 줄 위를 오고갔다.

"어떠냐. 진기하지?"

귓전에서 작은 속삭임이 건너와 여희는 작게 고갯짓 했다.

"재주는 있구나."

줄 위에서 방방 뛰며 남자가 횃불을 빙글빙글 돌렸다. 옆에서 사람들이 박수를 치며 좋아했다. 계집 셋이 옆으로 사라지자 맨땅에 천이 드리워졌다. 비파 소리가 하늘하늘 울린다. 떠들썩했던 좌중이 조용해지고 북 소리가 은은하게 퍼지더니 천이 양쪽으로 거둬지며 여자의 얼굴과 남자의 얼굴을 본뜬 가면을 뒤집어쓰고 인형 둘이 나타났다.

둘이 말을 주고받기 시작한다. 들어보니 사랑 타령이었다. 여자가 토라져 등을 돌리면 남자가 뒤에서 한달음에 달려와 달래기 시작한다. 둘이 손을 꼭 붙잡고 있으면 아까 사라졌던 계집 셋이 쪼르르 나와서 그런 둘을 보며 토악질을 하는 시늉을 해 사람들의 웃음을 불러일으켰다.

문득 손을 잡혀 돌아보자 백영이 힘을 주어 쥐고 있었다. 올려다보니 백영의 시선은 앞에 고정된 채다. 입가는 헤실 벌어져 있고, 눈은 저곳에서 떨어지지 못하는 것이 제 말마따나 변극이 좋긴 좋은 모양이었다. 시선을 느꼈는지 백영이 고개를 모로 돌렸다가 여희와 눈이 마주치자 웃으면서 드러난 이마에 입술을 내렸다.

빛이 쏟아져 백영의 얼굴에 음영이 졌다. 눈에 보이지 않아도 선명한 그 이목구비를 그린다. 곡조에 흐르는 사랑타령

보다 더한 것이 눈앞에 있었다. 지옥도를 헤쳐 온 백영이다.

"왜 그러냐?"

백영이 손으로 볼을 감싸왔다. 얼굴을 내려 심려하는 눈빛으로 여희의 얼굴 곳곳을 살핀다. 여희는 잠시 그 손을 붙들고 있다가 조용히 끌어내렸다.

"네 인간들은 정 타령하는 것을 어지간히 좋아하는구면. 세상이 맹 정으로 빚어지는 일들뿐이니 말이다."

"그야 인간들은 홀로는 살 수 없으니 그렇지. 변극이 재미가 없냐?"

"잘 봤느니."

몸을 돌려 인파를 빠져나오자 백영이 냉큼 따라붙었다.

"아직 다 끝나지 아니했는데 어디를 가냐."

"내 다리가 아파서 더는 못 서 있겠느니."

"안아주랴?"

"됐다."

백영이 불쑥 얼굴을 가까이 들이밀었다.

"왜? 밤에는 잘만 내 위를 타지 않냐."

흘긋 돌아보자 헤실헤실 웃고 있는 넋 빠진 얼굴이 보였다. 여희가 콧바람을 내뿜자 백영이 웃음을 터트리며 손을 얽어왔다. 길을 가는 중에 장사치들이 파는 물건들을 가리키며 갓난아기한테 말을 알려주듯 온갖 것을 일러주기 시작했다. 잘 걷던 발이 멈춘 것은 월병집 앞에서였다. 고소한 냄새가 풍기는 월병을 두고 백영이 안쪽으로 여희를 끌어당겼다.

"이 집이 요즘 궁내에서 가장 입소문이 난 집이다. 학문관에서 한 번 누가 이것을 입가심이라고 가지고 왔었는데 너도 나도 한입 맛보다 전부 이것을 사러 달려 나갔지 뭐냐."

입맛을 돋우는 것은 궁내뿐이 아니었는지 안쪽으로 들어가자 작은 상마다 사람들이 삼삼오오 모여 있었다. 갓 구운 월병을 보며 백영이 장사꾼과 함께 감귤 맛이 더 나으냐, 복숭아가 더 나으냐를 논하고 있을 때였다.

"주록 백영 님 아니십니까?"

돌아보니 입구에 계집이 서 있었다. 머리에 둘러쓴 천을 풀자 하얗고 단정한 얼굴이 드러난다. 허리를 숙여가며 월병을 보던 백영이 몸을 바로 세웠다.

"채아 아가씨께서 여긴 어쩐 일이십니까?"

성큼 다가온 백영이 계집의 뒤를 스윽 보았다.

"혼자 오신 겁니까?"

계집의 낯이 불그스름해졌다. 그에 여희는 계집이 누구인가를 알아보았다. 그때, 백영 피붙이의 혼례날 보았던 계집이다. 그때도 계집은 백영을 두고 저리 얼굴을 붉히고 있었다.

"그때 주록님께서 주셨던 이곳 월병의 맛이 계속 생각나 들러본 참입니다."

"아, 부영량님을 따라 학문관에 오셨을 적에 말이지요?"

"예. 그때 맛을 잊을 수가 없어놔서……."

계집이 눈을 반짝이면서도 부끄러움에 어쩔 줄 몰라 하며 눈을 내리깔았다. 백영에게 호감을 품고 있는 기가 훌렁 넘어온다. 그 호의를 백영의 기 또한 알고 있을 터인데, 백영의 것은 흔들림이 없다. 그저 누이동생을 보듯 단정한 예를 품고서 그 자리에 서 있을 뿐이다.

뒤에서 장사꾼이 백영을 불렀다. 백영이 자리를 떠나자 그 짧은 거리에도 계집이 안타까울 정도로 서운한 얼굴을 한다.

곧은 시선이 백영의 몸짓 하나하나를 눈에 담고 있었다. 그리고 그런 계집을 여희는 눈에 담았다. 자세히 보니 계집은 코끝이 좀 짧고 눈매가 여물지 못해 미인은 아니었지만 눈과 얼굴이 동그라며 입술이 붉고 작아 꽤 사랑스러운 얼굴을 하고 있었다. 심보도 저만하면 나쁘지 않고 머리도 여느 계집들과 달리 총명하니 저리 숫기가 없어 보여도 웬만한 사내들보다는 낫게 한 집안을 잘 이끌어갈 것이다.

"어찌할까? 복숭아가 조금 더 달다는데 이것을 사 갈까?"

백영이 월병 하나를 건네며 물어왔다. 계집의 눈이 동그렇게 뜨이더니 곧 여희와 시선이 마주치자 화들짝 놀랐다.

"나는 됐느니."

"왜? 네 입맛에도 맞을 것이다. 일단 먹어봐라."

계집의 기가 어지럽게 흐트러지기 시작했다. 탐색하는 눈이 어린 짐승을 보는 듯해 여희는 살짝 웃었다. 내밀어진 월병을 도로 손으로 밀어냈다.

"먹고 싶어 하는 이는 따로 있으니 먹고자 하는 네들이나 먹으렴."

여희는 계집을 빤히 바라보며 옆쪽으로 손을 뻗었다.

"자리가 난 모양이니 앉는 게 어떠하오?"

"여희야."

뒤에서 백영이 당혹을 감추지 않고 한 걸음 다가섰다.

"이리 만난 것도 인연인데 귀이 여겨야 되지 않겠냐. 더욱이 아가씨 혼자 이리 계시는데."

돌아보자 백영의 얼굴이 눈에 띄게 굳어갔다. 여희는 미소 지으며 치마 끝을 잡고 발이 움직이기 편하게 위로 살짝 추켜올렸다.

"그럼 맛나게 들고 가시게나."

계집에게 인사하자 계집은 얼결에 고개를 숙이면서도 머뭇머뭇 백영이 있는 곳을 보았다. 여희는 그대로 월병집을 빠져나와 걸었다. 장터 입구에 다다를 때까지 백영은 따라오지 않았다. 오지 못할 것이다. 교향사가 있는 산길을 느긋하게 걸어 올라가자, 저 끝에서 여희를 발견한 양양이 어리둥절한 표정을 지어 보였다.

"태자는 어쩌고 혼자 오세요?"

"그리 되었느니."

"이따가 다시 온답니까?"

"글쎄다. 영영 아니 올 수도 있는 노릇이지."

"예?"

양양이 놀란 얼굴로 호들갑스럽게 따라붙었다.

"그게 무슨 말씀입니까? 태자가 어디로 떠나기라도 한답니까?"

여희는 대답 없이 교향사 안으로 발을 옮겼다.

소리 나게 문이 열린 것은 해가 떨어지고 얼마 되지 않았을 무렵이었다. 요에 비스듬하게 누워 있던 여희는 눈만 슬쩍 떴다. 잔뜩 굳은 얼굴로 들어선 백영이 들고 있던 뭔가를 던지자 퍽 소리를 내며 바닥에 떨어졌다. 보자기 밖으로 튀어나온 것을 보니 아까 보았던 월병이다.

"뭐하자는 짓이냐."

우뚝 서 있는 백영이 음산할 정도로 낮게 말했다.

"어찌 내게 다른 계집을 붙여놓고 그리 가?"

"네 요즘 혼담이 들어오고 있다지?"

백영이 눈을 휘둥그레 떴다가 이내 한풀 꺾인 모습으로 입을 열었다.

"정식으로 들어온 혼담이 아니다. 말 섞길 좋아하는 어른들이 괜히 하는 말들이야."

"그 계집은 싫은 눈치도 아니던걸. 네 어미도 꽤 좋아하는 것 같고."

"네가 그를 어찌 아냐?"

"내 눈이 모든 걸 볼 수 있는 눈이란 걸 잊은 게냐?"

백영이 한숨을 내쉬며 여희의 앞에 앉았다. 그러고는 아까의 변극처럼 토라진 여인을 달래듯 여희를 살살 다루기 시작했다.

"네가 염려할 만한 일은 아무것도 없다. 나는 그 어떠한 혼담도 받아들일 생각이 없어. 이는 어른들도 다 알고 계시는 일이다."

"누가 나를 염려한다던. 내가 염려하는 것은 너다."

"나를?"

"그래. 네가 네 색시도 몰라보고 까막눈처럼 굴고 있지 않냐."

눈을 깜박이던 백영이 이윽고 헛웃음을 짧게 터트렸다.

"색시? 누가 말이냐?"

"그 계집이 이번 생의 네 연이다. 네 안방에 들어갈 것은 그 계집이란 말이지."

백영이 웃음을 지워냈다. 눈길이 쏘아보듯 쏟아져 그를 담담히 받아들이고 있는 사이로, 백영의 몸에서 뿜어 나오는 날카로운 기가 교향사 안을 바람처럼 가로질러 갔다. 곧 그 바람을 따라 불길이 따라붙는 바람에, 곁에 있던 양양이 작게 비명을 지르며 다른 방으로 냉큼 몸을 피했다.

"너 제정신이냐?"

백영이 낮게 물어왔다.

"그걸 지금 말이라고 하고 있어?"

"제정신이 아닌 것은 너이니라."

"뭐라?"

"내가 아무리 네 위를 올라탄들, 네 씨앗이 내게 심어지는 일은 없느니. 왜인 줄 아냐? 너와 나는 종이 다르기 때문이니라."

백영이 낮게 대꾸했다.

"내가 언제 네 밭에 내 씨를 심고 싶다던? 갑자기 웬 씨앗 타령이냐."

"계집이 네 앞에 서서 그리 또렷하게 제 짝을 갈구하고 있는데 어찌 그를 몰라봐?"

그것은 백영이 아직도 여희를 붙잡고 있기 때문이다. 지난 생은 모다 끊어놓아 새 생을 받아놓고도 오직 여인의 정만은 예전 것을 놓지 못하고 있으니, 새 연이 와도 보지를 못하는 것이다.

"그딴 건 내 알 바가 아니니, 너 외엔 필요 없다 몇 번을 말하냐!"

왈칵 성을 터트리는 백영에게 물었다.

"또 지옥도를 돌아올 참이냐?"

"그래! 몇 번이고 돌 것이다!"

"허면 나는 돌아올 너를 기다리고?"

백영이 한순간 입을 다물었다. 씨근덕거리는 열 속에 당혹과 서운함이 뒤섞여 퍼졌다.

여희는 조용히 입을 열었다.

"이 되도 않는 짓을 언제까지 반복할 참이냐. 무엇이 남는다고?"

"누가 남길 것을 찾아 이 짓을 하냐. 마음이 끌려 그리하는 것이지."

백영이 헤아리기 어려운 눈으로 여희를 바라보았다.

"너 하나를 다시 보겠다고 그 지옥도를 건너왔다. 이번 생의 연이라고 한들 다른 계집이 내 눈에 들 것 같으냐."

"영아."

"씨앗이 심어지지 않는다고? 좋다. 나 또한 심을 생각이 없으니 외려 잘되었군."

백영이 손을 잡아왔다.

"지겨우냐? 너는 진즉에 다 잊고 사는 것을 내가 꼬리를 물고 늘어져서."

열화와 서글픔이 섞인 미소를 짓고 백영이 고개를 숙였다.

"그래도 참아라. 내 생의 축은 네가 되었느니. 이제 이것은 나 또한 어쩔 도리가 없다."

손등 위에 입술이 내려앉았다. 그 뜨거움이 마치 낙인 같아 쳐다보니 살 위엔 아무것도 남아 있지 않았다. 백영의 뒤통수를 보며 생각했다. 이 미련함은 전의 기억을 모다 갖고 태어난 탓인가, 아니면 정에 눈이 멀어 생겨난 아둔함인 것인가. 어쩌자고 백영은 이것을 버리지 못하는 것인가. 자신과 무엇을 하겠다는 거지?

그리고 자신은 또 백영과 무엇을 할 참인가. 백영이 그리웠었다. 백영이 떠나고 보니 남겨진 것은 미련이요 그리움이었으니. 때때로 백영을 생각하곤 했었다. 그러나 그뿐이었다. 생각은 했을지언정 백영과의 연을 다시 잇고자 하는 것까진 헤아리지 않았던 것이다.

그러나 백영은 돌아왔다. 저를 찾아 지옥도를 돌았다고 한다. 머리칼을 매만져주자 백영이 입술을 갈구해왔다. 그를 피하자 슬픈 듯한 얼굴을 한다. 그것이 조금 애달파 여희는 백영의 얼굴을 매만졌다. 백영이 그 손에 의지하며 무릎에 얼굴을 파묻었다.

무엇을 어찌해야 할까. 부부의 연도 맺지 못하고 미래를 기약할 수도 없는 이 만남을 지속하는 것에 무슨 의미가 있지? 백영은 자신을 잊고 새 연을 따라가는 것이 훨씬 좋음이다. 그런데도 마음은 그를 따라가지 않는다며 여기에 있기를 원한다. 오직 '지금'만을 보고 있는 결과다. 그렇다면 자신은 지금 무엇을 원하고 있는가? 여희는 그것만큼은 답을 내리지 못한 채 그저 백영을 내려다보았다.

계집을 억지로 백영에게 붙여주고 난 뒤로, 백영과의 사이에 작은 틈이 생긴 듯했다. 여희로서는 그 틈이 벌어져 이대로 백영이 떨어져나가는 것이 아닐까 했지만, 백영은 여전히 교향사를 찾았고 밤에는 전보다 더한 집요함으로 여희를 갈구해댔다.

그날 밤도 집요하게 요구하는 백영에게 시달려 실컷 뒤흔들리고 난 후의 일이었다. 여희는 밤공기를 타고 흐르는 휘파람 소리에 몸을 일으켰다. 멀거니 앞을 보고 있자 열린 창문을 통해 꽃잎이 하나 하늘하늘 밀려들어오더니 땅에 떨어지자마자 작은 두루마리로 변해, 여희가 있는 곳까지 또르륵 굴러왔다. 두루마리 몸통을 감싸고 있는 끈을 잡아당기자 서신이 드러난다.

"……뭐하고 있느냐."

부스럭거림에 잠에서 깬 건지 백영이 눈을 끔벅이면서 갈라진 목소리로 여희를 찾았다.

"서신이 하나 왔구나."

"서신? 어디에서?"

눈을 비비며 상체를 일으킨 백영이 여희가 들고 있는 두루마리 안쪽을 흘끔 보았다.

"도록에서 온 것이다."

"도록? 네 고향 말이냐?"

"그래. 칠방신 중 하나가 아이를 낳았는데 그 핏줄을 기리려 잔치를 한다는구먼."

"아이? 애를 낳았단 말이냐."

졸음이 완전히 가신 얼굴로 백영이 물었다. 여희는 고개를 끄덕이고 두루마리를 땅에 던졌다. 그러자 두루마리는 알아서 몸이 말렸고, 널브러져 있던 끈은 지렁이처럼 땅을 기어가 그 말린 몸을 친친 감쌌다.

"신은 그릇에서 태어나는 것 아니었냐."

"칠방신은 느이 인간들처럼 태를 빌어 태어난다."

열매를 틔울 수 있는 씨앗은 칠방신만이 가지고 있었다. 대대로 이어 내려오는 진정한 혈통의 계승, 그것이 칠방신이다. 이번에 아이를 낳은 칠방신은 황오다. 세 개의 다리를 가진 까마귀, 삼족오인 황오는 칠방신들 중에서 성成을 관장하고 있다. 천 년 전 부인을 맞이하더니 올해에 제 핏줄을 이은 모양이다. 서신은 그 잔치를 위해 신들을 초대하고 있었다.

"신기하군. 나는 모든 신들이 그릇에서 태어나는 줄 알았다."

백영이 밀려났던 이불을 끌어오고 옆으로 머리를 받쳐 누웠다.

"여희, 너는 그릇에서 태어났다 하였지."

"그랬지."

"허면, 너는 네가 태어난 순간을 기억하느냐."

여희는 까마득한 옛날을 떠올렸다. 여희가 태어나던 곳은 여우를 신으로 받들던 마을이었다. 작은 사당에 천 년 된 오동나무를 깎아 만든 여우 조각상이 올려지고, 수많은 사람들이 대를 이어 그 상에 공양을 드렸다. 여희가 태어나던 순간이다.

살다 보니 이런저런 연유들로 사람들이 떠나기 시작했다. 마지막 한 사람이 떠날 때까지 여희는 그 사당을 지켰다. 사람이 떠난 마을은 낮도 밤과 같다. 새 우는 소리마저도 사라졌을 무렵, 여희는 사당을 내려와 걸었다. 마을 입구에서 뒤를 돌아보았다. 넓디넓은 땅에 여희 혼자만이 있었다.

여희는 눈을 감았다.

"너무 오래되어 다 잊었느니."

뺨이 간지러워 눈을 떴다. 백영의 손가락이 여희의 뺨과 턱 선을 따라 부드러이 움직였다.

"잔치는 언제 열린다더냐."

"이틀 후에."

"갈 것이냐."

"가야지. 칠방신의 일이니 거절할 수가 없다."

칠방신의 명은 절대적이다. 토를 달았다간 후가 더 귀찮아질 것이다.

"허면, 갔다 언제 돌아오느냐?"

"잔치는 이레 동안 이어질 테니 그 후에 오겠지."

"뭐라?"

손의 움직임이 멈추고 백영의 목소리가 커졌다.

"뭔 놈의 잔치를 그리 오래 하냐."

못마땅한 기색에 흘긋 백영을 보았다. 미간을 잔뜩 찌푸리고 제 기분을 숨기지 않는 백영의 모습에 여희는 작게 웃었다. 몇백 년을 떨어져 있어놓고 고작 며칠에 분통을 내는 것이 웃겼기 때문이다. 그러나 백영의 얼굴에 서운함이 감돌아 그를 위로하고자 하는 마음이 불쑥 들었기에 여희는 달래듯 입을 열었다.

"도륵에서는 이레지만 여기 느이 땅에선 하루밖에 되지 않으니 오래도 아니지 무어."

"하루?"

"그래. 도륵과 인간 땅은 서로 시간의 흐름이 다르니 말이다."

도륵에서의 수많은 밤이 인간에겐 눈 한 번 깜박이는 찰나의 때였다. 인간이 신들에게 홀리는 순간이다.

여희는 푸르스름한 창가를 보고 백영에게 말했다.

"허니, 어서 자려무나. 곧 있으면 동이 틀 것이다."

말에 따라 도로 요에 누워서도 백영은 뜬 눈을 감지 않았다. 생각에 잠긴 눈으로 허공을 곰곰이 보더니 불쑥 입을 열었다.

"그 잔치, 나도 함께 가자."

여희는 깜짝 놀라 옆을 돌아보았다.

"뭐라?"

백영이 단호한 얼굴로 여희를 쳐다보았다.

"잔치에 나도 가야겠다."

"인간인 네가 도륵에 어찌 들어가겠다고? 아니, 인간이 들어왔다는 걸 알면 온 신들이 너를 먹으려 뛰어들 것이다."

예나 지금이나 인간은 신들에게 있어 별미이다. 지금은 칠방신이 규율로 정해놓아 쉽사리 건들진 못해도 기회만 생기면 어떻게든 그 혼을 빼 먹는 것이 신들이었다. 게다가 오래된 신들 중엔 유난히 인간을 원수 보듯이 보는 이들도 있었다.

도륵에 들어간 백영이 인간임을 들켰을 때를 생각하자 그것만으로도 머리가 다 지끈거려왔다. 여희는 고개를 가로저었다.

"안 된다."

백영이 매달리듯 다급히 말했다.

"방법이 있지 않겠냐. 너도 인간의 거죽을 둘러쓰고 그 황궁에 있었는데 나라고 도륵에 못 들어갈까. 같이 가자."

"아, 안 된대도. 잠 깼으면 궁에나 돌아가렴."

여희가 몸을 일으키자 꺼진 화로에 불이 타닥거리며 타올랐다. 껌껌했던 방이 금세 밝은 빛으로 채워진다.

"여희야, 네 고향이지 않니."

한순간 목소리를 부드럽게 바꾼 백영이 슬그머니 손을 잡아왔다.

"같이 가자. 응? 네가 속한 세계를 내 한 번만이라도 보고 싶다. 이날이 아니면 내가 언제 도륵을 구경해보겠느냐."

애원하는 얼굴이 어울리지 않게 볼썽사납다. 손을 털어내자 백영이 "나는 너와 하루도 떨어지고 싶지 않다."며 청승을 떨어왔다. 백영의 매달림은 교향사를 떠나기 직전까지도 계속되었다. 여희는 백영을 쏘아보았다.

"……네 인간임을 들키면 그땐 네가 알아서 해야 할 것이다."

"석정 마라. 들키지 않을 것이다."

백영이 웃으며 장담했다.

도
록

이틀 후, 해가 떨어지는 시간에 맞춰 백영이 교향사를 찾았다.

"마마님, 정말로 도록에 태자를 데리고 가실 겁니까?"

양양이 백영을 흘끔거렸다.

"저가 가겠다는데 뭐 어쩌겠냐."

"잡아먹히면 어찌합니까?"

"지 팔자가 그러면 별수 없는 게지."

여희는 한숨을 한 번 쉬고 백영의 손을 잡아 뒤집었다.

"네 가서 허튼 소리는 일절 하지 말아야 하느니. 입조심해야 한다. 알겠냐."

"알았다. 내 조심하지."

끄덕이는 고개를 한 번 보고 여희는 천천히 눈을 감았다. 단전에서부터 휘몰아치는 기가 가슴을 타고 머리끝까지 올라왔을 때, 맞잡은 손 너머 백영의 손목에 붉은 문양이 새겨지기 시작했다. 덩굴 같은 선이 둥글게 손목을 한 바퀴 감아 소맷자락 안까지 이어진다. 여희는 눈을 떠 문양을 확인했다.

"물에 안 닿게 조심하렴. 이것이 있는 한 도륵의 신들은 네가 인간임을 모를 테니 간수 잘해야 한다."

백영이 제 팔에 새겨진 문양을 이리저리 살펴보다, 문득 앞을 보고 놀란 듯이 멈칫하더니 이내 사람 좋은 미소를 입에 걸었다.

"안녕하십니까, 백영입니다."

무릎을 굽히고 시선을 맞춘 곳에는 양양이 있었다. 깜짝 놀라며 양양이 눈을 둥그렇게 떴다. 백영이 손을 내밀자 반발 뒤로 물러났던 양양은 그 손을 멀거니 보다가 톡, 손끝만 스쳐 새침하게 응대했다. 백영이 낮게 웃으며 허리를 폈다.

"궁에 들어왔을 때 함께 있었다던 신이 이 여아냐?"

"그래."

백영은 본디 귀를 보지 못하는 눈이었으나, 지금은 몸에 여희의 기가 새겨져 있어 안 보이던 것들이 보이는 듯했다. 여희는 다리에 달라붙어 있는 양양의 머리를 쓸어 넘겼다. 앞머리가 밀려난 자리에 작은 뿔 두 개가 쏙 드러났다. 양양이 방싯거리며 여희를 올려다보았다. 그 얼굴이 말갛고 천진해 퍽 귀여웠다. 앞에서 보던 백영이 조용히 입을 열었다.

"태자께서 연모하실 만하구나."

주영을 그리는 말에 양양의 콧잔등이 짧게 주름졌다. 여희는 픽 웃고 몸을 돌렸다.

"가자. 갈 길이 멀다."

백영이 얼른 따라붙었다. 뒤에서 양양이 손을 흔들었다.

"마마, 잘 다녀오세요."

"오냐."

뒤에 남아 있는 양양을 돌아보며 백영이 물었다.

"같이 가지 않는 것이냐?"

"저것은 아직 힘이 약해 도륙으로 갔다간 다른 신들한테 먹힐 것이다."

그릇을 찾은 지 500년도 넘기지 못한 양양은 요신 중에서도 가장 힘이 약했다. 약한 신은 오늘 같은 잔칫날에는 다른 신들의 유흥거리밖에 되지 않았다. 여희가 손을 내밀자 백영이 맞잡아왔다. 발을 움직여 태강 아래로 내려간다.

날 듯 가벼운 움직임에 백영이 어리둥절한 얼굴로 제 발밑을 보고 바람처럼 스쳐 지나가는 주위를 정신없이 훑었다. 태강에 도착해 그 물 위를 걸었을 때엔 감탄사를 내질렀다. 믿어지지 않는다는 듯이 몇 번이고 제가 지나쳐 온 강물을 뒤돌아보았다.

태강을 건너면 귀릉에 접어드는 산골에 도착한다. 흙먼지 날리는 땅에 도착했을 때, 손을 놓았다. 백영은 울창한 나무 숲을 고개가 꺾어져라 올려다보다가, 먼저 걸어가는 여희를 다급히 따라잡았다.

"여기가 어디냐?"

"도륵의 입구다."

태풍에 밀린 것처럼 기울어져 있는 나무 사이를 지나자, 코끝이 마비될 만큼 달큼한 향기가 몰아쳤다.

"하."

백영이 할 말을 잃은 사람처럼 감탄성을 내뱉고 걸음을 멈추었다. 여희는 그런 백영을 흘긋 보고 고개를 바로 했다. 온통 꽃이다. 푸른 수레국화와 패랭이꽃, 노란 수선화와 군자란, 겨울에 피고 여름에 피는 꽃들이 계절을 잊고 온갖 곳에서 한데 모여 이파리를 살랑인다.

걷는 중에 손이 얽혀왔다. 백영이 나란히 걸어가며 말했다.

"내 평생 이런 절경은 처음이다."

"석산의 꽃무덤이 네 평생의 절경 아니었냐."

"아니. 내가 잘못 알았다."

백영이 고개를 가로젓고 여희를 보았다.

"여기가 절경이었구나."

바람이 불었다. 꽃 냄새가 노랫가락처럼 넘실넘실 흘러갔다. 저 멀리에서 방울새 두 마리가 지절거리며 꽃 위에 내려앉는다. 그 광경을 보며 백영이 웃었다. 치자나무를 지나가자 넓은 강이 나타났다. 태강보다도 넓은 강이다. 여희는 강가에 서 있는 나무에서 잎을 하나 따다가 손바닥에 올려놓고 입바람으로 날려 보냈다.

강물 위에 떨어진 나뭇잎은 빙글빙글 돌면서 점점 몸집이 커지다가 마침내 장정 서너 명은 탈 수 있을 만한 크기와 넓이가 되어 물 위를 둥실둥실 떠다녔다. 여희는 가볍게 나뭇잎 배에 올라탔다.

"안 올라오고 뭐하냐."

넋이 빠진 것처럼 나뭇잎을 보던 백영이 뒤늦게 걸음 했다. 나뭇잎 배가 물살을 가르며 앞으로 나아간다. 뱃사공도 없는데 알아서 바위를 피했다. 백영이 작게 중얼거렸다.

"내가 꿈을 꾸는가 싶다."

"네놈은 지옥에서 내려온 후부터 계속 꿈 타령이구먼."

심드렁한 여희의 대꾸에 백영이 낮게 웃었다.

"어찌 이런 일이 있을 수가 있지……."

감탄조로 말하더니 손으로 물길을 가르고 하늘을 쳐다본다. 새파란 하늘이 눈부신 것인지 백영이 살며시 눈을 감았다 떴다. 한참 하늘을 응시하던 백영이 고개를 바로 하더니 무릎걸음으로 여희에게 다가왔다. 가만히 앉아 있는 여희의 목덜미에 입을 맞추고 목선을 따라 올라가 그 볼에 입술을 찍어 눌렀다.

"이 배는 언제까지 타고 가야 하느냐?"

"안개가 보일 때까지."

나뭇잎 배가 오른쪽으로 방향을 틀어 여희의 몸이 백영에게로 쏠렸다. 받아든 백영은 그대로 품에 여희를 가두고 벌

324

렁 뒤로 누웠다. 재미난 일은 아무것도 없는데 갑자기 웃음을 터트린다. 정신 나간 놈을 보는 것처럼 여희가 보자, 백영은 더욱 짙게 웃으며 여희를 끌어안았다.

"이리 있으니 신선이 남부럽지 않구나."

"신선에 대해 뭘 안다고."

"왜 몰라. 지옥에 있을 적에 옥황대제가 계신다던 무릉도원도 다녀왔는데."

백영이 옆으로 몸을 돌려 여희와 마주 보았다.

"꼭 니 닮은 계집아이가 지옥에 잘못 흘러와 그 아이를 데려다주러 무릉도원에 갔었다. 복숭아 열매에서 나는 단내가 마치 아까 그 꽃밭 같았어. 내 선녀도 보았느니."

"그러냐."

백영이 이마에 흘러내린 여희의 머리카락을 손가락으로 걷어냈다.

"그런 미인들은 난생처음이었다. 온 세상의 경국지색을 거기다 모아둔 것 같더군."

백영의 눈이 그때를 회상하듯 지난 시간으로 잠겨 들어갔다.

"그래도 너만 못하단 생각이 들어 네가 더욱 그리웠느니."

가만히 미소 짓는 백영을 보았다. 이리 보고 있자니 시간의 흐름이 거꾸로 가는 듯했다. 백영이 천천히 얼굴을 떨어트렸다. 숨결마저 닿을 거리가 되었을 때, 짧은 입맞춤이 시작되었다. 입술이 떨어지는 것이 아쉬워 다시 붙는다. 몇 번이고 혀를 얽다가 백영이 몸 위로 올라탔을 때였다. 어디선가 노랫소리가 들려왔다. 숨을 몰아쉬며 백영이 깜짝 놀란 얼굴을 들어올렸다.

"들리느냐."

여희는 몸을 일으켰다. 여자 같기도 하고 아이 같기도 한 청아한 목소리가 바람을 타고 흐르고 있었다. 저 멀리를 내다볼 때였다. 물 안에서 무언가가 솟았다가 첨벙거리며 다시 사라졌다. 노랫소리가 점점 가까워졌다. 물보라가 일어난다.

백영이 경계하며 여희를 지키듯 그 앞으로 몸을 내밀었을 때였다. 번져가는 물의 파동이 가까워지더니 물속에서 여자 얼굴이 스윽 올라왔다. 눈썹이 가늘고 눈꼬리가 긴, 붉은 입술을 가진 여자다. 생긋 웃는 그 얼굴은 물속에서 올라왔음에도 하나도 젖어 있지 않았다.

여자가 몸을 부드럽게 휘자 그 밑에서 다리 대신 물고기의 꼬리가 넘실거렸다. 여희는 백영의 어깨를 손으로 짚었다.

"교인鮫人이다."

여희가 속삭이고 백영 앞으로 몸을 내밀었다.

"오랜만이구먼."

"예. 산호님, 오랜만이십니다. 도륵의 잔치에 가시는지요."

그저 말을 하는 것뿐인데 노랫소리처럼 가락이 입혀 있다.

"그렇다오."

"허면, 이 비단은 안 필요하신가요."

여인이 자신의 꼬리를 발판 삼아 색색의 비단을 올려놓았다. 물속에서 튀어나왔는데도 비단은 얼룩진 데가 하나도 없었다. 여희는 비단을 뒤적였다. 윤기 나는 까만 바탕에 황색의 꽃이 피어 있는 비단이며, 붉은 핏빛 바탕에 백색의 미르가 용솟음 쳐 있는 비단이며 하나같이 고왔으나 딱히 손에 잡히는 것이 없었다. 하여, 고민을 하였더니 여인이 부드럽게 입을 열었다.

"비단이 마음에 들지 않으신다면 진주도 있답니다."

여인이 말을 끝내자 옆으로 물보라가 일더니 또 다른 교인이 나타났다. 물갈퀴를 단 손바닥 위에 번쩍이는 진주가 한가득이다.

"어떠누. 비단이 고우냐, 진주가 고우냐."

백영에게 말을 걸자, 넋이 나간 것처럼 교인들을 보고 있던 백영이 화들짝 정신을 차렸다.

"음…… 진주가 곱구나."

말을 하면서 더듬더듬 교인의 얼굴을 보았다가 그 밑의 꼬리를 본다. 여인이 그런 백영을 보며 붉은 입술을 교태롭게 휘자, 다시 한 번 노랫소리가 울려 퍼졌다. 여희는 품속에서 작은 주머니를 꺼내 여인에게 건넸다.

"진주를 주시게나."

"예. 잠시만 기다려주시어요."

여인이 주머니를 들고 물속으로 사라졌다. 물에서 이는 파동이 다 잠잠해지기도 전에 다시 여인이 나타났다. 아까 여희가 주었던 주머니를 볼록하게 채워 도로 건네준다.

"그럼 다음에 또 뵙겠습니다."

"잘 지내시구려."

인사 대신 커다란 꼬리가 물 표면을 치고 사라졌다. 노랫소리가 멀어진다. 여희는 주머니를 열어 안을 들여다보았다. 커다란 알 진주가 반짝반짝 빛나고 있었다.

"저것이 무엇이냐. 교인?"

이미 물보라도 사라지고 없는데 백영은 여인이 떠나간 곳에서 눈을 떼지 못했다.

"물에 사는 신이니라. 교인들은 그 미모와 노랫소리로 사람들을 홀리니, 네 혼자 있다가 교인을 만난다면 조심해야 하느니."

여희는 주머니 끈을 잡아당기며 조용히 속삭였다.

"잘못하다간 네 스스로 물속에 그 몸뚱이를 던지게 될 터이니 말이다."

소름이 돋는지 백영이 어깨를 살짝 떨었다.

"네가 있는데 내가 왜 교인에게 홀리겠냐. 말도 안 되지, 암."

여희는 짧게 웃고 앞을 보았다.

"안개구나. 도륵에 왔느니."

백영이 여희를 따라 고개를 돌렸다. 새파란 하늘 밑으로 짙은 안개가 회색으로 물들어 있었다. 반으로 가른 것처럼 안개와 하늘이 분명하게 구분되어 있다. 여희는 주머니를 품속에 넣어두고 자리에서 일어났다. 나뭇잎 배가 흔들거린다.

"입조심 잊지 마라."

끄덕이는 백영의 얼굴이 긴장으로 굳어 있다. 삽시간에 칠흑 같은 어둠이 깔렸다. 맞잡은 백영의 손에 힘이 들어간다. 그리고 다음 순간, 수천 개의 속삭임이 귀를 간질이더니 어둠 속에서 형형색색의 불빛이 허공을 떠돌아다녔다. 나뭇잎 배가 턱에 부딪힌 것처럼 흔들리다 멈췄다. 여희가 손가락을 튕기자, 비어 있는 백영의 손에 호롱불이 들렸다. 깜짝 놀라는 백영을 보며 웃자, 백영도 뒤늦게 웃음을 터트렸다.

배에서 내려 길을 걸었다. 왁자지껄한 소리가 울려 퍼진다. 이런 복잡스러움은 기억에 남아 있는 소리다. 순식간에 도륵의 모든 것들이 다시금 여희의 기억 속에서 그 숨을 키워나갔다. 순간, 눈이 감길 정도로 강한 바람이 불었다. 고개를 돌리니 그것은 바람이 아니라 나방의 날갯짓이었다. 손가락 반 마디만 한 나방인데 날갯짓이 가히 태풍처럼 그 기운이 거셌다.

"여희야."

놀란 듯한 목소리에 그를 따라가니 백영의 앞에, 돼지의 머리에 사람의 몸을 단 남자가 한 척이나 될 것 같은 길이의 긴 목을 지닌 여자와 지나갔다. 남자가 웃자 돼지의 입이 벌어지며 꿀꿀 소리가 연속으로 터져 나왔다. 입을 벌리고 넋이 나가 있는 백영에게 속삭였다.

"너무 그리 보지 말렴. 지금은 너도 똑같은 신인데 그리 놀라면 어쩌누."

"아, 그렇지. 그래. 알았다."

백영이 고개를 끄덕이며 겨우 목을 바로 했다. 길 끝의 문을 넘어가자 밤의 하늘 밑에 낮의 세상이 펼쳐진다. 푸르고 붉은 도깨비불이 허공을 떠다니고, 노란 등불 아래에서 온갖 잡신들이 장사를 하고 있었다. 신들이 모이는 잔치이다 보니 온갖 장사치들이 이때다 싶어 제 살림들을 늘어놓고서 장사를 벌이고 있는 것이다.

"자, 자, 날이면 날마다 오는 게 아닙니다! 어서들 구경하러 오시오!"

장구 소리가 다다다다 울리고 그보다 더 큰 목소리가 허공을 갈랐다.

"갓 빼낸 신선한 닭 피가 있습니다! 목들 축이고 가세요!"

계집이 질세라 목청을 높였다. 널따란 장판 위에 붉은 피가 담긴 잔이 줄지어 놓여 있고 그 앞에 몸통 없는 닭 머리들이 한데 묶여 대롱거렸다. 코를 울리며 다가온 닷발이 그 닭

피 앞에 서더니 잔을 하나 들어 오리같이 길고 넓적한 주둥이에 대고 쿵쿵거렸다.

"으음? 이거 오늘 뽑아낸 게 아닌 것 같은데. 진짜 신선한 거 맞아?"

"무슨 소리! 이 닭들을 보시구랴. 아직 눈도 못 감았구먼!"

주인장이 대롱거리는 닭 머리를 닷발에게 들이밀었다. 쪼그라든 닭 머리 중 어떤 것은 눈알도 사라지고 없었다. 닷발은 의심스러운 기색을 지우지 않으면서도 주머니에서 돈을 끼내 장판 위에 던졌다. 입이 쩍 벌어지면서, 뒤집힌 잔에서 핏물이 그 입안으로 콸콸 들어갔다. 기다란 혀가 입 주위를 핥고 사라졌다.

그 모습을 백영이 뚫어져라 보았다. 여희는 혀를 차면서 백영의 손을 끌었다. 장터를 서둘러 지나가는 중이었다.

"으아앗! 앞 좀 잘 보시오!"

비명에 서둘러 그 행방을 찾으니 백영 바로 앞에서 손가락 반 마디만 한 크기의 신이 두 팔로 머리를 감싼 채 백영을 쏘아보고 있었다.

"아……."

"미안하구려. 갈 길이 바쁘다 보니 미처 보지를 못했구먼."

얼이 빠진 백영을 옆으로 밀어내고 여희가 흙신에게 대신 사과를 했다. 흙신은 눈을 흘기고 "조심하시오!" 외치면서

성큼성큼 걸어 나갔다. 눈을 두 번 깜박였을 뿐인데 땅에 붙어 있다 보니 지금은 어디로 갔는지 보이지도 않았다. 백영을 흘긋 보았다.

"뭐하냐. 어서 가자. 예 더 있다간 진짜 일 나겠구먼."

백영이 어설프게 고개를 끄덕이며 움직였다. 그러나 몇 걸음 못 가 여희는 다시 뒤를 돌아봐야 했다. 백영이 물방개처럼 걷고 있었다.

"어찌 그리 걷냐. 뭐 마려운 놈마냥."

"내 아까처럼 신을 밟을까 봐 겁나서 그냥은 걸을 수가 없다."

한 땀 한 땀 땅을 살피던 백영이 말했다. 여희는 한숨을 내쉬며 주위를 둘러보았다. 이런 식으로 가다간 천리 길을 걸어야 할 판이다.

"저리로 가자."

뒤쪽 우거진 나무숲으로 이끌고, 그 나무를 지지대 삼아 허공으로 떴다. 백영이 물에 빠진 사람처럼 다리를 허우적거렸다.

"뭐하누. 그냥 걸으면 되는 것을."

타박에 몇 번 헛발질을 하던 백영이 마침내 익숙해진 몸짓으로 천천히 걸음 했다. 장사치들이 있는 외벽을 넘어 마을 지붕과 지붕을 타서 안쪽으로 들어갔다. 그러자 아까의 소란스러움이 거짓말처럼 사라지고 고요함이 두 사람을 감쌌다.

벌레 한 마리도 울지 않는 침묵 속으로 여희는 내려앉았다. 백영이 작게 속삭였다.

"여기는 어디냐."

"신들의 집이지."

걸으면서 기억을 찾아간다. 사당을 떠나 도륵에 정착해, 다시 또 도륵을 떠났다. 기백 년 전에 머물렀던 집을 찾아 발을 옮기니 기이하게도 모두 떠올랐다. 졸졸 흐르는 시냇물 그 위 다리를 건너, 버들나무를 찾는다. 버들나무의 오른편, 청기와의 작은 집.

여희는 걸음을 멈추고 집을 둘러보았다. 여기 있는 것이 당연한데도 여전히 있음에 놀랍다. 옆에서 백영의 시선이 느껴져 천천히 입을 열었다.

"여기가 나의 집이니라."

백영이 눈앞의 집을 이모저모 둘러보았다. 그저 청기와에 석벽뿐인데도 샅샅이 훑는다. 여희가 한 걸음 떼자 집이 주인을 환영하듯 문을 열어젖혔다. 그토록 오래 비워두었는데도 먼지 하나 내려앉지 않고 곰팡이 하나 슬지 않았다. 탁자 위, 타다 만 촛대에서 불이 솟고 그 너머 넓은 턱 위에 요가 저절로 펼쳐졌다.

"아늑하구나. 좋은 집이다."

백영이 호롱불을 내려놓으며 주위를 훑었다.

"그럼 네 태강에 오기 전까지는 여기에 살았던 것이냐."

"그리 볼 수도 있지."

태강에 도착하기 전에도 여희는 인간 세상에 있었다. 사국을 전부 떠돌며 생을 보냈다. 백영은 모르는 여희의 생이다. 긴 걸음을 했더니 삭신이 쑤셔 요 위에 몸을 눕혔다. 자개 달린 농을 쓸어보고 석벽에 걸린 등불을 들여다보던 백영이 뒤늦게 요 안으로 찾아들었다.

"신들은 본디 다들 그리 무섭게 생겼느냐."

약해진 촛불에 어둠이 흔들리는 그 속에서 백영이 중얼거렸다.

"무서우냐?"

"그래. 오금이 저릴 정도다."

여희는 짧게 웃음을 터트렸다.

"그럼 지금이라도 단국으로 돌아갈 테냐. 간다 하면 보내주지."

백영이 미간을 좁히며 인상을 썼다.

"누가 간다 했냐. 그냥 생긴 것이 그렇다는 것이지. 너도 그렇고 교향사에 있던 여아도 그리는 안 보였는데 여기에 있는 것들은 전부…… 그런 것이."

"악 소리 나게 무서운 것이 있다면 억 소리 나게 아름다운 것들도 있지. 네 인간들도 마찬가지 아니니. 뭘 그리 깊게 생각하누. 세상사 모든 것은 한 끗 차이이거늘."

백영의 이마를 쓸어 넘겨주자, 백영이 응석을 부리듯 그 손에 얼굴을 비벼댔다. 백영이 여희를 안고 벌렁 뒤로 누웠다.

"내가 도릎에 왔구나. 놀라운 것은 지옥에서 다 경험했다 생각했거늘 그도 아니었어. ……정말 신기하구나."

말끝이 늘어지고 색색거리는 숨소리가 들린다 싶더니 이내 백영이 먼저 잠에 빠져들었다. 이제 갓 넘어왔을 뿐인데 제 말대로 놀랄 일이 많아 쉽게 피로해진 모양이다.

뜨끈한 체온을 느끼며 여희는 숨을 깊게 들이마시고 어둠 속을 응시했다. 칠흑 같은 어둠과 고요함. 도릎이었다. 백영의 말대로다. 도릎에 인간을 데려온 것이다.

인간을 데려왔다는 것을 들킨다면, 지난번 일영을 살렸을 때보다도 더 큰 소동이 일어날 것이다. 차라리 지금이라도 돌려보내는 것이 낫지 않을까. 생각하던 여희는 잠결에도 저를 찾아드는 백영 때문에 한숨과 함께 그 생각을 흘려보냈다. 하루가 넘어가고 있었다. 이레 중 하루가 지워진 것이다. 잔치에 모여든 신들 때문에 백영의 모습은 보이지도 않을 것이다. 쥐 죽은 듯이 지내다 보면 있었는지도 모르게 끝날 수도 있는 일이었다.

다음 날, 한낮에 나온 장터거리는 지난밤과 다르게 오고가는 신들도 별로 없고 문을 연 장사꾼들도 크게 없었다. 보다한갓지게 걷다가 백영의 배에서 소리가 울려 음식을 파는 곳으로 들어갔다. 2층으로 올라가 오른편 창가에 자리 잡는다. 곧이어 사람의 형상에 물소의 눈, 소의 꼬리를 단 남자가 설렁설렁 걸어와 물 두 잔을 성의 없이 내려놓았다.

"뭘 드실 거요?"

대답을 백영에게 미루자, 백영은 당황한 얼굴로 주위를 둘러보더니 어색하게 웃으며 남자에게 물었다.

"여긴 무엇이 맛있는지요."

"보자. 멧돼지 창자볶음에 고래 등살이 가장 잘 나가는 음식이고. 또 메뚜기 눈알 밥에 장어 꼬리 국수도 잘 나가오. 이것들로 드릴까?"

남자의 말이 이어질수록 백영의 얼굴이 하얗게 질려갔다. 그 모습에 여희는 피식 웃고 남자에게 말했다.

"옥수수 죽에 생선 구이나 하나 주시오."

"으잉? 그런 밋밋한 것들을 뭔 맛으로 자시겠다고?"

"이쪽은 고뿔에 걸려 간이 센 것은 못 먹거든."

백영을 눈짓하자 남자가 백영을 훑고는 곧 고개를 끄덕이며 아래로 내려갔다. 가는 뒷모습을 빤히 보고 있던 백영이 그 등이 보이지 않게 되자마자 한숨을 소리 나게 쉬었다.

"느이는 정말로 그런 것들을 먹고 사느냐."

"설마하니 느이는 이보단 못하게 먹을까 봐서?"

심드렁한 여희의 대꾸에 백영이 웃으며 고개를 절레절레 저었다. 한식경이 지나자 남자가 쟁반에 음식을 담아 가지고

336

올라왔다. 잿빛의 둥근 그릇에 노란 죽이 담겨 있고, 그 옆으로 바싹 구워진 생선 한 마리가 놓였다. 나무로 깎아 만든 숟가락으로 조심스럽게 죽을 한입 떠먹은 백영이 눈을 동그랗게 뜨더니 다시 죽을 떴다.

"입맛에 맞나 보지."

"아주 맛있다."

한참을 정신없이 먹던 백영이 뒤늦게 여희의 줄지 않은 죽 그릇을 발견하고 눈살을 찌푸렸다.

"어찌 먹지 않느냐."

여희는 빈 그릇을 앞으로 끌어오고 제 그릇을 백영에게 밀어주었다.

"너나 먹으렴."

"딴 것이 먹고 자운 게냐? 그럼 그것을 가져오라 하자."

백영이 남자를 찾았다. 여희는 고개를 흔들며 그를 만류했다.

"그저 내가 아직 입맛이 없어 그런다. 신경 쓰지 말려무나."

"그래도⋯⋯."

"도륵에서는 그다지 식을 취하지 않아도 기운을 잃는 일은 없느니. 네 눈에는 보이지 않겠지만 지금도 여기에는 온갖 기들이 떠다니고 있어서 숨만 쉬어도 그것들이 내 몸 속으로 들어와 나의 허기짐을 잠재워주거든."

이것은 비단 여희뿐만이 아니다. 도륵의 모든 신들이 그러했다. 하여, 도륵에서의 음식은 그야말로 흥의 하나라 살기 위해 먹는 것이 아닌, 즐기기 위해서 먹는 것이나 다름없었다. 백영은 잠시 고민하는 눈치였지만, 배고픔이 이겼는지 다시 죽을 뜨기 시작했다.

순식간에 두 번째 죽도 금방 바닥나고 생선은 그 뼈만 덜렁 남게 되었다. 나오기 전에 한 번 더 죽과 생선을 주문하여 나올 때 들고 나왔다.

배가 불러 기분이 좋은지 백영이 한결 편한 표정으로 한쪽 손에는 여희의 손을 잡고, 나머지 손에는 죽과 생선이 담긴 단지를 들고 걸었다.

길 중간에 들어섰을 무렵이었다. 끼악, 끄악 소리가 들리더니 앞에서 새끼 도깨비들이 저들끼리 장난을 치며 바람같이 길목을 지나갔다. 부딪힐까 봐 몸을 한쪽으로 피했던 백영이 문득 고개를 들고는 가던 걸음을 멈추었다.

"왜 그러냐."

의아함에 묻자, 백영이 저 멀리에 시선을 두며 말했다.

"저기 좀 들렀다 가자."

손이 이끌려 따라가는 모양새가 되었다. 불 꺼진 장 집과 갓 잡은 토끼, 꿩을 파는 주 집, 이제 막 문을 열기 시작한 도 집과 길을 이어주는 골목을 지나 도착한 곳은 싸구려 보석이 달린 비녀를 파는 옥 집이었다. 길 밖으로 나 있는 널판 위를 유심히 살피던 백영이 하나를 집어 들었다. 황금대에 피보다도 더 붉은 홍석이 달린 비녀였다. 백영이 그것을 여희의 머리 위에 대더니 이리저리 가늠을 하듯 보았다. 문득, 입가에 미소가 서리더니 여희에게로 눈길을 떨어트렸다.

"네게 아주 잘 어울린다. 까만 머리에 이것이 이렇게 빛나니 낮에 뜨는 해보다도 눈이 부시구나."

"아이고, 눈썰미 좋으시네! 어찌 또 이렇게 제일 잘나가는 것을 고르셨을까."

올빼미의 머리를 달고 풍만한 가슴, 잘록한 허리를 지닌 여인이 손으로 부리를 가리며 호호 웃어댔다.

"닷 전 주시면 됩니다요."

백영이 품을 뒤적여 돈을 내밀자 올빼미 여인이 금세 눈을 치떴다.

"이게 뭐요? 닷 전이라니까."

백영이 당황하며 올빼미 여인과 비녀, 그리고 손에 들린 돈을 보았다. 스윽 훑어보던 올빼미 여인이 냉큼 비녀를 빼앗아들었다.

"내 참, 첫 장사에 재수 없게 이게 뭔 일이람. 돈이 없으면 저리 가시구려!"

"아니, 돈을……."

"돈이 뭐어? 이게 어찌 돈이야? 뭔 쇳조각을 들고 와서는 돈돈거리고 있어!"

올빼미 여인이 판 위에 비녀를 던져놓고 구시렁거렸다. 문을 여는 놈이 저딴 놈이니 오늘 장사는 망했다는 둥, 장사 집에 와서 장난을 치는 놈은 되게 자빠져 코가 깨져야 한다는 둥 악담을 퍼부으며 부리를 딱딱거렸다.

가만히 상황 돌아가는 것을 보고 있던 여희는 어쩔 줄 몰라 하는 백영의 옆얼굴을 흘긋 보며 품속에서 꾸러미 하나를 휙 던졌다. 뒤돌아 있던 올빼미 여인이 손을 뻗어 꾸러미를 낚아챘다. 안을 열어 들여다보더니 세상에 다시없을 간드러진 목소리로 "아이 참, 짓궂으셔!"를 연발하더니 집어던졌던 비녀를 조심히 들어다 하아, 호오 불어가며 치맛자락으로 뽀득뽀득 닦아 백영에게 다시 주었다.

"곱게 잘 쓰시구려. 이것이 칠방신도 쓰시는 물건이라우."

비녀 끝에 달린 홍석은 저기 동쪽 강에 가면 그 밑바닥에 널려 있는 붉은 돌이다. 황금대도 쇠막대기에 금잔화를 빻아 나온 진물로 노오란 색을 입힌 것이니 기실 닷 전까지 갈 필요도 없는 물건이었으나, 여희는 토를 달지 않고 몸을 돌렸다.

"인간사 돈을 어찌 도륵에서 쓰려고 하냐."

"……똑같이 생겼기에 될 줄 알았지."

침울한 말투에 여희는 뒤를 돌아보았다. 심란한 얼굴이 손에 들린 비녀를 내려다보고 있었다.

"느이 땅의 것들은 도륵에선 무용지물이다. 여기에선 인

340

간의 것은 모다 제 값을 하지 못하지. 그 비녀, 네가 쓸 것이
냐?"

백영의 손에 들린 비녀를 가리키자 백영은 빤히 시선을 마
주하다 이내 고개를 가로젓고 여희에게로 다가와 머리에 직
접 꽂아주었다. 이리저리 살펴보던 백영이 이내 환하게 웃음
을 내보였다.

"예쁘구나."

사흘째 밤, 진정한 향연이 시작되었다. 거리에는 신들이
쏟아져 나오고, 흥겨운 가락은 하늘을 메우며, 달큼하니 기
름진 냄새는 골목을 맴돌았다. 왁자지껄한 소란 속으로 여희
와 백영이 지나갔다. 도륵성을 둘러싼 강, 그 서쪽 정자에 자
리를 잡은 여희는 옆에 백영을 앉혔다.

"여기에서 잔치가 벌어지는 게냐."

"그래."

"아니, 이게 누구야? 여희 아니냐!"

정자 끝에서 커다란 소리가 울렸다. 돌아보니 흑범 한 마
리가 고개를 쭉 내밀고 여희를 보다가 눈이 마주치자마자 굵
고 긴 꼬리로 바닥을 탁 쳐내며 상을 뛰어넘어 세 걸음 만에
여희 앞으로 왔다.

"여희라고?"

"여희가 왔다고?"

"어디냐? 어디에 여희가 있냐!"

목소리들이 사방에서 튀어나왔다. 범이 "여기다!" 하는 순간, 두 개의 머리가 달린 뱀, 하얀 깃털을 가진 제비, 빨간 코의 원숭이가 모여들었다. 옆에 있던 백영의 눈이 휘둥그레진다. 여희는 소리 없는 한숨을 내쉬었다. 범이 사람처럼 턱을 괴고 여희를 쳐다보았다.

"네 인간 남자와 살림을 차렸었다지?"

"그래, 나도 들었다. 그 뭐냐. 황제? 황제라고 하던데."

하얀 깃털을 파득거리며 날아온 제비가 탁상 위를 뱅뱅 돌며 말했다.

"황제가 아니라 태자. 태자다."

범 옆으로 자리 잡은 뱀이 고개를 흔들었다. 두 머리가 한 마디, 한 마디 끊어서 각자 내뱉는다.

"사실이냐?"

모두가 대답을 기다리듯 입을 딱 다물었다. 대답을 하지 않는다면 언제까지고 기다릴 기세였다. 여희는 조용히 입을 열었다.

"그래."

제비가 끄악깍깍 울고 원숭이가 손바닥으로 탁상 위를 우다다다 두들겨댔다.

"여희 네년은 신들은 거들떠도 안 보더니 고작 인간 놈하고 그러려고 그랬던 거냐!"

원숭이가 비난조로 쏘아붙였다.

"근데 살린 것은 또 엉뚱한 놈을 살렸다던데."

제비가 탁상 끝에 앉으며 부리로 제 깃털을 정리했다.

"맞다. 나도 들었지. 정분은 태자랑 쌓고 살리기는 그 동생을 살렸다지?"

"그럼 둘이랑 놀아난 것이냐?"

상 아래로 백영의 손이 주먹을 쥐었다. 여희는 그것을 보며 담담하게 답했다.

"그럴 수도 있고, 아닐 수도 있지."

"야, 이! 인간 한 놈도 모자라 두 놈하고 놀아났다고!"

빨간 코 원숭이가 코를 실룩였다. 여희는 팩하니 쏘아붙였다.

"내가 인간 백 명이랑 놀아나도 너하곤 상관없느니."

제비가 깔깔 웃었다. 원숭이의 얼굴이 빨간 코보다 더욱 붉게 타들어갔다.

"네 일로 도륵이 한바탕 뒤집어졌었다. 인간과 정이 붙어서 신력을 썼다고 말이다. 그도 사실이냐?"

흑범이 제 몸통만큼이나 굵직한 목소리로 물었다.

"그래."

조용히 수긍하자 감탄사가 곳곳에서 튀어나왔다. 백영이 옆에서 손을 잡아왔다. 어찌나 꽉 잡아대는지 뼈마디가 아플 정도였다.

"헌데 용케 멀쩡하구나? 칠방신이 너를 족칠 것이다 아주 괄괄하게 날뛰었는데."

뱀이 여희를 이리저리 살펴보았다.

"그리 됐느니."

여희는 눈을 내리깔았다. 백영과 얽혀 있는 손이 보였다. 칠방신에게서 벌을 받지 않은 건, 여희 대신 벌을 받은 자가 있기 때문이다. 백영이다. 백영이 자처하여 여희가 받을 벌도 가지고 갔다. 원숭이가 정자 기둥을 타 넘고 제비가 허공을 돌았다. 범과 뱀이 이야기를 시작한 그사이에, 여희는 시선을 들어 백영을 보았다.

이쪽을 계속 보고 있었던 듯, 백영과 시선이 금방 마주쳤다. 세상일이란 참 얄궂기도 하지. 어찌 일이 이렇게 돌아가고 있느냐. 이것이 너희 인간들이 그리 지지고 볶는 정情이라는 것인가.

그때였다. 꽹과리 소리가 세상을 뒤덮더니 곧 하늘에 까마귀 떼가 모여들었다. 모든 신들의 고개가 그리로 넘어갔다. 백영도 하늘을 돌아보았다. 까마귀 수천 마리가 날아들어 하늘을 메우자, 그것은 곧 다리가 세 개 달린 까마귀, 삼족오로 화하여 공중에서 느긋하게 날갯짓을 했다. 접었다 펴지는 날개 끝이 연기처럼 흐트러져 자세히 보니 작은 까마귀 떼다. 까마귀 떼가 삼족오의 모양을 이루어 날고 있었다.

커다란 바람을 일으키며 날갯짓을 하던 삼족오가 부리를

벌렸다.

"이리 좋은 날에 모다 모여 축하를 해주니 정말 기분이 좋구나. 너희의 성誠에 탄복하여 내 사흘 밤낮 끊이지 않을 술과 음식을 내리노니, 모다 즐기다 가라!"

말이 천둥처럼 울리고 삼족오가 다시 수천 마리의 까마귀 떼로 바뀌었다. 흐드러지게 날아가는 까마귀 떼들 사이로 후드득 비가 쏟아졌다. 그러나 그것은 비가 아니다. 술이 담긴 호리병과 음식들이었다. "우와아아!" 신들의 함성이 울렸다.

땅으로 떨어지는 호리병은 깨지는 일 없이 저마다의 술상에 턱턱 자리를 잡았다. 입을 벌린 멧돼지가 대가리를 쳐들자, 공중에서 떨어지던 고기구이가 쏙 그 입으로 들어갔다. 곰의 몸통에 인간 얼굴을 한 남자와 두꺼비 얼굴에 인간의 몸을 지닌 여자가 손을 맞잡고 덩실덩실 춤을 추었다.

"근데 네놈은 누구냐?"

흑범이 고기를 뜯다 말고 백영을 보며 물었다.

"그는 나의 일행이다."

여희가 말하자, 호리병을 잡고 술을 들이붓던 원숭이가 백영에게로 얼굴을 들이밀었다.

"이것이 그 정분이 났다던 태자냐?"

제비가 꼬리로 원숭이의 뒤통수를 딱 소리 나게 때렸다.

"멍청하기는! 인간이 여길 어찌 오냐. 게다가 그놈의 일은 저 옛날 일 아니냐. 진즉에 죽고 없지."

"허면, 새 남자냐?"

기다 대답도 안 했는데 모두가 그리 여기며 백영에게 몰려들어 이모저모 뜯어보았다. 백영이 난처한 얼굴을 하면서도 침착하게 입매로만 웃어 보였다.

"너도 참, 여자를 골라도 어찌 인간과 붙어먹은 여자를 고르냐."

"그러게 말이야. 여희 저것이 얼굴은 절색이어도 그 얼굴에 속아선 안 된다. 저게 성질이 얼마나 더러운지 아냐."

원숭이와 제비가 백영의 앞에 자리를 잡고 재잘댔다. 백영의 미간이 설핏 구겨지더니 곧 입이 열렸다.

"그게 무슨 흠이 되는지요? 인간과 정을 통한 것도, 성질이 괄괄한 것도 제겐 아모 상관도 없습니다."

"뭐 이런 실없는 놈이 다 있어? 에라이, 술이나 마셔라!"

원숭이가 방방 날뛰며 호리병을 낚아채어 백영의 잔을 채웠다. 콸콸 쏟아지는 술은 향긋한 냄새를 냈다. 꼭 꽃과 같은 냄새다. 여희는 백영의 손이 닿기 전에 잔을 옆으로 끌어왔다.

"오늘은 몸이 안 좋아 술은 마시지 못하니 주지 말렴."

"뭣이? 그럼 자빠져 잠이나 잘 것이지, 잔칫집엔 뭐하러 왔어?"

"참 나, 여자 보는 눈도 없고 술도 못 마신다 이거냐? 밤일은 어디 좀 하겠나?"

비꼬는 말들에 백영이 안색을 굳히더니 술잔을 도로 끌어와 한입에 털어 넣었다. 원숭이가 눈을 빛내며 빈 잔을 다시 채웠다. 채워지기 무섭게 다시금 입에 털어 넣는 백영을 보며 한마디 하려다, 진득하니 쳐다보는 두 머리 뱀 때문에 여희는 잠시 그쪽으로 시선을 주었다.

　"뭐, 하고 자운 말이라도 있냐."

　"정말로 그 인간과 정이라도 붙었던 게냐."

　"그래. 나도 그게 제일 궁금타."

　뼈에 붙은 마지막 살점 하나를 송곳니로 긁어먹은 범이 덥수룩한 털이 솟아난 팔뚝으로 입가를 훔쳐냈다. 여희는 옆을 돌아보았다. 원숭이와 제비가 신이 나서 백영과 함께 술잔을 기울이고 있었다.

　"정이 붙었느냐고?"

　그새 콧등이 발개진 백영이 뭐가 좋은지 원숭이가 뭐라 재잘대자 껄껄 웃었다. 함부로 말 섞지 않으리라 호언장담을 하더니 그것은 입이 아닌 주둥이로 한 모양이었다.

　"그것을 내가 어찌 아누. 정이란 게 어디 예고를 하고 찾아오는 것이었더냐. 일이 그냥 그렇게 돌아갔느니."

　"그럼 그 인간이 죽고 나서는 어찌 되었냐."

　인간이 죽고 나서는 아무 일도 없었다. 여희는 궁을 떠나 원래 살던 교향사로 돌아왔다. 해가 뜨면 지는 날이 도래했고, 바람이 불다가도 멈추는 날이 왔다. 세월이 흘러간다.

소의가 찾아왔다. 소의의 아이를 황제의 자리에 오르게 도와준 것은 그러고자 하는 마음이 들었기 때문이다. 독사처럼 굴어대던 비빈들 중에서 유일하게 소의만이 제 천성을 잃지 않고 버티었기 때문이다. 그래, 그 눈먼 방술 때문에 숱한 네 새끼들이 죽었는데 너도 한 번은 천운을 누려봐야지. 여희를 만난 것도 소의의 복이라면 복이었다. 그것은 여희가 그리 만든 것이 아니라, 소의의 생이 그리로 굴러간 것이다.

"어찌 되긴 뭘 어찌 되냐. 떠날 놈은 떠나고 남을 놈은 남아 있는 게지."

인간의 생이 굴러간다. 그것은 짜인 그림일 때도 있었으며, 짜야 하는 그림일 때도 있었다. 제 생을 운명에 맡기고 그저 흘러갔다. 이제는 빨간 코 원숭이만큼이나 붉은 코를 하고 있는 백영을 본다. 백영의 이번 생은 짜야 하는 그림이다. 제가 그리고자 하는 대로 흘러간다.

여희의 눈이 무언가를 가늠하듯 가늘어졌다. 백영은 중간에 여희를 잊어도 되었다. 기실, 그리 여희를 쫓아오지 않아도 누가 무어라 할 것은 어디에도 없다. 여희 자신조차도 그를 탓하지 않았을 것이다. 백영이 떠나고 일영을 살릴 때에 여희 또한 매듭을 지었기 때문이다.

'너는 어이하여 이곳으로 돌아왔을까.'

이것이 정말로 오직 여희, 자신 때문이란 말인가. 생을 걸 만큼 특별한 것이 있었나. 지난 생을 떠올려본다. 한 해도 넘기지 못한 짧은 시간이었다. 겹친 것은 몸뿐이요, 정신은 서로 저가 지닌 삶에 더 매여 있었으니 이 생에 이어질 만큼 특별한 것은 어디에도 없던 것 같은데 일 한 번 이상하게 돌아간다.

문득, 백영이 웃음을 터트렸다. 원숭이의 가늘고 긴 꼬리가 바닥을 쉼 없이 두드린다. 그런데도 어찌하여 자신은 백영을 오랫동안 떠올렸을까. 이 헤아릴 수 없는 미련을, 백영도 갖고 있기에 돌아온 것일까. 그러나 모든 일에는 끝이 있는 법. 제아무리 장담을 해도 몇 번이고 지옥도를 돌아올 수는 없고, 자신 또한 백영만을 기릴 수는 없는 노릇이다. 그렇다면 이 끝은 어느 식으로 내어야 할까.

"허면, 그 인간하고는 다시는 못 보았냐."

"……떠난 인간을 어찌 다시 보누. 너는 인간이 떠난 후, 그를 다시 본 적이 있느냐."

뱀이 두 머리를 좌우로 흔들었다. 여희는 웃으며 술잔을 들었다. 술이 담긴 호리병이 알아서 입구를 기울여 술을 따라낸다. 입안에 꽃 향이 퍼졌다. 다디단 술맛이 목구멍을 태우는 것을 비밀스럽게 감추고 몸속으로 숨어들어갔다.

호기 있게 들이켜던 처음과 다르게 마지막 잔을 반도 못 마시고 백영이 제 속에 있던 모든 것을 게워냈다. 탁자 옆으로 늘어진 호리병은 열두 개. 원숭이와 제비는 아직도 술을 마시고 있는 중이었다. 늘어져 있는 등을 쓸자 백영이 설핏 미소를 짓더니 얼마 못 가 미간을 찡그리고 기둥에 매달려 우웩, 컥! 다시 한 번 게워냈다.

"어찌 이리 미련하게 마셨는고."

"……술이 다디달다. 마실 땐 괜찮았는데 말이다."

술꾼의 눈속임이다. 땀이 솟아난 머리를 쓸어 넘겨주자 백영이 느릿하게 팔을 감아왔다. 무릎 위에 누운 백영이 깊은 숨을 내쉬자 시큼한 단내가 퍼졌다.

"원숭이가……."

한 마디 꺼내더니 그 뒤가 감감무소식이었다.

"원숭이가 무어?"

"……내 욕을 작히도 하더군. ……주제를 모르고 신인 너를 꼬여냈다고 말이다."

백영이 감았던 눈을 떴다. 한 마디, 한 마디를 힘겹게 잇고 너르게 웃었다. 버석하게 마른 입술을 혀로 핥는다.

"네 도록에서 아주 인기가 많다지. 제비가 말을 해주었다."

"황궁에 있던 너만 하겠느냐."

별후궁의 비빈들이 몇 명이었냐. 손으로 한 번에 다 세지도 못했다. 백영이 웃었다. 그러다 다시 눈을 감고 금세 잠에 빠져들었다. 하얗게 질린 얼굴이 생과 이별하던 그날과 같다. 그 얼굴을 빤히 내려다보다가 여희는 천천히 손가락을 들어 백영의 코 밑에 대었다. 작은 숨이 손가락을 간질였다.

여희는 손을 거두고 저 멀리를 보았다. 밤새 술을 들이붓던 신들이 그 자리에서 쿨쿨 잠을 자고 있었다. 아직까지도 술을 붓는 이들은 저들끼리 뭉쳐 작게 소란을 떨며 술잔을 부딪친다.

남쪽에서 떴던 해가 북으로 지고 난 새벽, 잠에서 깨어난 백영을 원숭이가 붙잡고 고기로 속을 채우게 한 뒤 다시 술잔을 들이밀었다. 몇 번 홀짝이는 사이에 정자 옆으로 선물이 그득 쌓인 바구니가 천천히 지나갔다. 자세히 보니 바구니 밑에 개미가 붙어 있다. 그러나 개미는 무거운 기색도 없이 바구니를 이고 잘만 걸어간다.

바구니가 옆을 지나가면 가까이에 있는 신들이 저마다 자기가 챙겨 온 선물을 던져 넣었다. 여희도 도륵에 올 적에 만났던 교인에게서 산 진주 주머니를 바구니에 던졌다.

"어이! 벌써 쓰러지면 어찌하냐! 어제보다도 덜 마셨는데!"

원숭이가 소리쳤다. 돌아보니 백영이 눈을 끔벅이며 몸을 느릿하게 흔들고 있었다.

"아이 참, 조금 있다가 판 놀이도 할 참이었는데!"

파닥대는 제비를 밀치고 여희는 백영의 턱을 잡아 올렸다. 발갛게 취기가 오른 눈이 반쯤 풀려 있었다. 여희는 혀를 차며 백영을 부축하여 일으켰다.

"우리는 돌아갈 테니 너희나 놀려무나."

"벌써 가겠다고? 마지막 밤이 남아 있는데?"

"마실 만큼 마시고 놀 만큼 놀았으니 됐다."

여희는 가볍게 정자를 내려왔다.

"나중에 또 보자꾸나."

뱀의 꼬리가 인사를 하듯 흔들거렸다. 원숭이가 아쉬운 얼굴로 백영을 보았다.

"……어디, 어디를……."

옆에서 백영이 주절거렸다. 여희는 정신을 잃어가는 몸을 옆구리에 끼고 담벼락을 넘어 지붕을 타고 버들나무 밑으로 내려왔다. 열리는 문 안으로 들어가 요에 백영을 눕혔다. 쩝쩝대면서 얼굴을 찌푸리기에 물을 한 잔 떠다 입가에 대어줬더니 질색을 하며 피했다.

"더는…… 더는 못 마신다……."

허우적대는 팔을 못난 것이라도 보듯이 보고 물 잔을 도로 물렸다. 여희가 눈길을 돌리자 촛대의 불이 약하게 줄어든다. 백영은 이미 몽의 다리로 건너간 것인지 정신을 잃은 채, 이마를 찡그렸다 풀었다를 반복하며 들리지 않는 속삭임을 토해냈다.

"그러게 여기엔 뭣하러 따라와선."

여희는 혀를 차며 백영의 몸 위로 이불을 끌어올려주었다.

다음 날, 자리에서 일어난 백영은 머리를 감싸 쥐며 괴로운 얼굴로 신음성을 내뱉었다.

"많이 안 좋으냐?"

"……아니. 견딜 만하다."

메마른 논바닥처럼 갈라진 목소리였다. 정신을 차리려는 듯 잠시 요지부동으로 있던 백영은 머리를 짚으며 천천히 몸을 움직였다.

"어제 내가 어떻게 집에 왔는지 모르겠군. 원숭이가 악어고기를 내게 먹여준다고 들이밀던 것까지는 기억이 나는데, 그 이후가 깜깜하다."

"이거나 좀 마시렴."

여희는 찻잔을 내밀었다. 손톱만 한 크기의 파란 잎이 세 가닥 동동 떠다니는 투명한 물빛의 차다. 백영이 받아들고 한 모금 마시더니, 이내 고개까지 꺾어가며 입안에 홀랑 털어 넣었다.

"이게 뭐냐. 속이 확 풀리는군."

"잎차니라. 속이 안 좋을 때는 그만한 것이 없지. 좀 괜찮으냐."

"음, 머리 울리는 것만 빼면 아주 괜찮다. 속이 시원해지니 살 것 같구나."

그러나 말과 다르게 백영의 얼굴은 창백하니 파리했다. 여희는 잎차를 한 잔 더 주고 백영을 다시 요에 눕혔다. 괜찮다며 손사래를 치던 백영은 울렁거리는 속이 가라앉고, 열린

353

창가에서 솔솔 부는 바람에 조금 심신이 편해졌는지 금세 또 잠에 빠져들었다.

해가 떨어지기 직전, 잠에서 깨어난 백영은 아까보다는 훨씬 나은 몰골이었다. 배가 고프다 하여 지난번 옥수수 죽을 샀던 곳에 가, 옥수수 죽 두 그릇과 생선 한 마리, 고래 등살 구이를 사 가지고 나왔다. 지난밤, 원숭이와 제비에게서 들은 이야기를 장황하게 다시 여희에게 들려주며 버들나무가 있는 다리를 건널 때였다. 어디선가 빽빽 애기 우는 소리가 들렸다. 백영이 주위를 두리번거렸다.

"지금 뭔 소리 나지 않았냐."

여희도 주위를 둘러보았다. 울음소리가 날 만한 것은 어디에도 없었다.

"새가 우나 보지."

"새가 이리 운다고?"

"도록에선 그리 이상할 일도 아니다."

그 말에 납득을 했는지 백영이 다시 걸음 했을 때였다. 울음소리가 아까보다 더 크게 들렸다. 빽빽거림이 발길을 붙잡는다. 백영이 멈칫하며 다리 밑을 내려다보았다. 눈을 가늘게 뜨더니 손으로 어둠 저편을 가리켰다.

"저기 뭔가가 있는 듯하다."

방향을 따라 여희도 고개를 돌렸다. 다리 끝, 강가가 닿아 있는 곳에 하얀 뭔가가 보일 듯 말 듯했다. 손가락을 튕기자 하얀 것이 둥실 떠올랐다. 하얀 것이 가까워질수록 울음소리도 점점 커졌다.

"……갓난아이?"

백영이 중얼거렸다.

"아니, 동자삼이다."

빙글빙글 돌면서 다가오는 하얀 것은, 인삼과도 같은 몸통을 하고 인간 같은 머리통을 단 동자삼이었다. 동자삼이 빽빽 울자 눈물이 이슬처럼 허공에 흩날린다.

여희는 주위를 훑으며 말했다.

"아무래도 어제 칠방신에게 바치던 선물에서 이것만 어찌 떨어져나왔나 보군."

백영이 코앞까지 다가온 동자삼을 유심히 들여다보았다. 허공에서 동그랗게 돌고 있는 동자삼을 백영이 콕 건드리자 울음소리가 더 커진다.

"선물?"

"그래. 동자삼은 운기에 워낙 효험이 좋아 달여 먹는 약재로 쓰이거든."

"이것을 달여 먹는다고? 이리 사람처럼 생겼는데?"

백영이 식겁하며 여희를 보았다.

"사람도 먹는 판에, 사람처럼 생긴 것이 뭔 대수냐."

"그는 그렇긴 하다만…… 그럼 이놈은 어찌하냐."

백영이 동자삼의 볼을 한 번 더 건드렸을 때였다. 이파리

달린 작은 팔이 백영의 손가락을 덥석 붙잡더니 그대로 달라붙었다. 당황한 백영이 손을 털어냈지만 떨어지지 않고 더욱 달라붙는다. 울음소리가 잦아들고 그렁그렁한 눈망울이 이곳저곳을 살핀다.

"이놈을 어찌하냐."

황당한 백영의 목소리에 여희는 심드렁하게 대꾸했다.

"어쩌긴 뭘 어찌해. 칠방신에게 올린 공물이니 이것은 제 주인에게 가도록 해야지. 내일 이놈을 데려다주러 도륵성에나 가야겠구나."

집에 돌아와서도 동자삼은 백영에게서 떨어지지 않았다. 손가락에 달라붙어 꼼짝을 안 하니 백영은 한 손으로 밥을 먹어야 했다. 죽이나 생선을 먹을 때는 쳐다보지도 않던 것이 고래 고기를 먹을 땐 침까지 뚝뚝 흘려가며 보고 있어, 백영이 고래 고기를 좀 떼어서 들이밀자 입을 빠끔 열어 받아먹었다. 그 모습이 퍽이나 귀여운지 백영은 몇 번 더 고기를 떼어주고는 동자삼을 가리키며 웃었다.

"요것은 원래 이리 고기를 좋아하나?"

"글쎄. 나도 동자삼을 이리 가까이 둔 것은 처음이라 그는 모르겠구먼."

동자삼은 요신이다. 양양과 같이 급이 낮은 신이다. 서쪽 숲에서만 난다는 동자삼은 그 모양이 돌쟁이 아기들과 같아 아이처럼 키우는 집도 있었지만, 보통 신들은 약재로 끓여 먹기를 더 좋아했다.

동자삼이 있던 강가는 지난밤, 잔치가 벌어지던 정자가 있던 길목이다. 분명 신들 중 한 명이 선물로 동자삼을 가져왔다 저만 떨어져나온 게 분명하다. 일이 참 요상하게 돌아가는군. 이것을 또 언제 도륵성에 가져다준다지. 여희는 심란한 얼굴로 고기를 받아먹는 동자삼을 보았다.

백영은 마치 아이를 다루듯이 동자삼을 다루었다. 고래 고기 덕분인지 동자삼도 이젠 곧잘 백영을 따랐다. 동자삼이 입을 벌릴 때마다 깍깍 소리가 났다. 뭐라 말하는 건지 알 길이 없는데도 백영은 알아듣는 것처럼 귀를 기울이고는 그랬군, 저랬군 응대를 해주었다.

백영이 동자삼을 손바닥 위에 올려놓고 둥실둥실 어르며 놀아주자 동자삼이 쉼 없이 깍깍댔다. 그 모양새가 마치 웃음을 터트리는 것 같았다.

"이런 것을 어찌 끓여 먹냐. 나는 못 할 것 같다."

문득, 백영이 말했다.

"일영이도 어렸을 땐 어지간히 울보였지. 고놈은 한 번 울면 제 성질이 풀릴 때까지 우는 놈이라 달래기가 쉽지 않았어."

주절주절 말하는 백영을 본다. 전생을 기억하고 있는 백영은 한 번씩 그 기억을 뽑아냈다. 말하는 옆얼굴에서 어떠한 편린 한 조각을 찾을 수 있을까 했지만, 동자삼에게 너른 미소를 내보이는 백영은 그저 평온해 보이기만 했다.

"네 지옥에서 일영을 만나보았니."

묻자, 한순간 백영이 멈칫했다. 이내 고개를 가로젓는다.

"만나지 못했다. 그 비슷한 얼굴도 안 보이더군."

"너 모르는 사이에 스쳐 지나갔을 수도 있지."

"……그랬을 수도 있지."

동자삼이 백영의 팔을 잡고 기어가 어깨를 타넘었다. 왼쪽에서 오른쪽 어깨로 갈 적에 발이 미끄러져 떨어질 뻔한 것을 백영이 화들짝 낚아채어 품에 안았다.

"이놈아, 조심해라. 조심해."

백영이 동자삼 콧등을 톡 치자 동자삼이 깍깍거렸다. 그런 동자삼을 들여다보던 백영이 불쑥 물었다.

"이놈이 도륵성에 가면 차로 끓여지게 되는 것이냐?"

"그렇겠지."

"흠."

백영은 심란한 얼굴을 해 보였지만 더 이상 말을 꺼내진 않았다. 그날 밤, 탁자 위에 면포 한 장을 깔아주고 동자삼을 눕혔지만 촛불이 꺼지기가 무섭게 울어대 결국 요에 나란히 누워야 했다.

"별꼴을 다 보겠군."

여희는 어이없다는 얼굴로 가운데에 자리 잡아 도롱도롱 자고 있는 동자삼을 보았다.

"그럼 어찌하냐. 하루 종일 울게 둘 순 없지 않느냐."

백영이 어설프게 웃으며 슬그머니 여희에게로 손을 내밀었다. 탁 쳐내자 굴하지 않고 다시 한 번 팔을 뻗어 여희의 몸을 끌어왔다.

"이리 있으니 꼭 너랑 내 새끼 같다."

"정신이 나갔구면."

질색하는 여희를 보며 백영이 웃음을 터트렸다. 동자삼을 가만히 내려다보던 백영이 몸을 움직여 한쪽 팔에는 여희를, 그 가운데에는 동자삼을 바싹 끼고는 다시 편히 자리를 잡았다. 말이 끊기고 잠이 들었나 싶었던 백영이 문득 입을 열었다.

"여희야, 우리가 여기에 온 지 며칠이나 되었지."

"내일 밤만 지나면 다시 느이 땅으로 돌아갈 것이다."

"벌써 그리 되었나."

한참을 생각에 잠겨 있더니 중얼거리듯 다시 말했다.

"내 평생 도륵에 또 한 번 올 일이 있을까."

그것은 물음보다 혼잣말에 가까웠기에 여희는 대답을 하지 않았다. 백영이 옆으로 몸을 틀었다. 어둠 속에서 여희를 보며 빙긋 웃더니 애정 어린 손길로 이마의 잔머리를 훑어 넘기고 눈가며 콧등, 볼에 둥글게 솟아난 뼈를 슬며시 엄지로 쓸었다.

"나는 도륵에 와서 참 재미났는데 너는 어떠했느냐."

"내 재미는 네가 다 가져갔나 보다."

백영이 작게 웃음을 터트렸다.

"여희야."

이름을 속삭이고 백영이 천천히 입을 맞추었다. 버석한 입술이 오고가는 혀에 젖어 말랑해진다. 입술에서부터 피어오르는 열기에 백영이 좀 더 몸을 밀어붙였을 때였다. 몸 아래에서 꺅 소리가 튀어나왔다. 화들짝 입술이 떨어졌다. 아래를 내려다보니 양쪽 몸에 짓눌린 동자삼이 버둥대고 있었다.

"이놈을 빨리 쥐버려야겠다."

반각 전만 해도 어찌 차로 끓여 먹느냐며 심란해하던 것이 무색하게 백영이 말했다.

정
情

다음 날, 도륵성에 가기 위해서 동자삼을 불렀지만 어제와
마찬가지로 동자삼은 백영에게 달라붙어 꼼짝을 하지 않았
다. 힘을 주어도, 술을 부려도 동자삼의 집념은 대단해서 모
다 통하지 않았다.

"뭐 이런 게 다 있누."

여희는 질린 얼굴로 동자삼을 보았다.

"그러지 말고 같이 가자. 그 신들하고도 하루를 부대꼈는
데 이제 와 별 탈이 날까. 동자삼만 건네주고 오면 되는 것 아
니냐."

백영이 손 안에 동자삼을 안아 들고 말했다. 한 번 더 동자
삼이 몬통을 잡아당겼지만 수용이 없었다. 여희는 거세게 콧
김을 내뿜고 별수 없이 백영과 함께 집을 나섰다. 버들나무
옆, 감나무 아래에 떨어져 있는 새 깃털을 주워 입바람을 불
었다. 뱅그르르 돌던 깃털이 땅에 닿자마자 커다란 물수리로
화하여 날갯짓했다.

"타라."

가뿐하게 올라탄 여희와 달리, 백영은 조심조심 그 등에 올라타 진기하다는 표정으로 물수리 털을 매만졌다. 그러자 동자삼도 백영을 따라 하듯 한쪽 팔만 뻗어 저도 털을 만져 보았다. 물수리가 천천히 날갯짓하며 허공으로 날았다. 몸이 기우뚱 뒤로 밀려난 백영이 허겁지겁 새털을 손에 꽉 쥐었다.

빛이 쏟아지는 하늘을 유유히 날아간 물수리는 곧 솜뭉치처럼 모여 있는 구름을 헤집고 땅에 내려앉았다. 성 안쪽과 이어지는 마당이었다.

잠시 주위를 둘러보고 있자니, 타닥타닥 어디선가 발소리가 울리고 곧 마당 끝에서 사람의 형상에 쥐의 꼬리를 지닌 궁인 한 명이 나타났다.

"산호님 아니십니까? 여긴 어쩐 일이신지요?"

"이것이 떨어져 있어서 왔다네."

동자삼을 가리키자 궁인이 "어머!" 입을 가리더니 왔던 길로 다시 몸을 돌렸다. 주위를 둘러보던 백영이 작게 속삭여 왔다.

"여기가 도륵성이냐."

"그래. 본성은 이 길 너머에 있다만 지금은 거길 갈 필요가 없지."

백영은 신들 속에서 잘 버텨주었지만 칠방신 앞에서도 그 모습을 들키지 않을지는 장담할 수 없는 일이었다. 여희는

362

되도록 빨리 여기에서 일을 마무리 짓고 떠나고 싶었다. 도록에서의 마지막 날이었다. 오늘만 무사히 넘기면 마치 없던 일처럼 마무리할 수 있다.

컹! 개 울음소리가 났나 싶더니 곧 아까 사라졌던 궁인 옆으로 개의 얼굴을 하고 있는 몸집이 투실한 궁인 하나가 빠르게 걸어왔다. 가까이에 선 개가 동자삼에게 얼굴을 들이밀고 냄새를 맡듯 얼굴 전체를 실룩였다.

"맞군, 맞아. 동자삼 일곱이 들어와야 하는데 여섯밖에 없어 곤란하던 참이었습니다."

개가 말하면서 옆으로 눈짓을 주었다. 쥐꼬리를 단 궁인이 품에서 빨간 당과 하나를 꺼내 동자삼에게 내밀었다.

"요거 아주 맛나단다. 먹어보렴."

눈치를 보던 동자삼이 당과를 낚아채 백영의 품으로 다시 숨었다. 쥐꼬리 궁인이 당황한 얼굴로 개를 돌아보았다. 개가 뒤로 고갯짓을 하자 쥐꼬리 궁인이 얼른 안쪽으로 뛰어갔다.

"부러 걸음 하여주셨는데, 식사라도 들고 가시지요?"

"아니. 되었네. 갈 길이 바빠 이것만 전해주고 가려 하네."

"그러십니까? 허면, 칠방신께 말씀 잘 전해드리겠습니다."

개의 말이 끝나자마자 깍깍 소리가 연속적으로 들리더니 쥐꼬리 궁인 옆으로 동자삼 두세 마리가 통통 튀면서 걸어왔다. 백영의 품속에 있던 동자삼이 깍 소리를 한 번 크게 내더니 훌쩍 뛰어내려 앞의 동자삼들에게로 뒤뚱뒤뚱 뛰어갔다. 동자삼들이 서로를 마주 보며 폴짝폴짝 뛰었다.

"일이 다 끝난 것 같으니 나는 이만 돌아가겠네."

"예. 조심히 들어가십시오."

아직 건너편 동자삼을 보고 있는 백영의 옷깃을 잡아끌었다.

"서운하냐."

"서운은 무슨. 갑자기 이리 헤어지려니 이것도 이별이라고 마음이 좀 그런 것뿐이지."

말하면서 백영은 동자삼이 있는 쪽을 흘긋 보았다.

"거참, 그렇게 안 떨어지려 들더니 날래 뛰어가는 것 보라지."

"그럼 아무러면 제 식구만 할까. 그를 아니까 그 궁인들도 동자삼들을 데리고 온 게지. 이만 우리도 가자."

물수리에 올라타 하늘로 향할 때였다. "어맛!" 하는 비명 소리에 뒤를 돌아보자 개와 쥐꼬리 궁인이 방방 뛰며 손가락 질을 하고 있었다.

"왜들 저러는 것이냐?"

백영이 어리둥절하여 묻자, 그 사이로 "보십시오! 아이고! 보세요!" 하는 악소리가 흘러들어왔다. 여희가 고개를 숙여 아래를 봤을 때였다.

364

"헛, 참 나!"

"왜? 왜 그러는 것이야?"

백영이 따라와 같은 곳을 보고는 눈을 휘둥그레 떴다.

"동자삼 아니냐!"

언제 따라붙었는지 방금 헤어졌던 동자삼이 물수리 다리에 매달려 깍깍거리고 있었다. 물수리의 머리 방향을 바꿨을 때였다. 백영에게서 "어엇!" 하는 놀란 소리가 터져 나와 돌아보니 물수리 다리에서 동자삼이 홀떡 떨어져 허공에 떠 있는 게 보였다. 여희가 혀를 차는 것과 동시에 백영이 몸을 아래로 던졌다.

"영아!"

깜짝 놀란 여희가 다급히 손을 뻗어 술을 걸었으나, 마당 연못으로 빠지는 것까지는 막지 못하였다. 첨벙! 물 튀는 소리가 요란하게 울리고 쥐꼬리 궁인과 개 궁인이 펄쩍 뛰며 뒤로 몸을 물렸다.

물수리에서 내려온 여희는 얼른 연못으로 갔다. 홀딱 젖은 백영이 품속에 동자삼을 안고 숨을 거칠게 몰아쉬며 비척비척 땅으로 올라왔다.

"……하아, 이것아. 조심하라니까 왜 이리 천방지축이야."

백영이 품속의 동자삼에게 타박하자 동자삼이 깍깍대며 울었다. 그 모습을 보며 백영이 피식 웃었을 때, 쥐꼬리 궁인과 개 궁인이 코를 실룩이며 주위를 킁킁댔다.

"으음? 이게 무슨 냄새냐."

"그러게 말입니다. 이게 무슨 냄새지요? 아니, 대관절 어디에서 이리 맛있는 냄새가 나는 것일까요?"

냄새를 맡다 서로 부딪친 쥐꼬리 궁인과 개의 궁인이 이마를 문지르며 시선을 마주했을 때였다. 개 궁인이 입을 벌리며 음산한 목소리를 냈다.

"인간 냄새다."

시선이 백영에게로 한데 모인다. 굳은 얼굴로 가만히 서 있는 백영을 보며 개가 주둥이를 일그러뜨렸다. 크르릉 하는 짐승의 소리가 울리고 쥐꼬리가 쉼 없이 움직여 땅바닥을 소리 나게 쓸어댔다.

"인간이다!"

"인간이다!"

여희는 얼른 뛰어가 궁인들에게 잡히기 전에 백영의 손을 낚아채 물수리에 태웠다.

"여희야!"

"몸 숙여라!"

백영이 얼른 허리를 굽혔다. 물수리가 하늘에 오르고 궁인들이 길길이 날뛰며 저 밑에서 악을 써댔다. 백영의 팔을 붙잡고 옷자락을 걷자, 물에 젖은 피부는 문양을 흔적도 없이 지워내고 있었다.

"이를 어쩌면 좋으냐."

백영이 불안한 목소리로 물어와 여희는 차갑게 쏘아붙였다.

"그러게 몸을 날리긴 왜 날리냐? 어차피 약재로 끓여 죽어 없어질 것을 그 잠깐 살려 무엇 하겠다고!"

툭하면 깍깍대던 동자삼도 지금은 백영의 품속에서 쥐 죽은 듯이 있을 뿐이었다. 백영이 낮은 목소리로 변명하듯 중얼거렸다.

"해도 눈앞에서 그리 떨어지는데 그를 또 어찌 내버려두겠느냐."

여희는 한숨을 쉬었다. 눈치 보듯 살피던 백영이 다시 입을 열었다.

"이제 어떻게 되는 것이냐."

"……성에서 이 난리를 피웠으니 칠방신이 아는 건 시간문제다."

여희는 시선을 돌려 저 아래 도륵성을 보았다. 민감히 기를 살펴보지만 지금 당장 읽히는 것은 그 어떤 것도 없었다. 하지만 지금쯤이면 궁인들이 재빠르게 본성으로 들어가 인간이 들어왔다며 소문을 낼 것은 분명했다.

"운이 좋으면 그전에 빠져나가겠고, 그렇지 않으면 너와 나 둘 중 하나는 끝이 날 것이다."

불현듯 강하게 손목을 잡혀 돌아보자 백영이 놓지 않겠다는 듯 힘을 주어 잡고 있었다. 그런 백영의 얼굴을 보는 중에 시야 속으로 뒤편 도륵 전경이 눈에 들어와 거기에 시선을 주었다. 넓고도 좁은 땅, 도륵. 여희가 태어난 곳이며 오랜 시간을 살아온 고향이다. 그런 도륵을 인간과 함께 이리 날고 있자니 잠깐이지만 자신 또한 넋을 놓고 있었음을 깨닫게 되었다. 거기다 이제 칠방신에게 이를 들켰으니. 이 노릇은 또 어찌할 것이냐.

여희는 자조적인 웃음을 터트렸다. 백영의 손힘이 더욱 강해진다. 여희는 백영을 보았다.

"……네 덕에 내 별 짓을 다 겪는구먼."

"내가 너를 혼자 보내는 일은 없을 것이다."

여희는 웃었다.

"뭔 소리 하는 게냐. 죽는 것은 너일 것인데."

이번엔 백영이 미소를 지어 보였다.

"잘됐군. 두 번째엔 더 쉽게 갔다 올 수 있을 것이니 너는 교향사에 있어라."

여희는 웃음을 지워냈다. 구름이 하나 넘어가고 물수리가 다시 날개를 폈을 때였다. 누군가가 잡아당긴 것처럼 물수리가 방향을 틀어 뒤로 날아가기 시작했다. 갑작스러운 움직임에 여희와 백영의 몸이 크게 흔들렸다.

"새가 갑자기 왜 이러는 것이냐?"

"……칠방신이 새를 불렀다."

지나쳐 왔던 길을 다시금 거슬러가며 여희는 도륵성 방향으로 몸을 틀었다. 칠방신의 기가 사방에 펼쳐져 있었다. 아무리 여희가 기를 풀어내려 해도 칠방신이 세운 벽이 모다 튕겨낸다. 여희는 숨을 깊게 들이마셨다.

"이번에야말로 허튼 소리 말고 너는 그저 내 옆에 붙어 있어라."

물수리는 아까 동자삼을 건네주었던 마당을 지나쳐 본성으로 곧바로 날아 들어갔다. 땅에 내려앉자마자 물수리는 하나의 깃털로 변해 팽그르르 땅바닥을 뒹굴었고, 여희는 열린 문 안쪽을 가만히 응시했다. 곧 안쪽에서 통통통, 발소리가 울리더니 작은 여아 하나가 두 손을 맞잡고 나와 무릎을 살짝 굽혔다 올렸다.

"기다리고 계십니다."

여희는 흘긋 옆을 보았다. 긴장 어린 얼굴로 서 있던 백영이 조용히 시선을 맞대왔다. 고갯짓 하며 발걸음을 옮기자 백영도 따라서 움직였다.

붉은 기둥이 일곱 개 세워져 있는 복도를 걷자 아무도 없는데 문이 알아서 열렸다.

"네 아주 희한한 짓을 하고 있다지?"

허공에서 목소리가 울렸다.

"저번에도 인간에게 제 신력을 쓰더니 이번엔 도륙에까지 인간을 데리고 왔다고?"

"저 인간을 말하는 것이냐?"

"그래. 저것이 그 태자다."

각기 다른 목소리들이 저들끼리 이야기를 했다. 백영은 소리를 찾아 주위를 두리번거렸으나 여희는 그저 고개를 숙이고 공손히 예를 올렸다.

"산호 여희가 인사 올립니다. 그간 강녕들 하셨습니까."

바람이 불고 앞에서 천 자락이 너울거리더니 금세 밀려나 사라졌다. 백영이 옆에서 급히 숨을 들이마셨다. 여희는 고개를 들어올렸다. 아무도 없는 빈자리에 일곱 가지의 그림이 벽에 걸려 있었는데, 이무기와 삼족오 같은 짐승이 있는가 하면 매화꽃과 해란초등 꽃가지가 있고, 동자와 선녀, 대장군 같은 인형을 한 가지각색의 그림이었다.

"나 원 참, 인간을 잡아먹어 명부시왕 놈들과 척을 진 적은 있어도 인간을 제 짝지로 삼고 옆에 끼고 다니는 것은 처음 보았으니 이를 어쩌면 좋으냐?"

그림 속에서 매화꽃이 흔들거렸다.

"어쩌긴 뭘 어쩌냐. 인간을 도록에 들인 것은 엄연히 법도에 어긋나는 짓, 그 벌은 받아야 함이다."

대장군이 들고 있던 창을 땅에다 찍으니 그 진동이 그림에서부터 여희와 백영이 디디고 있는 이 바닥까지 깊게 울려 퍼졌다. 그 파동에 깜짝 놀란 동자삼이 깍깍 울어대자 그림 속의 눈들이 죄다 백영의 품 안으로 쏟아졌다. 백영이 난처하다는 기색으로 얼른 동자삼을 어르자 선녀가 아름다운 얼굴을 갸웃거렸다.

"저건 또 왜 저기에 있는고? 저것은 황오 네 축하연에 들어온 동자삼이 아니냐?"

"저 동자삼이 홀로 떨어져 있던 것을 여기에 있는 백영이 주워다 돌려주러 온 것입니다."

여희가 대답하자, 삼족오가 부리를 크게 벌렸다.

"놀고들 있구먼."

타박에 이무기가 꼬리를 탕탕탕 두드리며 웃어댔다.

"아니, 아니, 저 태자라면 가능하다. 오지랖이 워낙 넓어야 말이지. 내 말했지 않니. 여희 저것이 받아야 할 벌도 제가 대신 받겠다며 그 지옥도에서 기백 년을 보냈다고 말이다."

이무기의 말에 그림 속의 눈들이 다시 한 번 백영을 살피고 흘끔 여희를 보았다.

"여희 네년은 어찌할 것이냐?"

이무기가 금빛 눈을 빛내며 물어왔다.

"무엇을 말입니까?"

"전생에 저 태자는 너의 벌을 대신 받겠노라 하였는데, 이번엔 네가 저 태자의 벌도 대신 받겠다 할 것이냐?"

여희는 고개를 가로저었다.

"저는 누구의 벌도 대신할 생각이 없습니다."

이무기가 웃고 삼족오가 콧김을 내쉬었다. 꽃가지가 바람에 흔들리는 것처럼 요란스레 뿌리를 턴다. 선녀는 가는 손가락으로 매끈한 턱을 받치고 생각에 잠겨 있었다.

여희는 백영을 돌아보았다. 눈이 마주치자 백영이 서운한 기색도 없이 미소를 보내왔다.

여희는 계속해서 생각했다. 이 끝을 어찌해야 하는 것인지. 처음, 백영이 제 분수를 모르고 인간이 지닌 그 아집을 따라 여기까지 왔다 여겼지만, 가만 생각해보니 손뼉도 마주쳐야 소리가 난다고, 여희 또한 백영의 고집을 받아주고 있었다. 정히 싫었다면 두고 떠나 왔어도 될 일이다. 교향사 그게 무어라고. 터는 중요하지 않았다. 어차피 매번 바뀌는 것이 그 터가 아니었던가. 이매 양양도 교향사에 미련을 두지 않을 것이다. 양양이 그곳에 계속 있는 건 그곳에 여희가 있기 때문이었다. 그렇다면 여희가 교향사에 있는 이유는 무엇이냐.

그곳으로 백영이 찾아오기 때문이다. 여희는 눈을 내리깔았다. 자신이 서 있는 땅을 본다. 이곳이야말로 진정한 자신의 땅이다. 도릉, 신들의 땅, 신인 여희가 머물 곳이다. 그런데도 이 땅을 떠나 맹 다른 곳을 떠돌았다. 내키기만 하면 언제든 돌아올 수 있는 곳이니 크게 미련을 두지 않았던 것이다. 미련이 남는 곳은 오직 하나.

여희는 천천히 입을 열었다.

"이번 참에 저는 인간이 되려 합니다."

바람이 크게 불고 그림이 펄럭였다. 웅성거림이 퍼지고 옆에서 백영이 손을 붙들어왔다. 여희는 그 손을 가만히 떼어 놓고 앞을 바라보았다. 그림 속의 눈들이 일제히 여희를 보고 있었다.

"제 모든 것을 도록에 두고 갈 터이니 떠나게 해주십시오."

"여희야!"

백영이 소리를 지르고 다급히 그림들을 돌아보았다.

"이 모든 것은 제 탓입니다. 제가 여희를 졸라 도록에 오고 싶다 청하였습니다. 벌을 받아야 한다면 제가 받겠으니 제게 주십시오!"

"허튼 소리."

여희는 차게 일별하고 백영을 쏘아보았다.

"네 벌은 염라가 관장할 것이다. 그리 벌이 받고 싶거든 나중에 지옥도에 갔을 때 염라에게 이 값도 치러달라 간청해라. 애초 칠방신은 인간의 일과는 관계가 없으니, 칠방신께서 관여하실 것도 나 하나. 아니 그렇습니까?"

쳐다보자 이무기의 꼬리 끝이 살랑댄다. 삼족오는 부리를 꼭 다문 채다. 모두가 침묵하는 가운데 입을 연 것은 동자였다. 내내 아무 말 하지 않던 동자가 나직하게 입을 열었다.

"여희의 말도 틀린 것은 아니지요. 인간은 명부시왕의 몫, 괜히 우리 칠방신들이 나설 것은 없습니다. 처분은 여희 하나로 하도록 하죠."

"해서, 신력을 모다 뽑아내겠다?"

대장군이 짙은 눈썹을 한데 모았다.

"인간이 되어 저 사내하고 같이 살 셈이냐. 이것이 얼마나 어리석은 짓인지 알고는 있는고?"

선녀가 우아하게 물어왔다.

"신으로 살던 네가 인간이 되어 무엇을 하고 살 셈이냐. 그 많은 힘들을 잃고서 어찌하겠다고?"

해란초가 움직이자 매화꽃이 뒤따라 흔들거렸다.

"에이그, 그걸 뭐하러 걱정해주고 있어? 그건 여희가 감수해야 할 몫이니. 우리는 법도를 어긴 벌을 무엇으로 줄지만 정하면 된다."

"정할 게 무에 있냐. 이미 제일 큰 벌을 제가 받겠다 스스로 청하였는데. 힘을 잃는 것만큼 두려운 것이 신들에게 또 있을까. 애초, 그 힘들을 키워보겠다고 공력을 찾아 해매고 인간들을 잡아먹는 것을."

삼족오가 말하자 이무기가 꼬리로 똬리를 틀고 허리를 반듯하게 세웠다.

"나는 찬성이니라. 이참에 여희 저년을 그냥 내쫓자. 잊을 만하면 저렇게 인간과 엮여 이 추태를 부리니 차라리 인간 곁으로 보냄이 나을 듯싶다."

백영이 서둘러 다가와 여희를 붙잡았다. 흘긋 쳐다보자,

신력을 뺏기는 것은 여희인데도 제가 뺏기는 것마냥 하얗게 질린 얼굴을 하고 있었다.

"어찌 이러냐."

"허면, 네가 신이 될 것이냐?"

여희는 물었다.

"무슨 수로 신이 될 것이냐? 인간에게서 선신이 나오는 것이 쉬운 일인 줄 아냐. 욕심을 버리고 음욕을 버려야 하는 일이다. 낮밤을 가리지 않고 교향사를 찾아와 나를 탐하는 네가 부슨 수로 그 욕심들을 버리겠다는 것이야?"

백영이 형언하기 어려운 얼굴을 해 보였다. 여희는 몸을 돌려 백영을 마주 보았다.

"아니면 백 년도 가지 못하는 만남을 하겠다고 기백 년을 흘려보낼까. 나는 언제까지 네가 돌아오기만을 기다려야 하는 것이냐."

흘러갔던 수많은 세월을 되새겨본다. 지겨운 나날이었다. 여희를 탄생시킨 마을이 쇠락했을 때에도, 친우라 떠들던 그 옛사람들이 바스라졌을 때에도, 심지어 백영이 살고 죽음에도. 너무나 똑같은 것들이 반복되고 있었다. 여희는 이제 긴 삶에 미련이 없어졌다. 있는 것은 오직 하나, 깨닫고 보니 백영뿐이다.

여희는 저를 붙잡고 있는 손을 끌어다 자신의 손 안에 가두었다. 뜨끈한 열이 피부를 타고 전해졌다.

"아니면 이제라도 나를 놓고 네 갈 길을 갈 수 있겠냐."

"……그럴 수 있을 리 없지 않냐."

백영이 꽉 막힌 목소리를 냈다. 여희는 피식 웃었다.

"이봐라. 네가 나를 놓지 못하고, 내가 너를 놓지 못하니 어쩌겠니. 놓을 수 없다면 붙잡고 있을 수밖에."

백영이 강하게 안아왔다. 익숙한 체취를 맡으며 여희는 눈을 감았다. 백영이 있다면 한 생을 살고 가는 것도 나쁘지 않을 것 같았다.

"나도 찬성이다."

불현듯, 뒤에서 고운 목소리가 흘렀다. 여희는 백영의 품에서 살며시 빠져나왔다. 선녀가 여희를 보며 자애로운 미소를 지어 보였다.

"여희의 신력을 거둬 가련다. 다른 이들은 어떤고?"

선녀가 옆을 돌아보자 대장군이 못마땅한 듯한 표정을 하면서도 이내 고개를 끄덕였다. 백영이 손을 놓아주지 않았기에 백영과 얽힌 채로 앞을 보았다.

"가겠다는 이를 뭐하러 잡겠냐. 나도 찬성이다."

매화꽃의 말을 따라 해란초도 긍정을 하고, 마지막 삼족오가 뒤늦게 대답을 했다.

"법도는 법도, 어찌할 수 없는 일이지."

"그럼 칠방신의 의견이 모다 일치했으니 여희의 신력은 내가 거두마."

그림에서 이무기가 빠져나왔다. 스르륵 몸을 움직인 이무기가 여희의 앞에 섰을 때에는 훤칠한 청년의 모습을 하고 있었다. 청년이 손을 내밀자 여희가 그 손을 맞잡았다. 이무기의 금빛 동공이 좁아지고 펴지고를 반복했다.

"네 앞으로 덧없는 생을 살겠구나."

청년이 속삭여 여희는 작게 미소 지었다.

"드디어 진정한 끝을 맞이하게 되었습니다. 안녕히 계십시오."

청년이 웃사 그 화사함에 눈이 부실 정도였다.

"잘 가거라."

말끝으로 몸이 어둠으로 감기는 것처럼 쑥 빠져 들어갔다. 옆에서 백영이 자신의 이름을 소리쳐 부르는 것이 아둔하게 들려왔다. 생이 넘어간다. 그것이 여실하게 느껴졌다. 눈을 깜박였지만 지금 자신이 눈을 뜨고 있는 것인지, 아닌지 가늠할 수도 없었다.

곧 암흑이 여희를 덮쳐들었다.

귀가 간질거렸다. 자세히 들어보니 그것은 누군가의 울음소리였다. 누가 이리 서럽게 울고 있는 것이냐. 가만, 목소리가 낯이 익은 듯도 싶은데…… 가물가물 눈을 뜬 여희는 곧 귀에 대고 "마마님!" 하고 터트리는 큰 소리에 몸을 움칠 떨었다.

"마마님, 정신이 드십니까?"

"……비켜라. 어찌 이리 호들갑이야."

"도륵에 가신 분이 신력도 다 뺏기고 태자에게 업혀 오셨는데 제가 안 놀라게 생겼습니까!"

앞을 보자 부어 오른 눈가며 코끝이 빨간 양양의 얼굴이 보였다.

"네년은 어째 갈수록 못나지는구먼. 어찌 이리 생겨먹었냐."

"칫, 지금 제 얼굴이 문제가 아닙니다!"

양양의 작은 눈에 다시 눈물이 번졌다. 훌쩍이는 머리통을 보니 꽤나 가엾어 보여서 여희는 힘없는 손을 움직여 양양의 머리통을 살살 매만져주었다.

"죽어 돌아온 것도 아닌데 왜 그리 울고 있냐."

"죽는 것보다 더합니다. 어찌하여 신력을 빼앗기셨는지요."

"빼앗긴 것이 아니다. 내가 스스로 주고 왔으니."

양양이 눈물이 번진 얼굴을 갸우뚱거렸다.

"어째서요? 태자는 저 때문에 빼앗겼다 하던걸요."

"백영이 그리 말했냐."

"동이 트기 직전까지 마마님 옆에서 하염없이 사과만 하다 일어났습니다. 궁에도 가지 않으려 하는 걸, 궁에서 직접 교향사에 사람을 보내 와 겨우 움직였어요."

여희는 천천히 몸을 일으켰다. 이불을 걷어내고 자신의 몸을 내려다본다. 이리저리 움직이자 자신의 뜻대로 잘 움직였다. 두 손을 들어 쳐다보았다. 손가락을 움직여본다. 어디에도 어색한 부분이 없었다. 자리에서 일어나 방 안을 빙글빙글 걸어보았다. 몸이 조금 무거운 듯한 기분이 들었다. 문을 쳐다보았다. 열리지 아니했다. 직접 문고리를 잡고 열었을 때, 저도 모르게 짧은 웃음이 새어나왔다.

바닥에 내려서서 교향사 앞을 거닐었다. 풀무덤에 손을 대자 이파리가 손바닥을 산질거렸다. 그 자리에서 발을 굴러 쿵쿵 뛰었다. 발바닥에 자갈이 감기어 통증이 느껴졌다.

"거기서 뭐하고 있냐."

돌아보니 교향사 입구에 서 있는 백영이 보였다.

"아프구나."

"뭐? 어디가 아파?"

식겁한 백영이 단숨에 달려왔다.

"이 자그마한 돌덩어리가 내 발바닥을 아프게 하는구먼."

내려다본 백영이 자갈을 두 손에 쥐고 저 멀리로 집어던졌다. 그러곤 몸을 숙여 맨발인 여희의 발을 매만지고는 그대로 안아 올렸다. 교향사 안으로 들어온 백영은 요 위에 여희를 앉히자마자 발을 손으로 주물렀다.

"또 어디가 아프냐. 너 아프게 하는 것들은 내가 모다 없애주마."

"네 내가 누워 있을 적에 사과를 했다지?"

백영이 놀란 얼굴을 해 보였다.

"그걸 어찌 알았냐?"

"양양이 말해주었다."

"그 여아가 보이느냐?"

"예서 까막눈은 너 하나니라. 너는 내가 칠방신에게 눈까지 빼앗긴 줄 아느냐."

타박에 백영이 살짝 웃고 금방 음울한 표정을 지어 보였다. 말없이 고개를 떨구고 발을 주무른다. 여희는 그런 백영을 가만히 보았다. 그때, 칠방신 앞에서도 마치 제가 신력을 빼앗기는 것처럼 굴더니 지금도 얼굴은 제가 죽을 판이다. 발을 움직여 백영의 허벅지에 얹어놓자 백영이 고개를 들어올렸다.

"네 앞으로도 그런 얼굴을 하고 나를 볼 셈이냐."

백영은 대답을 하지 않았다. 여희는 짧은 한숨을 내쉬었다.

"지옥도를 돌기로 한 것이 네 선택인 것처럼, 인간이 되고자 하는 것도 나의 선택일 뿐이다. 헌데 어찌하여 네가 그런 얼굴을 하고 있는 것이냐."

"나도 모르겠다. 그저 마음이 너무 아프구나."

백영의 눈시울이 붉어지고 이내 고개가 다시 아래로 떨어졌다.

"신이 아닌 나는 네 입맛에 흥하지 않더냐."

"누가 그런 말을 했냐! 네가 신이건 아니건 그는 모다 상관없다!"

급하게 고개를 든 백영이 버럭 소리를 질렀다.

"그럼 슬퍼할 것은 아무것도 없지 않냐. 아무도 잃은 것이 없는데 슬플 일이 무에 있냐."

빤히 쳐다보던 백영이 한걸음에 다가와 깊게 입을 맞추었다. 호흡이 서로의 몸을 넘나들고 떨어졌을 때, 그 얼굴에 서글픔이 한 조각 남아 있어 여희는 위로하듯 백영의 볼을 매만졌다.

"이제는 떨어지려 해도 떨어질 수가 없으니 너는 한평생 나를 달고 가야 할 것이다."

백영이 웃음을 터트렸다. 고개를 주억거리며 여희의 목덜미에 얼굴을 묻었다.

"여희야."

"왜 부르냐."

"여희야."

백영이 으스러질 것처럼 강하게 안아오며 맹세를 속삭였다.

"평생뿐이냐. 네가 죽을 때에는 나도 같이 떠날 것이다. 죽고 나서는 지옥도에서도 너와 떨어지지 않을 것이니, 네가 윤회의 길에 들어선다면 나 또한 네 뒤를 또 쫓으리라."

"……지겹구먼."

백영이 웃고 다시 입을 맞추었다. 애정 어린 눈으로 자신을 보는 백영을 본다.

이것으로 되었다. 자신은 이 남자와 함께하기로 결정을 내렸다. 백영과 함께라면 이 짧은 생이, 길고 긴 지난 생보다 더 값진 것이 될 터였다. 백영을 끌어안고 그 품에서 깊게 숨을 들이마셨다.

오늘이야말로 진정한 생의 시작이자, 끝이었다.

답
가

무심코 악! 소리가 날 만큼 두피에서 강렬한 통증이 느껴졌다. 고통의 근원지를 찾아 손을 옮기는 사이, 몸이 옆으로 끌려갔다. 갑작스러운 그 움직임에 백영은 중심을 못 잡고 땅으로 쓰러졌다. 머리통에서 느껴지는 화끈거림에 정신을 못 차릴 때, 땅바닥으로 나풀나풀 갈기가 떨어졌다. 자세히 보니 그것은 백영의 머리카락이었다.

"이제 네놈은 이승하고 연이 끊겼으니 나하고 같이 간다."

시선을 돌리니 옆에는 어마어마한 크기의 흑마와 똑같이, 짙은 어둠의 색으로 물들인 도포를 걸친 남자가 서 있었다.

"뭐하냐, 안 일어나고. 오늘은 일이 많아 갈 길 바쁘니 후딱 가자."

그에 흑마가 동조하듯 앞발을 굴렀다. 쿵 하고 땅이 울리고 먼지바람이 일어나 아직까지 엎드려 있던 백영은 흙먼지를 정통으로 맞아 눈을 감았다 떠야 했다. 그리고 그 순간, 눈앞에 있는 남자가 망자인 것을 알아챘다. 저승차사가 왔구나. 이 남자는 저승차사다.

백영은 천천히 몸을 일으켰다. 이상하게 머릿속이 하얗게 비어 있는 느낌이었다. 옆의 남자가 저승차사인 것도 알고, '저승차사'라는 단어의 의미도 아는데 그 나머지가 불투명했다. 자신이 왜 여기에 서 있고 무엇 때문에 저승차사를 만났는지 알 수가 없었다.

　'아니지. 죽었으니 만났겠지.'

　그럼 어디에서, 어떻게 죽은 거지? 끝없이 이어지는 생각 사이로 '여자'를 발견하고 흠칫 생각이 끊겼다. 수수하고 초췌한 인상의 여자였다. 어디서 본 적이 있는가 더듬어봤지만 역시나 떠오르는 건 없었다. 여자는 저승차사와 말을 하고 있었다. 시선도 그쪽으로 빗긴 채다. 자연히 산 사람이 죽은 자와 이야기를 나눌 수는 없겠지, 하는 생각이 들었다.

　그렇다면 저 여인도 죽은 자란 말인가. 유심히 여자를 살펴볼 때쯤, 옆에서 저승차사가 기가 찬다는 듯 짧고 새된 웃음을 터트렸다.

　"별꼴이구먼. 이놈은 뭘 안다고 그렇게 널 쳐다보고 있누. 아는 사이냐?"

　"……살다 옷깃 한 번 스친 적이 있을 수도 있겠지."

　낮게 말하는 여자의 시선이 백영에게로 닿았다. 백영은 그 얼굴을 넋 놓고 바라보았지만, 여자는 백영을 알아보지 못한 듯 그 시선에 초점이 없었다. 다시 한 번 생각한다. 이 여자와 만난 적이 있는지. 그러나 머릿속은 백지장이었다. 자신의 이름이 백영이라는 것과 옆의 남자가 저승차사라는 것만을 알았다.

그때, 저승차사가 백영의 옆구리를 찔렀다.

"아, 이놈아! 걸으란 말이다! 생전 기억 내가 다 뽑아가 아는 것도 없을 텐데 웬 미련이야, 미련이. 거참."

떠밀려 걸어가는 와중에도 여자에게서 시선을 거두지 않았다. 왜인지 자꾸만 눈에 밟혔다. 문 밖으로 나오자, 널따란 뜰과 휘황찬란한 기왓장이 보였다. 저승차사가 등을 한 번 더 찔러 그 기세에 말에 올랐다. 푸릉 하고 콧김을 거세게 내뱉은 말이 뒷발로 땅을 박차자마자 허공으로 훅 날았다.

깜짝 놀란 백영은 주위를 두리번거리다 본능처럼 고개를 돌려 뒤를 확인했다. 땅과 멀어지는 그 사이로 여자가 천천히 걸어 나와 떠나는 백영을 보고 있었다. 아니, 보고 있는 것은 자신뿐이다. 여자는 백영을 알아보지 못했으니까. 그런데도 여자는 마치 떠나는 사람을 배웅하듯 그 모습이 안 보이게 될 때까지 이쪽을 보고 있었다.

칠흑의 하늘을 얼마쯤 날았을까. 어둠 속에서도 흰 구름이 흘러가는 것을 신기하게 쳐다보고, 하늘임에도 더 높은 곳에 별이 떠 있는 것을 입 벌리며 구경하다, 몸이 아래로 기울어지는 느낌에 고개를 바로 했다. 저 앞으로 타오르는 불길이 있었다. 처음에는 불이 난 건가 했는데 가까이 가보니 그것은 빨간색으로 보일 정도로 붉은 황토의 동굴이었다.

앞에 앉아 있던 저승차사가 아무 말 없이 말에서 내려와 걸었다. 그 뒤를 백영도 조용히 따라갔다. 동굴 속은 새카매 아무것도 보이지 않았지만 희한하게도 앞에서 걷는 저승차사만큼은 뚜렷하게 보였다. 습한 냄새와 어디선가 물이 떨어지는 듯 똑, 똑 하며 젖은 소리가 울리는 그 공간을 가로질러 가자 그다음은 허허벌판이었다.

메마른 땅에 메마른 나무가 줄기차게 이어지는 이 땅은 불길이 타다 만 재 같았다. 재가 휘날려 모든 것을 덮어버린 것 같다. 한 발, 한 발 옮길 때마다 버석하게 밟히는 땅의 느낌이 발밑으로 생생하게 전해졌다. 그 기이함에 발에 시선을 주고 있다 무심코 고개를 들었을 때, 백영은 깜짝 놀라 그 자리에 멈춰 섰다.

사람들이 있었다. 저 벼랑 끝에 사람들이 일렬로 나란히 서 있다가 서너 명씩, 줄줄이 차례차례 벼랑 끝으로 뛰어들었다. 심장이 한 번 크게 울렸다. 아니, 자신은 죽었으니 정말로 심장이 뛴 것이 아니라 그런 기분이 들었던 것뿐인지도 모른다.

"뭐하냐. 이리 와라."

저승차사가 벼랑 끝에서 불렀다. 백영은 마른침을 삼키고 천천히 걸었다. 그리고 보인 광경에 "헛!" 하고 맥 빠진 소리를 입술 밖으로 냈다. 벼랑인 줄 알았더니 새카만 물이다. 밤

하늘보다도 더 짙은 물이 땅 끝에서 넘실거리고 있었다. 그리고 그 물 위에 작은 나룻배와 늙은 사공이 있었다. 사람들은 그 나룻배에 올라타고 있었다.

백영은 줄의 가장 마지막이었다. 배에도 가장 마지막에 올랐다. 가까이에서 보니 배는 생각보다도 더 작아 보였다. 도무지 사람이 네 명이나 올라탈 수 없을 것 같다. 본능적으로 꺼려졌으나 이제까지 앞에서 몇 명이나 그 배에 올라 잘만 떠나갔었다. 백영은 망설임을 떨치고 올라섰다. 배가 기우뚱 기울어지는 느낌이 섬뜩했으나 가라앉지는 않았다. 땅 끝에서 저승차사가 손에 든 책을 팔랑이며 확인했다.

"다 됐군. 오늘은 여기까지다."

저승차사가 책을 덮자마자 배가 출발했다. 저승차사는 몸을 돌려 금방 사라졌다. 늙은 사공이 묵묵하게 노를 저어 나아가는 와중에 대화를 하는 사람은 아무도 없었다. 배에 오른 사람은 백영을 포함해 남자 셋에 여자 하나. 하얗게 가라앉은 낯빛으로 모두가 멍하니 저 앞을 보고 있다. 그러나 보이는 것은 아무것도 없었다. 보이는 거라곤 나룻배의 형체뿐이다. 노를 젓는 물소리도 안 난다. 어둠과 침묵이 완벽하게 일치한 공간이었다.

그리고 그 어둠을 뚫고 비명이 바람처럼 지나쳐 갔다. 모두의 시선이 일제히 한 곳으로 향한다. 역시 보이는 것은 없다. 소리도 아까처럼 조용히 가라앉은 채다. 잘못 들은 걸까.

하지만 분명히 비명 소리였다. 다른 소리와 섞일 일도 없어 착각할 수도 없는 것이다.

그때였다. 다시 한 번 비명이 허공을 지나갔다. 온몸의 털이 바싹 설 정도로 처절한 소리였다. 사람들의 얼굴에 동요가 서렸다. 백영도 천천히 주위를 한 바퀴 둘러보았다. 갑자기 앓는 소리가 지속적으로 들리기 시작했을 때, 나룻배가 덜컹거리며 멈추었다. 아까까지만 해도 빛 하나 없는 어둠이었는데 어느새 앞은 환하게 횃불이 잔뜩 피워져 있는 땅이었다.

"빨랑빨랑 움직여라, 이 돼지만도 못한 새끼들. 어찌 이렇게 느려 터졌냐!"

신경질적으로 외친 남자는 아까 배를 타기 전에 보았던 저승차사였다. 옷도, 얼굴도, 키도, 심지어 목소리도 똑같았다. 그러나 그 저승차사에게 이끌려 가는 중에, 끝없이 내뱉는 욕설과 표정으로 아까와는 다른 이라는 것을 어렴풋이 알아챌 수 있었다.

걷고 있는데도 빨리 걷지 않는다며 어떤 남자를 걷어찬 저승차사는 남자가 쓰러지자 혀를 차며 이번엔 제대로 걸으라며 다시 걷어찼다. 걷어차인 아픔이 상당한지 좀처럼 못 일어나는 남자에게 다시 한 번 발길이 쏟아지기 직전, 저승차사는 갑자기 남자를 직접 부축해 일으켜 세우더니 옷매무새를 정리하고 단정한 표정으로 어딘가를 주시했다. 그 시선을 따라가자 얼마 안 있어 청색 도포 자락을 휘날리며 훤칠한 미남 한 명이 나타났다.

"오셨습니까, 나리실귀왕님."

"음."

미남은 공손한 저승차사의 인사를 받는 둥, 마는 둥 하며 건네는 책을 받아들고 조용히 장을 넘겼다. 그러고는 손가락을 서책의 한 면에 대어 붓으로 글씨를 쓰듯 무언가를 쓰더니 책을 덮었다. 다음 순간, 책이 혼자 붕 뜨더니 저승차사의 손으로 넘어갔다.

"너희들은 이제 시왕님을 뵈러 간다. 어리숙한 것을 아주 싫어하시는 분들이니 괜한 잡소리는 말고 대왕님들께서 물으시거든 사실대로만 고하라."

미남을 따라 걸은 곳은 바위산이었다. 평평한 곳이 하나도 없고 가시밭길처럼 뾰족해, 걷는 중에 신이 찢어지고 살이 찔려 발에서 화끈거리는 통증과 함께 피가 흘렀다.

"흐윽."

앞에서 걷던 남자가 흐느끼며 쓰러졌다. 온몸을 떨면서 자신의 발을 돌아보고 울상을 지으며 주위를 두리번거렸다. 조금이라도 편편한 곳을 찾아 그쪽으로 더듬더듬 나아간다. 숨을 몰아쉬는 남자를 보며, 역시 이 고통은 진짜구나 생각했다.

백영도 발이 아팠다. 그러나 그 고통보다도, 육체에서 느껴지는 이 느낌이 진짜인 건가 하는 의문이 더 컸다. 자신은 죽었다. 죽은 사람이 고통을 느낄 수 있단 말인가. 하지만 통증은 생생했으며 발밑에 흐르고 있는 것은 피였다. 손을 내려 바닥을 흥건히 적신 피를 훔쳤다. 진득한 느낌에 코를 찌르는 쇠 냄새. 이것은 피가 맞았다. 죽은 자가 피를 흘린다? 그렇다면 아까 심장이 크게 뛴 것도 기분이 아니라 정말로 뛰었을지도 모를 일이다.

"아악!"

고통에 찬 비명 소리에 화들짝 고개를 들었다. 어디선가 나타난 장정 두 명이 방금 쓰러졌던 남자에게 몽둥이를 휘둘렀다. 살이 터지는 소리와 함께 남자의 코와 입에서 피가 후두둑 쏟아진다. 남자는 짐승처럼 비명을 지르며 몸을 웅크렸다. 그러나 씨름 선수처럼 몸이 크고 다부진 장정들은 손에 정을 두지 않고 몽둥이를 더욱 세차게 휘둘렀다.

"가자."

앞에서 미남이 조용히 재촉했다. 옆에서 피가 튀고 있는데도 아무렇지 않은 표정으로 태평하게 걸어간다. 백영은 미남을 살펴보았다. 똑같은 길을 걷는데도 미남에겐 고통의 기색이 하나도 없었다. 유심히 보자, 미남의 발끝은 땅에서 아주 조금 위로 떨어져 있었다. 뾰족이 날 선 땅의 가시가 미남에게는 조금도 닿지 않는다.

걷는 중에 몇 번이나 사람들이 쓰러졌다. 그리고 그때마다 장정들이 튀어나왔다. 얻어맞으면서 걷는 사람이 있는가 하면, 몽둥이가 몸에 닿기 전에 벌떡 일어나 겨우겨우 걸어가는 사람도 있었다. 앓는 소리가 끝없이 이어진다. 그 속에서 백영은 묵묵히 걸었다. 걸을 수밖에 없었기 때문이다. 얼마나 걸었을까. 미남이 멈춰 서고, 드디어 평평한 땅에 선 순간 사람들 사이로 안도의 숨이 흘렀지만 땅은 발밑에서 나온 피로 금방 까맣게 물들어갔다.

"여기는 진광대왕님의 궁이다. 너희들은 이제 여기에서 너희의 죗값을 치르게 될 것이다."

미남의 어깨 너머로 으리으리한 대궐 문이 보였다. 집을 두르고 있는 벽은 끝이 없고 머릿속이 아득해질 정도로 높았다.

"저의 죄요……?"

누군가가 중얼거리듯 말했다. 아주 작은 소리였는데 미남은 알아들었는지 짤막하게 고개를 끄덕였다.

"이승에서 지나간 너희들의 삶이다. 공덕을 쌓지 못한 자, 짐승을 하찮게 대한 자, 남에게 화풀이를 한 자, 남을 괴롭히고 죽인 자. 이승에서 벌인 너희의 삶 속, 그 모든 순간들을 명부시왕님들께서 낱낱이 파헤쳐 그에 합당한 값을 치르게 할 것이다."

"그, 그렇다면 죄가 어, 없는 사람들은 어떻게 되는 겁니까?"

"글쎄. 그것은 무릉도원의 일이라 나는 모르겠군."

정직한 대답에 또 다른 누군가가 다급하게 말꼬리를 잡았다.

"허면 여기에서 죄가 없다는 것이 밝혀진 사람들은 어찌 되는 겁니까? 그 무릉도원이라는 곳으로 가게 되는 겁니까?"

빤히 사람들을 쳐다보던 미남이 찬찬히 웃었다. 그 얼굴이 얼마나 아름다운지 순간 모두가 고통을 잊고 미남의 얼굴을 홀린 듯 볼 정도였다.

"너희들 중에 정말로 죄가 없는 사람이 있다면 그는 황천을 건너기 전에 선신을 만났을 것이다. 그러니 황천을 건넌 너희들과는 무릉도원은 연이 없다고 볼 수 있겠지."

미남이 문고리를 잡아당겼다. 끼이익, 무겁게 문이 끌리고 궁이 그 모습을 드러내었을 때, 아비규환이 펼쳐졌다.

"아아악! 꺄아아악!"

뜨거운 열기 사이로 코를 마비시킬 것 같은 피 냄새가 퍼졌다. 귀청을 찢는 비명 소리는 너무나 크고 끔찍해, 어떻게 이 소리가 벽을 넘지 못했는지 의문이 들 정도였다.

"아아."

옆에서 한숨과도 같은 소리가 들리더니 여자가 풀썩 쓰러졌다. 자연히 그쪽으로 고개를 돌렸던 백영은 눈에 보인 광경에 딱딱하게 얼굴을 굳혔다. 사람들이었다. 몇 명의 사람들이 산적꼬치처럼 꼬챙이에 배가 뚫려 나란히 꽂혀 있었다. 꼬챙이 끝은 원래의 색을 잃고 피로 빨갛게 물들어 있었다. 사람들이 울부짖었다. 죽지도, 살지도 않은 채 고통에 몸부림을 쳤다. 장정이 쓰러진 여자를 끌어다 저 멀리로 내던졌다. 뾰족한 쇠가 솟아나 있는 용암이다. 그 고통에 정신을 차린 여자가 목이 터져라 비명을 질렀다.

"정신 똑바로 차려라. 재수가 없으면 대왕님을 뵙기도 전에 저렇게 지옥 구경부터 하게 될 터이니."

미남의 말에 혼절할 것 같은 얼굴로 사람들은 멀어지는 정신을 다급히 붙잡았다. 비명을 뚫고 아득하게 걸어가던 백영은 어느 순간 주위가 조용해진 것을 느끼고 고개를 들었다. 언제 문을 넘어간 건지 자신들이 서 있는 곳은 궁의 안쪽, 내실이었다.

장정 세 명이 팔을 둘러서야 감싸 안을 수 있을 것 같은 굵은 기둥이 길게 늘어져 있고, 노랗고 붉은 천이 창마다 나부꼈다. 일렬로 줄을 세우기에 얼결에 따라 섰을 때였다. 쿠쿵하고 땅이 울리더니 저 앞으로 사람들이 우르르 몰려나왔다.

"인사 드려라. 진광대왕님이시다."

약간 앞쪽에서 미남이 속삭이기에 그 지시에 허리를 굽혔다 펴자, 앞에는 굉장히 어려 보이는 사내아이가 의자에 앉아 있었다. 아이 특유의 무구한 느낌, 고운 얼굴 밑으로 두루마리를 펼쳐 무릎 위에 놓은 아이는 이제 열댓 살 되었을까.

절로 '애가 진광대왕이라고?'란 생각이 들었다.

아이 앞으로 청색 옷에 하얀 띠를 두른 남자가 한 명 서더니 공손한 자세로 말을 올렸다. 한참을 뭐라 고하다 이윽고 말을 끝낸 남자가 고개를 바로 하자, 장정이 줄의 제일 첫 사람을 끌고 그 앞으로 데려가 무릎을 꿇렸다.

"오도의 주원림이라고 하는 자입니다. 계춘, 자시에 태어나 마흔넷에 명부에 올랐습니다."

남자가 고하며 새로운 두루마리를 진광대왕에게 건넸다. 두루마리를 보면서 진광대왕이 입을 열었다.

"일찍 죽었군. 병이 있었나?"

진광대왕의 말투는 어른처럼 엄숙했으나 그 목소리가 얇고 청아했다. 마치 아이가 어른을 흉내 내는 듯한 이질감을 줬다.

"아니요. 이웃집 아낙을 겁간하던 중에 비명을 지른 아낙의 소리를 듣고 주변 사람들이 찾아오자 그를 피해 도망을 가다 도랑에 굴러 떨어져 죽은 것입니다."

"사실이냐?"

고하는 내용에 별다른 감흥도 안 보이며 진광대왕이 앞을 쳐다보았다. 남자가 멍한 표정을 짓자 진광대왕은 설핏 미간을 찌푸리더니 손가락을 튕겼다. 그러자 남자는 무언가가 생각이 났다는 듯이 순식간에 그 표정을 바꾸어 몸을 조아리며 "아이고, 아이고." 입으로 곡소리를 냈다.

"저것은 거짓입니다! 겁간이라니요, 제 평생 여인을 겁간한 적은 단 한 번도 없습니다!"

"그렇다면 너는 그 아낙과 잔 적이 없다는 말이냐."

"그는……."

"똑바로 말해라."

남자가 우물쭈물하자 옆에 서 있는 청색 옷의 남자에게서 나직한 호통이 터져 나왔다. 남자가 몸을 바싹 웅크리며 냉큼 답했다.

"자긴 했으나 겁간이 아닌 화간입니다!"

"겁간이 아니라 화간이라?"

"그럼요. 고 계집이 정말 싫어서 저를 밀쳐낸 것이 아니라 같이 놀자 앙탈을 부린 것입니다. 제가 여자의 그런 습성을 잘 알고 있습죠. 찔러 넣어주기만 하면 금세 얌전해지는 것을요. 정말 싫었더라면 어떻게든 도망을 갔겠죠. 아니 그렇습니까?"

남자는 말을 하면서 자기 자신에게 힘이 생겼는지 막판에는 목소리를 높였다. 진광대왕이 아무 표정 없이 두루마리를 확인했다.

"여기 보니 아낙에게 주먹을 휘둘러 코피를 내고 배를 걷어차기도 했다는데, 네가 찔러주는 것이 좋아 얌전해진 건지, 고통에 얌전해진 건지 어찌 아냐."

"그, 그것은…… 고년이 하도 앙탈을 부리니까 저도 갑자기 성질이 나서……. 그, 그렇지만 정말로 아, 압니다. 제가 압니다요. 그년도 좋아했습니다!"

남자가 더듬거리며 외쳤다. 진광대왕은 두루마리를 덮고 자신의 팔목을 휙휙 움직이더니 옆에 서 있는 남자에게로 시선을 돌렸다. 눈짓을 받은 남자가 고개를 깊게 숙이더니 손으로 옆에 서 있던 장정을 불러냈다. 장정들이 금세 무릎을 꿇고 있는 남자에게 달려들더니 한 명은 그 팔을 붙잡았고 한 명은 다리를 붙잡아 똑바로 눕혔다. 겁에 질린 남자가 비명을 지르며 대왕에게 부르짖었다.

"아이고, 대왕님! 대왕님! 어찌 이러십니까! 저는 진실을 고하였습니다!"

"네놈이 진실을 고했는지, 안 했는지는 내가 판단할 일이다. 네 말에 정녕 거짓이 하나도 없다면 내 팔찌가 울렸을 터인데 잠잠한 것을 보니 네놈이 나를 놀리는 것이 틀림없구나."

남자가 "예?" 하고 얼빠진 소리를 냈다. 백영은 아까 진광대왕이 움직인 팔목을 살펴보았다. 몰랐는데 정말로 그곳에는 금색으로 번쩍이는 팔찌가 있었다. 얇은 금색 줄에 붉은 보석이 군데군데 둥글게 박혀 있다.

"아아악!"

비명이 귀청을 뚫고 터져 나왔다. 급히 시선을 돌리니 장정이 몽둥이로 결박해놓은 남자의 고간을 찔어대고 있었다.

한 번, 두 번, 세 번. 절구로 찧듯이 몽둥이로 고간을 찍어내리자 남자는 눈을 헤까닥 뒤집고 입에는 하얀 거품을 물기 시작했다.

"다시 묻지. 사실이냐, 아니냐."

남자는 기절해 있었다. 그런 남자를 알고 있을 텐데도 진광대왕은 그런 건 보이지도 않는다는 듯이 무심히 말을 걸었다. 당연히 남자에게선 답이 돌아오지 않았다. 진광대왕이 다시 눈짓하자, 이번엔 몽둥이가 배를 찍어내렸다. 쿨럭! 정신 잃은 남자의 입에서 피거품이 분수처럼 튀어 올랐다. 모두가 숨을 죽이고서 앞을 보고 있었다. 백영도 마찬가지였다. 이제 진광대왕의 어린 얼굴도, 목소리도 더 이상 의식되지 않았다.

앞에 있는 것은 명부시왕 중 한 명인 진광대왕이었으며 여기는 지옥이었다. 슬며시 오금이 저려올 무렵, 옆에서 바람이 불더니 아무도 없던 미남의 옆에 남자가 한 명 그 형체를 드러냈다. 키가 크고 어깨가 딱 벌어진, 턱수염을 단 남자였다. 무심코 돌아본 미남이 상대를 알아보곤 눈을 살짝 크게 떴다.

"천조귀왕께서 여긴 어쩐 일이십니까?"

예를 올리려던 미남을 제지하고 남자가 일렬로 서 있는 사람들을 훑으며 말했다.

"염라대왕님께서 찾으시는 사람이 하나 있다. 오늘 황천을 건너왔다는데. 백영이라는 자를 아나?"

"백영이요?"

백영은 자신의 이름이 들려서 깜짝 놀랐고, 미남은 생각을 더듬는 듯 고개를 모로 틀었다. 그사이 줄을 쭉 훑던 남자가 백영을 지나치다, 다시 한 번 시선을 백영에게로 돌렸다. 시퍼런 기운이 넘실대는 눈이었다. 본능적으로 등을 곧추세우자, 남자가 백영을 보며 걸음을 뗐다.

"됐다. 찾은 것 같군. 네가 백영이냐?"

"……그렇습니다."

조금 늦게 긍정하자 남자가 백영의 팔을 낚아챘다. 그냥 잡은 것뿐인데 악력이 느껴져 백영은 설핏 미간을 찡그렸다.

"이놈은 내가 데려가지. 진광대왕님께는 내가 나중에 다시 인사를 올릴 테니 그리 알고 있어라."

"예."

미남은 가타부타 않고 공손히 인사했다. 남자에게 끌려 밖으로 나온 백영은 이윽고 타오르는 불길을 갈기에 달고 있는 흑마의 등에 올라탔다. 허공을 달리는 흑마는 그 갈기도, 꼬리도 모두 불로 되어 있어 바람을 가르는 내내, 그 불길이 꺼질듯 다시 피어나기를 반복하며 흔들거리고 있었다.

흑마가 내려앉은 곳은 궁 안에 있는 앞마당이었다. 남자를 따라 고요한 복도를 지나 문 안으로 들어가자 남자가 닫힌 장지문에 대고 조용히 말을 걸었다.

"염라님, 말씀하신 자를 데려왔습니다."

대답 대신 장지문이 양쪽으로 활짝 열렸다.

"안으로 들어가라."

남자가 백영을 곁눈질하며 작게 말했다. 천천히 안으로 들어간 백영은 얼마 못 가 걸음을 멈추었다. 저것은…… 뱀? 아니야. 이무기다. 사람의 크기와도 같은 이무기가 마치 사람처럼 의자에 앉아 있었다. 노란 눈에 빨간 동공이 세로로 서 있는 이무기의 눈이 백영을 찬찬히 살폈다. 이무기가 입을 벌리자 끝이 두 갈래로 갈라진 혀가 날름거렸다.

"이자가 백영인가?"

사람처럼 말하는 것에 깜짝 놀라는 사이, 또 다른 말소리가 옆에서 날아들었다.

"그는 확인해보면 알겠지."

탁상 너머에 한 남자가 앉아 있었다. 앉아 있어도 기골이 장대하다는 것을 눈치 챌 수 있을 만큼 크고 건장한 사내였다. 아까 진광대왕에게 데려간 미남보다 더 말끔한 얼굴을 하고 있는 남자는 필시 염라대왕이리라. 그래, 이무기가 염라대왕일 리는 없겠지. 다시 이무기를 보자, 이무기는 여전히 백영을 보고 있는 중이었다. 그리고 보니 아까 백영을 보며 백영의 이름을 확인했었다. 왜일까. 이무기가 어째서 자신을 궁금해하는 걸까.

의문이 떠오르는 사이, 옆에서 문이 열리며 여자가 천으로 둘러싸여 있는 무언가를 드르륵드르륵 끌고 내왔다. 굴러가던 바퀴가 멈추고 여자가 천을 벗겨내니, 보이는 것은 거울이었다. 사람 얼굴 두 개를 합쳐놓은 듯한 크기의 둥근 거울이 백영을 비추어냈다.

백영이 거울 속의 자신과 눈을 마주하자, 호숫가의 물처럼 그 표면이 흔들흔들 일그러지더니 이내 아기 울음소리가 빽빽 방 안을 채웠고, 거울 속에서는 "마마, 마마님! 태자이십니다. 태자께서 나오셨습니다!" 감격에 찬 목소리가 흘러나왔다. 보자기 뭉치가 건네어지고 거울이 땀에 전, 초췌하지만 단아한 여자의 얼굴을 비추어냈을 때, 백영은 여인이 자신의 어미라는 것을 깨달았다. 거울 속 여인은 백영의 어미, 단국의 황후, 황후 윤 씨다.

황후 윤 씨가 아직 핏물과 분비물이 덕지덕지 묻어 있는 갓난쟁이를 안고 힘겹게 웃었다. 그 곁에서 주름진 얼굴로 눈물을 흘리고 있는 늙은 여자는 어미가 데려온 사가의 종년, 백영의 유모다. 지금 거울 속에 보이는 것은 어미가 황실에 뿌리를 내리는 첫 순간이자 자신이 태어나던 그날이었다.

우는 어미를 보고, 웃는 어미를 보았다. 불현듯 가슴속에 불길이 치솟았다. 방금 전까지만 해도 백지장이었던 머릿속에, 거울 속의 흐름에 따라 기억과 감정이 흘러들어왔다. 백영은 어미가 불쌍했다. 아비에게 목이 매여 오도 가도 못하는 작은 몸뚱어리가 안쓰러웠으며, 아무 사심 없이 내뱉는 처연한 그 말의 무게에 짓눌리는 자신을 느꼈다. 그리고 이즈음, 어미가 그러는 것처럼 백영도 아비에게 집착하기 시작했다. 어미처럼 백영도 아비가 하는 일거수일투족을 지켜보았다.

아비는 매일이 흥겨웠다. 손에 잡히는 여색을 따라 일생을 따라갔다. 그 뒤를 어미는 늘 할딱이며 쫓았다. 그런 어미를 살피며 백영은 그 뒤를 따랐다. 백영이 있음에도 어미는 안도를 하지 못했다. 별후궁에서 아비의 비빈들이 애를 낳아댈 때면 그 불안감은 더욱 하늘을 찔렀다. 그래서 세상 밖으로 나온 것이 일영이다.

일영……. 아직 어린 동생이 자신을 보며 웃는 것을 본다. 백영의 입가에 쓴웃음이 걸렸다. 순수하게 동생은 귀여웠다. 자신의 혈육이었으며 어미의 피를 이은 것만으로도 일영을 사랑하고 아껴야 할 이유는 충분했다. 그러나 백영을 사로잡은 것은 어미를 안팎으로 쏙 뺀 일영이 정신도, 육체도 문드러진 그 어미와 다르게 건강하고 단단하게 자라나주고 있다는 점이었다.

어린 날, 백영은 어미를 지키고자 하는 욕망은 컸으나 끝내는 그것을 해내지 못했다. 어미는 아무리 백영이 옆에서 보좌하려 해도 그를 보지 못하고 늘 아비의 행색만을 따라 전전긍긍해댔다. 죽는 순간까지도 처연한 어미였다. 그래서 백영은 직접 칼을 들었다.

어미를 닮은 일영은 건강하고 단단하나 아직은 여리다. 여린 일영은 언젠가 어미처럼 무너질 수도 있었다. 그러니까 그전에, 모든 싹을 뿌리 뽑아야 했다. 설 가문의 무패장군, 설중환의 모습이 보였다. 백영에게 칼을 쥘 힘을 실어준 자다.

다음 순간, 거울은 설중환의 자식들인 설지환과 설수혜를 비추었다. 부인이 경국지색이라더니 과연 그 아이들도 제 어미를 닮아 벌써부터 미색이 빼어났다. 수혜를 본 일영의 얼굴이 빨개진다. 그 모습을 보고 백영은 웃었다. 웃는 백영을 보고 이번에는 수혜가 얼굴을 붉혔다. 영원히 서로에게 닿지 않을 인력이 이어지던 순간이다.

궁이 불길에 타올랐다. 백영은 설중환과 꾸린 단화영대를 이끌고 온 궁을 누볐다. 지옥에서 보았던 아비규환이 이승에서 실제로 벌어지고 있었다. 백영은 형제들을 제 손으로 직접 처단해나갔다. 그 나름대로 보인 백영의 형제애다. 마지막으로 목을 친 것은 아비가 요 근래 가장 예뻐했던 현비의 태를 빌어 태어난 자로, 짐승으로 치면 새끼에 불과했다. 그 어린 것을 위해 고통도 남기지 않을 정도로 빠르게 목을 친다. 육체의 고통보다는 차라리 그 직전의 공포감이 더한 고통이었으리라.

그 목을 아비에게 가지고 가기로 결정한 건 순전히 충동이었다. 문가가 소란스럽다 싶더니 머리를 풀어헤친 현비가 눈을 뒤집어가며 죽은 제 자식 몸에 달라붙었다. 벌벌 떠는 손으로 피가 흥건한 어린 몸을 붙잡고 중얼거리다 눈을 번뜩이며 백영을 올려다보았다. 이노옴! 나의 황제께서 너를 용서치 않으리라! 너를 용서치 않으리라! 들끓는 목소리로 현비가 눈물범벅으로 외친다. 핏덩어리를 끌어안고 몸을 앞뒤로 흔드는 것이 꼭 정신이 나간 여자 같았다.

그 모습을 빤히 보던 백영이 웃으며 현비의 말을 곱씹었다. 나의 황제께서, 나의 황제, 나의 황제라. ……아니. 그것은 나의 어미의 것이었다. 어미가 갖고자 했으니 백영은 그것을 어미에게 줄 참이었다. 현비가 안고 있는 어린 몸뚱어리에서 그 목을 떼어냈다. 현비의 얼굴에서 표정이 사라진다. 이제 현비는 목 없는 자식을 품에 안고 있었다. 백영은 머리카락을 손에 움켜쥐고 그 목을 덜렁거리며 아비가 있는 대궁으로 갔다.

문을 열어젖히자, 궁인들이 겁에 질린 얼굴로 몸을 사리며 사라졌다. 그 한가운데에서 아비만이 노기를 감추지 않고 백영을 잡아먹을 듯이 노려보고 있었다. 백영이 웃으며 공손하게 문안 인사를 올리고, 아비를 위해 가져왔다며 손에 든 목을 직접 아비의 품에 안겨주었다. 날 선 눈으로 시선을 떨어트렸던 아비가 순간 숨을 멈추었다.

백영은 미소를 떠나보내지 않고 아비 품에 안긴 얼굴을 바라보았다. 댕그랗게 뜬 눈은 이제 죽음에 접어들어 그 동공이 탁했다. 탁한 동공이 과연 제 아비와 똑 닮아 있었다. 그래도 이목구비가 오밀조밀한 게 아까 보았던 현비의 얼굴도 있다. 그리 예뻐했던 제 여자를 닮은 아이이니 마지막 가는 길 배웅 정도는 기쁘게 해주겠지. 그러나 다음 순간, 아비는 비명을 지르며 펄쩍 날뛰었고, 그 바람에 품속 얼굴이 바닥으로 떨어져 데굴데굴 굴러갔다.

엉덩방아를 찧은 아비가 네, 네놈, 네놈이! 삿대질을 하며 말을 잇지 못하다가 억, 어억, 단말마를 토하고 목 뒤를 잡더니 눈을 하얗게 까뒤집으며 뒤로 넘어갔다. 백영은 웃음을 터트렸다. 그리고 지금, 거울을 보고 있는 백영도 똑같이 웃고 있었다. 방 안에서 백영 혼자만 웃고 있다. 이무기의 꼬리가 흥미로움을 품고 부드럽게 꿈틀거리다 바닥을 탕 하고 둔하게 쳤다.

아비는 쓰러지고 궁에는 태자가 단둘만이 남아, 명실공히 백영이 황제나 다름없게 되었다. 그래도 백영은 황제의 탈을 뒤집어쓰지 않았다. 죽은 것이나 다름없지만 아직 죽지는 않은 아비를 존중했다. 궁인들은 입을 다물고 쥐 죽은 듯이 움직이며 백영의 말을 따랐다. 백영이 태양을 달이라고 해도 그렇습니다 외쳤고, 붉은 것을 보며 푸르다 하여도 그 말이 옳습니다 하였다.

모든 것이 원하는 대로 되었는데 이루어진 것은 하나도 없는 기분이었다. 매일이 무료했으며 허했다. 어느 순간, 깨달고 보니 일영과도 거리가 벌어져 있었다. 으레 그러하듯, 철 없는 시절의 한 시기라 생각했으나 어른이 되어서는 그 틈에 더욱 견고하게 벽이 세워졌다. 이제 더 이상 일영의 눈에는 혈육에 대한 애정이 없었다. 있는 것은 질투와 증오뿐이다. 그것에 백영은 더욱 삶이 지루하게만 느껴졌다.

여체에 집중해도 그때뿐이었다. 쾌락은 쉽게 달아오른 만큼 금방 꺼졌다. 순간순간, 열이 치솟는 걸 참을 수가 없어 말에 박차를 가해 밖으로 나가야 했다. 어느 날은 바람을 맞는 것만으로는 들끓는 속이 주체되지 않아 피를 봐야만 직성이 풀렸다. 어미가 생각이 났고 일영이 생각났으며 옛날이 그립게 느껴지다 다음 순간에는 그 어떤 것도 필요치 않다는 생각이 치솟았다. 갑자기 알 수 없는 무언가가 증오스럽고, 그 기세가 꺾이듯 순식간에 애틋해졌다가 또다시 아무 생각도 들지 않고 아무 느낌도 나지 않는 날이 도래했다.

그때, 궁에서 한 여자를 만났다. 여희였다.

'여희!'

백영은 탄성을 터트렸다. 한 걸음 다가가 거울 속에 떠오른 여자를 본다. 여희는 신이었다. 인간이 아닌 산호다. 그래도 백영은 상관없었다. 어차피 자신도 인간이 아니었다. 백영은 칼을 잡기로 할 때부터 이미 자신이 인간이기를 포기했었다.

처음 여희를 보았을 때, 백영은 그것이 기억도 안 나는 후궁 중 하나임을 알고 단번에 흥이 식었다. 그러나 그다음 순간, 여희가 건방진 말투로 자신의 낙마를 예견했을 때에는 다시 흥미가 돋았다. 신이라고 하여도 백영은 그 뜻을 그리 깊게 받아들이지 않았다. 여희가 신인 것은 아무래도 좋았고, 단순히 지금 이 순간이 재미있다는 것만이 중요했기 때문이다.

여희와 있으면 자신이 살아 있다는 기분이 들었다. 들끓는 기분도 건방진 말상대를 하다 보면 눈 녹듯 사라졌고, 몸을 겹쳤을 때에는 그 열락에 정신없이 빠져 들어갔다. 진정한 육체의 주인이 아니라고 해도, 눈앞에서 움직이고 말하는 것을 보다 보면 그 분리가 되지 않았다. 여희는 여희였다.

백영은 이제 거울 바로 앞에 있었다. 애틋한 기분으로 여희의 얼굴을 바라본다. 조금 더 일찍 만났더라면 무언가가 달라졌을까. 마지막의 마지막에. 백영은 그런 생각을 했었다. 그러나 그것은 아주 잠깐이었다. 여희가 좋았지만, 삶의 무게가 더 컸고, 끝에 다다라 이제 진정으로 끝날 때가 되어서야 아주 잠깐, 다른 곳으로 시선을 돌릴 여유가 생겼던 것이다.

신열이 올라 정신이 멀어질 때마다 필사적으로 눈을 뜨려 애썼다. 이것이 정말 마지막이라고 생각하니 갑자기 심장이 뛰고 악을 쓰고 싶을 만큼 초조해졌던 것이다. 담담한 여희의 얼굴을 보며 자신의 혼을 가져가라 했다. 그것은 한순간의 얄팍함이 아닌 백영의 진심이었다. 백영은 여희가 죽임을 당하지 않길 바랐다. 모든 것은 다 떠나도 여희만큼은 제대로……. 여희가 조용하게 속삭여왔다. 너를 배웅하면 떠날 것이니 이제 잠을 자라고.

순간, 지옥으로 떠나오기 전에 보았던 여인이 여희였음을 깨달았다. 백영은 두 손으로 머리를 쓸어 올렸다. 호흡이 가빠왔다. 여희야. 어찌 그 마지막에 너를 알아보지 못했을까. 그것이 너무나 안타까워 백영은 괴롭게 숨을 내쉬었다. 그러다 화들짝 거울을 보았다. 저승차사와 말에 올라 멀어지는 그 사이로 작아지는 여희가 보였다. 저도 모르게 거울에 손을 뻗어 붙들었다. 머릿속에 여희의 얼굴이 그려지는데도 상세하게 뜯어보려고 하면 뭔가가 희미해졌다.

"업 한 번 오지게 지고 왔군."

염라대왕이 단조롭게 말하며 이무기를 흘긋 보았다.

"어쩔 것이냐. 네가 데려갈 것이냐?"

이무기가 그 머리를 기우뚱거리며 꼬리로 바닥을 탁탁 쳤다.

"글쎄. 어쩔까."

이무기가 노란 눈을 끔벅거리며 백영을 쳐다보았다.

"나는 연정에는 약하단 말이지. 이걸 보니 여희 고것이 왜 제 목숨줄을 인간에게 줬는지 알 것 같기도 한 것이……. 으흠. 어쩐다……. 아아, 어쩌지……."

앓는 소리를 내며 이무기가 몸통을 둥글게 말았다. 염라대왕이 혀를 차며 차갑게 일갈했다.

"헛소리 말고 빨리 정해! 네놈이 이것은 칠방신의 일이라며 닦달을 해대서 일부러 진광에게서 빼온 것 아니야! 진광이 죄지은 인간 매타작을 얼마나 좋아하는 줄 아냐? 그놈은 기절한 놈한테도 대답을 안 한다고 매질을 하는 놈이라고. 지금쯤 그 즐거움이 하나 줄어들었다는 것을 알면 나중에 나에게 어찌 갚아줄까 이를 악물 것이다."

"목숨줄을 줬다는 게 무슨 말인지요?"

백영은 참지 못하고 물었다. 이무기와 염라대왕의 시선이 백영에게로 쏠렸다. 이무기의 노란 눈이 가늘어졌다 다시 커지기를 반복했다.

"여희가 산호인 것은 아느냐?"

"알고 있습니다."

"그렇다면 그 산호가 아홉 개의 목숨을 지니고 있다는 것도 알고 있느냐?"

고개를 가로저었다. 그런 상세한 것은 알지 못했다. 그저 여희가 신이고, 오래 살았으며, 인간이 아니라 신기한 재주를 부릴 줄 안다는 것이 전부였다. 이무기의 몸통이 한 차례 더 꼬이더니 머리가 껑충 그 위로 올라갔다.

"우리 신들은 인간사에 관여를 하지 않는 게 가장 중요한 원칙이다. 그것이 살아 있는 것이든, 죽어 있는 것이든. 어쨌든 인간하고는 닿지 않아야 하는 것이야. 헌데, 여희가 이번에 곧 죽을 수도 있는 놈을 억지로 살려놓았더구나."

"죽을 수도 있는⋯⋯."

곰곰이 시선을 떨어트렸던 백영은 화들짝 얼굴을 들었다. 왜인지 모르게 그것이 누구인지 알 것 같았다. 심장이 세차게 뛰기 시작했다.

"그래. 네 동생 일영이다. 천명을 무시하는 짓을 저질렀으니 여희도 이번 일을 조용히 넘기지는 못할 것이다."

왜, 라는 의문이 들었다. 그리고 동시에 그 답을 찾아냈다. 여희는 백영에게 일영을 죽여주랴 하고 물었던 적이 있다. 그에 백영은 일영이 살기를 바란다고 했다. 일영이 살아 있어야 자신이 짐승이 된 이유가 존재하기 때문이다. 어미를 잃었을 때처럼 또 한 번 모든 것을 잃을 수는 없었다. 그래서 여희가 일영을 살린 것이다. 빚은 없다고 하였는데도 기어코 빚을 갚았다. 혀 밑까지 음울한 덩어리가 밀려왔다.

백영은 피가 나도록 입술을 깨물고 더 생각할 것도 없이 이무기에게로 달려갔다. 그 앞에 무릎을 꿇고 바닥에 이마가 닿을 정도로 엎드려 외쳤다.

"모든 것은 저의 죄입니다. 여희와는 상관이 없습니다. 그러니 그 벌은 제게 내려주십시오."

이무기가 백영을 빤히 내려다보았다. 그러더니 갑자기 푸념하듯 칭얼거렸다.

"아아, 보았니, 염라야. 이 무슨 연모지정이란 말이냐. 나는 도무지 결단을 내리지 못하겠구나. 하, 이 마음은 무엇인고. 내 마음이 다 아프구나……!"

"돌겠군."

염라대왕은 씹어 먹을 듯이 내뱉고 발로 바닥을 쿵 내리쳤다.

"이봐. 네놈은 일어나서 여기에 서라. 저 뱀 새끼가 도저히 결단을 못 내리겠다 하니 내가 내려주지."

백영이 몸을 일으키자 이무기는 꼬리로 손처럼 얼굴 끝을 받치고 가늘어진 눈으로 혀를 날름거렸다. 염라대왕은 백영을 쳐다보지도 않고 줄줄 읊었다.

"너는 그냥 다른 데 갈 필요 없이 내가 다스리는 지옥에서 49일을 보낸다. 네놈들 왕이라는 것들은 언제나 그 죄가 비슷비슷하거든. 구경이나 업경대로 그 일생이나 죄를 일일이 비추어 볼 것도 없단 말이지. 그리고 너는 왕이 된 자로서, 네 백성들을 일일이 보살피지 못한 그 죗값까지 받아야 하니 49일 지나면 평등대왕, 도시대왕, 오도전륜대왕님께 가서 그분들이 다스리는 지옥에서 또 3년을 보내야 할 것이다."

"그렇게 하면 여희는 괜찮은 것입니까?"

백영은 뭐든 다 괜찮았다. 이제 와서 꽁무니를 뺄 생각은 없었다. 그저 걸리는 것은 단 하나, 여희였다. 여희만큼은 괜찮기를 바랐다.

염라대왕이 이무기를 보았다. 이무기는 한숨을 내쉬듯 목 아래 몸통을 넓게 확장시켰다가 다시 좁히더니 꼬리를 뱅뱅 꼬아 편하게 자리를 잡았다.

"으음…… 그래, 생각해보면 죽인 것도 아니고 살린 거잖니? 그 정해진 천명도 보아하니 본래는 좀 살다 갈 수명이던데. 그럼 별로 문제될 것도 없지."

"뭐라? 네놈이 지옥으로 쳐들어올 때에는 법도는 지키라 있는 거라며 괄괄대지 않았냐."

염라대왕이 기가 막힌다는 듯이 쏘아붙이자 이무기는 꼭 웃는 것처럼 눈을 반달로 휘었다.

"염라야, 내 누누이 말하지 않았니. 융통성을 기르렴. 때때로 일이란 건 정해진 규율보다 상황을 따라 흘러야 될 때가 있단다."

"말을 말자. 꼴도 보기 싫으니 썩 꺼져라. 너는 이쪽으로 와라."

염라대왕이 손짓하여 백영이 그를 따라 걸음을 옮겼다. 염라대왕의 손은 백영의 얼굴을 다 덮고도 남을 만큼 컸다. 그 손이 이마 한가운데를 짚기에 백영이 눈을 위로 흘끔거리며 물었다.

"무엇을 하시는 겁니까?"

"네 기억을 지우는 거다."

백영은 본능적으로 고개를 뒤로 뺐다.

"어째서 기억을 지우시는 겁니까? 죗값을 치르게 한다 하지 않으셨습니까."

"그러니 기억을 지우는 거지. 아무것도 모르고 당해야 더 억울할 것 아니냐. 횡액만큼 너희 인간들을 환장하게 하는 것은 없거든."

염라대왕이 백영을 잡아 앞으로 끌어왔다. 그 힘에 반항하며 백영이 다급히 말했다.

"그렇게 하면 반성을 할 수 없지 않습니까? 자신의 죄를 똑바로 아는 것 또한 죗값을 치르는 일이 아닙니까?"

염라대왕이 픽 웃었다.

"반성? 나는 네놈들의 반성에는 관심이 없느니. 내가 하는 일은 그저 너희가 죗값을 달게 치르게 하는 것뿐이다. 그러니 그 반성은 너 하고 싶은 때에 아무 때나 해라."

꼼짝없이 끌려가 이마에 손이 닿고 눈이 하얗게 비어갈 때쯤이었다. 뒤에서 꼬리가 튀어나와 백영의 허리에 감기더니 그대로 쑥 백영을 끌고 갔다.

"뭐하는 게야!"

염라대왕의 고함 소리가 천둥처럼 내리꽂혔다. 그 서슬에 백영은 반사적으로 몸을 떨었지만 이무기는 태연했다.

"아, 할 말이 있어 보이는 얘를 붙잡고 억지로 입을 다물게 하니까 그렇지. 마지막인데 그 말쯤은 들어봐도 좋지 않냐. 안 그러냐."

이무기가 백영을 내려다보았다. 백영은 숨을 몰아쉬면서 염라에게 빌었다.

"여희에 대한 기억은 남겨주십시오. 그리하면 49일이 아니라 490년을 여기서 살라 해도 살겠습니다. 제게는 여희를 기억하는 편이 더 고통스러울 것입니다. 매일같이 후회를 하며 땅을 치고 살아갈 것입니다."

지난 삶에는 아무런 미련도 없지만 여희는 달랐다. 그냥 모든 걸 버리고 여희와 함께 궁을 떠날 것을 그랬나. 그것으로도 충분히 모든 것을 끝낼 수 있지 않았을까. 이런 생각이 왜 지금에야 났을까. 거울 속에서 여희를 보았던 그 순간부터 백영은 속으로 계속 곱씹었다.

여희를 다시 만날 수 있을까. 천수를 누리는 신이니, 살다 보면 만날 수 있을 것이다. 허면 언제 만날 수 있을까. 그 기약 없음에 백영은 속이 까맣게 타들어가는 것을 느꼈다. 심장이 저리고 묵직하게 내려앉는다. 백영은 이무기에게 물었다.

"여희는 어떻게 되었습니까. 궁에서 빠져나왔습니까?"

"나왔지."

다행이라는 안도감과 함께 그렇다면 앞으로 여희를 어디에서 찾아야 하나. 찾을 수는 있을까. 아니, 어떻게 여희를 알아볼 수 있지? 무엇으로……. 눈앞이 까마득해졌다. 여희가 그리웠다. 계집 안의 여희가 참을 수 없을 만큼 보고팠다.

하지만 백영은 여희의 진짜 모습을 모른다. 산호라는 것도 천령제 때 우연히 그 흔적을 보았을 뿐, 완전한 모습을 알지 못했다.

한 번이라도 보았더라면 짐승의 모습을 하고 있어도 찾아낼 수 있을 것이다. 그런 확신이 들었다. 하지만 그 현신도, 신체도 본 적이 없는 백영은 자신이 아는 것은 여희라는 이름 두 글자밖에 없음을 뼈저리게 느껴야 했다. 퍼져가는 절망감에 고개를 수그렸던 백영은 번뜩, 교향사를 생각해냈다. 교향사……! 그래, 여희와 관련된 것들 중에 아는 것이 하나 더 있었다. 교향사다.

백영은 천천히 고개를 들었다. 염라를 보며 애원했다.

"다른 기억은 모두 지워도 좋습니다. 제발 여희에 관한 것만은 남겨주십시오."

그것이면 됐다. 남은 시간은 여희를 찾는 데에 쓸 것이다. 자신이 진 업은 그렇게 갚자, 백영은 결심했다. 하나씩, 하나씩. 여희를 찾을 때까지 백영은 계속해서 걸어갈 것이다.

"염라야, 애수는 사람이 가진 가장 큰 슬픔이다. 제 발로 그 고통을 걷겠다 하니, 지옥도를 다스리는 네 입장에선 더할 나위 없이 좋은 것 아니냐. 백영에게 느끼게 해주렴. 매일같이 잃어버린 것을 깨우치게 하는 그 벌로 말이다."

이무기의 말에 염라대왕은 날 선 눈을 이무기에게 돌리더니 얼마 안 가 짧게 혀를 찼다.

414

"저것을 불구덩이에나 처넣어라."

지겹다는 듯이 내뱉고 염라는 성큼성큼 방을 빠져나갔다. 이무기가 웃음을 터트리듯이 꼬리로 바닥을 쉼 없이 내리쳤다.

"네 앞으로 지옥 구경깨나 하겠구나."

이무기의 말을 끝으로 백영의 지옥이 시작되었다. 그래도 백영은 군말 없이 그 모든 것을 받아내었다. 화마 속에서 타오를 때도, 못이 박힌 침대에 몸이 뚫릴 때도, 휘몰아치는 광풍에 온몸의 살점이 뜯길 때도, 억겁의 어둠 속에서 백영은 매일같이 여희를 그리고 또 그렸다. 오도전륜대왕의 어둠 속을 나오게 되었을 때, 백영은 윤회의 장으로 끌려갔다.

가장 마지막에 주어지는 지옥, 이 윤회의 장은 누군가에게는 가장 큰 형벌이며, 누군가에게는 가장 큰 희망이다. 백영은 자신이 이 윤회의 장에 들어서면 다음은 어디에서 태어나느냐고 물었다. 두루마리를 펄럭이던 사자가 서인의 나라라 답했다. 백영은 단국으로 돌아가야 했다. 태어나고 싶은 곳에 태어날 수 있냐 물으니 그는 안 된다 하였다.

"그럼 저는 이번에 윤회의 장에 들어서지 않겠습니다."

"뭐라?"

사자는 얼이 빠진 얼굴을 하고 기이한 것을 보듯 백영을 보았다.

"저는 빼주십시오. 저는 이 지옥에 남겠습니다."

"헛. 이놈 좀 끌고 가라."

사자는 코웃음을 치며 장정에게 지시했다. 장정의 팔에 잡히기 직전, 백영은 전력을 다해 뛰었다. 뒤에서 사자의 고함소리가 터져 나왔다. 장정들이 바람처럼 따라붙었다. 이대로 잡히면 서인으로 태어나 여희와는 만나지 못하게 된다. 그럴바에는……!

백영은 옆으로 몸을 던졌다. 칼날 나무숲에 그 육체가 갈가리 찢겼다. 꿰뚫린 얼굴 한 면, 성한 눈을 들자 어리둥절한 표정의 장정들과 기가 찬 듯이 보이는 사자가 보였다. 그 광경에 백영은 웃고 너무 큰 고통에 정신을 잃었다. 그리고 이때부터 백영의 기행이 지옥도를 돌았다. 백영은 매번 윤회의 장 앞에서 실랑이를 벌이고 멋대로 지옥에 뛰어들었다.

그날은 한빙협곡에서 몸이 꽝꽝 얼어붙었을 때였다. 어떤 형체가 눈앞에 나타났다. 눈을 뜬 채로 얼어붙어 형체는 알아볼 수 있었으나, 얼음 때문에 그 형체가 세 겹으로 굴곡져 보여 누군지까지는 알 수 없었다. 다음 순간, 형체가 사라지고 시야가 기울어졌다. 시간이 조금 흐른 후에야 자신이 지금 옮겨지고 있다는 것을 알아챘다.

"네 아주 웃기는 짓을 하고 있다지."

순식간에 녹은 몸 앞으로 염라대왕이 앉아 있었다. 그 옛날, 이무기와 함께 만났던 그 방이다. 백영은 고개를 숙여 꾸벅 인사를 올렸다.

"오랜만에 뵙습니다. 그간 강녕하셨는지요."

염라대왕이 코웃음을 쳤다.

"어째서 윤회의 장에 들지 않느냐?"

"저는 다시 한 번 단국에서 태어나야 합니다."

"그것이 언제가 될 줄 알고? 윤회의 장은 우리가 관리하는 것이 아니다. 옥황대제가 점지하여 우리에게 전달을 해주는 것이지. 생의 태어남은 지옥과는 관계가 없느니."

백영은 고개를 흔들었다.

"언제가 되었든 상관없습니다. 그때까지 저는 이 지옥에 남겠습니다."

"그때가 돌아오지 않는다 하여도?"

"예. 그래도 저는 이곳에 남을 것입니다."

돌아오지 않는다면 돌아갈 필요도 없다. 백영은 여희를 잊는 것보다, 괴롭더라도 여희를 그리워하는 게 더 나았다. 염라대왕은 백영을 빤히 쳐다보다 도로 돌려보냈다.

그 후, 몇 번이고 똑같이 지옥을 돌다가 염라대왕의 부하이던 천조귀왕을 만났다. 천조귀왕은 짙은 자색의 도복을 백영에게 던지고 무심히 말했다.

"염라대왕님의 명을 받들어 너는 앞으로 나와 함께 다닌다."

백영은 여전히 지옥에 있었으나 이제는 몸이 찢기는 대신, 지옥도를 메우는 망자들의 뒤처리를 맡게 되었다. 천조**귀왕**

의 명에 따라 이리저리 몸을 움직였으며 때때로 염라대왕의 개인적인 심부름을 하러 갈 때도 있었다.

얼마만큼의 시간이 지나갔는지는 알지 못했다. 백영은 그저 지옥에서 매일같이 일을 했다. 염라대왕은 이제 백영에게 짧은 농을 치기도 했다. 처음에는 못마땅하게 여겼던 천조귀왕도 지금은 백영을 믿고 일을 맡겼다.

꼬챙이에 배를 꿰뚫린 사람들의 창자를 바구니에 주워 담고 나왔을 때였다. 그 지옥문을 지키는 장정에게 바구니를 건네고 돌아 나오던 백영은 저승차사들이 모여서 이야기하는 것을 보았다. "어허, 거참, 이를 어쩌나." 탄식 소리가 들리고 "으흐흑!" 하고 울음소리가 뜬금없이 튀어 나오더니 저승차사 중 하나가 무릎을 꿇었다.

"제 목을 쳐주십시오! 다 제 불찰입니다!"

"야, 인마. 네 목은 진즉에 쳐져 있는데 뭘 치라는 게야!"

"그래, 인마. 네 목이 붙어 있었으면 네가 저승차사를 했겠냐? 했겠어?"

"어흐흑" 하고 무릎 꿇은 저승차사가 울었다. "허어, 거참, 이거." 다른 저승차사가 쓰게 입맛을 다시며 눈을 찌푸렸다.

"무슨 일이십니까. 어인 일로다 여기 이렇게 모여 계시는 건지요."

"음? 백영 아니냐."

이제 지옥에서 백영을 모르는 자는 없었다. 그 기행도 기행이지만, 염라가 아끼고 있다는 소문이 돌고 난 뒤로는 소가 닭 보듯 했던 다른 관료들도 나름대로 아는 체를 하기 시작했다. 가까이 가니 몸을 튼 저승차사들 사이로 여자아이가 보였다. 몇 살이나 되었을까. 다섯 살이나 넘었을까. 색동저고리를 입고 머리를 단정하게 쪽진 여자아이는 눈물이 그렁그렁하여 땅에 못 박힌 듯 서 있었다. 으음, 백영은 이게 어찌 된 일인지 대충 감이 잡혔다.

지옥에 있는 동안 알았다. 죄가 없는 사람들은 선신처럼 살아온 노인이거나 어린아이, 그 둘뿐이었다. 그 둘은 황천을 건너기 전, 메마른 땅에서 무릉도원의 선인들을 만나 그들과 함께 옥황대제에게로 간다. 간혹 그 반열에 들지 못하는 자들도 있긴 했다. 그러나 지금의 이 상황은 저승차사가 아이를 선인에게 넘기지 못하고 잘못 데려온 것에 더 가까워 보였다. 시왕은 옥황대제와의 문제에 예민하게 군다. 서로가 융합하는 사이는 아니다. 이번 일을 안다면 소란스러워질 것은 분명했다.

"제가 황천에 다녀오지요. 가서 선인에게 아이를 전해주고 오겠습니다."

"으음? 자네가?"

백영은 아이에게 손을 내밀었다. 부드럽게 웃자 아이는 경계하듯 눈을 이리저리 굴리면서도 머뭇머뭇 손을 내밀었다. 지옥이 시끄러워질 것을 염려해서도, 저승차사에게 의리를 지키고 싶어서도 아니다. 단순히, 아이의 둥근 머리통이 여희를 떠올리게 해서였다. 울고 있는 그 얼굴이 안쓰럽다. 홀로 어찌 이러고 있는 것이냐.

백영은 아이를 품에 안아 들고 저승차사를 돌아보았다. 셋다 눈을 댕그랗게 뜨고 있었다.

"그럼 다녀오겠습니다."

엇 하는 사이에 백영은 지옥 입구를 빠져나와 황천으로 갔다. 조금 기다리자 칠흑 같은 어둠 속에서 나룻배의 하얀 뱃머리가 보이고 늙은 사공의 노 젓는 몸짓이 드러났다. 말없이 올라탄 백영은 아이의 등을 가만히 도닥였다. 건너편에 도착해 백영은 잠시 선인을 기다렸다. 어떤 방식으로 선인이 내려오는지는 모른다. 그냥 저승차사가 때가 되면 망자들을 이끌고 황천에 나타나듯이, 선인도 때가 되면 황천에 나타나 제 손님을 데리고 갔다.

얼마나 지났을까, 바삭거리는 소리가 들려 고개를 돌리니 백색 옷을 입고 금빛 귀고리를 찰랑이는 선인이 나붓하게 걸어왔다.

"이 아이가 언제 왔는지요?"

부드럽고 다정한 목소리였다.

"이제 막 도착하였습니다."

백영의 뻔뻔한 거짓말에도 선인은 그저 빙그레 웃고 품속의 아이에게로 고개를 기울였다.

"안녕하십니까. 마중을 나온 현화라고 하옵니다. 이제는 저와 함께 가셔야 합니다."

어른에게 말하는 것처럼 공손하게 말하고 손을 내밀었다. 가만히 선인을 보던 아이가 고개를 휙 돌리며 더욱 백영의 품으로 파고들었다. 백영과 선인의 눈이 마주쳤다. 백영은 약간 힘을 주어 아이를 떼어냈으나, 아이는 기를 쓰고 다시 백영의 품으로 파고들었다. 보고만 있던 선인이 하얀 손을 들어 아이의 등을 쓸자, 아이는 어떻게 알았는지 울음을 터트렸다. 소리도 흘러나오지 않고 눈물방울만 쏟아지는 서러운 울음이다. 선인이 얼른 손을 거두었다.

잠시간 침묵이 떨어졌다. 시간이 지나자 아이는 울음을 멈추었지만 백영에게서 떨어지려고 하지는 않았다.

"같이 가시지요."

선인의 말에 백영은 황급히 고개를 들었다.

"같이요?"

"아무래도 같이 가셔야 할 것 같습니다. 그게 서로에게 가장 좋게 끝날 수 있는 방법 같군요. 이리하면 아이는 안전하게 무릉도원으로 돌아가고, 저는 임무를 완수했으며, 차사님께선 과보를 갚는 셈이니, 모두에게 좋은 것 아닙니까."

백영이 아까 했던 거짓말을 지적하고 선인은 몸을 돌렸다. 휘파람이 잿빛 땅을 시원한 바람처럼 스치자 저 끝에서 백마가 달려왔다. 눈이 부실 정도로 새하얗고 깨끗한 말이었다.

아이를 품에 안은 채로 말에 탔다. 어둠을 뚫고 나아가던 말은 어느 순간, 눈을 질끈 감아야 할 만큼 선명한 빛 속으로 들어갔다.

눈을 껌벅이며 백영은 주위를 둘러보았다. 이런 빛은 너무나 오랜만이었다. 새파란 하늘과 솜 같은 하얀 구름, 그 안을 가득 매운 황금빛 태양의 기운. 그 찬란한 기운에 백영은 감격에 찼다. 이 광경을 혼자 보는 것이 아까워 품속 아이에게 고개를 들어보라고 속삭였다. 아이가 느릿하게 얼굴을 들더니, 곧 눈을 동그랗게 뜨며 주위를 두리번거렸다.

하강하는 느낌도 들지 않게 백마는 땅에 내려앉았다. 온 천지가 푸르렀고 땅은 녹색으로 폭신했다. 귀를 기울이니 지저귀는 새 소리가 들렸고 달콤새콤한 냄새가 코끝을 메웠다.

"이쪽으로 오시지요."

선인을 따라 걸었다. 꽃을 얼마 만에 보는 것일까. 석산의 꽃무덤을 여희에게 보여주고 싶었는데, 한 번도 보여주지 못하고 헤어졌다. 아리는 가슴을 추스르고 백영은 품속의 아이를 고쳐 안았다.

"여기서 잠시만 기다려주십시오."

작은 호수 앞에서 걸음을 멈추었다. 호수의 물은 너무 맑아 깊이가 가늠되지 않을 정도였다. 순간, 달콤한 냄새가 맡아져 그 근원지를 찾으니 주위가 온통 복숭아나무였다. 푸른 잎 사이에 연분홍 꽃들이 가득하다.

아이를 땅에 내려놓았다. 아이는 손은 꼭 붙들고 있었지만 이제 백영의 품에서 떨어지기는 했다. 하늘을 쳐다보는 중에, 아이가 잡고 있던 손이 당겨지는 느낌이 들어 고개를 돌렸다. 아이가 팔을 뻗어 어딘가를 가리키고 있었다. 시선을 따라가니 색색의 나비들이 너울너울 춤을 추며 날아가고 있었다.

아이의 표정이 밝다. 눈물은 사라지고 웃음이 입가에 피어 있었다. 백영도 따라 미소 지었다. 아이는 이제 백영을 끌고 이곳저곳을 걷기 시작했다. 선인이 기다리라 했기에 움직이는 것은 조금 망설여졌지만, 아이가 워낙 좋아해 마지못해 그를 따랐다.

"차사님."

복숭아나무 아래에 있을 때였다. 이름을 불려서 돌아보자 호숫가에 선인이 다소곳이 서 있었다. 아이를 들어 올려 호숫가로 갔다. 가까워지자 따라오라는 듯 선인이 몸을 돌리기에 그대로 따라갔다. 으리으리한 궁이었다. 이 정도로 높은 기왓장이면 분명 아까 밖에서 그 집 머리가 보였을 텐데 이 뒤에, 어찌 이런 집이 있을까 싶을 만큼 높고 큰 궁이다.

궁 안에도 꽃은 만발해 있었다. 어느 곳 하나 빛이 닿지 않는 곳이 없다. 복도를 걷는 중에 앞에서 선녀들이 팔랑이며 지나갔다. 하나같이 나비처럼 하늘하늘하고 세상의 경국지색들이 모인 듯 그 미모가 빼어났다. 깨끗한 옷차림에 고운 미소, 백영은 처음으로 비명과 피로 얼룩진 자신의 행색을 의식했다.

"보화님, 차사님을 모셔왔습니다."

"이쪽으로 오시게."

선인이 빗겨나자 탁 트인 방 안, 쏟아지는 빛 사이로 두 사람이 앉아 있었다. 웃으면서 고갯짓을 하는 여인은 아까 지나간 선녀들과 비교하면 살집이 조금 올라 통통하고 다소 나이가 있어 보였지만, 그 미소가 무척이나 포근하고 안정감을 안겨주었다.

"부러 긴 걸음을 하여주었다지. 오시느라 고생 많으셨소. 이쪽에 앉으시게."

꾸벅 인사를 올리는 백영에게 부드럽게 말하던 여인이 손짓으로 의자를 가리켰다. 가면서 백영은 또 한 사람을 살펴보았다. 언뜻 보았을 땐 여자인가 했는데, 옷차림이 남자다. 상당히 미색이 뛰어난 남자였다. 그러나 그 외모보다도 노인처럼 하얗게 센 백발이 더 눈길을 끌었다. 하얀 머리를 단정하게 묶어 올린 남자가 백영과 눈이 마주치자 싱긋 웃어 보였다. 백영은 흠칫 몸을 굳혔다. 남자의 웃음이라고 하기엔 지나치게 요사스러운 느낌이었다.

"먼 길 오셨으니 밥이나 들고 가시게."

"아닙니다. 해야 할 일을 했을 뿐인걸요."

"내 집에 온 손님을 빈손으로 보낼 수야 없지. 아이야, 너는 무엇이 먹고 자우니?"

여인은 딱 부러지게 백영의 말을 자르고 아이를 보며 인자하게 웃었다. 여인이 마치 말에 귀를 기울이는 듯 표정을 이리 했다, 저리 했다 하더니 다시 웃으면서 입을 열었다.

"옳거니. 아까 보았던 복숭아나무 때문에 복숭아가 먹고 싶었구나. 내 지금 그 복숭아를 따줄 수는 없다만, 내가 먹으려고 놔두었던 것을 너에게 주마. 그래도 괜찮겠니?"

아이가 품속에서 고개를 끄덕였다. 백영은 그 광경을 조금 놀라운 기분으로 바라보았다. 아이는 아무 말도 하지 않았던 것이다. 그런데도 어떻게 대화가 이루어졌을까.

"이 아이는 목소리를 잃은 채 태어난 아이라 말을 할 수가 없거든."

옆에 있던 남자가 차를 호록 들이켜며 조용히 말했다.

"이런, 모르셨는가? 자네도 이 아이가 말하는 것을 못 보지 않았나."

백영은 품 안의 머리꼭지를 내려다보았다. 그러고 보니 아이는 지옥에서도, 여기에서도 한 번도 입을 열지 않았었다. 단순히 겁을 집어먹어 말을 하지 않는 것이라 여겼지, 말을 못 할 거라고는 생각지도 못했다.

선녀들이 온갖 음식을 가져다가 상 위에 차리기 시작했다. 보도 못 한 음식들도 많았다. 아이에겐 은그릇에 담긴 과육 덩어리를 주었다. 아무 생각 없었던 백영도 음식 냄새가 코를 자극하니 결국엔 허겁지겁 밥을 먹게 되었다.

어느 정도 먹고 나서야 두 사람을 앞에 두고 혼자 열심히 식사를 했다는 것을 깨달았다. 조금 눈치가 보여 살펴보자, 두 사람은 별 신경도 쓰지 않고 유유하게 자신들만 알아들을 이야기를 나누고 있었다. 불현듯 여인이 고개를 돌리더니 아이에게 말을 걸었다.

"맛있게 드셨는가? 그러면 이제 꽃구경을 하러 가보는 게 어떻겠니?"

"아가씨, 저와 함께 가시지요. 올봄에 태어난 새끼 토끼도 있으니 구경이나 가보셔요."

언제 나타난 건지 선녀 한 명이 방긋거리며 손을 내밀었다. 아이는 경계도 없이 백영의 무릎에서 훌떡 뛰어내려 선녀의 손을 잡았다. 나가기 전, 백영을 돌아보았으나 백영이 웃으며 손을 흔들자 저도 웃고 그대로 방을 나갔다. 직감적으로 아이와는 이것이 마지막이라는 생각이 들었다. 일이 끝난 것이다. 이제 자신도 가야겠다 싶어 인사를 하려 고개를 바로 했던 백영은 상 위에 있던 음식이 온데간데없이 사라진 것을 보고 눈을 휘둥그레 떴다.

"보화님."

"음? 아아, 그렇지."

문가에서 선인이 부르자 여인이 천천히 자리에서 일어났다. 그를 따라 백영도 일어나자 여인이 눈주름이 파일 정도로 웃으며 손짓했다.

"귀하신 손님 가시는 길을 배웅해야 하는데 일이 바빠 그렇게 하지 못할 것 같군. 조심히 돌아가시게나."

"아닙니다. 별일도 아닌데 과분한 대접을 받고 돌아가게 되어 제가 오히려 더 송구스러운 마음이 들 뿐입니다. 잘 먹고 돌아갑니다."

여인이 웃으며 백영의 어깨를 도닥였다. 그 순간 따스한 기운이 백영의 어깨부터 시작해 심장, 배, 무릎, 발끝까지 피를 따라 한 바퀴 돌았다. 그 생경한 느낌에 잠시 넋을 놓았나 싶더니 금세 눈앞의 여인도, 문가의 선인도 사라지고 없었다.

"그럼."

옆에 선 남자에게도 인사를 하고 몸을 돌리려던 참이었다.

"지옥까지 어찌 돌아가려고? 말을 가지고 왔나?"

지적에 백영은 당황했다. 간다고만 생각했지 정말로 가는 방법까지는 깊이 생각하지 않았던 것이다.

남자가 의자를 드륵 밀어내며 자리에서 일어났다.

"내가 데려다주지."

"아……."

"뭘 갑자기 내외를 하고 그래. 처음 본 사이도 아닌데."

백영은 남자의 얼굴을 보았다. 이런 남자는 본 적이 없었다. 없었지만……. 살펴보는 백영을 마주 보는 남자의 눈이 반달로 휘어진다. 그 눈이 금색으로 반짝이고 있다는 것을 깨달은 순간, 백영은 화들짝 놀랐다.

"이무기……."

남자가 웃었다.

"어찌 이곳에 계신 겁니까."

"친우의 집에 놀러 왔지. 잘 지냈나."

"예. 잘 지내셨습니까."

남자는 대답 대신 고개를 끄덕였다. 같이 나가는 중에 백영은 다시 한 번 살펴보듯 남자를 보았다. 보이는 옆얼굴은 완벽한 인간의 얼굴이다. 이무기 때가 상상도 되지 않았을 정도다. 하긴, 여희도 현신은 산호이나 인간의 모습인 신체도 갖고 있다 했었다. 옆의 남자도 현신은 이무기이나 신체는 지금의 모습인 건지도 모른다.

길 끝에 서자 마차가 한 대 허공을 뚫고 달려왔다. 소가 이끄는 우차다. 단단한 뿔이 우뚝 솟은 황금색의 커다란 소였다. 남자가 먼저 안에 들어가더니 백영에게 들어오라 손짓했다.

마주 보며 앉은 채로 우차가 출발했다.

"아직도 지옥에 머물고 있다지. 윤회의 장에를 가지 않는다던데."

창 밖으로 흘러가던 구름을 보고 있던 백영이 고개를 바로 했다.

"예. 그렇게 됐습니다."

"여희 때문이냐?"

"그렇습니다."

남자가 뚫어져라 백영을 보았다. 자세히 보니 사람의 얼굴에 짐승의 눈이 새겨져 있다. 금빛 눈 안에 붉은 동공이 세로로 서 있다.

여희도 그랬었다. 천령제에서 현신이 엿보였던 날, 사람에게선 볼 수 없는 눈을 하고 있었다. 그것이 몸부림을 치며 땅에 쓰러졌을 때에는 얼마나 놀랐던가. 퉁을 부려 백영도 발길을 끊었지만 오래갈 일은 아니었다. 적당히, 시간이 흐르고 나면 다시 만나러 갈 생각이었다.

그러나 천령제에서 몸을 까뒤집으며 굴러다니는 여희를 봤을 때에는 저러다 정말 일이 날까 싶어 입안이 바싹 말랐었다. 제도 제대로 드리지 않고 나왔을 정도였다.

"네가 방금 만났던 보화는 도원의 칠성신 중 하나이다. 윤회를 관장하고 있지. 사람의 생을 다스린단 이야기야."

남자가 창 밖으로 눈길을 돌렸다.

"어느 날, 보화가 말하더군. 윤회의 장에 들어야 할 망자 하나가 계속 들지 않는다고 말이야. 시기를 맞춰보니 너에 대한 이야기더군. 내 그래서 보화에게 여희에 관한 이야기도 들려주느라 도원으로 왔던 것이야."

이제 하늘은 다시 어둠 속에 접어들었다. 백영은 멀어지는 빛과 헤아릴 수 없는 감정으로 작별했다. 언제까지고 그 빛이 사라질 때까지 지켜보았다.

"얘기를 들은 보화가 무척이나 안타까워하더구나. 하지만 이 세상에 사연 없는 사람이 어디 있겠니. 안타까워도 부러 너에게 맞춰줄 수는 없는 법."

"알고 있습니다. 저는 그저 때를 기다리고 있는 것뿐입니다."

고되지 않다면 거짓말이다. 가끔은 그리움에 짓눌려 몸이 찢길 때보다도 더 괴로울 때가 있었다. 그러나 백영은 기다림을 놓을 수가 없었다. 자신이 선택한 길이다. 수많은 괴로움 중에 그래도 그나마, 그나마, 하고 선택한 길이다.

잿빛의 땅이 보였다. 백영은 천천히 숨을 들이쉬었다. 찬란한 빛도 좋았지만, 잿빛의 땅을 보니 익숙함이 밀려오는 것이 이것도 나쁘진 않았다.

"아직도 여희를 생각하고 있느냐?"

백영은 언제나 여희를 생각했다. 그래서 그렇다 하니 남자는 깊은 눈으로 백영을 보다가 빙긋이 웃었다. 남자가 손짓하자 문이 활짝 열렸다.

"그래. 기다리다 보면 때는 찾아오는 법이지. 잘 가려무나."

"예. 조심히 들어가십시오."

내리자마자 우차가 떠났다. 우차가 사라지는 모습을 보다가 백영은 천천히 지옥문을 넘어갔다.

열흘 후, 윤회의 장이 도래했지만 역시나 이번에도 원하는 땅으로는 갈 수가 없었다. 이쯤 되니 별다른 아쉬움도 없어 백영은 그러려니 하고 넘겼다.

황천에 도착한 망자들을 지옥도에 인도한 후였다. 염라대왕이 부른다기에 궁으로 갔다.

"네가 지옥에서 일을 한 지도 벌써 200년이 다 되었군."

"그렇습니까?"

시간의 흐름을 알 수 없었던 백영은 솔직히 깜짝 놀랐다. 어느 정도 시간이 흘렀을 거라는 짐작은 했지만 숫자로 들으니 그 정도인가 하는 생각이 들었던 것이다. 팔짱을 끼고 무언가를 생각하던 염라대왕이 흘긋 백영을 보았다.

"네게 관직을 줄까 하는데 네 생각은 어떠냐?"

"제게요?"

"언제까지고 허드렛일만 할 순 없지 않냐."

백영은 대답을 아꼈다. 염라대왕의 관직 추천은 하루 이틀 일이 아니었다. 아시민 지옥의 간지에 들어서는 데에는 많은 생각이 들었다. 관직을 맡아버리면 윤회의 장과는 거리가 더욱 멀어질 것만 같았다. 지금도 희망적이진 않다. 그렇지만 지옥에 뿌리를 내리는 것과는 많은 차이가 있을 것 같았다.

백영은 고개를 숙였다.

"말씀은 감사하나 제가 관직을 맡을 수는 없을 것 같습니다."

"윤회 때문이냐?"

"예. 제게는 가야 할 곳이 있습니다."

염라대왕이 얼굴을 찌푸렸다.

"여자가 필요하면 내가 구해다주마. 거, 언제 될지도 모르는 거 뭘 그렇게 미련하게 붙잡고 있냐."

백영은 낮게 웃었다.

"여자가 필요한 것이 아니라 여희가 필요한 것입니다."

천하제일의 선녀를 보아도 아무런 감흥도 느끼지 못했다. 오히려 여희가 더 그리워졌을 뿐이다. 여희가 필요했다. 여희가 보고 싶었다. 언젠가 만날 수 있다면, 그것만이 그리움을 종식시켜주었다.

"제가 할 수 있는 일은 무어든 다 하겠습니다. 그러니 그 청은 그만 거두어주십시오."

염라는 못마땅한 얼굴을 했지만 더 이상 말을 건네지는 않았다. 그날, 염라에게서 관직을 요하는 말이 있었다는 걸 알게 된 천조귀왕이 같은 뜻을 전해왔으나 그도 거절을 했다.

망자가 오고가고, 또 오고가고. 아비규환이 끊이지 않고 핏물이 마를 날이 없는 지옥도에서 장정의 방망이 손질을 하던 백영은 문득 눈앞으로 뭔가가 지나가기에 고개를 들었다가 눈을 크게 떴다.

나비였다. 나비가 한 마리 날고 있었다.

백영은 손질을 하던 손길을 멈추고 문가를 보았다. 이 지옥의 열기는 너무나 뜨겁고 메말라서 나비 같은 것은 조금도 살 수가 없었다. 그런데 나비를 보고 있다니, 보고 있으면서도 믿기지가 않았다.

그때였다. 갑자기 목소리가 들렸다.

"윤회의 장으로 가거라."

백영은 화들짝 주위를 두리번거렸다. 아무도 없었다. 다시 나비가 있던 곳을 보았다. 빙그르르 나비가 내려앉았다. 가까이 가보니 그것은 나비가 아니라 흩날리는 재였다.

잿빛의 재를 뚫어져라 보던 백영은 손질하던 방망이를 내팽개치고 윤회의 장으로 뛰어갔다. 알 수 없는 무언가 때문에 심장이 세차게 뛰었다.

윤회의 장 입구에서 저승차사 둘이 머리를 맞대고서 무어라 이야기를 하고 있었다. 그를 보자니 심장이 더 크게 뛰기 시작했다.

"하나가 모자란다. 하나가 모자라. 이게 어찌 된 일이냐."

"저도 모르겠습니다. 하지만 분명 오늘 윤회의 장은 이 스물아홉 명이 맞습니다요."

"제대로 세어본 것 맞아? 아니, 근데 왜 이 목록에는 서른 명으로 되어 있냐 말이야."

"무슨 일이십니까. 무어가 서른 명입니까."

숨을 몰아쉬며 백영이 물었다. 돌아본 저승차사가 고개를 흔들었다.

"아니, 오늘 윤회의 장에 들어가게 된 인명은 스물아홉 명인데 인명장에는 서른으로 적혀 있어서 말이다. 졸지에 한명이 비게 되었으니 이게 어찌 된 일인지 알 수가 없군."

"찾아볼까요?"

"네 방금 확인해보았다 하지 않았냐."

"그렇긴 하지만……."

백영은 저승차사의 손에 들린 두루마리를 뚫어져라 보았다.

"제가……."

"음? 뭐라 말하는 것이냐."

입을 달싹이던 백영은 저승차사의 손에서 두루마리를 낚아채 몸을 돌렸다.

"어? 야, 인마! 너 그걸 가지고 어디를 가는 게야!"

"어어어!"

숨이 터져나가도록 뛰었다. 어쩐지 이 두루마리를 다른 사람에게 줘서는 안 될 것 같은 기분이 들었다. 생각도 않고서 뛰고 있는데 발은 절로 염라대왕의 궁으로 향했다. 달리면서 머릿속을 정리한다. 이것은 내 것이다.

백영은 "염라대왕님!" 하면서 목청껏 소리 질렀다. 저 앞에서 문이 벌컥 열리면서 그 문고리를 붙들고 놀란 얼굴을 하고 있는 천조귀왕이 보였다.

"염라대왕님 안에 계십니까?"

"계시긴 한데……. 너, 대체……."

뛰면서 묻고, 스쳐 지나가면서 답을 들었다. 염라대왕은 업경대를 옆에 두고 망자들을 심문하는 중이었다. 모두가 백영을 돌아보았다. 염라대왕의 짙은 눈썹이 올라갔다. 백영은 염라대왕의 앞에 무릎을 꿇고 외쳤다.

"윤회의 장에 저를 보내주십시오."

대답이 돌아오기도 전에 성급히 다시 한 번 외쳤다.

"이 윤회의 장에 제가 들어가겠습니다!"

"야, 인마! ……."

뒤따라오던 윤회의 장 저승차사들이 말꼬리를 흐렸다. 투다다닥 뛰던 발소리도 잦아든다. 말라붙은 목구멍이 숨을 내쉴 때마다 기이한 소리를 냈다.

"무슨 일들이냐?"

염라대왕이 물었다. 저승차사들이 백영을 흘기면서 나란히 섰다.

"아니, 윤회의 장에서 인명을 넘기고 있는데 이놈이 갑자기 나타나서 인명장을 훔쳐가지 뭡니까."

"사실이냐?"

백영은 고개를 더 수그렸다.

"예. 제가 가지고 왔습니다."

"그래서? 인명장을 훔쳤는데 내겐 왜 온 것이야."

백영은 두 손으로 붙들고 있던 두루마리를 조심히 염라대왕에게 건넸다.

"윤회의 장에 한 자리가 빕니다. 제가 그 자리에 갈 수 있게 해주십시오."

"이게 뭔 말이냐."

두루마리를 살펴보던 염라대왕이 사자들에게 물었다. 저승차사들은 서로를 한 번 보고는 자신들도 궁금하다는 투로 입을 열었다.

"윤회의 장 자리가 하나 빕니다. 갈 놈은 스물아홉밖에 없는데 자리가 서른이지 뭡니까."

"잘못 세어본 것은 아니고?"

"아닙니다. 열두 번도 더 확인을 했는걸요. 인명은 스물아홉이 맞습니다."

염라대왕이 두루마리를 내려다보며 말했다.

"이 마지막 자리는 어떤 자리냐."

저승차사가 염라대왕 곁으로 다가왔다. 두루마리를 유심히 보더니 말했다.

"고 참판이라는 사내의 막내아들 자리로군요. 부부 간에 금슬이 좋아 생긴 늦둥이입니다. 아비가 한 나라의 관직에 있으니 태 자체는 유복하게 태어나겠군요."

염라대왕이 백영을 흘긋 보았다.

"어디에서 태어나는 거냐."

"어디 보자……. 음, 단국이군요. 단국의 고 참판 밑입니다."

백영은 눈을 감았다. 몸이 간질거릴 정도로 소름이 돋고 희열이 몰아쳤다.

"제게…… 제게 이 자리를 주십시오."

떨리는 목소리가 자신의 귀에도 들렸다.

"얼굴 들어라."

염라대왕의 명에 백영은 천천히 몸을 일으켰다. 염라대왕은 쓴웃음을 설핏 짓고는 저승차사에게로 두루마리를 건넸다.

"이 자리는 백영에게 줘라."

"예?"

저승차사가 깜짝 놀라며 보자, 염라대왕은 태연하게 말을 이었다.

"어차피 빈자리 아니냐. 갈 놈이 안 가고 여직까지 있었으니 저놈 자리라고 봐도 상관없겠지. 안 그러냐."

"그렇긴 하오나……."

"그리 기다리더니, 때가 오긴 오는구나."

염라대왕의 말에 백영은 웃고 싶었으나 입가가 사정없이 떨려 지금 자신이 웃는지, 우는지 분간을 할 수가 없었다. 염라대왕에게 몇 번이나 절을 올리고 나왔다. 마지막 가는 길은 천조귀왕이 배웅했다.

윤회의 장에 뛰어들기 전, 백영은 지옥을 돌아보았다. 지겹게 붙어 있던 곳인데 이렇게 보니 모든 것이 찰나 같고 꿈만 같다. 심호흡을 하고 앞을 보았다.

조심스레 한 걸음 내딛었을 때, 보인 것은 새하얀 빛이었다.

백영은 고 참판 댁 막내아들로 태어났다. 학자인 아비는 황제의 명으로 현재 대밭골이라는 시골에 들어와 사는 중이었다. 황궁이 있는 수도와도, 교향사가 있는 주평과도 끝과 끝이었다.

백영은 모든 것을 기억하고 태어났다. 마지막 가는 길, 염라대왕의 선물이었는지도 모른다. 그래서 백영은 매일같이 어서 자라나기만을 기다렸다. 언제쯤 우리가 수도로 돌아갈 수 있는지도 매일매일 물었다.

처음 백영의 이름은 고준혁이었다. 그러나 태어나면서부터 몸이 약해 신열이 자주 올라 병상에서 일어나지 못한 탓에 어미는 절에 치성을 드리러 다녔고, 보다 못한 스님이 개명을 하면서 권해준 이름이 '백영'이라 다시 백영이 되었다. 지금은 언제 그렇게 아팠냐는 듯 동네를 활개 치며 돌아다닌다.

"백영아, 순이가 준 보약은 먹었니?"

"예. 먹었으니 걱정 마세요."

이렇게 건강하게 다녀도 어미는 걱정을 끊지 않았다. 늘 밥 때를 챙기고, 조석으로 약을 달여 먹였다.

"으이구. 이 볼 좀 보라지. 때꾼한 것이 누가 보면 에미 애비 없는 자식인 줄 알겠구나."

어미가 백영을 품으로 끌고 와 소맷자락으로 흙 묻은 볼을 털어주었다. 백영은 어미를 올려다보았다. 둥글고 눈꼬리가 약간 처진 어미는 늘 웃음을 달고 백영을 보았다. 무섭게 혼을 낼 때도 있었으나 그 이면에는 더 큰 애정이 있다는 것을 자라는 동안 백영은 자연히 알게 되었다. 품에 파고들자 어미는 웃으며 기꺼이 백영을 안아주었다.

이번 생의 어미와 아비는 넘칠 정도로 큰 정과 사랑을 백영에게 베풀었다. 비단 백영뿐이 아니다. 위로 나 있는 형들과 누이들도 골고루 그 애정을 받고 다시 백영에게 베풀었다.

처음 맛보는 풍족한 삶 속에서 백영은 여희의 부재를 더욱 크게 느꼈다. 여희는 아직도 교향사에 있을까. 없다면 어디에서 찾아야 할까. 팔도를 유랑하게 되더라도 찾아내리라.

백영이 열둘이 되던 해, 황제의 부름이 다시 있어 모든 식솔이 단국의 수도로 돌아갔다. 백영은 곧바로 교향사가 있는 주평에 가고 싶었으나 주평을 혼자 찾아가기에는 아직 나이가 어렸다. 그사이, 아비는 백영을 궁에 있는 학문사에 들였다.

어렸을 때부터 똘똘하게 군 백영에게 기대가 컸던 아비가 일찍이 문관의 길에 들게 하기 위해 초석을 다지기 시작했던 것이다. 다시 한 번 궁에 들어가게 되었으나 이전과는 모든 것이 달랐다.

백영은 새삼스러운 기분으로 궁을 살펴보고 전에는 몰랐던 신료들의 삶에 여러 가지를 느꼈다. 황궁 기록서에서 일영에 관한 글을 찾아냈던 그 밤에는 잠들지 못했다. 너무나 많은 것이 스쳐 지나갔다.

열여덟, 관직에 오르기 위해 많은 시간을 잡아먹었다. 이 일이 끝나면 조금 여유가 있을 거라 생각했던 백영은 관료가 되자마자 막내 태자인 주영의 글 선생이 되어 그때부터는 더욱 궁에서 나가기가 쉽지가 않았다.

태자는 때때로 허공을 보며 혼잣말을 했다. 어느 날에는 저 여자가 왜 안 보이느냐며 빈 흙무더기를 가리켜서 궁녀들을 기함시킨 바람에, 세환 황제가 들쳐 업고 어디론가 간 적도 있었다.

"잘 지내셨습니까."

"안녕하십니까, 스승님."

백영은 태자를 살폈다. 작은 얼굴은 그저 무구할 뿐이다. 태자는 혼잣말을 하는 때를 빼면 모든 것이 뛰어났다. 이해력이 빨랐고 흡수력은 더 빠르다. 몸놀림도 제법 좋고 어린데도 강단이 있어 검술도 곧잘 따라왔다.

"제가 말씀드렸지요. 요번 7일에는 사흘간 자리를 비울 것입니다."

글공부가 끝난 후, 백영은 다시 한 번 태자에게 고했다. 드디어 혼자만의 시간을 뺄 수 있었다. 궁을 나오자마자 주평으로 갈 생각이었다. 삯도 이미 마련을 끝내놨고 이후는 우선 주평을 간 다음에 생각해볼 요량이었다.

"스승님, 어디를 가십니까?"

"잠시 찾아볼 곳이 있습니다."

태자의 얼굴이 침울해졌다. 그 모습이 조금 귀여워 백영은 살짝 웃었다.

"어찌 그런 표정을 하십니까."

"스승님을 사흘이나 못 뵈오니 섭섭하여서 그렇습니다."

백영은 짙게 웃고 표정을 갈무리했다. 제자이고 아이여도 태자다. 앞으로 황제에 오를 이를 너무 귀여워만 하는 것도 신하 된 도리가 아니었다.

"마음에 두셨다던 아가씨는 어떻게 되셨습니까. 후에 진척이 있으셨는지요."

요즘 태자는 연정에 빠져 있었다. 얼마나 상대를 어여삐 여기고 좋아하는지, 혼자서 사색에 잠겨 연모하는 마음을 멈추지 못했다.

"모르겠습니다. 양양은 제가 싫은 모양이어요."

태자가 입을 삐죽였다. 백영은 웃음이 튀어나올 것 같은 것을 참았다.

"아가씨에게 시간을 좀 주십시오. 태자님께서 진정으로 아가씨를 귀애하신다면 언젠가 아가씨도 그 마음을 알아봐 줄 날이 찾아올 겁니다. 허고 다음번에는 꽃을 들고 찾아가 보심이 어떻겠습니까."

"꽃?"

"예. 아가씨들은 색색의 꽃을 아주 어여뻐하니 꽃 선물을 들고 가보십시오."

태자의 작은 머리통이 흔들거렸다.

"교향사에는 꽃이 많습니다. 제가 부러 주지 않아도 양양은 매일 그 꽃밭에서 노니는걸요."

한순간 백영은 말을 잃었다. 자신이 제대로 들은 것인가.

백영은 약간 정신이 빠진 채로 태자에게 물었다.

"태자님, 그 아가씨가 사는 곳이 어디인지요."

"교향사입니다. 태강 근처에 있는 절이지요. 그는 왜 물으십니까?"

태자가 의아해하면서도 착실히 답해주었다. 백영은 눈을 감았다 떴다.

"혹여, 그 교향사라는 곳에서 양양이라는 아가씨 말고 또 다른 아가씨는 못 보셨는지요."

"계십니다. 마마님이 계세요."

백영의 손끝이 떨렸다.

"어떻게…… 어떻게 생기신 분이십니까."

"아주 아름다운 분이십니다. 하지만 굉장히 무서우세요. 저는 교향사 마마님이 세상에서 제일 무섭습니다. 어? 스승님? 왜 그러십니까? 어디 아프십니까?"

다리가 풀려 주저앉은 백영을 보고 태자가 화들짝 놀라 달려왔다. 백영은 떨리는 손으로 태자의 손을 잡고 힘을 주었다. 괜찮다 말하고 싶은데 심장이 떨려 입이 제대로 벌어지지 않았다.

여희다. 여희가 그곳에 있었다.

"태자님, 제가 찾아야 할 사람이 있습니다. 아무래도 교향사에 있는 듯합니다."

7일까지 기다릴 수 없을 듯했다. 지금 가지 않으면 그때에는 여희가 어디론가로 사라지고 없을 것 같았다.

"그 교향사에 제가 잠시 다녀와도 되겠는지요."

백영을 부축하듯 한 팔에 매달려 있던 태자가 들여다보듯 백영을 보더니 고개를 끄덕였다.

"스승님 가시는 길을 제자인 제가 어찌 막겠습니까. 다만, 교향사 가는 길은 제가 잘 알고 있으니 저도 같이 가겠습니다."

궁에서 내어준 말을 타고 태자와 함께 주평으로 갔다. 태강을 가로질러 산길을 오를 때에는 교향사를 축조하느라 몇 번이고 이 땅을 드나든 것을 기억해냈다. 마침내, 교향사의 붉은 기둥이 보이고 짙은 색 기왓장이 눈에 들어왔을 때에 백영은 잠시 숨을 멈추었다.

말에서 뛰어내린 태자가 무엇을 보았는지 빠른 속도로 달려 나갔다. 울창한 나무 잔가지에 말고삐를 매어두고 백영은 태자가 달려 나간 길로 올라갔다. 달콤하면서도 쌉싸래한 꽃 냄새가 맡아졌다. 돌아보니 석산의 꽃무덤과도 같은 꽃 들판이 저 끝까지 펼쳐져 있었다.

말소리가 들린다. 아이의 목소리다. 시선을 돌렸던 백영은 걷던 걸음을 멈추었다. 태자가 열심히 말을 건네는 그 위로, 한 여자가 있었다.

남색 저고리와 붉은색 치마가 바람결에 흔들리고, 그 위에 새하얀 피부가 빛 아래에 도드라져 작은 아미, 높은 코, 붉은 입술을 음영지게 드러내고 있었다.

여자가 허리를 펴자 바람에 밀린 잔머리들이 그 얼굴 위를 떠다녔다.

"여희야⋯⋯."

백영은 속삭였다. 연모하는 정인의 이름이었다. 지난 세월, 닳도록 부른 이름이었다. 그 이름의 주인을 드디어 만났다.

백영은 눈물이 차오는 것을 느껴 잠시 저 너머를 보았다. 이 모든 것이 꿈은 아니겠지. 다시 여희를 보았다. 아니, 꿈이어도 좋다. 깨어나 괴로움에 몸부림치더라도 꿈에서 여희를 만난다면, 일평생 꿈을 꾸며 살 것이다.

　백영은 다시 걸었다. 그립고 그리웠던 정인을 만나기 위해서.

終

작가
후기

　안녕하세요, 정혜입니다. '야차'가 책으로 나올 기회가 생기다니 정말로 감개무량할 따름입니다.

　처음, 야차를 생각했을 때에는 단순히 황궁 생활을 써보고 싶은 것에서 출발하여 그럼 여주가 어느 식으로 황궁에 들어가야 할까, 간택을 할까 해서 자료를 찾아보았더니 마마님이고 대감님이고 거쳐야 할 분들이 너무 많아 잠시 중단. 며칠 후에, 그럼 이미 궁 안에 있는 사람 몸으로 들어가자, 핍박받던 후궁전의 아무개 씨면 딱이겠다, 이렇게 단순히 귀신을 생각했었습니다.

　신나게 구상하던 중, 근데 귀신이면 똑같은 사람인데 사람이 사람 몸으로 들어가는 게 무슨 의미가 있는 거지 하는 의문이 들어 또 중단. 그래서 탄생한 게 제가 임의로 구분 지어 놓은 귀鬼와 신神이었습니다. 귀는 사람이 화하여 되는 귀신이고, 신은 상상 속의 영물들인 귀신으로 글을 진행시켰죠. 글의 특성상 시대물 판타지치고는 고증할 필요가 별로 없어 정말 맘 편히 신나게 썼습니다. 쓰는 저는 재미가 있었는데 읽어주시는 분들은 어떠실지 모르겠습니다.

부디 한 소절이라도 즐거웠던 부분이 있었기를 바라며 야차를 읽어주신 모든 분께 후기를 통해 감사 인사를 드립니다.

야차를 구성하면서 귀와 신의 세계관을 메인으로 삼고 또 다른 이야기를 써볼까 하는 생각이 들었는데, 정말로 언젠가 제가 또 다른 이야기로 여러분을 찾아뵐 수 있었으면 좋겠어요. 나중에라도 지나가다 저를 발견하시면 반갑게 생각해주셨으면 좋겠습니다.

그리고 실질적으로 '야차'가 책으로 나올 수 있게 큰 기회를 잡게 해주신 윤정우 작가님과 도서출판 가하 여러분, 부모님께도 감사 인사 드립니다. 게으른 제 베짱이 감성을 채찍질해주신 윤정우 님 덕분에 부지런히 움직일 수 있었습니다. 원고 투고를 할 때만 해도 과연 통과가 될까 염려스러웠는데 시원하게 한 번 해보자고 자리를 마련해주신 가하 여러분 더에 정맘루 '야차'가 책으로 나올 수 있었어요. 사람은 햇빛을 보고 살아야 한다는 말에 방 안, 창문을 열어젖히는 저를 보시던 울 부모님. 호호……. 덕분에 열심히 글을 쓸 수 있었습니다. 연재 당시 응원해주셨던 분들과 읽어주신 분들, 도와주신 분들 모두 감사드립니다. 덕분에 무사히 책 나왔어요.

이번 기회를 통해 제 손과 머리가 좀 더 부지런해지길 바라며 다음에 또 다른 글에서 뵈어요!

2016년 봄,

정혜